Cornelia Engel
Polarlichtzauber

AF178684

Das Buch

Nur weg aus München! Modedesignerin Jezz hat genug von der Großstadt, ihrer Mutter, die sich ständig in ihr Leben einmischt, und von
den Männern sowieso. Kurz entschlossen nimmt sie einen Job in
einem Brautmodengeschäft auf den Shetlandinseln an. In der schau-
kelnden Propellermaschine nach Sumburgh lernt sie den Schotten
Magnus kennen. Wilde rote Haare, raumfüllend, laut – und dann
schläft er auch noch an ihrer Schulter ein!

Nur gut, dass ihre beste Freundin Mara sie abholt. Deren Bei-
stand braucht Jezz dringend, denn Magnus entpuppt sich als Bruder
ihrer neuen Chefin! Es gelingt ihr fortan nur schwer, einen Bogen
um den überraschend charmanten Hünen zu machen, der bei den
anstehenden Wikinger-Festspielen eine Hauptrolle übernehmen soll.
Leider scheint Jezz aber nicht die Einzige zu sein, die bei seinem Anblick weiche Knie bekommt …

Die Autorin

Cornelia Engel wurde in Bamberg geboren und wuchs in einer lite-
raturbegeisterten Familie auf. Sie lebte längere Zeit im Ausland
und übte danach verschiedene selbstständige Tätigkeiten aus, bevor
sie Kommunikationswissenschaft studierte. Mittlerweile arbeitet
Cornelia Engel hauptberuflich als Autorin. Unter dem Pseudonym
Isabel Morland hat sie bereits mehrere erfolgreiche Romane bei nam-
haften Publikumsverlagen veröffentlicht. Unter dem Namen Cornelia
Engel erschienen zuletzt die Bestseller-Romantik-Reihe »Verliebt auf
Borkum« und die historische Sansibar-Saga. »Polarlichtzauber« ist
der zweite Band ihrer neuen Liebesroman-Serie »Liebe auf Shetland«.

Mit ihren vier Kindern lebt Cornelia Engel in der fränkischen
Heimat.

CORNELIA ENGEL

Polarlicht-zauber

LIEBE AUF SHETLAND

ROMAN

 Montlake

Deutsche Erstveröffentlichung bei
Montlake, Amazon Media E.U. S.à r.l.
38, avenue John F. Kennedy, L-1855 Luxembourg
März 2023
Copyright © der Originalausgabe 2023
By Cornelia Engel

Umschlaggestaltung: zero-media.net, München
Umschlagmotiv: © imageBROKER / Reinhard Pantke © Feifei Cui-Paoluzzo /
Getty Images; © Iamkao99 © Jag_cz © Marcin Kadziolka © Carina-Foto
© djgis © solarbird © Gabriele Rohde / Shutterstock
1. Lektorat: Dorothea Kenneweg
2. Lektorat, Korrektorat und Satz: VLG Verlag & Agentur,
Haar bei München, www.vlg.de

Gedruckt durch:
Amazon Distribution GmbH, Amazonstraße 1, 04347 Leipzig /
Canon Deutschland Business Services GmbH,
Ferdinand-Jühlke-Str. 7, 99095 Erfurt /
CPI books GmbH, Birkstraße 10, 25917 Leck

ISBN: 978-2-49671-186-8
e-ISBN: 978-249671-185-1

www.montlake.de

Für dich, liebe Leserin, lieber Leser,
und für Helen
in Erinnerung an ein atemberaubendes
Up Helly Aa
mit Schnee, eisiger Kälte und
Wikingerstrickhelm auf dem Kopf,
natürlich …

KAPITEL 1

Windböen peitschten schwere, dunkle Wolken über das Rollfeld des Flughafens in Glasgow. Das Wetter am Boden machte der Loganair Saab 340 an diesem ersten Freitag im Januar ordentlich zu schaffen. Die Tragflächen zitterten im Seitenwind, während sich die Passagiere an Bord der Maschine auf einen verspäteten Start und einen holprigen Flug einstellten.

An ihrem Platz in der dritten Reihe steckte Jezz das Flugmagazin zurück in die Tasche des Vordersitzes, zog ein Desinfektionstuch hervor und säuberte sich die Hände. Ihr Blick fiel durch die Scheibe eines Seitenfensters. Die Leuchtfeuer der Start- und Landebahn verschwammen im Regen. Das Ausladen der Koffer war inzwischen beendet. Die Sicherheitswesten der Arbeiter leuchteten knallgelb aus dem Grau hervor. Um mit den Wassermassen fertigzuwerden, liefen die Scheibenwischer des Gepäckwagens auf Hochtouren. Seufzend erinnerte sich Jezz, wie sie und ihre Freundin Lisa bei ihrer letzten Schottlandreise die Zeit vor dem Boarding bei Tee und Sandwiches in der Caledonian Bar des Terminals totgeschlagen hatten. Diesmal flog sie allein. Niemand, der sie von dem mulmigen Gefühl vor dem Flug ablenkte. Angespannt starrte sie auf die vier Blätter des Propellers draußen vor der Scheibe.

Und die sollten dafür sorgen, dass das Flugzeug vom Boden abhob? Und bei dem Unwetter in der Luft blieb? Nervös knibbelte sie an ihren Nägeln. Der Propeller vor der Scheibe sah eher aus wie ein umgebauter Deckenventilator aus dem Heimwerkermarkt.

Jezz lehnte sich zurück. Sie legte eine Hand oberhalb des Nabels auf ihren Bauch, zählte bis drei und atmete ein, wie sie es beim Yoga gelernt hatte. Dann tief aus. Normalerweise half ihr das, um ruhiger zu werden. Normalerweise.

Frustriert blinzelte sie in das sterile Licht. Ihr Herz schlug unregelmäßig vor Aufregung. Nicht gut. Sie drückte den Rufknopf über ihrem Kopf.

Die Flugbegleiterin lächelte Jezz beruhigend zu, während sie das Rufsignal über Jezz ausknipste. »Was kann ich für Sie tun, Madam?«

»Entschuldigung … ähm …« Jezz schielte auf das Namensschild. »Anna, wir warten schon ewig, und nichts passiert. Wird der Flug abgesagt, wenn es weiterhin stürmt?«

»Keine Sorge. Wir sind in Kürze startklar.« Anna beugte sich über den freien Sitz neben Jezz und deutete aus dem Fenster. »Der Regen lässt gleich nach.«

Jezz bemerkte, wie Anna sie von der Seite musterte, und hörte auf, ihre Fingernägel zu massakrieren.

»Es sieht ungemütlich aus, aber über der Nordsee wird es besser und wir können uns auf einen ruhigen Flug einstellen.« Anna richtete sich wieder auf. »Sobald das Boarding komplett ist, geht es los.«

Jezz lächelte gezwungen. Sie hatte gehofft, dass der Sitz neben ihr frei bleiben würde. »Noch mehr Fluggäste?«

»Die Maschine ist bis auf den letzten Platz ausgebucht.« Anna schlang sich den rot karierten Airline-Schal mit gekonntem Schwung über die Schulter und nickte aufmunternd. »Noch ein wenig Geduld.«

Jezz wischte sich die feuchten Hände an ihrer Jeans ab. Jede Minute, die sie in dieser fliegenden Sardinenbüchse verbringen musste, war eine Minute zu viel. Hoffentlich bekam sie wenigstens einen netten Sitznachbarn oder eine nette Sitznachbarin. Am besten jemand, der nicht das Bedürfnis hatte, sie zuzutexten. Ihr Englisch war ganz okay, aber an den shetländischen Slang musste sie sich erst wieder gewöhnen und dafür fehlten ihr im Moment die Nerven. Wirklich Pech, dass der Flieger so voll war. Jezz schloss die Augen und versuchte, an etwas Schönes zu denken. An Sonnenaufgänge über dem Meer. An die Polarlichter, die sie zu sehen hoffte. An den neuen Job und das Abenteuer, das sie auf Shetland erwartete. Nach einer gefühlten Minute schlug sie die Augen wieder auf. Es war sinnlos. Entnervt zog sie das Bordmagazin hervor und vertiefte sich abermals in die Lage der Notausgänge.

Ein eisiger Wind drang in die Kabine. Das Boarding, das wegen des Starkregens unterbrochen worden war, ging weiter. Die noch fehlenden Fluggäste kletterten über die schmale Leiter in die Maschine, Regentropfen glitzerten auf ihrer Kleidung. Ein schmächtiger älterer Herr, eine elegant gekleidete Frau und ein riesiger Typ mit flammend rotem Rauschebart und ebensolchem lockigem Haar, das unter seiner Wollmütze hervorquoll. Er musste den Kopf einziehen, um nicht an die Decke zu stoßen. Trotz der Kälte trug er ein kurzärmeliges, blau-weißes Nike-Shirt, unter dem sich die Bizepse wölbten. Von ihrer Arbeit im Fitnessstudio war Jezz an den Anblick von Muskelpaketen gewöhnt, aber dieser Wikingerverschnitt war eine Nummer für sich. Der Typ stemmte entweder den ganzen Tag Hanteln oder er arbeitete auf dem Bau. Wie er mit seiner Körpermasse in einen der schmalen Sitze passen sollte, war ihr ein Rätsel. Gerade drehte er sich zu der Frau hinter ihm um und lachte dröhnend. Dabei rumpelte seine Stimme über mehrere Oktaven bis in den Keller. Jezz stöhnte genervt. Selten hatte sie jemand so laut und so nervig lachen hören. Mit zusammengekniffenen Augen musterte sie ihn. Er war ihr vom Fleck weg unsympathisch. Einer dieser Typen, die sich ständig in Szene setzen mussten. Mit wachsender Nervosität beobachtete sie, wie der nette, ältere Herr auf den letzten freien Einzelplatz zusteuerte, während der rothaarige Riese mit der Stewardess schäkerte und ihr seinen Boardingpass vor die Nase hielt. Anna ließ den Blick über die Sitzreihen schweifen und deutete dann in Jezz' Richtung. Jezz ahnte, was passieren würde, und sah weg. Als ob sie es dadurch hätte verhindern können.

Murphy's Law, dachte sie missmutig. Wenn etwas schiefgehen konnte, ging es schief. Genau wie der Toast beim Hinunterfallen immer mit der gebutterten Seite auf dem Boden auftraf und elektrische Geräte immer dann kaputt gingen, wenn die Garantie abgelaufen war. Oder wie damals, als sie ein einziges Mal in ihrem Leben versucht hatte, einen mitgebrachten Joint aus einem Coffeeshop in Amsterdam durch den Zoll zu schmuggeln. Sie wurde an den Kontrollen sonst immer durchgewinkt, weil sie von ihrem Äußeren her eher unauffällig wirkte. Noch nicht einmal der Silberring in ihrem linken Nasenflügel zog heutzutage noch Blicke auf sich. Aber genau dieses eine Mal, das allereinzigste Mal überhaupt, dass sie etwas Verbotenes getan hatte, wurde sie von Zollbeamten angehalten.

Jezz bemerkte, wie jemand neben sie trat. Nichts Gutes ahnend drehte sie den Kopf.

»Hi!« Mit einem breiten Lächeln wuchtete der riesige, rothaarige Kerl seinen Rucksack in das Gepäckfach über ihrem Kopf.

»Hi«, gab sie betont knapp zurück. Hoffentlich machte das deutlich, dass sie an einem Gespräch nicht interessiert war.

Entweder bemerkte er es nicht oder es störte ihn nicht, wie sein Dauergrinsen bewies. Der Ledersitz gab krachend unter ihm nach, als er sich auf seinen Platz fallen ließ. Dabei stießen seine Beine gegen den Sitz seines Vordermanns. Mit großer Geste beugte er sich nach vorn und entschuldigte sich.

Jezz nutzte die Gelegenheit und verschob unauffällig einen Arm. Damit sicherte sie sich schon mal die mittlere Sitzlehne, wenn sie auch im Kampf um die Beinfreiheit unterlag. Statt in den Vordersitz presste sich das Knie ihres Nachbarn nun gegen ihr Bein. Vorwurfsvoll starrte sie auf seinen massigen Oberschenkel in der schwarzen Lederhose.

»Ging ganz schön runter vorhin, was?« Er deutete an ihrer Nase vorbei zum Fenster. »Da behaupten die Leute immer, dass das Wetter auf Shetland schlecht sei. Dabei regnet es in Glasgow viel häufiger. Sogar in den Jimmy-Perez-Krimis sieht es immer aus, als hätten wir auf Shetland nie auch nur 'n Stündchen Sonnenschein. Aber in Wahrheit musste es das Drehteam ziemlich oft aus Schläuchen regnen lassen, damit im Film eine düstere Stimmung entstand. Ach, und wo wir gerade beim Thema sind: Es hat auf Shetland in den letzten Jahren übrigens keinen einzigen Mord gegeben und …«

»Sch!« Jezz hielt mahnend den Zeigefinger vor den Mund und setzte sich aufrecht hin. Die Stewardess machte eine Durchsage, aber Jezz hörte nicht, worum es ging, weil die Lautsprecher knarzten und ihr der Typ die Ohren vollquasselte. »Ich verstehe nichts.«

»Du bist Deutsche, oder?«

»Hört man das?«

»Ein bisschen.«

»Was meinte die Stewardess eben? Irgendwas mit Landung, oder?«

»Na ja, rauf kommen wir. Aber dass wir wieder runterkommen, ist nicht sicher.« Er zuckte die Schultern.

»Was?« Sie starrte ihn mit aufgerissenen Augen an. »Das war ein Witz, oder?«

»Du lässt mich nicht ausreden. Wieso seid ihr Leute vom Festland immer so ungeduldig?« Er setzte die Wollmütze ab. Das Haar darunter war leicht platt gedrückt. »Was ich sagen wollte, ist Folgendes: Es ist nicht sicher, ob wir runterkommen, weil auf Shetland Nebel ist. Daher meinte der Pilot, er wartet auf den nächsten Wetterbericht, weil es keinen Sinn hat, hier loszufliegen, wenn wir am anderen Ende womöglich nicht landen können. Es wird noch circa zehn Minuten dauern.«

Jezz schluckte und senkte den Blick, um ihn nicht so panisch anzustarren.

»Hey, die wissen schon, was sie tun.« Er zwinkerte ihr zu. »Du fliegst nicht so häufig, oder? Flugangst ist echt übel. Ein Freund von mir hat das auch. Übrigens, ich bin Magnus. Magnus Grant.«

»Jezz«, erwiderte sie steif. »Und nein, ich leide nicht unter Flugangst. Aber ich hasse diese Propellerdinger.«

»Du hättest die Fähre nehmen können.« Er senkte das Kinn und beschäftigte sich mit seinem Sicherheitsgurt.

Jezz angelte das Handy aus ihrer Jackentasche und schaltete die mobilen Daten wieder ein. Solange sie am Boden waren, ging das wohl in Ordnung. Zuerst tippte sie eine Nachricht an ihre Freundin Mara, die sie auf Shetland abholen würde, um sie über die Verspätung zu informieren. Anschließend scrollte sie durch ihren Insta-Feed, bis die Durchsage zum Ausschalten der Mobiltelefone erklang.

»Los geht's«, verkündete Magnus gut gelaunt, als die Maschine über die Startbahn donnerte. Das Dröhnen der Propeller erinnerte Jezz an das Geräusch einer Kreissäge. Dass es in der Saab 340 während des Flugs laut wurde, wusste sie. Aber so heftig hatte es beim letzten Mal nicht geschaukelt. Ängstlich krallte sie die Finger um die Armlehne.

»Ein wenig turbulent heute. Aber es dürfte gleich vorbei sein«, beruhigte Magnus sie. »Da habe ich schon schlimmere Flüge erlebt. Einmal ist die Maschine mitten über der Nordsee ungefähr zweihundert Meter nach unten gesackt. Ein Luftloch. Das war krass. Die Becher flogen buchstäblich durch die Kabine. Zum Glück hatte die Stewardess zuvor wegen der Turbulenzen keine Heißgetränke ausgegeben. Selbst der Pilot meinte, so etwas hätte er noch nie erlebt und wir sollten nach der Landung einen Whisky auf sein Wohl trinken.«

»Na klasse«, stieß Jezz hervor. »Falls du noch mehr Horrorgeschichten auf Lager hast, kannst du sie bitte für dich behalten?«

»Sorry, aber du hast dein Bein so fest gegen meines gepresst, da dachte ich, es beruhigt dich zu hören, dass die Piloten sich mit schlechtem Wetter auskennen. Weißt du, wie die Fluggesellschaft unter uns Einheimischen heißt?«

»Keine Ahnung.« Jezz bemühte sich erst gar nicht, interessiert zu wirken, was Magnus nicht weiter zu bekümmern schien.

»Es heißt nicht *Flybe,* sondern *Fly-Maybe.* Weil die Flüge öfter mal verspätet stattfinden oder aufgrund des Wetters ausfallen. Witzig, oder?« Wieder dieses polternde Lachen.

»Zum Totlachen.« Sie drehte den Kopf zum Fenster und starrte auf die dichte Wolkendecke. Dieser Magnus ging ihr total gegen den Strich. Im Grunde konnte sie nicht einmal sagen, was es war, was ihr so auf den Geist ging. Es war nicht nur, was er sagte, sondern auch, wie er es sagte. Sein gesamtes Auftreten war einfach eine Spur zu viel. Ein wenig zu selbstherrlich, ein wenig zu prätentiös und ein wenig zu sehr von sich überzeugt. Hätte es einen Regler gegeben, mit dem man Magnus etwas hätte herunterdrehen können, wäre es wahrscheinlich ganz okay mit ihm gewesen.

»Übrigens kannst du dich jetzt abschnallen.« Magnus stand auf und holte den Rucksack aus dem Fach über ihnen. Als er sich wieder setzte, stellte er eine Plastikbox von Tesco auf dem aufgeklappten Tischchen vor sich ab.

Unauffällig schielte Jezz hinüber. »Coleslaw«, las sie auf der Packung. Sie verzog das Gesicht. Abgesehen davon, dass man auf einem neunzigminütigen Flug kaum verhungern konnte, wer bitte nahm Krautsalat mit in den Flieger?

»Hey, da kommt ja schon der Tee«, rief Magnus erfreut aus und ließ sich von der Stewardess einen dampfenden Becher reichen, dazu einen Tunnock's Karamellriegel. Doch statt es auf seinem Tisch zu platzieren, reichte er beides an Jezz weiter, um sich dann von Anna ein zweites Set reichen zu lassen. »Hier. Nimm gern schon mal.«

»Danke, aber eigentlich wollte ich nichts.«

»Wusstest du, dass der Körper beim Fliegen unheimlich viel Flüssigkeit verliert? Du musst trinken.« Magnus nippte an seinem Tee, dann löste er den Deckel vom Krautsalat. Ein säuerlicher Geruch mischte sich unter die typische Flugzeugluft. Jezz kräuselte die Nase. Interessiert betrachtete sie das Tattoo an Magnus' Unterarm. Ein Baum mit ausladender Krone und Wurzeln und keltischen Schnitzmustern im Stamm. Von den Ästen flogen Raben auf. Yggdrasil, die Weltesche aus der nordischen Mythologie. Jezz hatte mal eine Affäre mit einem Tätowierer gehabt, daher wusste sie so etwas. Welche Bedeutung mochte das Tattoo für Magnus haben?

»Lecker. Hier, probier mal!« Eine mit Krautsalat voll beladene Gabel schwebte vor Jezz' Nase.

»Danke, nicht so mein Ding.« Sie lächelte schief.

»Dachte ich mir fast.« Magnus nickte und schob sich die Ladung selbst in den Mund. »Übrigens das beste Mittel gegen Kater. Dieser Junggesellenabschied gestern war ein Heidenspaß. Manchmal gibt es nichts Größeres, als mit ein paar Kumpels um die Häuser zu ziehen. Den Moment zu genießen, darum geht es doch im Leben, oder nicht?«

Jezz verzichtete darauf, zu antworten. Während Magnus vor sich hin kaute, nutzte sie die Gelegenheit, ihn etwas genauer unter die Lupe zu nehmen.

Zugegeben, er sah nicht schlecht aus. Im Grunde sogar ziemlich sexy, wenn man auf handfeste Kerle stand, nicht auf smarte Typen in Anzug und italienischen Herrendesignerschuhen.

14

Ein von Lachfältchen durchzogenes, wettergegerbtes Gesicht, leuchtend blaue Augen und dieses flammend rote Haar, das ihm in wilden Locken weit über die Schultern fiel. Dazu der rote Rauschebart, der ihm bis an die Brust reichte. Jezz hatte das seltsame Gefühl, Magnus schon einmal gesehen zu haben, aber das konnte eigentlich nicht sein. Vermutlich lag es daran, dass er Kristofer Hivju, dem Schauspieler aus »Game of Thrones«, verblüffend ähnlich sah. Zwillinge, bei der Geburt getrennt, überlegte sie grinsend. Vom Typ her ziemlich sexy, wäre da nicht dieses übertrieben laute, penetrante Auftreten gewesen. Schulterzuckend sortierte sie Magnus in die Schublade zu den Kerlen, mit denen man Spaß haben und einen draufmachen konnte. Kein Mann zum Verlieben.

»Dein erstes Mal auf Shetland?«

»Wieso willst du das wissen?« *Shit.* Sie biss sich auf die Zunge. Das war ihr einfach rausgerutscht. Sie hatte nicht zickig sein wollen, aber jetzt stellte sie fest, dass sie es war. Seine Art reizte sie dazu.

»Wenn es dich interessiert, ich war letzten Sommer schon einmal hier«, fügte sie etwas versöhnlicher hinzu.

Magnus nickte. Er hatte fertig gegessen. Mit einem zufriedenen Stöhnen legte er die Einweggabel beiseite und wischte sich mit der Serviette über den Mund. Die Saab 340 kippte über den Flügel der gegenüberliegenden Sitzreihe in eine Kurve. Strahlen der untergehenden Sonne fluteten die Kabine. Magnus' Profil wirkte vor dem Licht wie ein Scherenschnitt. Ausgeprägte Stirn mit einer leichten Wölbung, charaktervoll geschwungene Nase, markante Kinnlinie unter dem Bart. Sehr maskulin. Jezz ertappte sich dabei, ihn einen Hauch länger als angemessen anzustarren. Sie riss sich los und griff nach ihrem Tunnock's-Riegel. Die Folie raschelte beim Auspacken.

»Bleibst du länger?«, fragte Magnus. »Ziemlich ungewöhnliche Zeit, um Urlaub zu machen. Außer natürlich, du kommst wegen Up Helly Aa. Bis dahin sind es allerdings noch drei Wochen.«

»Up Helly was?« Jezz schüttelte verständnislos den Kopf.

»Sag bloß, du hast noch nie davon gehört!« Magnus riss seine gletscherblauen Augen auf, als könnte er nicht fassen, dass sie im Flieger nach Shetland saß und nicht die leiseste Ahnung von diesem Was-auch-immer-Dings hatte.

»Also …«, hob Magnus an und schnitt ein ernstes Gesicht. »Up Helly Aa ist wohl so ziemlich das Coolste, was Shetland zu bieten hat. Jahr für Jahr zieht es Touristen in Scharen an. Sämtliche Unterkünfte auf Shetland sind weit im Voraus ausgebucht. Du findest nicht mal mehr ein freies Bett in einer Besenkammer. Up Helly Aa ist das Fest überhaupt. Es ist Brauchtum. Und es verbindet. Die ganze Gemeinde nimmt daran teil, quer über alle Altersschichten und Berufe hinweg.«

Er lehnte sich zurück und ließ eine Pause entstehen. Vermutlich, um die Bedeutsamkeit dieses ominösen Events zu unterstreichen.

Jezz kräuselte die Stirn. Gegen ihren Willen hatte die Neugier sie gepackt. Leider tappte sie nach wie vor im Dunkel. Magnus redete zwar wie ein Wasserfall, aber Dinge verständlich zu erklären, zählte offensichtlich nicht zu seinen Stärken. Sie biss ein Stück von dem Riegel ab und kaute. »Ehrlich gesagt, habe ich immer noch keinen Plan, worum es geht.«

»Ach so. Habe ich das noch nicht gesagt?« Magnus kratzte sich den Bart. »Wir verbrennen Wikingerschiffe.«

Jezz ließ die Hand mit dem Riegel sinken. »Ihr tut *was*?«

»Ist so eine Tradition. Wir verkleiden uns als Wikinger, machen einen Umzug mit Musik und allem Drum und Dran durch die Stadt, und als Höhepunkt fackeln wir eine hölzerne Galeere ab, an der wir zuvor monatelang gebaut haben. Eine Replika der mittelalterlichen Drachenboote in Originalgröße. Dafür geht ziemlich viel Zeit drauf. Jede Wette, wenn

16

wir so ein Ding verkaufen würden, würde es einen irren Preis erzielen. So rein theoretisch. Aber klar, dass wir das nie tun würden.«

»Moment mal, verstehe ich das richtig?« Jezz wusste nicht, ob sie lachen oder verzweifelt aufstöhnen sollte. »Erst steckt ihr Arbeit ohne Ende in die Galeere und dann verbrennt ihr sie? Innerhalb von … was …? Ein paar Minuten?«

»Aye.« Magnus nickte.

»Seid ihr irre?«

»Nö, aber es ist ein Heidenspaß.«

»Geht es bei dir eigentlich immer nur um Spaß?«, warf sie ein und hob eine Augenbraue.

»Nein. Ich mag auch die Plackerei davor. Es ist viel Arbeit, eine Galeere zu bauen.« Magnus schlürfte geräuschvoll an seinem Tee. Dabei warf er Jezz einen langen Blick zu. »Ähm … übrigens hast du da ein Stück Karamell im Mundwinkel kleben.«

»Oh!«

»Up Helly Aa muss man einfach erleben. Und die Mirrie Dancers natürlich.«

»Du meinst eine Tanzgruppe?«

Magnus grinste. »Nein, die Polarlichter.«

»Verstehe.« Sie nickte. Mirrie Dancers, fröhliche Tänzer, eine passende Bezeichnung. Gedankenverloren starrte sie aus dem Fenster. Die Sonne versank rot glühend unter den Wolken. »Polarlichter würde ich schrecklich gern einmal sehen.«

»Mit ein bisschen Glück klappt das.« Magnus griff erneut in den Rucksack und zog einen Flachmann hervor. »Möchtest du?«

»Whisky? Nein danke.«

Magnus legte den Kopf in den Nacken und nahm einen ordentlichen Schluck. Wahrscheinlich, um den Restalkoholpegel in seinem Blut vor dem Absinken zu bewahren. Dann verstaute er die Flasche wieder und hievte den Rucksack zurück in das Kofferfach. Schwergewichtig ließ er sich in den Sitz fallen.

»Du solltest dir den Umzug in Lerwick an Up Helly Aa keinesfalls entgehen lassen. Stell dir Folgendes vor: Es ist ein kalter, dunkler Abend Ende Januar. Die Stadt wimmelt von Menschen, alles drängt sich an den Straßenrändern zusammen. Und dann wird in der ganzen Innenstadt die elektrische Beleuchtung ausgeschaltet. Es ist stockfinster. Spannung liegt in der Luft. Und dann … Pow!« Magnus öffnete in einer großen Geste die geballten Fäuste, um eine Explosion darzustellen. Überschwänglichkeit schien einer seiner Charakterzüge zu sein. »Orangener Feuerschein färbt den Himmel. Rauchschwaden steigen auf. Der Geruch tausend brennender Fackeln schwebt durch die Gassen. Die Musik spielt. Und dann setzt sich der Umzug in Bewegung, allen voran die Wikingergaleere.«

Magnus legte eine Pause ein, in der Jezz sich dabei ertappte, wie sie an seinen Lippen hing. Sie gab sich einen Ruck. Zugegeben, Magnus besaß ein gewisses Showtalent. Hoffentlich hatte er nicht bemerkt, wie sie ihn angestarrt hatte. Sie gähnte und täuschte Müdigkeit vor, damit er nicht auf die verrückte Idee kam, ein Fan-Girl gewonnen zu haben. Davon gab es sicher etliche.

»Übrigens spiele ich die tragende Rolle bei dem Fest«, erklärte Magnus mit seiner voluminösen Stimme.

»Was sonst?« Sie gähnte lahm. Im Geiste sah sie Magnus schon in alberner Verkleidung, mit Wikingerhelm und Schild, den Zug anführen. Zuzutrauen war es ihm. Sie verzog das Gesicht. »Entschuldige, aber ich bin ziemlich müde. Ich mach mal eben die Augen zu.«

»Gute Idee. Ein Nickerchen kann nicht schaden.« Magnus stellte die Rückenlehne nach hinten, verschränkte die Arme vor der Brust und schloss die Augen. Seine Atemzüge wurden gleichmäßiger und tiefer. Kurz darauf war er eingeschlafen und schnarchte wie ein Holzfäller.

Jezz seufzte erleichtert auf. Endlich Ruhe – abgesehen von dem lauten Schnarchen. Sie fuhr ihre Lehne zurück und machte es sich gemütlich.

KAPITEL 2

Jezz war eingenickt. Das Dröhnen der Propeller verwandelte sich in ihrem Traum in das Geräusch eines Motorrads. Sie saß hinter ihrem Freund Basti auf der 1000er BMW und knatterte über Alpenpässe. Basti in Ledermontur hielt mit seinem breiten Rücken den Fahrtwind von ihr ab. Die Sonne schien warm auf sie herunter, in ihrem Bauch kribbelte es vor Aufregung und Freude. Gekonnt legte sie sich mit Basti in die Kurve, fühlte sich frei und glücklich und …

Jezz schreckte aus dem Schlaf auf. Etwas Schweres drückte gegen ihre Schulter. Weiches, lockiges Haar kitzelte ihre Wange, ein ungewohnter Männerduft stieg in ihre Nase. Benommen schielte sie nach dem roten Haarschopf, dann fiel der Groschen. Magnus' Kopf war auf ihrer Schulter gelandet. Nicht wirklich, oder? Jezz erstarrte. Na großartig! Ein Fremder, der ihr noch nicht einmal sympathisch war, kuschelte sich im Schlaf an sie. Und jetzt? Vorsichtig tippte sie ihn mit dem Zeigefinger an. »Hallo?«

Keine Reaktion.

Sie stupste ihm den Ellbogen in die Seite.

Magnus machte ein paar schmatzende Geräusche. Er schien sich in seiner Position wohlzufühlen.

Während sie überlegte, wie sie ihn wachkriegen sollte, leuchtete das Anschnallzeichen auf und die zugehörige Durchsage erklang. Magnus bekam davon nichts mit. Jezz beschloss, dass es nicht ihre Aufgabe war, dafür zu sorgen, dass Magnus bei der Landung sicher angeschnallt auf seinem Platz saß. Sie streckte die Hand nach oben und winkte der Stewardess.

»Oje, ich vermute, das ist nicht Ihr Freund, oder?«, sagte Anna und warf dem schlafenden Magnus einen bekümmerten Blick zu.

»Natürlich nicht«, gab Jezz zurück, eine Spur schroffer als nötig. »Ich kenne diesen Mann gerade mal neunzig Minuten, und glauben Sie mir, sogar das erscheint mir zu lange.«

»Er scheint sehr gesprächig zu sein.« Anna nickte verständnisvoll. »Und sehr müde.«

»Er hat einen Schluck Whisky getrunken. Danach ist er eingeschlafen. Einfach so, schwupps!« Jezz schnipste mit den Fingern. »Als hätte jemand den Stecker gezogen.«

»Verstehe. Alkohol wirkt aufgrund der Druckverhältnisse in der Luft doppelt so stark wie am Boden. Lassen Sie mich mal. Das haben wir gleich.« Mit sanfter Gewalt rüttelte Anna Magnus aus dem Schlaf. »Sir, würden Sie bitte Ihre Rückenlehne gerade stellen? Wir landen jetzt.«

Magnus brauchte einen Augenblick, aber dann war er wach. Er setzte sich kerzengerade hin, griff neben sich und stellte die Rückenlehne senkrecht. Jezz ruckelte sich in ihrem Sitz zurecht. Die Stelle, an die Magnus sich gekuschelt hatte, fühlte sich warm an und kribbelig.

»Wo waren wir vorhin stehen geblieben?« Magnus warf ihr einen nachdenklichen Blick zu. »Ach ja, ich hatte dir von Up Helly Aa erzählt. Es findet am letzten Dienstag im Januar statt. Bist du dann noch auf Shetland? Und falls ja, kommst du zum Umzug?«, fragte er und legte damit einen nahtlosen Übergang von Tiefschlaf zu hellwach und gesprächsbereit hin.

»Wie machst du das?« Sie hob eine Augenbraue. »Eben noch schnarchst du tief und fest und in der nächsten Sekunde quasselst du drauflos, was das Zeug hält.«

»Warte mal, habe ich wirklich geschnarcht?«

»Das auch«, kommentierte Jezz ungerührt. »Abgesehen davon hat dein Kopf meine Schulter als Kissen benutzt.«

Magnus sah sie ungläubig aus seinen hellen Augen an, die so blau waren wie das Meer bei Sonnenschein. »*Shit* …« Er zog das Wort wie Kaugummi in die Länge und kratzte sich verlegen den Kopf. »Das tut mir echt leid. Kann ich es wiedergutmachen? Mit einem Kaffee am Flughafen oder so?«

»Nicht nötig. Entschuldigung reicht.« Jezz zuckte die Schultern. Der Kabinendruck beim Landen machte ihr zu schaffen. Sie schluckte ein paarmal, um die Ohren freizukriegen.

»Nein, im Ernst, ich fühle mich echt mies. Bitte sag, wenn ich etwas für dich tun kann. Wie kommst du eigentlich vom Flughafen aus weiter? Die einzige Verbindung ist der Bus nach Lerwick, und der dürfte schon weg sein, weil wir so spät reinkommen. Hast du dir vorab einen Leihwagen gebucht? Mit dem Taxi wird es teuer.«

»Mach dir keinen Kopf, ich werde abgeholt.«

»Sicher?« Eine Sorgenfalte erschien auf seiner Stirn. »Ich wohne in Lerwick und kann dich gern ein Stück mitnehmen, wenn du willst. Vom Flughafen aus geht es ohnehin nur in eine Richtung.«

»Danke, aber ich komme klar«, sagte Jezz rasch. »Meine Freundin ist sicher längst da und wartet am Gate.«

»Na dann.« Die steife Falte verschwand. »Übrigens hast du mir immer noch nicht verraten, wie lange du bleibst.«

»Das weiß ich selbst noch nicht. Je nachdem, wie es mir gefällt.« Jezz hielt inne. Sie spürte Druck auf ihrem Brustkorb und ein Schlingern im Magen. Reflexartig krallte sie die Finger in die Armlehne, als die Maschine mit einem Holpern aufsetzte. Magnus hatte sie so mit seinem Gequassel in Beschlag genommen, dass sie die Sekunden vor der Landung glatt verpasst hatte. Erleichtert, festen Boden unter den Füßen zu haben, beugte sie sich näher zum Fenster. Draußen war es stockfinster, obwohl erst später Nachmittag war. Als sie vor einem halben Jahr zum ersten Mal auf Shetland gelandet war, war Sommer gewesen, die Tage endlos lang und die Nächte hell. Diesmal war es umgekehrt. Die Dunkelheit fiel im Winter früh auf Shetland. Durch seine Lage sechzig Grad Nord hielt sich die Sonne nicht lange über dem Horizont. Nachdenklich betrachtete sie die blasse Spiegelung ihres Gesichts im Fenster: schwarze Haare, Pixie Cut, Augen, die in dem schmalen Gesicht riesig wirkten. Zwei gleichmäßig tiefe Falten zogen sich in gerader Linie von den Nasenflügeln zu den Mundwinkeln. Falten, die man mit Anfang vierzig bekam, nicht mit achtundzwanzig. Magnus' Stimme holte sie aus ihren Gedanken.

»Moment mal, du fährst in den Urlaub und weißt nicht, für wie lange?« Magnus klang verwundert.

Mit einem genervten Gesichtsausdruck wandte sie sich zu ihm um. »Wer sagt, dass ich Urlaub mache?«

»Der Punkt geht an dich.« Magnus nickte bedächtig. »Dann gibt es zwei Möglichkeiten: Entweder du bist wegen eines Jobs hier oder wegen der Liebe.«

»Treffer«, sagte sie. Mit einem deutlichen Punkt dahinter. Den Magnus nicht hörte oder eben ignorierte.

»Und was davon?«

Eine Pause entstand, in der Jezz realisierte, dass Magnus nicht nur laut und nervig, sondern ebenso beharrlich und bis zum Abwinken neugierig war. Wenn sie ihm nicht antwortete, würde er nicht aufhören zu fragen. Jezz' Finger fuhren unter den Sicherheitsgurt. Mit einem Klick löste sie die Schnalle, obwohl die Anschnallzeichen noch nicht erloschen waren. »Wenn du es unbedingt wissen musst, ich brauche Tapetenwechsel und bin zum Jobben hier. Zufrieden?«

23

Jezz machte sich innerlich auf die nächste Frage gefasst, aber Magnus lächelte nur warmherzig. »Herzlich willkommen in meiner Heimat. Ich hoffe sehr, dass es dir bei uns gefällt.«

Das hoffe ich auch, hätte Jezz beinahe gesagt, aber dann entschied sie sich für ein einfaches Danke. Es war ja süß von ihm, dass er nette Worte zur Begrüßung fand, denn um ehrlich zu sein, hatte sie gerade Bammel vor ihrer eigenen Courage. Manchmal war sie selbst überrascht, wie spontan sie inzwischen solche Entscheidungen traf. Andererseits hatte sie sich geschworen, nur noch Dinge zu tun, auf die sie wirklich Lust hatte. Besuche bei ihrer Familie zählten nicht dazu.

»Wieso Shetland?«, fragte Magnus.

»Einfach so.«

Magnus strich sich über den Bart. »Klingt, als hättest du das aus dem Bauch heraus entschieden.«

»Was ist verkehrt daran?« Ihr Tonfall war ungewollt ruppig. Mit einem tiefen Atemzug holte sie Luft und ließ die Anspannung los. Weshalb regte sie sich auf? Sie sprach mit einem Fremden, den sie nie wiedersehen würde.

»Nichts ist verkehrt, solange dein Herz sagt, dass es richtig ist«, erklärte Magnus geduldig.

»Was?« Jezz musterte ihn verblüfft. Einen Augenblick lang fühlte sie sich ertappt, aber Magnus konnte den wahren Grund ihrer Reise unmöglich kennen. »Wie kommst du denn jetzt darauf?«

»Hör auf dein Herz, das ist schon immer meine Devise gewesen.« Magnus nickte bedächtig.

Die Anschnallzeichen erloschen. Die Stewardess öffnete die Flugzeugtür und klappte die Treppe hinunter. Klirrend kalte Winterluft wehte in die Maschine.

Magnus erhob sich und holte den Rucksack aus dem Gepäckfach, dann wandte er sich zu Jezz um. »Wenn du möchtest, kann ich warten, bis du dein Gepäck hast, und dann mit dir zusammen zum Ausgang gehen. Ich will mich nicht aufdrängen, aber es wäre mir lieber, wenn ich wüsste, dass du wirklich abgeholt wirst. Ich möchte dich nicht allein am Flughafen stehen lassen.«

»Cool, aber nicht nötig«, gab Jezz zurück, gleichzeitig war sie überrascht, dass er es anbot. Wahrscheinlich war Magnus gar nicht so verkehrt, er war nur einfach nicht ihr Fall.

»Also gut.« Er winkte zum Abschied. »War nett mit dir. *Cheers,* Jezz, vielleicht sieht man sich. Würde mich freuen. Und lass dir den Umzug nicht entgehen! Up Helly Aa ist das Größte.«

»Alles klar. *Cheers.*« Jezz lächelte unverbindlich. Sie blieb sitzen, während sich Magnus seinen Rucksack über die Schulter warf und losstapfte.

Tschüss und bis nie, schoss es Jezz durch den Kopf. Sie sah ihm hinterher, wie er den Kopf einzog und durch die Kabinentür in die stockfinstere Nacht verschwand. Natürlich erst, nachdem er lautstark mit der Stewardess geschäkert hatte. Jezz verdrehte die Augen. Er konnte es nicht lassen. Er brauchte die Bühne.

Magnus. Der Name war Programm. Der Große. Der Bedeutende. Das Numero uno.

Als einer der letzten Passagiere erhob sie sich von ihrem Sitz in Reihe drei und streckte sich auf den Zehenspitzen, um ihre Tasche aus dem Gepäckfach zu angeln. Eines war klar. Um dieses Fest, bei dem Magnus seinen Auftritt hatte, würde sie einen Bogen machen. Die Chance, dass sie ihm per Zufall in die Arme lief, war zu groß. Zum Glück war sie gewarnt.

KAPITEL 3

Die Ankunftshalle des Flughafens Sumburgh sah verlassen aus. Die Lampen über dem Check-in waren erloschen. Der Schalter des Touristikzentrums hatte geschlossen, die Autovermietung ebenso. Die Bodenfliesen spiegelten matt das Licht der Neonröhren wider, rund um die überquellenden Abfalleimer lagen leere Colabecher und sonstiger Papiermüll herum, die alltäglichen Überbleibsel eines normalen Flugbetriebs. In der Flughafenbar gleich neben dem Eingangsbereich schob ein Mitarbeiter noch die Stühle zusammen. Dann schaltete er die Beleuchtung über dem Tresen aus und ging. Nervös drehte sich Jezz einmal um sich selbst. Viertel vor sieben an einem Januarabend, und es sah aus, als wäre hier gleich alles dicht. Die Propellermaschine, mit der Jezz gelandet war, war der letzte hereinkommende Flug gewesen. Vor morgen früh würde keine Maschine mehr starten, so stand es auf der Anzeigetafel über ihrem Kopf.

Durchatmen, Jezz, versuchte sie, sich zu beruhigen. *Wird schon werden.*

Und was, wenn nicht?

Das quietschende Geräusch von Gummisohlen hallte durch die Stille. Jezz wandte den Kopf und lächelte angespannt zu der Putzfrau in dem blauen Overall hinüber. Der Reinigungswagen, den sie aus der Damentoilette schob, schien viel zu schwer für sie zu sein. Unruhig marschierte Jezz in der Halle auf und ab. Wo steckte Mara nur? Es passte nicht zu ihr, sich zu verspäten. An ihr Handy ging sie auch nicht. Hoffentlich war nichts passiert. Jezz spürte vor Anspannung Druck in ihrer Brust. Fast bereute sie es, Magnus' Angebot, mit ihr zu warten, nicht angenommen zu haben. Aber eben nur fast.

»Jezz!« Mit einem Summen glitt die Eingangstür auf. Mara stürmte in die Halle, die Wangen vor Aufregung gerötet. Die Arme ausgebreitet kam sie auf Jezz zu. »O Gott, du Ärmste! Es tut mir so leid, dass du warten musstest! Sicher hast du dir schon Sorgen gemacht. Aber es gab einen Erdrutsch, die Straße war blockiert und ich musste eine Umleitung nehmen. Blöderweise war dann auch noch der Akku von meinem Handy leer, sodass ich dir nicht einmal Bescheid geben konnte.«

»Mara!« Erleichtert küsste Jezz ihre Freundin zur Begrüßung auf die Wangen. »Ich hatte wirklich Panik, dass der Flughafen schließt. Keine Ahnung, was ich dann gemacht hätte. Ach egal, ich freu mich so, dich zu sehen. Zum Glück hattest du keinen Unfall. Ich sah dich in Gedanken schon im Straßengraben stecken.«

»Lass mich das nehmen.« Entschlossen packte Mara den Griff von Jezz' vollgestopfter Reisetasche. Mit der freien Hand hakte sie Jezz unter und schritt mit ihr Richtung Ausgang. »Mein Auto steht vor der Tür. In einer Stunde sind wir im Seaview und machen es uns gemütlich. Das Abendessen muss ich nur noch warm machen und einen guten Wein habe ich auch für uns besorgt. Ach, verflixt, das hätte ich beinahe vergessen.« Sie blieb stehen und schenkte Jezz ein warmes Lächeln. »Herzlich willkommen auf Shetland.«

Zarte Schneeflocken wirbelten im Licht der Scheinwerfer, als Mara das Auto eine knappe Stunde später auf den knirschenden Schotterweg vor dem Seaview lenkte. Während der Fahrt hatte die Freundin über die neuesten Entwicklungen in ihrem B&B berichtet, das sie seit einem halben Jahr in Walls betrieb, einer Ortschaft im Nordwesten von Mainland, der Hauptinsel Shetlands. Jezz hatte sich mit Freude in die gewohnte Intimität aus ihrer früheren gemeinsamen WG-Zeit fallen lassen, es genossen, unbeschwert zu plaudern und herzhaft über das eine oder andere Erlebnis mit den Feriengästen zu lachen. Das Scheinwerferlicht erlosch, Mara schaltete den Motor ab, ließ aber den Zündschlüssel stecken. *Typisch Shetland*, dachte Jezz und musste lächeln. Es war, wie Magnus gesagt hatte, auf den Inseln gab es keine nennenswerte Kriminalität, außer im Roman.

Angekommen, dachte Jezz und rollte die verspannten Schultern. Ein kribbeliges Gefühl der Vorfreude auf die kommenden Monate breitete sich in ihr aus, als sie aus dem Wagen stieg. Klare, kalte Salzluft wehte ihr ins Gesicht. Zum ersten Mal seit Monaten hatte sie das Gefühl, frei atmen zu können. Es war die richtige Entscheidung gewesen, alles hinter sich zu lassen. Durch die Finsternis spähte sie zu dem lang gezogenen Gebäude hinüber, das unterhalb des Parkplatzes lag. Licht brannte in den Fenstern, über dem Eingang begrüßte ein Willkommensschild die Gäste. In der Ferne rauschte das Meer, aber abgesehen davon war es so lautlos, dass man meinte zu hören, wie die Schneeflocken fielen. Jezz konnte sich nicht erinnern, je an einem Ort gewesen zu sein, wo die Dunkelheit so rabenschwarz war. Fast, als hätte jemand eine schwere Decke über diesen Winkel der Erde gezogen.

»Kommst du?« Mara hatte inzwischen die Reisetasche aus dem Kofferraum geholt. Sie trat neben Jezz und hakte sie wieder unter. »Alles okay?«

Jezz nickte. »Ich kann nicht fassen, wie finster es ist. Man sieht kaum die Hand vor den Augen. Wie hältst du die Einsamkeit im Winter hier aus? Fühlst du dich nicht manchmal verloren?«

Mara winkte ab. »Nein, ich finde die Winter hier oben sogar noch schöner als die hellen, langen Sommer. Kein Tag ist wie der andere. Ich liebe es, bei ruhigem, frostigem Wetter in der Bucht spazieren zu gehen. Die Stille zwischen Himmel, Land und Meer ist mit Worten nicht zu beschreiben, aber sie dringt tief in dich ein. Und an den Tagen, an denen wir Wind haben, ist es einfach nur großartig, draußen zu sein, sich die frische Luft um die Nase wehen zu lassen und die Möwen am Strand kreischen zu hören, während die Brandung sich über den Klippen meterhoch bricht. Dazu das dramatische Licht. Glaub mir, ich würde nirgendwo anders lieber leben als hier, und zwar das ganze Jahr.«

»Was mit Sicherheit auch an Gavin liegt.« Jezz grinste. »Wie läuft es mit euch?«

»Besser, als ich es mir je hätte vorstellen können.« Das Lächeln in Maras Stimme war unüberhörbar. »Es stimmt einfach alles.«

»Das freut mich für dich. Ich finde Gavin supernett.«

»Er dich auch. Übrigens soll ich dir Grüße von ihm ausrichten. Es tut ihm leid, dass er heute so eingespannt ist, sonst wäre er vorbeigekommen, um Hallo zu sagen. Aber neben der Spinnerei wird gerade eine neue Lagerhalle gebaut, und er will dabei sein und mit anpacken.«

»Kein Thema, dann haben wir eben mehr Zeit für uns.«

»Schade, dass du nur eine Nacht bleibst. Bist du sicher, dass du nicht noch den Sonntag dranhängen willst?« Mara legte ihr sanft die Hand auf den Arm.

»Würde ich gern, aber es geht leider nicht. Montag ist mein erster Arbeitstag und den Sonntag brauche ich, um meine Sachen in die Wohnung zu räumen. Ich glaube nicht, dass Alison begeistert wäre, wenn ihre neue Mitarbeiterin im Brautsalon in Löcherjeans und Boots zwischen all dem Tüll aufkreuzt. Hoffentlich sind meine Umzugskisten schon angekommen.«

»Du hast also dein Zimmer in der WG für den Zwischenmieter geräumt?«

»Yepp.« Jezz bekam ein schlechtes Gewissen bei dem Gedanken, dass Lisa, die Dritte im Bunde, beim Abschied heute Morgen Tränen verdrückt hatte. »Die arme Lisa, unsere ursprüngliche WG ist völlig auseinandergebröselt. Jetzt muss sie sich schon wieder eine neue Mitbewohnerin suchen.«

»Oder einen Mitbewohner.«

»Oder das«, sagte Jezz.

»Oder sie zieht auch nach Shetland.«

»Lisa?« Jezz wackelte mit den Augenbrauen. »Im ganzen Leben nicht. Darauf verwette ich einen Monatslohn.«

Mara kicherte. »Mach das. Vorher überrede ich Alison, dass du eine ordentliche Gehaltserhöhung bekommst, dann habe ich mehr davon. Aber jetzt lass uns ins Haus gehen. Der Wind legt ordentlich zu. Warte, ich mache uns Licht.« Sie zog ihr Handy aus der Tasche und schaltete die Taschenlampenfunktion ein. Die Schneeflocken wehten waagrecht in dem schmalen Lichtkegel.

»Ist der Weg zum Haus nicht beleuchtet?«, fragte Jezz verwundert.

»Schon, nur leider gibt es Schwierigkeiten mit der Stromversorgung. Etwas stimmt mit der Verkabelung der Außenbeleuchtung nicht. Bei dem Wetter springt die Sicherung öfter raus. Zum Glück sind die Buchungen den Sommer über so gut gelaufen, dass ich Geld für den Elektriker auf die Seite legen konnte. Sobald es frostfrei ist, kann es losgehen.«

Jezz bückte sich nach ihrer Reisetasche und zog den Schiebegriff heraus.

»Besser, wir tragen deine Tasche. Im Schotter blockieren Kofferräder.« Mara verzog entschuldigend das Gesicht. »Pass auf, wo du hintrittst. Durch den Schlamm ist es rutschig. Der Weg ist seit dem Dauerregen im Herbst in keinem guten Zustand.«

Wenig später saß Jezz mit Mara an dem langen Holztisch des Frühstücksraums und ließ sich Fish and Tatties schmecken, ein schmackhaftes einheimisches Gericht aus gekochtem Fisch, Kartoffeln und jeder Menge gesalzener shetländischer Butter. Dazu gab es Rotwein für Mara und Wasser für Jezz.

»So, und jetzt raus mit der Sprache«, sagte Mara schließlich und schnitt damit das Thema an, das Jezz zu vermeiden gehofft hatte. Sie hörte auf, die Kartoffeln, mit denen der Fisch überbacken war, vom Fisch hinunter auf den Teller zu schaufeln, und sah Jezz über den Tisch hinweg prüfend an. »Mach mir nichts vor. Irgendwas ist doch im Busch. Sonst hättest du dich nicht Hals über Kopf entschieden, den Job bei Alison anzunehmen.«

»Ich habe mich eben umentschieden.«

»Einfach so?« Mara scannte sie mit einem Blick, als wäre sie darauf spezialisiert, Mikromimik zu deuten. »Das kauf ich dir nicht ab. Es muss etwas vorgefallen sein. So spontan bist du sonst nicht.«

Jezz zuckte schweigend die Schultern. Das war ihre Standardantwort, wenn jemand auf ihre Vergangenheit zu sprechen kam. Oder darauf, warum sie um manche Dinge, wie beispielsweise Essen, oft einen Riesenaufstand machte. Oder warum sie keinen Alkohol trank. Oder warum sie es mit ihren Work-Outs und dem Yoga peinlich genau nahm. Klar dachten alle, dass sie sich auf ihre überschlanke Figur etwas einbildete und dass sie einen abstrusen Diät- und Sportwahn kultivierte, weil sie weiterhin in ihre XS-Klamotten passen wollte. Aber was die anderen dachten, war ihr gleich, solange sie dadurch vermeiden konnte, über die Vergangenheit zu reden.

»Komm schon!« Mara unternahm einen neuen Anlauf, durch Jezz' Abwehrmauer zu brettern. »Du weißt seit Langem, dass Alison eine Änderungsschneiderin sucht. Und jetzt auf einmal entschließt du dich, zu kommen? Innerhalb von zwei, drei Tagen? Nachdem ich drei Monate vergeblich auf dich eingeredet habe? Mach mir nichts vor.« Mara ließ ihre leere Gabel wie ein Ausrufezeichen in der Luft schweben. »Du bist zwar die Schweigsamkeit in Person, was dich selbst betrifft. Aber so gut kenne ich dich doch. Wenn du Probleme hast, neigst du zu Übersprunghandlungen.«

Jezz spießte ein paar von den grünen Erbsen auf und würgte sie hinunter, obwohl in ihrem Magen vor Anspannung kaum Platz war. »Quatsch, mit Übersprunghandlung hat das nichts zu tun. Das Fitnessstudio hat pleite gemacht, daher brauche ich einen neuen Job. Außerdem war mir nach Luftveränderung. Du kennst mein Motto, man lebt nur einmal. Also dachte ich, ich folge dem Flow und lebe zur Abwechselung mal woanders auf der Welt.«

»Ich glaub dir kein Wort. Jetzt sag, was los ist«, drängte Mara. »Immerhin war ich diejenige, die hier im Vorfeld alles für dich organisiert hat. Schon allein deswegen schuldest du mir eine Erklärung.«

Jezz fummelte nervös an ihrem Nasenpiercing herum, während sie überlegte, was sie Mara erzählen konnte, ohne zu lügen oder Untiefen zu berühren. Eine ganze Weile herrschte Stille.

»Gebrochenes Herz?«, fragte Mara vorsichtig in das Schweigen hinein.

Jezz starrte durch Mara hindurch. Die Sache mit Basti lag lange genug zurück, um über ihn hinweg zu sein, aber als Erklärung taugte sie. Sie streifte das Messer, an dem ein Stück Fenchel klebte, an der Gabel ab. »So was in der Art.«

»So ein Scheiß.« Mara seufzte mitfühlend.

»Egal. Das Kapitel ist abgeschlossen.« Als gäbe es gerade nichts Wichtigeres, beugte sie sich über ihren Teller und sezierte den Fisch wie ein Chirurg, der bei einer OP Arterien freilegt. Sie bemühte sich, ihre Stimme beiläufig klingen zu lassen. »Ich hasse Gräten. Sind da welche drin?«

»Schon. Aber sie lassen sich leicht entfernen.« Zum Beweis stocherte Mara mit der Gabel in ihrer Makrele und förderte eine lange, ziemlich fies aussehende Gräte zutage.

»Na super. Und ich dachte, Fisch sei gesund.« Jezz verdrehte die Augen zum Zeichen, dass sie es ironisch meinte. Als das Handy in ihrer Jeans zu klingeln anfing, versteifte sich etwas in ihr.

»Dein Hintern vibriert«, meinte Mara lapidar und angelte mit der Zunge nach einem Pfefferkorn zwischen ihren Vorderzähnen. »Willst du nicht rangehen und nachsehen, wer es ist?«

»Das weiß ich auch so.«

»Ja?«

»Ja«, erwiderte Jezz knapp.

Mara schnitt eine Grimasse.

Jezz seufzte. »Es ist hundertprozentig meine Mutter. Ich rufe sie später zurück.«

»Du bist also immer noch so genervt von ihren Anrufen?«

»Wie kommst du denn darauf?«

Mara winkte lässig ab. »Süße, ich habe ein halbes Jahr mit dir in einer WG verbracht. Ich weiß alles. Angefangen von deiner BH-Größe über die Marke deines Eyeliners bis hin zu der Tatsache, dass du süchtig nach Erdbeereis bist und Vanille auf den Tod nicht leiden kannst.«

»Was du nicht sagst.« Jezz grinste.

»Sicher will deine Mutter wissen, ob du gut gelandet bist.« Mara nahm einen Schluck Wein.

»Yepp. Ich ruf sie nachher zurück. Es eilt nicht. Aber jetzt erst mal Prost, falls es kein No-Go für dich ist, alkoholfrei anzustoßen.« Jezz hielt ihr Wasserglas in die Luft. »Auf uns und auf die magischen Zufälle im Leben. Vor einigen Monaten habe ich dich darum beneidet, dass du dir eine Auszeit genommen und nach Shetland abgehauen bist, und *tadaa* …« Sie warf die Arme in die Luft und hielt die Pose für zwei, drei Sekunden. »Jetzt bin ich ebenfalls hier. Wer hätte das gedacht?«

»Tja, wer hätte das gedacht? Allerdings hat sich meine Auszeit in einen Daueraufenthalt verwandelt«, gab Mara augenzwinkernd zurück. »Pass nur auf. Man hängt schneller der Liebe wegen fest, als man denkt.«

»Sollte mir tatsächlich Mr Right in Shetland über den Weg laufen, habe ich kein Problem zu bleiben«, behauptete Jezz keck. »Fernbeziehungen sind nicht mein Ding.«

»Für mich kam eine Fernbeziehung auch von Anfang an nicht infrage, als es mit Gavin und mir ernst wurde. Es ist schwierig, an zwei Orten gleichzeitig existieren zu wollen«, stimmte Mara zu.

»Viel zu kompliziert. Ich will leben und den Moment genießen.«

»Gutes Motto, darauf trinken wir«, verkündete Mara und hob ihr Glas. »Auf dass deine Zeit in Shetland so schön wird, wie du sie dir erträumst, oder noch besser. Und auf das verrückte, wundervolle Leben.«

Jezz hob ebenfalls ihr Glas. Ihr Herz machte ein paar holprige Schläge, als sie daran dachte, wie schnell das Leben von einem Augenblick auf den anderen tatsächlich verrücktspielen konnte. Umso wichtiger war es, sich bewusst zu sein, wie kostbar jeder einzelne Tag war. Ja, sie wollte wild und frei leben. Jetzt und hier. Mit Wind im Haar und Salz auf der Haut.

Kapitel 4

Die Lichter des Hafens von Lerwick warfen ein diffuses orangefarbenes Leuchten in den sternenklaren Nachthimmel. Magnus – oder Magnie, wie er von allen genannt wurde – stapfte mit hochgeschlagenem Kragen über den Kai. In der frostigen Winterluft wehte sein Atem wie Zuckerwatte hinter ihm her. Wie fast jeden Abend in den vergangenen Monaten war Magnie auf dem Weg zu dem Bootsschuppen, in dem die Galeere gebaut wurde. Die umgestaltete Lagerhalle befand sich hinter dem Fährterminal. Ein fensterloses Wellblechgebäude mit einem hohen, breiten Rolltor und einem schmalen Eingang daneben. Hämmern und Stimmengewirr drangen nach außen, sonst wies nichts darauf hin, dass drinnen Bedeutendes vor sich ging. Kopfschüttelnd blieb Magnie stehen, den Blick auf die schlichte Holztür gerichtet, hinter der sich das derzeit bestgehütete Geheimnis von Lerwick befand. *Krass*, dachte Magnie. Irgendwie ging es ihm nicht in den Schädel, dass diese eine große Sache in seinem Leben, auf die er seit mehr als sechzehn Jahren hingearbeitet hatte, in ungefähr drei Wochen tatsächlich über die Bühne gehen würde. Grinsend betrachtete er den laminierten Computerausdruck an der Tür.

Nur für Mitglieder des Jarl-Squad!
Eindringlingen werden die Augen mit einem
rostigen Löffel ausgekratzt!

Die Warnung sprach für sich. In all den Jahren, in denen Magnie im Jarl Squad, der Truppe des Wikingerfürsten, gedient hatte, war es noch nie vorgekommen, dass jemand unerlaubt den Bootsschuppen betreten hatte. Magnie spürte Adrenalin durch seine Adern rauschen, als er die Hand auf die Klinke legte. Up Helly Aa lag ihm im Blut, so wie einem Fischer das offene Meer oder einem Farmer das Land. Von Kindesbeinen an hatte ihn das jährliche Feuerfest stärker fasziniert als Weihnachten mit all seinen Geschenken. Unzählige Male war er seitdem durch diese Tür gegangen. Erst als Handlanger. Später dann, um Helme und Schilde zu schmieden, an der Galeere mitzubauen oder mitzuhelfen, eine ganze Armada gewaltiger Fackeln anzufertigen, die trotz Regen oder Sturm lange und dauerhaft brannten. Und nun war es so weit, Jahre, nachdem er seinen Hut in den Ring geschmissen und das Komitee ihn zum zukünftigen Guizer Jarl ernannt hatte. In diesem Jahr würde er den Wikingerfürsten darstellen, die Figur, um die sich an Up Helly Aa alles drehte. Wie irre war das? Mit einem Flattern im Magen zog er die Tür auf.

Der Geruch von Schweiß und gesägtem Holz schlug ihm entgegen. Ihm wurde die Brust eng, als er sah, mit welchem Eifer die Leute seines Teams an der Yggdrasil arbeiteten. Das Boot hatte in den letzten Wochen gewaltig Form angenommen. Ein paar Männer nagelten die letzten Latten der Außenverschalung am Bootsrumpf fest. Andere waren mit der Konstruktion des Drachenkopfs beschäftigt, der über dem Bug aufragen würde. Die Jüngeren strichen die Ruder mit grüner und schwarzer Holzfarbe an oder legten letzte Hand an das grünweiß gestreifte Segel des Masts.

»Woohoo!« Magnie reckte beide Hände mit dem V-Zeichen in die Luft. »Sieht großartig aus, Leute! Ihr seid der Hammer! Das beste Team aller Zeiten!«

»Hey, Magnie!«, »*Cheers*, Bro!«, »Wie war die Party, Amigo?«, »Ich an deiner Stelle hätte mich lieber um die Braut gekümmert als um den Bräutigam!«, grölte es gut gelaunt zurück.

Magnie setzte zu einer Antwort an, aber in dieser Sekunde raste ein Blizzard auf ihn zu. Gegen die geballte Wucht von fünfzig Kilo Hundeliebe hatte Magnie keine Chance. Bevor er sich versah, ging er rücklings zu Boden. Verdattert blinzelte er in das Neonlicht über seinem Kopf, während er gleichzeitig versuchte, den Schädel seiner sich in der Pubertät befindlichen Harlekindogge abzuwehren, die mit den Vorderpfoten Samba auf seinem Brustkorb tanzte und versuchte, ihm mit ihrer rosaroten Zunge quer über das Gesicht zu schlecken. »Runter, Thor, du Idiot! Ich freu mich auch, dich zu sehen, aber hör auf, mich vollzusabbern, das ist echt eklig.«

Das bärige Gesicht von Steward Wylie mit dem schütteren grauen Haarkranz über der hohen Stirn tauchte am Rand von Magnies Gesichtsfeld auf. Steward war vor zwanzig Jahren selbst Anführer des Feuerfests gewesen. Wenn einer sich auskannte, dann er. Magnie war froh, ihn an Bord zu haben.

»Na endlich«, sagte Steward mit seiner kratzigen Stimme. »Konnte es kaum erwarten, dass du zurück bist. Tu mir den Gefallen und schaff mir dieses tollpatschige Biest vom Hals. Musstest du dir ausgerechnet so ein Riesenbaby zulegen?«

Magnie rappelte sich hoch und wischte sich grinsend mit dem Handrücken über die Stirn. »Soll ich lieber mit einem Chihuahua auf dem Arm rumlaufen? Außerdem habe ich ihn mir nicht ausgesucht, er ist mir zugelaufen.«

Steward verschränkte die Arme vor der Brust. Ein Funkeln trat in seine Augen. »Ach ja? Was glaubst du wohl, warum er ausgesetzt wurde? Dieser Hund treibt jeden in den Wahnsinn.«

Wie zur Bekräftigung wirbelte Thor wie ein Kreisel um die eigene Schulter. Dazu kläffte er, was das Zeug hielt.

»Schluss jetzt, Thor! Mach Sitz!« Magnie sprintete vorwärts und rettete einen Eimer mit Nägeln vor dem Umfallen.

Thor hörte auf, Fangen mit seinem Schwanz zu spielen. Er legte den schwarz-weiß gefleckten Kopf mit den herabhängenden Lefzen schief und blickte aus blutunterlaufenen Augen erwartungsvoll zu Magnus auf.

»Braver Junge, Thor«, lobte Magnus ihn.

»Brav? Dein Ernst? Willst du wissen, was er in den beiden Tagen alles angestellt hat? Zerfetzte Putzlappen, umgestoßene Farbeimer … die Liste ist endlos. Dann noch die Brotzeiten, die er uns geklaut und auf einen Happs verschlungen hat, die Bierdosen, die er umgeschmissen und leer gesoffen hat, und so weiter. Einmal konnte ich ihn gerade noch daran hindern, das Leder für die Helme zu verputzen.« Steward kniff die Augen in dem wettergegerbten Gesicht zusammen. »Sag mal, bekommt der Hund bei dir auch mal was zu fressen, oder warum ist er so ausgehungert?«

»Er kann nichts dafür. Er ist noch im Wachstum.« Magnus tätschelte den gefleckten Schädel, der ihm bis an die Hüfte reichte.

»Er ist jetzt schon größer als ein Shetlandpony«, hielt Steward dagegen. »Wenn er weiter so wächst, kann er aus der Regenrinne saufen.«

Thor zog die Lefzen zurück. Dann gähnte er verlegen und setzte sich hin. Mit dem Hintern genau auf Magnus' Füße.

»Sag nicht so was«, meinte Magnus und zog einen Fuß unter der Dogge hervor. »Er hat schließlich Gefühle.«

»Ach ja? Schade nur, dass er keinen einzigen Befehl beherrscht. Vielleicht solltest du mal anfangen, ihn zu erziehen? Sonst kannst du dir einen anderen suchen, der auf ihn aufpasst, wenn mal wieder einer deiner Glasgower Kumpels Junggesellenabschied feiert.«

»Ich arbeite mit Thor an den Grundkommandos. Aber vor dem Fest fehlt mir die Zeit, konsequent dranzubleiben. Wir kriegen das schon hin, nicht wahr, Junge?«

Thor zog eines seiner Klappohren hoch und schleckte über Stewards Hand.

»Tu nicht so unschuldig, du Monster. Du hast meine Gummistiefel auf dem Gewissen«, brummte Steward gespielt vorwurfsvoll, aber in seinen Augen blitzte es verdächtig. Er zwinkerte Magnie zu. »Jetzt verschwinde und nimm den Hund mit. Du siehst verdammt danach aus, als hättest du Schlaf nötig. Wir machen hier auch gleich Feierabend.«

Magnie legte Steward kameradschaftlich die Hand auf die Schulter. »Danke, dass du hier die Stellung gehalten hast, während ich weg war. Und fürs Hundesitten natürlich auch.«

»Passt schon. Ich schick dir die Rechnung«, witzelte Steward und tippte sich mit zwei Fingern gegen die Stirn.

Magnus packte Thor an seinem roten Halstuch und zog ihn mit sanfter Gewalt auf seine vier Pfoten. »Komm schon, Großer, Zeit zu gehen. Wir sehen uns morgen, Steward. Ich bringe Bier mit für alle.« Magnus warf den Männern aus seinem Squad ein paar lockere Bemerkungen zum Abschied zu, dann machte er sich zusammen mit Thor auf den Heimweg.

Draußen peitschte ihm der Wind um die Ohren. Der Himmel über Lerwick hatte eine seltsam graue Farbe angenommen. Aus den tief ziehenden Wolken fiel leichter Schneegriesel. Die Luft roch nach rauchendem Torf und Seetang. Magnie nahm die Wollmütze aus seiner Jackentasche und setzte sie auf. Beide Hände tief in die Taschen seiner Lederhose vergraben, ging er los, dabei kämpfte er mit vorgeneigtem Oberkörper gegen den Wind, der auf Shetland beinahe unaufhörlich wehte und an diesem Abend besonders eisig war. Thor trottete ohne Leine brav an seiner Seite. Ein Wetter, bei dem man sprichwörtlich keinen Hund vor die Tür jagt, ging es Magnie durch den Kopf.

Die Stadt war wie leer gefegt. Auf dem Parkplatz des Victoria Pier, gegenüber der trutzigen Häuserfront des historischen Stadtzentrums, übten Jugendliche Kickflips mit ihren Skateboards. Die Räder krachten auf dem Asphalt, die Kids johlten, Thor schien es nicht zu stören. Er war eine Seele von Hund, auch wenn er gerade in den Flegeljahren steckte. Magnus hatte volles Verständnis dafür. Er hatte es als Jugendlicher seinen Eltern auch nicht leicht gemacht, und – hallo? – war nicht ein anständiger Kerl aus ihm geworden? Warum sollte es bei Thor anders sein, auch wenn Steward ihm in puncto Hundeerziehung offensichtlich nicht allzu viel zutraute.

Vor dem Fußgängerüberweg am Kreisel blieb Magnie stehen. Sein Blick glitt durch den Schneeregen zu dem Toilettenhäuschen hinüber. Die gebeugte Gestalt in den ausgebeulten Cordhosen, der Strickjacke und der roten Mütze auf dem Kopf kam ihm bekannt vor. War das nicht Gary Williams, einer der Bewohner des King-Olav-Pflegeheims oben auf dem Hügel? Magnies Tante Betty lebte dort, er besuchte sie regelmäßig. Außerdem hatte er Gary schon ab und an zur Dialyse gefahren, weil der Senior an Niereninsuffizienz litt. Als Rettungssanitäter kannte er die meisten der älteren Herrschaften in Da Toon, wie Lerwick bei den Einheimischen hieß. Magnie hielt unwillkürlich die Luft an, als er beobachtete, wie Gary ein paar wackelige Schritte vorwärts schlurfte und dann wie versteinert stehen blieb, während links und rechts Skateboards an ihm vorbeisausten. Die Jungs wollten Gary nicht absichtlich ärgern, da war Magnie sich sicher. Sie schienen allerdings nicht auf dem Radar zu haben, dass Garys Sinne nur langsam funktionierten. Schreiende Jungs auf flitzeschnellen Boards überforderten ihn. Er wirkte bemitleidenswert hilflos, wie er dort stand.

Magnie steckte zwei Finger in den Mund und pfiff gellend. Die Jungs blickten irritiert zu ihm herüber. Als Magnie sie per Handgeste auf Gary aufmerksam machte und ihnen zurief, sie möchten Rücksicht üben, entschuldigten sie sich sofort und bogen Richtung Hafenfront ab, um dort weiter ihre Tricks zu üben.

»Komm mit, Thor, wir müssen Gary nach Hause bringen.« Magnie packte Thor am Halstuch, um ihn über die Straße zu führen.

»Ryan?« Unsicher blickte Gary ihm in dem diesigen Licht der Straßenlaterne entgegen. »Ryan, bist du das? Wo hast du denn gesteckt?«

»Ich bin es, Magnie. Du kennst mich. Wir haben im Heim schon öfter zusammen Domino gespielt.«

Gary starrte ihn einen ziemlich langen Moment ausdruckslos an. »Magnie ... Natürlich. Tut mir leid. Ich habe dich verwechselt.«

»Nicht schlimm.« Magnie zog seine wattierte North-Face-Jacke aus und hängte sie um Grays knochige Schultern. Der alte Herr versank darin, aber dafür lief er nicht Gefahr, unterkühlt zu werden. Wenn er es nicht schon war. Garys Gesicht zeigte eine leichte Graufärbung. Magnie hakte Gary unter. »Was machst du denn bei dem Wetter hier draußen? Bist du den Schwestern im King Olav abgehauen?«

»Ich hatte Hunger auf Fish and Chips. Im Heim kriegen die keine vernünftige Panade hin. Also dachte ich, ich hole mir was im Hafen. Aber es hatte alles schon zu.« Garys Augen schimmerten wässrig hinter den dicken Brillengläsern.

»So ein Pech aber auch«, meinte Magnie verständnisvoll und schob Gary sachte über die Straße. »Dann wollen wir dich mal nach Hause bringen.«

»Warte mal ...« Gary blieb mitten auf der Kreuzung stehen. Zum Glück kam gerade kein Auto. »Ich hab 'ne Idee. Lass uns zum Festplatz gehen und den Umzug anschauen.«

»Up Helly Aa ist nicht heute, Gary. Erst in drei Wochen. Hast du überhaupt zu Abend gegessen?« Behutsam lenkte Magnie den alten Herrn auf die andere Straßenseite.

»Nein. Deswegen funktioniert mein Hirn wohl auch nicht richtig.«

»Okay. Dann gehen wir jetzt zurück ins King Olav. Ich bin sicher, dass sie dir etwas Leckeres zu essen aufgehoben haben. Bestimmt auch Nachtisch.«

»Nachtisch.« Garys faltiges Gesicht erhellte sich. »Klingt klasse. Vielleicht Chocolate Cake. Oder Cranachan. Ich liebe Cranachan.«

»Meinst du, du kriegst das hin zu Fuß?«, meinte Magnie, nachdem sie es Schritt für Schritt durch die Innenstadt geschafft hatten. Skeptisch blickte er die Straße hinauf, die sich hügelaufwärts schlängelte. Gary hing schwer wie ein Sack an seinem Arm.

Der alte Herr zögerte. Dann nickte er. »Sicher, Junge. Wenn du mich von hinten schiebst.«

Magnie kratzte sich den Nacken und überlegte. »Bleib mal kurz stehen. Wie wäre es damit?« Behutsam löste er den Arm. Dann lotste er Thor auf Garys freie Seite hinüber und legte Garys Hand an das Hundehalsband. »Hier. Halt dich fest. So ist es gut. Wir nehmen dich in die Mitte. Thor ist ein sanfter Riese. Der zieht dich problemlos die paar Meter hinauf.«

»Netter Hund. Ich hatte früher mal einen Pudel. Er fehlt mir«, sagte Gary und begann von seinem verstorbenen Hund zu erzählen.

Überhitzte Luft schlug ihnen entgegen, als sie das Foyer des King Olav betraten. Magnie band Thor neben dem Eingang fest, dann führte er Gary durch die gläserne Schiebetür in den Aufenthaltsbereich. Eine der Schwestern, eine großgewachsene Dunkelhaarige mit einem einnehmenden Lächeln, eilte auf sie zu. Magnie kannte sie vom Sehen. »Gary, wo haben Sie denn gesteckt! Sie haben uns einen ordentlichen Schrecken eingejagt.«

»Alles in Ordnung, Schwester Angelica«, wiegelte Magnie ab und schälte Gary aus der Jacke. »Aber heißer Tee wäre nicht schlecht.«

»Nehmt doch schon mal Platz. Tee kommt sofort. Und Abendessen auch.« Angelica schob einen Stuhl heran und half Gary, sich zu setzen. Hinter Garys Rücken wandte sie sich mit leiser Stimme an Magnie. »O Gott, gut, dass du ihn gefunden hast. Wir wollten gerade die Polizei verständigen. Ich weiß nicht, wie das passieren konnte. Normalerweise ist das Foyer besetzt. Er muss durchgeschlüpft sein, als Schichtwechsel war.« Angelica seufzte bekümmert. »Wir werden in Zukunft besser aufpassen.«

»Ist ja noch mal gut gegangen.«

»Na, zum Glück. Möchtest du auch Tee?«

»Gern. Ist meine Tante noch auf?«

»Leider nein. Du hast sie um eine halbe Stunde verpasst. Aber es ist prima, dass du hier bist. Im Moment drehen sich sämtliche Gespräche nur noch um Up Helly Aa. Das Squad kommt uns doch besuchen, oder? Wir wären alle schrecklich enttäuscht, falls nicht.«

»Natürlich kommen wir, wie in jedem Jahr«, versicherte Magnie. Zu den Aufgaben des Jarls und seines Gefolges gehörten traditionell Auftritte in sämtlichen Altenheimen und Kindergärten Lerwicks. »Möchtest du, dass ich ein paar Worte dazu sage? Damit alle beruhigt sind?«

»Sehr gern. Das heißt, wenn du noch ein wenig Zeit erübrigen kannst. Ich will dich nicht aufhalten.«

»Mach dir keinen Kopf«, erwiderte Magnie gutmütig. Und eigentlich war es ohnehin schon egal, auf eine Viertelstunde rauf oder runter kam es jetzt auch nicht mehr an. Er hatte vorgehabt, zu Hause in Ruhe an dem Interview zu feilen, um das die *Shetland Times* ihn gebeten hatte. Aber der Zwischenfall mit Gary hatte seinen Zeitplan über den Haufen geschmissen. Wie es aussah, würde er wohl eine Nachtschicht einlegen müssen, um sich mit den schriftlich vorgelegten Fragen des Reporters auseinanderzusetzen.

Er nickte Angelica zu, dann stellte er sich gut sichtbar für die anwesenden Bewohner neben die große Anrichte vor dem Durchgang. Die Senioren saßen in Gruppen an runden Tischen zusammen und spielten Karten oder unterhielten sich, während andere scheinbar teilnahmslos dahockten und auf einen unbestimmten Punkt starrten, als verberge sich dort das Tor zu ihrer Vergangenheit. Magnie räusperte sich und hob eine Hand, um auf sich aufmerksam zu machen. Eine alte Dame mit langem, zu einem Zopf geflochtenem weißem Haar hob die Hand und lächelte hinter ihrer Sauerstoffmaske zu ihm herüber. Ihre Tischnachbarin fütterte die Babypuppe in ihrem Arm mit einem leeren Plastiklöffel.

Magnie spürte, wie ihn eine Welle von Traurigkeit überfiel. Besuche im Heim waren immer hart, auch wenn er als Rettungssanitäter ständig mit dem Kreislauf des Lebens konfrontiert war. Er fragte sich, welche Momente seines Lebens im Rückblick zu den bedeutsamen zählen würden, wenn er irgendwann einmal selbst hier säße. Würden es die großen Dinge sein, wie sein Auftritt an Up Helly Aa, oder eher die Augenblicke, die man noch nicht mal bewusst wahrnahm, während man mittendrin steckte, und die man im Nachhinein gern noch einmal durchleben würde? Ein Nachmittag am Strand von St Ninians, mit Salz auf den Lippen und dem Kreischen der Seevögel in den Ohren? Ein Abend in der Kneipe, Tanzmusik, die lachenden Gesichter von Freunden, der Geschmack von frisch gezapftem Bier? Oder das unbeschreibliche Gefühl, bei Sonnenuntergang an der zerklüfteten Felsküste zu stehen, während um einen herum die Gischt meterhoch aufspritzte? Und dann abends, beim Schlafengehen, dieses ganz besondere Knarren des Bettes, in dem man fast die halbe Zeit des Lebens verbracht hatte?

Händeklatschen riss ihn aus seinen Gedanken. Er blickte zu Angelica hinüber, die es gewohnt war, sich lautstark Gehör zu verschaffen. Anders funktionierte es wohl nicht. Mit einem einnehmenden Lächeln deutete sie zu ihm herüber. »Meine Damen und Herren, wir haben einen Gast heute Abend. Sie kennen ihn alle, er besucht regelmäßig seine Tante Betty hier bei uns. Einen Applaus für Magnus Grant, den diesjährigen Guizer Jarl.«

Zögernd begannen ein paar der Heimbewohner zu klatschen. Magnie hob die Hand und grüßte in die Runde. »Guten Abend. Schwester Angelica erzählte mir eben, wie sehr sich alle auf Up Helly Aa und den Besuch des Jarl Squads im King Olav freuen.«

Zustimmendes Nicken und Gemurmel.

»Ich dachte mir, wenn ich schon hier bin, kann ich vielleicht ein bisschen darüber erzählen oder die eine oder andere Frage beantworten.«

Eine ältere Dame in rosa Strickjacke hob die Hand. »Welche Farbe hat die Galeere?«

»Grün und weiß, aber das muss unter uns bleiben. Sie hat einen grauen Drachenkopf mit roten Ohren, und ihr Name ist Yggdrasil. Im Augenblick sind wir gerade dabei, den Rumpf fertigzustellen …« Magnie lehnte sich mit dem Rücken gegen die Anrichte und begann mit Worten Bilder zu malen. Als er fertig war, herrschte Schweigen. Aber nur für einige Sekunden.

»Das waren noch Zeiten, als ich selbst an der Galeere mitgebaut habe …«

»Den Drachenkopf so zu konstruieren, dass er richtig auf dem Bug aufsitzt, ist eine Sache für sich …«

»Ich war bei den Fackelmachern und habe immer noch den Kerosingeruch in der Nase …«

»Wir Frauen haben tagelang gebacken für das Büfett in den Dance Halls danach. Dafür haben wir dann auch bis zum Morgengrauen durchgetanzt und gefeiert …«

»Schade, dass wir das nie wieder erleben …«

»Für unsere morschen Knochen ist das nichts, stundenlang in der Kälte zu stehen. Und erst das Gedränge …«

»Aye«, kam es zustimmend von allen Seiten.

Magnie spürte, wie die Stimmung von aufgeregt und heiter zu melancholisch und gedrückt umschlug. Er rieb sich den Nacken. Verflixt! Das lief ja gründlich schief. Eigentlich hatte er mit seinen Geschichten Freude in den Alltag der Heimbewohner bringen wollen. Jetzt musste er feststellen, dass er unbewusst Erwartungen und Sehnsüchte geweckt hatte, die sich nicht erfüllen ließen.

Oder doch? Nachdenklich starrte er gegen die Decke. Plötzlich hatte er eine Eingebung. Er stieß sich von der Anrichte ab, an der er gelehnt hatte, ging zu Schwester Angelica hinüber und unterbreitete ihr halblaut seinen Vorschlag. Angelica bekam runde Augen, nickte dann aber und meinte, es werde schon klappen. Warum auch nicht?

Magnie ging zurück zu seinem Platz neben der Anrichte. »Hallo, Leute, mir kam gerade eine Idee. Natürlich brauchen wir die Zustimmung der Heimleitung, aber Schwester Angelica meinte, sie sei sich sehr sicher, dass wir das Okay bekommen. Schließlich organisiert das Heim auch Ausflüge ins Kino oder zu einer Kunstausstellung im Mareel.«

»Jetzt spann uns nicht auf die Folter, Junge«, rief ein älterer Herr, der mit Schal, Schirmmütze und Decke dasaß, obwohl es im Aufenthaltsraum heiß wie im Backofen war. Für Magnies Empfinden zumindest. »Was hast du vor?«

»Na ja …« Magnie strich sich grinsend den Bart. »Wenn ihr schon nicht zum Umzug gehen könnt, wie wäre es, wenn ich einen Bus organisiere und wir einen Ausflug in den Bootsschuppen machen? Ich zeige euch die Yggdrasil, und die Kostüme natürlich. Aber es muss unter uns bleiben. Kein Sterbenswörtchen zu irgendjemandem, wie die Galeere aussieht.« Er verschloss sich mit einer Geste den Mund.

Das Schweigen dauerte nur einen Moment, aber es kam Magnus endlos vor. *Shit!* Hatte er wieder unbeabsichtigt danebengegriffen? Hilfe suchend blickte er zu Angelica hinüber.

»*From grant old Viking Centuries* …«, erklang es plötzlich, wie aus dem Nichts. Erst eine, dann mehrere Stimmen. Magnie bekam eine Gänsehaut, als der ganze Saal anfing, das Up-Helly-Aa-Lied zu singen. Rund um ihn herum leuchteten ihm glückliche Gesichter entgegen.

Garantiert hatte er das Richtige getan. Verdammt gutes Gefühl aber auch. Die Idee mit dem Besuch im Bootsschuppen war ihm spontan gekommen. Wie er es bei seinem knappen Zeitplan zwischen all den Verpflichtungen und Vorbereitungen noch zusätzlich unterbringen sollte, wusste er nicht, aber irgendwie würde es schon klappen. Vielleicht konnte Steward noch einmal für ihn einspringen und ihn im Bootsschuppen vertreten, wenn er ihn darum bat.

Als er wenig später das King Olav verließ und sich mit Thor auf den Heimweg machte, konnte er die Freude der Heimbewohner immer noch spüren. Grinsend schritt er durch das mittlerweile dichte Schneegestöber den Hügel hinunter. Thors Pfoten machten leise, klackende Geräusche in dem frisch gefallenen Schnee.

Was für ein Abend! Er war heilfroh darüber, zur richtigen Zeit am richtigen Ort gewesen zu sein. Was aus Gary geworden wäre, wenn sie sich nicht zufällig über den Weg gelaufen wären, mochte er sich nicht vorstellen. Kein Spaß, bei dem Wetter herumzuirren. Das war niemandem zu wünschen. Sein Blick fiel auf die Lichter des Hafens. Unwillkürlich musste er an das Schimmern der Scheinwerfer bei der Landung früher an diesem Abend in Sumburgh denken, und an seine Sitznachbarin Jezz mit den kurzen schwarzen Haaren, den großen dunklen Augen und dem Mund, der eine Spur zu breit für das schmale Gesicht wirkte. Sie hatte einen widersprüchlichen Eindruck auf ihn gemacht. Stark nach außen, aber in ihrem Blick lag eine Verletzlichkeit, die ihr womöglich nicht bewusst war und eine Saite in ihm leise berührt hatte. Er hatte kein gutes Gefühl gehabt, sie allein am Flughafen stehen zu lassen. Um ein Haar wäre er umgedreht, um nach ihr zu sehen. Aber er hatte sich nicht aufdrängen wollen. Inzwischen bereute er es, ihr nicht seine Handynummer gegeben zu haben. Nur so, zur Sicherheit. Falls es mit dem Abholen doch nicht geklappt haben sollte. Man konnte schließlich nicht wissen.

Sicher machte er sich unnötig Sorgen. Sie hatte gesagt, dass die Freundin, die sie abholte, zuverlässig war.

Hoffentlich.

Kopfschüttelnd wischte er sich eine Schneeflocke von den Wimpern. Etwas an ihrer Art hatte ihn gefesselt. Was auch immer es war, es ließ ihn auch jetzt nicht ganz los.

Er schob die Gedanken an Jezz beiseite. Für Komplikationen, sprich: für Frauen, war momentan kein Platz in seinem Leben. Er hatte die Nase noch gestrichen voll von seiner letzten Beziehung, die gescheitert war, weil Caitlin angefangen hatte, ihn auf Schritt und Tritt auszubremsen. Bei der Erinnerung bekam er einen bitteren Geschmack auf der Zunge. Sie hatte ihm vorgeworfen, er vernachlässige sie wegen seiner vielen Verpflichtungen im Komitee. Außerdem war sie ständig eifersüchtig gewesen, wegen nichts und wieder nichts. Schließlich hatte er die Beziehung von sich aus beendet, weil er das Gefühl hatte, keine Luft mehr zu bekommen. Zum Schoßhündchen hatte er kein Talent. Er brauchte ein gewisses Maß an Freiheit. Aber damit hatte Caitlin ein Problem gehabt, obwohl er ihr kein einziges Mal untreu geworden war. Nicht einmal ansatzweise. Gelegenheit hätte es reichlich gegeben.

Aber One-Night-Stands waren nicht sein Ding. Auch jetzt nicht, obwohl er ja nun wieder Single war. Die einzige Beziehung, auf die er sich derzeit einlassen wollte, war die zwischen Hund und Herrchen.

Zum Glück erwartete Thor von ihm nicht mehr, als regelmäßig gefüttert, gestreichelt und vor die Tür gebracht zu werden.

Vereinbar mit seinem derzeitigen Lebensstil.

KAPITEL 5

Am Morgen ihres ersten Arbeitstags betrat Jezz mit einem nervösen Schlingern im Magen das True Love, Shetlands trendiges Brautmodengeschäft in der Fußgängerzone von Lerwick. Mit Hochzeitsmode hatte sie bisher wenig zu tun gehabt. Wenn ihr im Studium jemand prophezeit hätte, dass sie einmal ausgerechnet mit Hochzeitskleidern arbeiten würde, hätten sich alle totgelacht. Ausgerechnet sie mit ihrem Faible für Schwarz und klobige Stiefel. Aber egal, was sollte schon schiefgehen? Immerhin verstand sie jede Menge von Mode, von Stoffen, von Schnittführung und von Trends. Glöckchen bimmelten über dem Eingang, ein dezenter Duft von Kirschblüten wehte aus einem Duftspender, in den Fächern der Regale glitzerten Strasssteine und Perlen um die Wette. Alison, die Inhaberin, eilte mit weit offenen Armen auf Jezz zu und begrüßte sie mit Wangenküsschen. »Hallo, meine Liebe! Wie schön, dich hier zu haben! Ich freue mich riesig, dass du dich entschieden hast, bei mir anzufangen. Hoffentlich fühlst du dich nicht unterfordert als Änderungsschneiderin.«

»Bestimmt nicht. Mittlerweile bin ich froh, dass ich nicht als Modedesignerin arbeite. Die Fashionszene ist megastressig und anspruchsvoll, und schlecht bezahlt wird man obendrein.

Hätte ich das vor dem Studium geahnt, hätte ich mich für Architektur oder Inneneinrichtung entschieden.« Jezz löste sich aus der Umarmung und trat einen Schritt zurück. Ihr Blick glitt über Alisons fuchsiafarbenes Minikleid im Chanelstil, mit dem Hahnentrittmuster und den schwarzen Abnähern, und dann weiter zu den duftigen Träumen in Weiß an den Ständern. Unauffällig zupfte sie sich die Bluse zurecht. Als sie fünf Minuten zuvor in ihrer Wohnung über dem True Love in den Spiegel geblickt hatte, war sie sicher gewesen, ein passendes Bild abzugeben, auch wenn es sich ungewohnt anfühlte. Das Nasenpiercing hatte sie entfernt, weil sie nicht wusste, wie ihre Chefin dazu stand. Statt rockigem Schwarz hatte sie sich für ein selbst entworfenes, apricot- und roséfarbenes Boho-Outfit entschieden, bestehend aus bunt bedruckter, weit fallender Bluse mit Trompetenärmeln und Schlaghose. Retro und daher cool, doch im direkten Vergleich zu Alison wirkte es deutlich weniger elegant. Jezz spürte ein Prickeln im Nacken. Passte sie wirklich hierher? Zwischen Tüll, Rüschen und Glitter? Sie atmete tief durch und erinnerte sich daran, dass der Job hier im Grunde das war, was sie sich gewünscht hatte: die Chance für einen Neubeginn. Im Fitnessstudio an der Theke zu arbeiten, hätte sie auf Dauer ohnehin gelangweilt. Hier, im True Love, konnte sie endlich wieder ihr Talent an der Nähmaschine unter Beweis stellen. Außerdem wäre sie von Menschen umgeben, die Tränen der Freude vergossen und nicht schluchzten, weil sie sich mit allem und jedem überfordert fühlten. So wie ihre überbesorgte Mutter. Jezz verzog das Gesicht. Das Verhältnis zwischen ihnen war kompliziert. *Ogottogott, Jezz, wie soll das nur werden …? Lass es lieber sein, du überforderst dich …* Jezz konnte es nicht mehr hören.

»Am besten, ich führe dich erst mal herum und zeige dir alles«, meinte Alison in Jezz' brütende Gedanken hinein. Sie strich sich mit der Hand über das schwarze Haar, das sie im

Sixties-Style mit antoupiertem Hinterkopf, Zopf und zurückgestecktem Seitenpony frisiert hatte. Um den Look zu vervollständigen, trug sie Make-up im Sechzigerstil mit pastellfarbenem Lidschatten, langen Wimpern und perfekt manikürten, vanillefarbenen Candynails.

Jezz ließ ihre Hände unauffällig hinter ihrem Rücken verschwinden. Vielleicht bemerkte ihre neue Chefin ihre Fingernägel nicht, die unter ihrer Nervosität im Flieger gelitten hatten und daher ziemlich kurz gefeilt und orange lackiert waren.

»Fangen wir hier an.« Alison deutete auf das mit Lichterketten geschmückte Sprossenfenster, vor dem eine Damenschneiderpuppe in einem Traum aus Seide und Satin stand. »Wie du siehst, ist hier die Auslage. Und hier, gleich daneben, ist der Empfang. Hier heißen wir unsere Kunden bei einem Glas Sekt willkommen. Der Einkauf bei uns soll ein wunderbares, unvergessliches Erlebnis sein. Daher arbeiten wir mit Einzelterminvergabe, so hat jede Braut den Laden und unsere Aufmerksamkeit für sich allein. Beim ersten Besuch nehme ich mir viel Zeit, die Kundin kennenzulernen und möglichst viel über sie zu erfahren.«

»Stellst du immer die gleichen Fragen oder machst du das spontan, je nachdem, was dir durch den Kopf geht?« Jezz strich im Vorbeigehen mit der Hand über den cremefarbenen Brokat der Sessel im Vintage-Style, während Alison sie weiter zu den Konfektionsständern im hinteren Bereich des lang gezogenen, dezent in Cremetönen gehaltenen Raums führte. Die Stoffe waren ein Traum. Es war ihr zuvor nicht bewusst gewesen, aber jetzt spürte sie, wie sehr sie es vermisst hatte, mit schöner Mode zu arbeiten, obwohl sie, was Brautkleider betraf, eher zwiegespalten war. Aber solange sie nur Änderungen fertigen musste und nicht verkaufen und beraten sollte, war das okay.

»Ausgezeichnete Frage«, sagte Alison. »Es gibt keine festen Regeln. Alles, was ich tue, ist, zuzuhören und ein Gespür dafür zu bekommen, wie der große Tag im Gesamtbild aussehen soll. Du meine Güte …« Alison unterbrach sich und lächelte versonnen in sich hinein. »Ich weiß noch, wie aufgeregt ich war, als ich mir damals mein Brautkleid in einem Laden in Edinburgh ausgesucht habe. Ich hatte zwar eine vage Vorstellung, was ich wollte, aber gleichzeitig war ich völlig überfordert. Die Verkäuferin war einfach unglaublich. Ich war so verzaubert von meinem Einkaufserlebnis, dass ich Feuer und Flamme war. Als ich den Laden verließ, wusste ich, dass ich eines Tages meinen eigenen Brautmodenladen eröffnen würde.«

Jezz lächelte. »Du hast dich beim Heiraten in Hochzeiten verliebt?«

»Das trifft es ziemlich genau. Brautkleider sind meine Leidenschaft, und wenn man etwas mit Leidenschaft tut, muss es doch gut werden, oder nicht? Schau mal, das hier ist das Herzstück des Ladens.« Alison deutete auf eine Empore am Ende des lang gezogenen Verkaufsraums, die dessen gesamte Breite einnahm. Über Stufen gelangte man darauf in einen offenen Ankleidebereich, der sich mit Vorhängen von der Verkaufsfläche abschirmen ließ. »Ich hasse enge Umkleiden. Vor allem, wenn man ewig lang auf Tuchfühlung mit der schwitzenden Braut in der Kabine steht und dann auch noch das Deo versagt.«

»Auf Tuchfühlung, und das ewig lang? Du machst Witze, oder?«, entfuhr es Jezz verblüfft. »Kommen die Bräute nicht allein zurecht? Ich meine, abgesehen von der Hilfestellung, wenn das Kleid im Rücken geschlossen werden muss, wie schwer kann das schon sein?«

Alison berührte sanft Jezz' Arm und schmunzelte. »Wenn es so einfach wäre! Es fängt schon damit an, dass die Damen meist geschminkt zur Anprobe kommen und die meisten Kleider über den Kopf gezogen werden, weil die Hüften bei uns Frauen eben meist breiter als der Oberkörper sind. Also habe ich zum einen das Problem, dass die Braut sich allein in dem

52

Kleid verheddert, und zum anderen, dass Schminke auf dem Kleid landet. Zum Schutz könnte man der Dame auch ein Tuch über den Kopf legen, das habe ich anfangs ausprobiert, aber es hilft nicht. Daher stehe ich daneben und stülpe der Kundin das Kleid über den Kopf, und zwar ohne dass der empfindliche Stoff mit ihrem Make-up in Berührung kommt.«

»Okay, verstehe.«

»Erfahrungswerte.« Alison seufzte. »Frag nicht, wie oft ich in meiner ersten Zeit mit Bleiche dastand und versucht habe, das Kleid nach der Anprobe wieder sauber zu kriegen. Meine Nägel waren damals noch kürzer als deine, weil sie unter der Chemie gelitten haben, obwohl ich Handschuhe trug.«

»Tatsächlich?«, erwiderte Jezz zögernd. Alison hatte eine verdammt scharfe Beobachtungsgabe. Ob das ein Fluch war oder ein Segen, würde sich herausstellen.

»Wenn die Braut erst mal in dem Kleid steckt, weiß sie oft auch nicht, wie es dann weitergeht.« Alison zählte an den Fingern auf. »Manchmal hat das Kleid Verstrebungen. Oder man kommt nur in einem bestimmten Winkel in die Ärmel. Und wenn das Kleid keine Ärmelchen hat, wird die Corsage meist hinten geschnürt. Oder es hat Häkchen. Oder eine andere Besonderheit. Alles Punkte, bei denen ich gefordert bin.«

»Super. Ich freu mich darauf, wieder mit eleganten Kleidern arbeiten zu dürfen«, sagte Jezz und wollte damit nicht nur höflich sein. Umgeben von traumhaft schönen, hochwertigen Stoffen juckte es sie richtig in den Fingern, mit dem Nähen loszulegen.

Alison zog an Schnüren und ließ die rosafarbenen Stores auf- und zugleiten. »Die Vorhänge sind blickdicht und werden aufgezogen, wenn die Braut fertig ist.«

»Wie ist dir das denn eingefallen?« Jezz war wirklich begeistert. »Das ist ein bisschen wie auf einer Bühne im Theater. Unglaublich schlau, Alison.«

Aus Freude über das Lob bekam Alison Flecken am Hals. Sie winkte ab, als ob nichts dabei wäre, sich ein cooles Store-Konzept auszudenken. »Ich möchte der Braut einen großen Auftritt verschaffen. Schließlich dreht es sich an diesem Tag nur um sie.«

Jezz deutete auf die Auszeichnungen an den Wänden. »Wie es aussieht, bist du sehr erfolgreich.«

»Klingt unbescheiden, aber ja.« Alisons unglaublich blaue Augen strahlten vor Begeisterung. »Lass uns zurück nach vorne an den Empfang gehen. Dann besprechen wir die Termine für die laufende Woche. Das Nähzimmer, die Kaffeeküche und die Toiletten im oberen Stock zeige ich dir später.«

Sie waren gerade dabei, die Änderungswünsche und die offenen Bestellungen durchzugehen, als die Türklingel bimmelte. Jezz strich sich die Bluse glatt und lächelte freundlich.

Ein Junge und ein Mädchen, beide etwa vier Jahre alt, mit großen blauen Augen und dunklen Haaren, betraten das Geschäft. Gefolgt von einer riesigen, schwarz-weiß gefleckten Dogge.

»Raus mit dem Hund! Aber sofort!«, brüllte Alison. Ihrem Gesichtsausdruck nach zu urteilen, war ihr nicht so sehr nach Sekt und Selters zur Begrüßung zumute, sondern eher nach Mord. Leider schien die Dogge Alisons Geschrei als Anfeuerung zu verstehen. Unter freudigem Bellen stürmte sie an der Schaufensterpuppe vorbei in den Laden.

Reflexartig sprintete Jezz, die näher an der Tür stand, vorwärts. »Hab ihn!«, keuchte sie und stemmte die Füße fest in den Boden, um nicht umgerissen zu werden. Der Hund hatte ordentlich Kraft.

»Halt ihn bloß fest!«, blaffte Alison genervt.

»Was denkst du denn?« Jezz blickte leicht verzweifelt an dem riesigen Hund hinunter. »Fragt sich nur, wie lange.«

»Verflixt, wenn dieser Köter noch einmal in meinen Laden rennt, schaffe ich ihn eigenhändig ins Tierheim«, schimpfte Alison.

»Thor, du blöder Hund, hierher, aber sofort! Was soll der Scheiß«, donnerte eine Männerstimme.

Jezz wandte sich um und erstarrte.

In der Tür stand – ihr Sitznachbar aus dem Flugzeug. Blaues, am Hinterkopf gebundenes Kopftuch, bunter Strickpulli mit Shetlandmuster, massige Gestalt. Dazu – unverwechselbar – flammend rotes, schulterlanges Haar und flammend roter Rauschebart. Magnus in voller Lebensgröße und, wie offenbar immer, in voller Lautstärke. Sie spürte ein Grummeln im Magen. Heilige Scheiße, wo kam der denn auf einmal her? Das durfte jetzt nicht wahr sein, oder?

»Klasse, super reagiert.« Magnus trat neben sie und packte Thors Halsband, damit Jezz loslassen konnte. Dabei berührten sich ihre Hände. Jezz spürte einen Stromschlag, wie bei einer statischen Entladung, nur angenehmer. Moment mal …, angenehm? Hä? Wo kam dieser Gedanke denn auf einmal her, überlegte sie finster. Hatte sie so lange keinen Sex mehr gehabt, dass sie eine versehentliche Berührung von Magnus als aufregend empfand? Oder lag es daran, dass die Luft zwischen ihnen ständig aufgeladen zu sein schien, weil seine Art sie auf die Palme brachte? Benommen starrte sie zu Magnus hinüber. Ihr Herz pochte immer noch ein wenig schneller als sonst von der ganzen Aufregung um den Hund.

»Hör auf zu ziehen, Thor! Tut mir leid, Alison. Ehrlich.« Magnus wirkte etwas unbeholfen, wie er so dastand und den sabbernden Hund festhielt, rings um ihn Träume aus Tüll und Glitzer. Als wäre er aus Versehen in eine Hochzeitstorte gestolpert. »Thor hat sich so gefreut, dich zu sehen, da ist er mir einfach entwischt.«

»Schaff ihn raus! Sofort. Und binde ihn ordentlich fest. Und ihr beiden hört auf zu lachen.« Alison stemmte die Hände in die Taille und wandte sich mit gerunzelter Stirn an die Kinder. »Das ist nicht lustig, versteht ihr? Schmutzige Hundepfoten und Hochzeitskleider, das geht gar nicht.«

»Entschuldigung«, murmelte der Junge.

»Thor hat es nicht böse gemeint«, sagte das Mädchen nickend und versuchte, von einer Sekunde zur anderen herzzerreißend traurig auszusehen. Jezz musste grinsen. Die Kleine erinnerte sie an eine frühere Version ihrer selbst. Als Kind hatte sie es auch fertiggebracht, auf Kommando zu heulen. Sie blickte zwischen Alison und den Kindern hin und her, um die Punkte zu verbinden, dann fiel der Groschen. Schwarze Haare, heller Teint, unglaublich blaue Augen – die Ähnlichkeit war unverkennbar.

»Sag mal, Alison, sind das deine Kinder?«

Das Gesicht ihrer Chefin hellte sich auf. »Richtig. Das sind meine Zwillinge, Kirsty und Alec. Sie sind viereinhalb.«

Jezz schluckte. Ihr Blick fiel auf Magnus. »Oookay, dann ist das … dein Mann?«

»Gott bewahre!« Alison zog energisch an ihrem Chanelkleid. In dem Wirbel war es so weit nach oben gerutscht, dass das untere Ende des verstärkten Höschenteils der Strumpfhose hervorblitzte. »Magnie ist mein kleiner Bruder. Los jetzt, raus mit dem Hund! Wird's bald, Magnie?«

»Schon dabei«, sagte Magnie und hob die freie Hand, um Jezz zuzuwinken. »Hi, Jezz, wie geht's? Bist du noch gut nach Hause gekommen?«

»Ihr kennt euch?« Alison hob eine Augenbraue.

»Aus dem Flieger. Los, Thor, stell dich nicht so an. Du wartest draußen. Alison ist gerade nicht gut auf uns zu sprechen.« Thor legte den Kopf schräg, blickte zu Magnie auf und ließ sich dann, brav wie ein Lämmchen, nach draußen bringen.

Benommen starrte Jezz den beiden hinterher.

»Magnie passt gelegentlich auf die Zwillinge auf. Im Grunde ist er gar nicht so verkehrt.« Alison zog die Augenbrauen hoch. »Wird nur Zeit, dass er erwachsen wird. Die Frau, die ihn zur Räson bringt, muss aber noch geboren werden.«

»Hm«, brummte Jezz, ohne mit dem Kopf dabei zu sein. Sie kam nicht darüber hinweg, dass Magnus der Bruder von Alison war. Nachdenklich betrachtete sie die Zwillinge. Die beiden schienen sehr süß zu sein. Jedenfalls waren sie gut erzogen. Im Gegensatz zu dem Hund. Jezz verdrehte innerlich die Augen. Die Kinder, die Magnies Gene erben würden, taten ihr jetzt schon leid.

»Kommt her«, sagte Alison und ging in die Hocke, um die Zwillinge in den Arm zu nehmen. Liebevoll strich sie ihnen über die Köpfe. »Alles gut? War es schön im Kindergarten?«

»Ja.« Kirsty nickte. »Schade, dass heute schon so früh aus war.«

»Gar nicht schade«, widersprach Alec. »Kindergarten ist doof.«

Magnie kam zurück, ohne Hund diesmal. »Entschuldige nochmals«, sagte er und blieb so nah neben Jezz stehen, dass ihr der Geruch seines Aftershaves in die Nase stieg, den sie bereits aus dem Flieger kannte. »Wir sind auf dem Weg vom Kindergarten zu mir nach Hause, um dort Pizza zu backen. Die beiden wollten nur kurz Hallo sagen, weil wir gerade am Laden vorbeikamen.«

»Ist ja kein Problem. Solange der Hund draußen bleibt.« Alison erhob sich aus der Hocke. Interessiert musterte sie Magnie und Jezz. »Wie habt ihr beide euch kennengelernt?«

»Die Geschichte musst du dir anhören, Alison.« Magnie lachte, nahm das Kopftuch ab und fuhr sich durch die Haare. »Es war *ziemlich* witzig, stimmt's, Jezz?«

Jezz lächelte gequält. »Hm, ja, unglaublich witzig«, sagte sie, aber der Sarkasmus in ihrer Stimme wurde von Magnie überhört.

»Es war ein Kennenlernen wie im Film. Also …« Magnie spielte beim Reden mit dem Kopftuch, rollte es zusammen und dann wieder auf. Fasziniert betrachtete Jezz seine Hände. Es waren ungewöhnlich schöne Männerhände, kräftig, mit langen Fingern und orangeroten Härchen auf dem Handrücken. Zuvor war ihr das nicht aufgefallen. Sie ertappte sich dabei, darüber nachzudenken, ob auf Magnies Brust ebenfalls orangerote Haare wuchsen.

»Ich komme also von Gregs Junggesellenabschied«, sagte Magnie zu Alison. »Ist eine lange Party, aber du weißt ja, ich vertrag einiges. Dann steige ich in den Flieger und bekomme den Platz neben Jezz. Wir fangen an, uns zu unterhalten, die Zeit fliegt nur so dahin und irgendwann räumt die Stewardess die Tabletts ab. Ich denk mir, ein Schluck Whisky zum Nachspülen kann nicht schaden und genehmige mir einen. Natürlich nicht, ohne Jezz davon anzubieten. Dann will Jezz ein wenig entspannen, also lehne ich mich zurück und mache ebenfalls die Augen zu. Das Nächste, was ich mitkriege, ist, dass die Flugbegleiterin mich kurz vor der Landung wachrüttelt und Jezz mir erzählt, dass ich mit dem Kopf auf ihrer Schulter eingeschlafen bin. Ehrlich, wenn das so ein *Boy-meets-Girl*-Ding wie im Film gewesen wäre, wären wir sicher als Liebespaar auseinandergegangen.«

»Da ihr das nicht seid, ist es unwahrscheinlich, dass Jezz es witzig fand«, kommentierte Alison ungerührt. »Außerdem sabberst du im Schlaf. Zumindest hast du das früher getan.«

Kirsty und Alec kicherten. Dann legte Kirsty Alec die Hand vors Ohr und tuschelte ihm etwas zu, woraufhin Alec eine alberne Grimasse schnitt.

»Ich habe nicht gesabbert, da bin ich mir sicher.« Magnie zerrte nervös an dem zusammengezwirbelten Kopftuch. »Stimmt doch, Jezz? Ich habe nicht gesabbert, oder?«

»Du hast geschnarcht«, sagte Jezz trocken. Sie sah zu Alison hinüber, ihre Blicke begegneten sich. Alison prustete los, und Jezz musste mitlachen.

Magnie schaute verdutzt. »Ich und schnarchen? Nicht dass ich wüsste.«

»Und wie!«, antworteten Jezz und Alison im Chor.

»Jezz«, sagte Alison, wieder halbwegs ernst. »Ich entschuldige mich in aller Form für das Benehmen meines Bruders. Wie gesagt, er schlägt manchmal ein bisschen über die Stränge, aber er hat ein goldenes Herz.«

Jezz beschloss, dies unkommentiert stehen zu lassen. Es gab Momente, da schwieg man besser.

»Und, Magnie, zu deiner Info«, sagte Alison. »Jezz wird die kommenden Monate bei mir im Laden aushelfen.«

Magnie lächelte etwas verlegen und band sich das Kopftuch im Nacken. Sein Blick streifte Jezz. »Cool. Dann ist das der Job, von dem du gesprochen hast? Du arbeitest bei meiner Schwester?«

»Sieht so aus«, meinte Jezz schicksalsergeben. Alisons Bruder, na super! Das bedeutete, dass er ihr hier im Laden sicher öfter über den Weg laufen würde.

»Glückwunsch zum Einstand«, sagte Magnie gut gelaunt und wandte sich dann an seine Schwester. »Freut mich, dass du eine neue Mitarbeiterin gefunden hast. Jezz ist sehr süß. Ein bisschen unentspannt, vor allem, wenn man eine Unterhaltung mit ihr anfängt. Und Hilfe nimmt sie auch nicht gern an. Aber sonst süß.« Er zwinkerte, zum Zeichen, dass er Jezz nur ein wenig hochnehmen wollte. »Lass mich bloß nicht mit ihr ausgehen.«

»Geh nicht mit ihm aus, Jezz«, sagte Alison. »Er lässt nichts anbrennen.«

Magnie hob abwehrend die Hände. »Hey, was kann ich dafür, wenn mir die Frauen hinterherlaufen? Außerdem hast du ein völlig falsches Bild von mir, denn …«

»Sorry, Magnie, aber jetzt ist wirklich nicht der passende Moment, um das zu klären. Die Kinder haben Hunger und ich muss weiterarbeiten. Wir führen das Gespräch ein andermal.« Alison trommelte ungeduldig mit den Fingern auf der Theke.

»Bin schon weg«, erklärte Magnie und nahm die Kinder an die Hand. »*Cheers,* Jezz. Vielleicht sollten wir doch mal zusammen etwas trinken gehen. Ich würde gern erleben, wie du drauf bist, wenn du dich locker machst.« Wieder dieses Zwinkern, mit dem er sie auf den Arm nahm. Dann war er zur Tür hinaus.

Jezz blickte ihm kopfschüttelnd hinterher.

»Also schön. Wo waren wir stehen geblieben?« Alison fuhr mit einem Finger über das aufgeschlagene Terminbuch. »Ach ja, hier. Das Kleid für Miss Keith. Du wirst sehen, es gibt ganz verschiedene Bräute. Miss Keith zum Beispiel ist ein Schleifentyp. Am liebsten hätte sie überall zusätzliche Schleifchen aufgenäht, am Oberteil, am Rock, an der Schleppe, es können gar nicht genug sein. Und diese Kundin hier …«, Alisons Finger wanderte weiter, »… wünscht sich Spitzenapplikationen im Paisley-Stil an ihrem Kleid, mit Perlen und Strasssteinen. Das ist viel Arbeit.«

Alisons Worte rauschten an Jezz vorbei. In ihren Gedanken lief die Szene mit Magnie im Flieger in Endlosschleife.

Sie war sich sicher gewesen, dass sie ihn nie wiedersehen würde, nachdem sie sich am Gepäckband verabschiedet hatten. Und jetzt stellte sich heraus, dass er der Bruder ihrer Chefin war und irgendwie ständig im Laden vorbeischaute. Na super! Sie zwang sich, nicht laut zu stöhnen. Die Zeit auf Shetland schien um einiges komplizierter zu werden, als sie sich vorgestellt hatte.

Kapitel 6

»Also ist dein erster Arbeitstag unterm Strich gut gelaufen?« Maras Stimme klang verzerrt durch den Hörer, was an der schlechten Funkverbindung lag.

»Schon.« Jezz klemmte sich das Handy zwischen Kinn und Schulter, während sie es sich mit einer Tasse Tee auf der Fensterbank in ihrer Dachgeschosswohnung gemütlich machte. Draußen prasselte der Regen gegen die Scheibe. Die Lichter des Hafens schimmerten orange in der Dunkelheit.

»Aber?«, fragte Mara in die entstandene Pause hinein.

»Kein Aber. Ich will Alison nur nicht enttäuschen. Das ist alles«, erwiderte Jezz ein wenig kläglich. Sie hatte gemerkt, dass sie nach dem ersten Tag im True Love mit einem Gefühl der Unzulänglichkeit im Bauch nach Hause gegangen war.

»Was ist denn das für ein Unsinn? Wieso solltest du?«

»Keine Ahnung. Es ist nur, Alison ist so durch und durch perfekt, und zwar bis ins kleinste Detail. Ich habe noch nie jemand getroffen, der so leidenschaftlich für Brautmoden ge-schwärmt hat.«

»Und deine Leidenschaft ist Modedesign. Klingt nach einem perfekten Match. Wo liegt das Problem?« Jezz konnte förmlich hören, wie Mara die Stirn in Falten zog.

Jezz legte das Handy auf der Fensterbank ab und drückte die Lautsprechertaste. Langsam rieb sie mit dem Daumen über den Rand ihrer Teetasse. »Das Problem ist, ich stehe einfach nicht so hinter dem Thema wie Alison. Ich meine, wenn jemand unbedingt heiraten will, warum nicht? Ich für meinen Teil kann nur nicht verstehen, was der ganze Aufstand soll.«

»Du meinst das ganze Drumherum, die Feier, das Brautkleid, die Aufregung, das viele Geld und all das, nur für einen Tag?«

Jezz nickte. »Ja, aber auch grundsätzlich. Klar ist es jedem selbst überlassen, aber wozu überhaupt heiraten?«

»Du glaubst nicht an die große Liebe?«

»Schon. Ich glaube nur nicht an ›für immer und ewig‹. So ist das Leben nun mal nicht. Es lässt sich nicht im Voraus planen. Nicht einmal für die nächsten fünf Jahre.«

»Ich weiß.« Mara seufzte. »Andererseits kann ich mir nicht vorstellen, dass Alison ein Problem mit deiner Einstellung hat, solange du gute Arbeit ablieferst. Außerdem arbeitest du ohnehin im Hintergrund. Mit den Bräuten hast du kaum zu tun.«

»Von wegen! Alison meinte heute, es sei ihr wichtig, dass ich bei den Verkaufsgesprächen dabei bin und mitberate.«

»Wusstest du das vorher?«

»Nein. Ich bin ganz schön ins Schwitzen gekommen, als sie damit um die Ecke kam.«

»Aber warum? Verkaufen kannst du. Das hast du im Fitnessstudio doch auch gemacht.«

Jezz zeichnete mit dem Finger die Spuren der Regentropfen an der Scheibe nach. »Das ist doch etwas ganz anderes. Gesundheit zu verkaufen, fühlt sich nun mal richtig an.«

»Und Brautkleider zu verkaufen, ist falsch?«

»Wenn du nicht von der Ehe überzeugt bist, schon.«

»Sehe ich anders«, meinte Mara. »Wieso machst du dir so einen Kopf?«

Jezz setzte sich aufrecht hin und zog die Knie an die Brust. »Verrat mir mal, was ich tun soll, wenn die Kundin unbedingt in einem übertriebenen Prinzessinnenkleid mit Schleier, Krönchen, Chichi und Was-weiß-ich-noch-allem heiraten will, in dem sie unvorteilhaft aussieht, nur weil sie es auf Instagram gesehen hat und das Kleid dort was weiß ich wie viele Tausend Likes gekriegt hat? Obwohl sie in einem schlichten Kleid aus Seide oder Satin ohne Rüschen und Flitterkram viel besser dastehen würde?«

»Na ja, dann musst du eben abwägen.« Mara kicherte. »Ich erinnere mich, wie ich mir einmal einen Pagenkopf mit Mikropony schneiden lassen wollte, weil ich das bei einer französischen Schauspielerin so toll fand. Die dämlichste Idee überhaupt, bei meiner Gesichtsform. Aber dann hat mir meine Friseurin mit Fingerspitzengefühl und einer Portion Geradlinigkeit klargemacht, dass das bei mir einfach nur bescheuert ausgesehen hätte. Natürlich hat sie es nicht so formuliert.«

Jezz seufzte. »Du redest dich leicht. Ich habe mich wie ein Vegetarier gefühlt, der zuvor in der Obst- und Gemüseabteilung gearbeitet hat und nun Wurst und Käse verkaufen soll. Was, wenn mir eine unpassende Bemerkung herausrutscht, die Kundin verärgert den Laden verlässt und Alison mir erklärt, dass ich eine totale Fehlbesetzung bin?«

»Das sind deine Ängste?«

»Irgendwie schon.«

»Okay. Nur mal angenommen. Was wäre denn das Schlimmste, was passieren könnte?«

Ich setze den Job bei Alison in den Sand und muss zurück nach München. Dort finde ich niemanden, der mich einstellt, weil ich an der Uni außer Modedesign nichts gelernt habe. In der Kneipe kellnern kann ich auch vergessen, weil ich meinem Körper den Stress nicht mehr antun kann. Alles läuft schief, und ich kann mir keine eigene Wohnung leisten. Weil ich es nicht schaffe, mich über Wasser zu halten, muss ich zurück zu meiner Mutter ziehen. Ende der Geschichte.

»Alison setzt mich vor die Tür«, sagte Jezz.

»Glaub ich nicht. Und wenn, dann machst du eben etwas anderes. Bis du etwas Neues hast, kannst du bei mir wohnen.«

Jezz starrte auf die schillernden Flecken, die sich beim Abkühlen auf der Oberfläche des Tees gebildet hatten. »Und wenn ich nichts finde?«

»Dann machst du dich eben selbstständig und entwirfst deine eigene Kollektion. Shetland ist perfekt für Künstler und Designer. München natürlich auch.« Mara klang, als wäre es das Einfachste der Welt. Stoff kaufen, Nähmaschine auspacken und loslegen.

»Schön wäre es. Leider fehlt mir das nötige Startkapital, um mich selbstständig zu machen.« Jezz ließ die Schultern hängen.

»Was ist mit deiner Mutter? Die würde dir doch im Zweifelsfall bestimmt unter die Arme greifen.«

»Ausgeschlossen«, entfuhr es Jezz, eine Spur heftiger als nötig. »Ich meine, ausgeschlossen, dass ich sie frage. Helfen würde sie mir schon«, setzte sie etwas weicher hinterher. »Aber dann würde sie wollen, dass ich zurück zu ihr nach Erding ziehe.«

»Und das möchtest du nicht.«

»Auf keinen Fall.«

»In Ordnung.« Mara trommelte hörbar mit den Fingern. »Wenn alles andere ausscheidet und du auf den Job bei Alison angewiesen bist, dann musst du eben dafür sorgen, dass die Bräute den Laden mit dem perfekten Kleid verlassen. Übrigens habe ich keine Zweifel, dass du das hinkriegst.«

Schön, dachte Jezz und starrte in die rabenschwarze Dunkelheit hinaus. Wenn sie sich selbst da nur so sicher gewesen wäre. Sie sollte Frauen dazu bringen, eine Irrsinnssumme für ein Hochzeitskleid auf den Tisch zu blättern, wo sie der Meinung war, dass man besser die Finger vom Heiraten ließ? Das war doch Wahnsinn, oder?

Andererseits …

Andererseits war der Job hier auf Shetland bei Alison *die* Chance, ihr Leben wieder auf die Reihe zu bekommen. Ein *Gamechanger,* wie es so schön hieß.

»Wird schon werden«, sagte Mara. »Ich bin jedenfalls froh, dich in meiner Nähe zu haben.«

»Ich freue mich auch. Danke für dein offenes Ohr.«

Mara seufzte. »Wozu sind Freundinnen da?«

Kurz darauf war das Gespräch beendet. Jezz stellte die Teetasse neben sich auf dem Boden ab, in sicherem Abstand, damit sie nicht umgestoßen werden konnte, und angelte nach der Mappe mit dem cremefarbenen, gerippten Briefpapier. Der Block darin war dünn geworden. Allerdings waren die meisten Blätter davon zerknüllt im Müll gelandet.

Sie atmete tief durch. Wieder spürte sie diese Enge in ihrer Brust. Sie schloss die Augen und spürte dem Schlag ihres Herzens nach. Gleichmäßig, fest, zuverlässig.

Ein neues Leben.

Es war ihr wichtig, Danke zu sagen.

Warum nur fiel es ihr so schwer, die richtigen Worte zu finden?

Das Handy summte. Jezz wischte über das Display und sah, dass die WhatsApp tatsächlich von ihrer Mutter stammte. Es konnte nichts Weltbewegendes sein. Sie hatten gestern erst telefoniert.

Ist es dir ohne Federbett nachts auch warm genug? Ich könnte dir eines kaufen und schicken, wenn du willst.

Etwas verspannte sich in ihr. Es war ein Fehler gewesen, Mama zu erzählen, dass sie letzte Nacht mit Socken und Jogginghose im Bett gelegen hatte, weil die Dachbodenwohnung schlecht isoliert war und die Heizung im Gebäude nach zweiundzwanzig Uhr auf Sparflamme lief.

Nein, alles gut, tippte sie zurück. Dahinter ein Zwinker-Smiley und eins mit Daumen hoch.

> Das sagst du immer, und dann ist es nicht so. Bitte
> sei ehrlich und sag, was du brauchst. Ich bin kurz
> davor, mich in den Flieger zu setzen und dir meine
> elektrische Heizdecke zu bringen. Die wirkt Wunder
> bei kalten Füßen.

Bloß nicht! Jezz atmete tief durch. Die Vorstellung, ihre Mutter würde mir nichts, dir nichts im True Love aufkreuzen, mit dicken Socken, Heizdecke und einem Jahresvorrat Multivitamintabletten unter dem Arm, war beunruhigend.

Mama, es ist alles gut. WIRKLICH, tippte sie rasch. Dahinter ein Ausrufezeichen.

Sicher?, kam es umgehend zurück.

Sicher, schrieb Jezz. Sie überlegte kurz, dann setzte sie ein Küsschen-Emoji dahinter.

> Na schön. Aber das Federbett und die Heizdecke
> schicke ich dir trotzdem.

Mach das. Wenn es dich beruhigt, schrieb Jezz.

> Es würde mich beruhigen, wenn du nach Hause
> kommst. Gute Nacht und pass auf dich auf.

Jezz schickte einen Gruß zurück. Dann ließ sie das Handy neben sich auf den Boden fallen.

Keine Frage, dass sie ihre Mutter liebte. Es war nur … kompliziert.

Jezz wollte nicht darüber nachdenken. Sie lehnte den Kopf ans Fenster und hauchte einen feinen Nebel gegen die Scheibe.

Zögernd hob sie die Hand und malte das Yin-Yang-Symbol, nicht als Kreis, sondern in Herzform. Sie betrachtete es gedankenverloren, dann wischte sie mit dem Ärmel das Glas wieder sauber.

Der Regen hatte aufgehört. Von den umliegenden Häusern ging ein schwacher Lichtschein aus. Der Himmel über der Stadt war so lichtlos wie zuvor, aber über dem Meer meinte Jezz einen schwachen Kontrast zwischen hell und dunkel wahrzunehmen.

Konnte es sein?

So sehr wünschte sie sich, Polarlichter zu sehen.

In der Zeit im Krankenhaus, als sie im Bett lag und auf ein Spenderherz wartete, zu schwach, um aufzustehen, hatten die Polarlichter sich in ihre Träume geschlichen. Wie ein Fixstern, der über ihr leuchtete. Etwas, was ihr Mut gab. Ein Grund, warum es sich lohnte, durchzuhalten und zu kämpfen. Warum das so war, wusste sie nicht. Vor ihrer Erkrankung hatten Polarlichter sie nicht sonderlich interessiert.

Jezz starrte in die Nacht. Der schwache Schimmer war verschwunden.

Keep calm and dream on, Jezz.

Und in der Zwischenzeit?

Sie legte den Kopf auf die Knie und schloss die Augen. Wusch … wusch … wusch … das Pochen ihres Herzens vibrierte durch ihren Körper.

Das Herz eines Menschen, der gestorben war. Ein Mensch, der sich zur Organspende entschlossen hatte, damit jemand anderes die Chance hatte, weiterzuleben. Ein kräftiges, starkes Herz. Das hatte sie instinktiv gespürt, als sie nach der Transplantation aus der Narkose erwacht war.

Sie hob den Kopf und griff nach Block und Kugelschreiber. Die Mappe legte sie sich als Schreibunterlage auf die ausgestreckten Beine.

Eine lange Weile saß sie so da. Der Stift bewegte sich keinen Millimeter. Wieder starrte sie hinaus in die Nacht.

Wer bist du gewesen? Warst du glücklich? Wusstest du, dass du sterben würdest? Wie viel ungelebtes Leben war in dir, als du gingst? Wie viel Liebe?

Ihre Hände waren eiskalt. Sie rieb sie aneinander. So viele Emotionen. So viel Dankbarkeit. Und keine Worte dafür in ihrem Kopf.

Komm schon, Jezz. Sei nicht so verdammt unfähig!

Es fing schon damit an, dass sie sich nicht einmal mit der Anrede sicher war. *Lieber Spender? Liebe Hinterbliebene?* Überhaupt: *Liebe ...?* Oder einfach *Hallo?*

Frustriert fasste sie sich mit beiden Händen in ihr Haar und zog so heftig daran, dass sich die Kopfhaut spürbar anspannte. Ob sie den Brief je würde schreiben können? Ihr Blick glitt nach draußen, in einen rabenschwarzen Himmel. Nicht einmal das schwächste Anzeichen einer Aurora borealis. Leise begann es zu schneien.

Kapitel 7

»Bist du sicher, dass du zurechtkommst?« Alison stand in Mantel und Stiefeln neben dem Empfangstresen im True Love und sah Jezz fragend an.

Jezz zögerte eine Mikrosekunde, dann nickte sie. »Klar.«

Es war ihr dritter Tag im Brautmodenladen. Inzwischen hatte sie genügend Zeit gehabt, um das Telefonat mit Mara sacken zu lassen. Wahrscheinlich hatte die Freundin recht, man musste selbst nicht an Glücklich-für-immer glauben, um Brautmoden zu verkaufen. Also hatte sie ihre Selbstzweifel und die Sorge, eine totale Fehlbesetzung für den Job zu sein, über Bord geworfen und bemühte sich seitdem zu beweisen, dass sie das Gegenteil von dem war, was Magnie behauptet hatte, nämlich unentspannt und alles andere als locker. Das Piercing steckte wieder in ihrer Nase und ihr Kleidungsstil war weniger bemüht. Jezz atmete tief durch, als sie sich dabei ertappte, schon wieder an Magnie zu denken. Eigentlich konnte es ihr egal sein, was er von ihr hielt, aber insgeheim wurmte sie seine flapsige Bemerkung, auch wenn er es nur im Spaß gesagt hatte. Steckte nicht in jedem Scherz ein Körnchen Wahrheit?

Also hatte sie sich ins Zeug gelegt und wusste inzwischen Bescheid über die Abläufe. In der Theorie zumindest. Weshalb sollte sie nicht für ein, zwei Stunden die Stellung halten können? Außerdem hatte sie richtig Lust auf die Aufgabe, die Alison ihr für heute aufgetragen hatte: das Schaufenster umzugestalten und ein anderes Brautkleid an der Schneiderpuppe zu drapieren. Das Modell aus der Kollektion durfte Jezz frei wählen. Es war schön, dass Alison ihr nicht nur etwas zutraute, sondern auch Freiheiten ließ. Überhaupt war Alison als Chefin schwer in Ordnung. Von Hierarchien schien sie nicht viel zu halten. Der Ton zwischen ihnen war sowohl herzlich als auch respektvoll. Alison hatte Charme und Stil. Sie besaß ein irres Händchen dafür, zwischenzeilig herauszulesen, was die Kundin sich wünschte, noch bevor diese überhaupt eine vage Vorstellung formulierte.

Alison war cool. Dass sie gerade zum ungefähr zehnten Mal den Inhalt ihrer Handtasche auf dem Tresen überprüfte, war ungewöhnlich. Bis eben hatte Jezz Alison nie nervös erlebt.

»Also gut. Meine Handynummer hast du. Falls es ein Problem gibt, ruf bitte an.« Alison strich sich ordnend über den toupierten Hinterkopf. »Ich bin in einer Stunde zurück.«

»Ich weiß.«

»Oder eher in zwei. Je nachdem, wie es läuft.«

»Auch gut. Ich krieg das hin, Alison, ehrlich. Mach dir keinen Kopf.« Entschlossen befestigte Jezz das Nadelkissen mit dem Klettband an ihrem Unterarm.

»Gut. Dann bis später.« Alison schnappte sich ihre Tasche. In der Tür drehte sie sich noch einmal um. »Weißt du …«, hob sie an und machte ein zerknirschtes Gesicht. »Ich bin wegen meines Termins in der Stadt nervös, und nicht, weil ich dir nicht zutraue, allein den Laden zu schmeißen. Bitte versteh das nicht falsch.«

»Danke, dass du es klar ansprichst.«

Alison lächelte. »Nur so kann es gehen. Gilt übrigens auch umgekehrt. Wenn du mit meiner Art nicht klarkommst oder dir etwas gegen den Strich geht, dann bitte gleich raus damit, bevor es zu Missverständnissen kommt.«

»Bis jetzt ist alles prima.«

»Freut mich.« Ein warmes Lächeln glitt über Alisons Gesicht. »Ich hoffe, du lebst dich gut auf Shetland ein. Es wäre schön, wenn dir die Arbeit bei mir gefällt und du das ganze Jahr bleibst.«

Mit einem Klingeln der Türglocke war Alison zum Laden hinaus.

Jezz war allein. Ein wenig verloren kam sie sich im ersten Moment schon vor. Hoffentlich musste sie keine Anrufe entgegennehmen. Im direkten Gespräch verstand sie den örtlichen Dialekt gut. Am Telefon aber, wo man das Gegenüber nicht sehen konnte, war es anders. Schulterzuckend machte sie sich an die Arbeit.

Mit geschickten Fingern zog Jezz die Nadeln, die in den Falten des Tülls steckten, aus dem Brautkleid im Schaufenster. Zum Schutz vor Staub und Flusen packte sie es in eine Schutzhülle. Mit dem Bügeleisen bedampfen, bis der Stoff sich wieder tadellos bauschte, würde sie es später. Nachdenklich stand sie vor den Modellen. Organza und Satin raschelten leise unter ihren Fingern, als sie ein Kleid nach dem anderen begutachtete. Welches würde sich im Schaufenster am besten machen? Das gerade fallende Modell im Empire-Stil mit dem tiefgezogenen, spitzenbesetzten V-Ausschnitt? Oder das perlmuttfarbene Meerjungfrauenkleid mit dem floralen Spitzenstoff? Skeptisch hielt sie es am Bügel in die Höhe. Fishtail-Modelle boten für ihren Geschmack viel zu wenig Beinfreiheit. Natürlich sah es toll aus, wenn man die Figur dazu hatte – wie man sich darin allerdings auch nur halbwegs graziös bewegen sollte, geschweige denn tanzen, war ihr ein Rätsel. Im Schaufenster hingegen wäre die voluminöse Schleppe ein Hingucker, wenn man sie geschickt drapierte.

Zum Vergleich hielt sie beide Modelle nebeneinander. Dabei musste sie plötzlich an die Disneyfilme denken, die sie als Kind gesehen hatte. Jezz lachte. Tiana oder Arielle? Arielle, entschied sie belustigt.

Umsichtig schob sie das Empire-Kleid zurück zwischen die übrigen duftigen, glitzernden Träume in Weiß. An der Modeschule hätte sie jeden für verrückt erklärt, der ihr prophezeit hätte, sie werde eines Tages Prinzessinnenkleider verkaufen.

Das Gleiche hätte sie auch zu jedem gesagt, der vorhergesagt hätte, dass sie ein Spenderherz benötigen würde, um am Leben zu bleiben.

Kurz darauf kniete sie auf den Marmorfliesen hinter der Auslage und arrangierte den Schleier zu einem Wasserfall aus Spitze und Strass. Dann lehnte sie sich zurück und begutachtete zufrieden ihr Werk. Mittlerweile hatte sich die Wintersonne durch den Hochnebel gekämpft und warf ein Muster aus Licht und Schatten durch das Sprossenfenster. Staubkörnchen tanzten in den Sonnenstrahlen. Jezz betrachtete verzaubert das Schauspiel. Wenn man die Augen zusammenkniff, sah man Abertausend silberne Funken um das Brautkleid tanzen. Dazu glitzerten die Strasssteine um die Wette. Irgendwie fast magisch. Wenn man auf Romantik stand.

Aus den Augenwinkeln bemerkte Jezz eine Gestalt am Fenster vorbeieilen. Im nächsten Moment bimmelte die Türglocke.

»Hi.« Eine sympathische junge Frau, die mit einem Meter sechzig in etwa so groß war wie Jezz, im Gegensatz zu ihr aber eher Konfektionsgröße L trug, betrat den Laden, einen voluminösen Kleidersack über dem Arm. Einzelne Locken ihres zum Zopf gebundenen schwarzen Haares kringelten sich wild in ihre Stirn. Der porzellanhelle Teint bildete einen Kontrast zu den kirschroten Lippen. Das Lächeln selbst wirkte verzweifelt.

Auftritt Schneewittchen, schoss es Jezz durch den Kopf, irgendwie logisch, nach Arielle und Tiana. Sie verkniff sich ein Grinsen.

»Ist Alison da?«

»Tut mir leid.« Jezz lächelte freundlich. »Mrs Summers kommt erst in einer Stunde zurück.«

»O Gott! Bis dahin habe ich einen Nervenzusammen-bruch.« Die Dame schnitt eine enttäuschte Grimasse.

»Kann ich Ihnen helfen? Was ist denn das Problem?«, fragte Jezz zögernd.

Die Kundin sog angespannt die Luft ein. Dann sprudelte es aus ihr heraus. »Ich bin völlig mit den Nerven runter. Meine Freundin hatte recht. Es ist dumm, ein Brautkleid online in China zu bestellen. Aber der Preis war so günstig und die Alternative wäre gewesen, ein Drittel der Gäste von der Liste zu streichen, um das Budget für die Hochzeit nicht zu sprengen. Im Internet stand, dass sie nach Maß schneidern, aber nichts stimmt, noch nicht einmal die Taille. Und der Stoff fühlt sich komisch an.« Sie unterbrach ihren Wortschwall, um Luft zu holen.

»Ich nehme an, das Kleid ist hier drin, richtig?« Jezz nutzte den Moment und deutete auf den Kleidersack. »Und es passt nicht, sagen Sie?«

»Ich sehe darin aus wie ein über den Boden kriechender Wackelpudding.«

»So schlimm?« Jezz verzog mitfühlend das Gesicht.

»Grauenvoll.«

»Oje. Haben Sie versucht, es zu reklamieren?«

»Ja, natürlich. Ich habe mehrere Mails geschrieben. Der Support behauptet, die Anfertigung sei genau nach meinen Angaben erfolgt, was aber nicht sein kann. Als Lösung hat man mir angeboten, dass ich das Kleid gegen Bezahlung zum Ändern zurück nach China schicken kann. Ein Witz, oder?«, sagte sie und sah aus, als würde sie gleich in Tränen ausbrechen. »Ich kriege das Kleid doch nie im Leben rechtzeitig zur Hochzeit zurück. Und was dann?«

»Wann ist denn der Termin?«

»In drei Wochen.« Die Augen der Kundin schimmerten feucht.

Jezz beschloss, zu handeln, bevor wirklich Tränen flossen. »Kein Problem, das bekommen wir hin. Wir retten, was zu retten ist.«

Überraschte Stille.

»Moment.« Ungläubig schüttelte die Frau den Kopf. »Heißt das …«

»Aber sicher!«, meinte Jezz selbstbewusst. Über diesen Punkt hatte Alison ausführlich mit ihr gesprochen. Das Erfolgsgeheimnis des True Love bestand darin, der Braut zu ihrem perfekten Traumkleid zu verhelfen. Ganz gleich, ob das Kleid im True Love gekauft wurde, im Bekanntenkreis weitergereicht worden war, ob es von Ebay oder eben aus China stammte.

»Sie sind ein Engel.« Das Gesicht der Frau erhellte sich. Sie reichte Jezz die Hand und schüttelte sie überschwänglich. »Übrigens, ich bin Miss Burns. Aber sagen Sie doch bitte Shona.«

»Gerne, Shona, ich bin Jezz.«

»Ich komme mir ganz schlecht vor.« Shona schnitt eine zerknirschte Grimasse. »Warum habe ich das Kleid nicht gleich bei Ihnen im Laden gekauft? Das war so ziemlich die blödeste Idee, die ich seit Langem hatte.«

Jezz winkte ab. »Ärgern Sie sich nicht über Dinge, die schon entschieden sind. Wollen wir uns das Kleid einmal angezogen zusammen ansehen? Die Umkleide ist dort hinten.«

»Danke, das würde ich gern tun.«

Shona sah alles andere als glücklich aus, als sie sich kurz darauf vor dem hohen Ankleidespiegel betrachtete. Resigniert zerrte sie an dem tiefen V-Ausschnitt, der einen etwas zu freizügigen Blick auf ihren vollen Busen gewährte. »Sehen Sie, was ich meine? Der Pfarrer fällt rückwärts in Ohnmacht, wenn er mich so sieht. Außerdem dachte ich, ein Kleid in A-Linie würde meine Figur insgesamt eher strecken. Aber an mir sieht es aus wie ein Sack.«

»Lassen Sie mich kurz überlegen …« Jezz lehnte sich mit den Hüften gegen die Balustrade und verschränkte die Arme vor der Brust. Im Großen und Ganzen war das Kleid nicht einmal so verkehrt, abgesehen davon, dass es schlecht saß.

»Ich wiege mindestens zehn Kilo zu viel.« Mit trauriger Miene stemmte Shona die Hände in die Taille und drehte sich seitlich zum Spiegel. »Vielleicht sieht der Bauch flacher aus, wenn ich ein Mieder darunter anziehe?«

»Unsinn, Shona, mit Ihrer Figur ist alles in Ordnung«, widersprach Jezz energisch. »Ich wünschte, ich hätte so tolle Kurven. Jeder Zentimeter an Ihnen ist perfekt.«

»Finden Sie?« Shona nagte zweifelnd an ihrer Unterlippe.

Jezz stieß sich von der Balustrade ab. »Okay, ich glaube, ich habe die Lösung. Was halten Sie davon: Wir nehmen getupften Tüll mit einem hauchfeinen Netting. Den nähen wir so über das Oberteil, dass der V-Ausschnitt im unteren Drittel bedeckt ist. Darf ich?« Um zu demonstrieren, was sie meinte, nahm Jezz einen der Spitzenschals von der Ankleide zur Hand und trat hinter Shona. Geschickt raffte sie den Stoff um Shonas Oberkörper. »Sehen Sie? So.«

»Aber ja!« Ein Leuchten glitt über Shonas Gesicht. »Das sieht toll aus.« Gleich darauf erlosch das Strahlen wieder.

»Was ist?« Jezz warf ihr über den Spiegel hinweg einen Blick zu.

Shona hob die angewinkelten Oberarme und schüttelte sie. »Chickenwings«, seufzte sie unglücklich. »Ich hasse meine Oberarme. Aber das A-Linien-Kleid gab es nicht mit langen Ärmeln.«

Jezz trat einen Schritt zurück und schüttelte den Kopf. »Warum stehen wir Frauen so oft auf Kriegsfuß mit dem eigenen Körper? Woher kommt das? Diese bescheuerte Selbstoptimierung, um einem völlig unrealistischen Schönheitsideal zu entsprechen. Klar, in den letzten Jahren hat sich einiges zum Positiven verändert, aber Bodyshaming gibt es leider noch

immer.« Jezz musste sich regelrecht bremsen, nicht zu energisch aufzutreten, auch sie musste sich gelegentlich abwertende
Äußerungen über ihr Aussehen anhören. Klar, es war einfach,
ihr vorzuwerfen, sie profitiere vom *Thin Privilege*. Niemand
wusste, dass sie durch ihre Krankheit so dünn geworden war,
dass Kleidergröße M nicht mehr passte, nicht einmal S war
schmal genug, sondern XS war jetzt angesagt.

Auch Shona war es anzusehen, dass sie sich mit dem Thema
mehr als einmal auseinandergesetzt hatte, ernst, wie sie drein-
blickte. »Im Grunde gebe ich Ihnen völlig recht. Das Problem
ist nur, dass ich mit einer Schwester aufgewachsen bin, die
schon mit dreizehn Modelmaße vorzuweisen hatte. Von klein
auf musste ich mir von meiner Mutter anhören, dass ich auf
meine Figur achten soll. Das lässt sich nicht so schnell ablegen.«

»Nachvollziehbar.«

»Ich mag meine Arme nicht.« Shona musterte sich im Spiegel. »Ganz besonders nicht in diesem Kleid.«

»Okay. Und was mögen Sie an sich?«, erkundigte sich Jezz,
der gerade eine Idee kam.

»Meine Haare. Und meinen Mund, wenn ich lächle.«

»Gut. Was noch?«

»Meine Augen.«

»Und weiter?« Jezz ließ nicht locker.

»Hm … Meine Beine sind nicht übel.«

Jezz nickte zufrieden. »Ich habe gehofft, dass Sie das sagen.
Ihre Beine sind super. Zwei Vorschläge. Nummer eins, wir
nähen elegante, locker fallende Ärmel an das Oberteil. Aus dem
gleichen Tüll, den wir auch über das Oberteil legen, mit eleganten, hohen Stehbündchen an den Handgelenken.«

»Perfekt!«

»Vorschlag Nummer zwei«, fuhr Jezz fort. »Wir zeigen Ihre
tollen Beine.«

»Meine Beine?« Shona blickte skeptisch.

»Die finden Sie gut. Haben Sie selbst gesagt.« Jezz lächelte und befreite Shona von dem provisorisch übergelegten Schal.

»Wie soll das gehen?« Shona wirkte nicht überzeugt, hob dann aber versuchsweise den langen Rock vorne ein Stück an und drehte ein Bein hin und her. Mit einem Seufzen ließ sie den Rock wieder fallen.

Jezz ging vor Shona in die Hocke und zupfte den Faltenwurf zurecht. Inzwischen war sie sich ihrer Sache sicher. »Sind Sie mutig?«

»Äh … Ich weiß nicht.« Shona kräuselte die Nase. Sie wirkte überfordert.

»Vertrauen Sie mir?«

»Das schon.«

»Wir machen seitlich einen Schlitz in den Rock, der bis zur Mitte ihres Oberschenkels geht.« Jezz erhob sich und nahm die Schneiderschere vom Tisch. Triumphierend hielt sie sie in die Luft.

»Das ist …« Shona wedelte aufgeregt mit den Händen vor dem Gesicht, als müsste sie sich Luft zufächeln. »*Wow!* Das ist brillant.«

»Geht gleich los.« Jezz erinnerte sich, dass Shona in Stiefeln den Laden betreten hatte und unter dem Kleid nur Strümpfe anhatte. Kurzerhand verstaute sie die Schere hinten im Bund ihrer Hose »Zuerst brauchen wir Schuhe. Welche Größe haben Sie?«

»Siebenunddreißig.«

»Hier.« Jezz reichte Shona ein paar hochhackige Pumps, die im Ankleidebereich bereitstanden, falls die Braut zur Anprobe nichts Passendes dabeihatte. »Schlüpfen Sie bitte hinein. Dann sehen wir viel besser, wie der Stoff fällt.«

Shona tat, worum Jezz sie bat.

»Fertig?« Herausfordernd klapperte Jezz mit der Schere. Sie nahm Stecknadeln und markierte mit gekonntem Blick eine perfekt fallende Linie. »Dann los.«

Mit einem Ratsch fuhr die Schere durch den Polyesterstoff. Jezz war gerade auf Höhe von Shonas Knie angekommen, als Alisons Stimme durch den geschlossenen Vorhang tönte. »Da bin ich wieder! Ich will nicht stören, hast du gerade Kundschaft, Jezz?«

»Ja, habe ich.« Jezz tauschte fragende Blicke mit Shona, diese nickte zustimmend. »Wenn du möchtest, Alison, komm ruhig dazu.«

Mit einem leisen Sirren der Rädchen in den Schienen glitt der Vorhang beiseite und schloss sich wieder. Alison machte zwei Schritte die Stufen herauf. Das Lächeln auf ihren Lippen erstarb, als sie die Schere in Jezz Händen erblickte. Für den Bruchteil einer Sekunde wirkte sie wie erstarrt, dann fand sie zu ihrer gewohnt professionellen, charmanten Art zurück. »Oh. Das sieht … interessant aus.«

»Shona, darf ich Ihnen Mrs Summers, die Inhaberin, vorstellen? Alison, Miss Shona Burns«, machte Jezz die beiden bekannt und erklärte, worum es ging.

Nachdem Jezz ihre Idee vorgestellt hatte, wirkte Alison einigermaßen verblüfft. Ein Lächeln breitete sich auf ihrem Gesicht aus. »Ja, ich verstehe, was du vorhast. Das ist eine geniale Idee.«

»Ihre Mitarbeiterin ist großartig«, stimmte Shona zu und betrachtete sich in wechselnden Positionen vor dem Spiegel. Vor Eifer waren ihre Wagen gerötet. »Das Kleid sieht ganz anders aus mit dem Schlitz. Ich liebe es!«

»Das höre ich gern. Gut gemacht, Jezz«, lobte Alison erfreut. »Dann lasse ich euch jetzt wieder allein. Shona, es freut mich sehr, dass wir helfen können. Und bitte machen Sie sich keine Sorgen, wir bekommen das Kleid rechtzeitig bis zur Hochzeit fertig. Wenn Sie möchten, können Sie gleich einen Termin zur Anprobe mit meiner Mitarbeiterin für Anfang nächster Woche vereinbaren.«

»Ich kann Ihnen gar nicht sagen, wie glücklich ich bin.« Shona legte eine Hand auf ihre Brust und atmete erleichtert aus. »Sie haben meine Hochzeit gerettet. Ich werde allen meinen Freundinnen erzählen, wie wunderbar das True Love ist.«

»Das freut uns wirklich sehr. Bekommen wir vielleicht nach der Hochzeit ein Foto von Ihnen im Brautkleid? Wenn Sie einverstanden sind, würden wir es gern an unserer Pinnwand aufhängen.« Alison verabschiedete sich mit einem freundlichen Nicken von Shona. »Ach, Jezz, komm doch bitte zu mir, wenn du hier fertig bist. Ich möchte etwas mit dir besprechen.«

KAPITEL 8

»Jezz, du bist ein Genie, ganz ehrlich«, verkündete Alison und bedeutete ihr, im Empfangsbereich Platz zu nehmen, während sie selbst in ihrem roséfarbenen Etuikleid elegant in einen der Sessel glitt. »Ich wusste, dass einiges in dir steckt, aber jetzt hast du mich umgehauen.«

Jezz warf ihr einen leicht zweifelnden Blick zu. »Du dachtest sicher, ich habe den Verstand verloren, als du mich vor Shona knien und das Kleid aufschlitzen sahst.«

»Es war ein kleiner Schockmoment, das gebe ich zu.« Alison stellte ihre Beine adrett eng nebeneinander auf, als wäre sie beim Teetrinken im königlichen Palast. »Aber das spielt jetzt keine Rolle. Du hast ein sagenhaftes Auge, was Schnittführung angeht. Plus, du hast dich getraut, deine Idee der Kundin gegenüber durchzusetzen, und zwar auf eine natürliche, selbstsichere Art. Wie du mit Shona gesprochen hast, war spitze. So, als wäre sie eine gute Freundin von dir. Das ist genau der Ton, den ich mir im Kundengespräch wünsche.«

»Das war doch keine große Sache.« Jezz winkte bescheiden ab, errötete aber vor Freude über das Lob. »Es hat riesig Spaß gemacht, das Kleid und damit Shonas Hochzeit zu retten.«

»Das trifft sich gut. Ich habe nämlich einen Anschlag auf dich vor.«

»Hmmm, was wäre das denn?«, fragte Jezz nervös.

Alison faltete ihre perfekt manikürten Hände im Schoß. »Könntest du dir vorstellen, für zwei, drei Stunden am Tag den Laden ohne mich zu schmeißen?«

Jezz entwischte ein leises, überraschtes Keuchen. »Ähhh, möglicherweise … Was müsste ich denn tun?«

»Na ja, hauptsächlich würdest du Anrufe entgegennehmen, selbstständig Änderungstermine abwickeln und dann die End-kontrolle, ob alles perfekt sitzt. Sobald du fit in der Beratung bist und alle unsere Modelle kennst, könnte ich mir vorstellen, dass du ab und an auch den Verkauf übernimmst. Was sagst du dazu?«

»Jaa…«, meinte Jezz gedehnt. Zusammen mit Alison zu be-raten war okay, aber ganz allein? Sie brauchte einen Moment, um sich an den Gedanken zu gewöhnen. »Ja, das klingt gut.«

»Ich fände es auch schön, wenn du deine eigenen Ideen einbringst, so wie heute.«

»Ehrlich?« Jezz bekam runde Augen.

»Aber ja. Du bist eine äußerst talentierte Modedesignerin. Schade, dass ich dir kein höheres Gehalt bieten kann, aber wer weiß, eines Tages wirst du sicher deine eigene Linie kreieren und reich und berühmt werden.«

»Eigene Linie klingt super. Gegen reich hätte ich nichts einzuwenden und berühmt …, na ja, ich weiß nicht. Insta-gram-berühmt vielleicht, aber nicht Coco-Chanel-berühmt.« Jezz kicherte. Alisons Vorschlag fühlte sich so gut an, dass sie munter drauflosplauderte, ohne zu überlegen, obwohl das sonst nicht ihre Art war. »Ich freue mich riesig, dass du mir so viel zutraust. Wusstest du, dass ich eine Heidenangst hatte, dich zu enttäuschen, weil du dich so für Hochzeiten begeistern kannst, während ich dagegen bei dem Thema etwas zwiegespalten bin?«

Alison lachte. »Es kann nicht jeder so ein Freak sein wie ich, und das verlange ich auch nicht. Solange du dich, so wie eben, mit voller Leidenschaft für die Kundin einsetzt, ist alles wunderbar. Also einverstanden? Ich darf dich hiermit offiziell zur stellvertretenden Geschäftsführerin ernennen?«

»*Wow!*« Jezz schluckte den Kloß in ihrem Hals hinunter. »Das muss ich erst einmal verarbeiten. Aber ja … Ja, sehr gern! Danke, dass du mir so vertraust.«

»Wunderbar, dann sind wir uns ja einig.« Alison lehnte sich sichtlich erleichtert zurück. »Das mit uns ist schon fast magisch. Du hättest zu keinem besseren Zeitpunkt hier anfangen können als jetzt, wo ich mich nicht mehr allein um das True Love kümmern kann.«

»Du bist schwanger?«, quiekte Jezz und warf einen unauffälligen Blick auf Alisons Bauch.

Alison lächelte auf ihre feine, damenhafte Art. »Schwanger schon, aber nicht so, wie du denkst, sondern mit einer neuen Geschäftsidee.«

»Du gibst den Brautmodenladen auf?«

»Nein, ich möchte mir ein zweites Standbein aufbauen.« Alison glättete den Rocksaum ihres Kleides. Ein vielsagendes Lächeln spielte um ihre Mundwinkel. »Ich war gerade bei meinem Bankberater, um über einen Kredit zu verhandeln.«

Jezz hielt die Luft an. »Du hast ihn bekommen?«

»Yeahhhh!«, jubelte Alison und ruderte gar nicht Alison-mäßig mit beiden Armen über ihrem Kopf.

»Glückwunsch«, gab Jezz grinsend zurück. »Verrätst du mir, worum es geht, oder ist das noch geheim?«

»Wenn du es nicht an die große Glocke hängst …«

»Logo.«

»Also schön.« Alison zupfte sorgfältig die schwarze Schleife am Ausschnitt ihres Kleides zurecht, die unter ihrem spontanen Freudenausbruch ein wenig gelitten hatte. »Was ich vorhabe, gibt es in dieser Form noch nirgendwo auf der Welt, jedenfalls nicht meines Wissens. Es könnte *richtig* spektakulär werden und einschlagen wie eine Bombe.« Bei dem Wort *richtig* formte sie mit Daumen und Zeigefinger einen Kreis, um die Tragweite des Ganzen zu unterstreichen. »Es handelt sich um eine Dienstleistung, die ich zunächst nur regional auf Shetland beschränken möchte. Aber wenn es läuft, denke ich darüber nach, es auf ganz Schottland oder darüber hinaus zu erweitern.« Sie legte eine Wirkpause ein.

Jezz rutschte vor Spannung auf ihrem Sitz herum.

»Ich eröffne eine Partnervermittlung«, sagte Alison.

Ach komm, nicht dein Ernst!, hätte Jezz beinahe erwidert, entschloss sich dann aber noch rechtzeitig zu einem vorsichtigen: »Entschuldige, wenn ich frage, aber lohnt sich das denn? Es gibt unzählige kostenlose Apps. Praktisch jeder, den ich kenne, tindert.«

Alison nickte wissend. »Für einen schnellen Flirt mag das funktionieren. Aber den Partner fürs Leben finden dort die wenigsten. Ich habe ausführlich Marktforschung betrieben. Und was ich zusätzlich aus meinem Umfeld höre, investiert man bei den Apps ziemlich viel Zeit in schlechte Dates.«

»Tja, die Erfahrung habe ich auch gemacht.« Jezz rollte die Augen. Möglichkeiten ohne Ende, aber der Richtige war nie dabei.

»Ein weiteres Problem bei Dating-Apps ist die fehlende Anonymität. In einer Großstadt, wo man kaum den Nachbarn aus dem Mietshaus kennt, spielt das vielleicht keine so große Rolle. Aber auf Shetland? Wo jeder die Flöhe husten hört?« Alison warf ihr einen vielsagenden Blick zu. »Stell dir vor, wie deine Freunde, Nachbarn und Kollegen reagieren, wenn sie dein Profil finden. Es würde sich herumsprechen wie ein Lauffeuer, und du bekämst gut gemeinte, aber nervige Kommentare von allen Seiten. Mal ehrlich, wer möchte beim Brötchenholen oder Tanken angesprochen werden, wie es mit der Partnersuche läuft? Das ist schlimmer, als wenn die Schwiegermutter dich damit nervt, ob du nicht endlich schwanger bist.«

»Da ist was dran.« Jezz merkte, wie sie trotz aller Skepsis nun doch allmählich Feuer fing. »Was genau ist denn so innovativ an deinem Ansatz?«

Alison beugte sich vorwärts. In ihren Augen funkelte es. »Frage: Worauf achtest du, wenn du auf der Suche nach Mr Right bist?«

Jezz kaute wieder mal auf ihrer Unterlippe. Schwer zu sagen. Darüber hatte sie nie nachgedacht. »Die Chemie muss stimmen«, meinte sie vage.

»Gut. Gibt es einen bestimmten Typ, auf den du stehst?«

Klare Sache. Jezz nickte. »Mittelgroß, ohne Bart, blond, mal ganz oberflächlich gesprochen.«

»Und wenn es um Eigenschaften geht? Was ist dir wichtig?«

»Na ja, ich schätze, die Gemeinsamkeiten, in erster Linie.« Jezz schürzte die Lippen. Puh. Alison hatte aber auch Fragen drauf. »Ähnliche Interessen und Hobbys wären gut, und vom Charakter her sollten wir auch zusammenpassen.«

»Gleich und gleich gesellt sich gern?« Alison kniff die Augen zusammen.

Jezz zögerte. Es fühlte sich an wie eine Fangfrage. »Schon, oder?«, meinte sie vorsichtig.

»Eben nicht! Und genau da liegt der Denkfehler«, triumphierte Alison. »Ich beobachte seit Jahren die Dynamik in den Beziehungen bei meinen Bräuten. Dabei fiel mir auf, dass Ehen, in denen gleiche Charaktere zueinanderfinden, tendenziell häufiger geschieden werden als Ehen, bei denen die Partner gegensätzliche Pole bilden.«

Jezz schielte verwirrt zu Alison hinüber. Das Ganze klang schräg. Aber dann auch wieder ziemlich großartig. »Yin und Yang also?«

»Genau das meine ich. Stell dir vor, was das gibt, wenn zwei Choleriker in einer Ehe aufeinanderprallen. Da fliegen doch ständig die Fetzen. Oder zwei Phlegmatiker. Die langweilen sich miteinander zu Tode auf ihrer Couch.«

Der Punkt ging an Alison. Definitiv. Jezz musste zugestehen, dass an Alisons Theorie möglicherweise etwas dran war. Sie räusperte sich. »Erzähl mir bitte mehr. Gegensätze ziehen sich also an?«

»Das sind die besten Ehen. Das Problem ist nur, dass wir bei der Partnerwahl unbewusst stets nach dem gleichen Muster vorgehen.«

»Du meinst, beim nächsten Partner bleibt alles gleich?«

»Solange du deine Komfortzone nicht verlässt und nicht außerhalb deiner Box denkst, bekommst du immer die gleichen Probleme, sprich den gleichen Typ Mann oder Frau, serviert. Es liegt an unserem Beuteschema. Alles, was außerhalb dessen liegt, fällt durch das Raster.«

Na bravo, Jezz. Die letzten zehn Jahre deines Lebens verschwendet. Wie viele Dates waren das umgerechnet? Zwanzig? Hundert? Dafür all die Mühe? Und der Jackpot war nicht einmal annähernd in Sicht? Sie schielte unglücklich zu Alison hinüber. »Klasse. Und was mache ich jetzt?«

»Kopfstand«, sagte Alison. »Gedanklich zumindest.«

»Wie?«

»Ich erkläre es dir. Eigentlich liegt es auf der Hand. Wenn Mr Right Mr Wrong ist, dann muss …«

»… Mr Wrong folglich Mr Right sein?«, fiel Jezz ihr vor Aufregung ins Wort.

»Sagt die Logik. Und meine Erfahrung. Ted und ich zum Beispiel. Als wir uns kennenlernten, war er für mich ein absolutes No-Go.« Alison lächelte zurückhaltend. »Ich war damals ganz anders als heute. Ein Partygirl, das ausschließlich auf Machos abfuhr. Ted war zu sehr Softie, um mich zu interessieren. Außerdem sah er mit den schwarzen, zurückgegelten Haaren und dem Schnauzer für mich eher wie ein Zuhälter aus als wie jemand, den ich gedatet hätte.« Entgegen ihrer gewohnten Zurückhaltung kicherte Alison an dieser Stelle vor Vergnügen.

»Und dann?«

»Ted hat nicht lockergelassen. Er wollte unbedingt, dass wir uns besser kennenlernten. Am Ende hat er mich rumgekriegt und wir sind tanzen gegangen. Irgendwann hat es gefunkt.« Alison drehte an ihrem Ehering. »Wir sind nun bald zehn Jahre verheiratet, und es läuft super. Durch Ted haben sich meine Sichtweisen erweitert. Ich habe Dinge entdeckt, für die ich mich ohne Ted nie erwärmt hätte: Kajak fahren, klettern, indisches Essen kochen …«

»Moment mal, damit ich das richtig verstehe.« Jezz war ein wenig schwindlig im Kopf. Sie versuchte, die Teile zu einem Ganzen zu fügen. »Du bringst Menschen zusammen, die sich sonst nie und nimmer miteinander verabreden würden?«

»Im Grunde ja.«

»Aha. Und wie geht das? Über Persönlichkeitstests?«

»Alles beginnt mit einem speziell entwickelten Fragebogen. Du gehst gedanklich deine gescheiterten Beziehungen durch und überlegst, was die Männer gemeinsam hatten. Das wiederum führt zu den Ausschlusskriterien für meine Suche. Wenn du also bisher auf die Nase gefallen bist, weil du auf egofixierte Typen mit Karriere, Designerschuhen und Sportwagen abfährst, dann solltest du vielleicht dem ruhigen, sympathischen Typ in Jeans und Sneakers, der dir im Supermarkt schüchtern zulächelt, aber sich nicht traut, dich anzusprechen, eine Chance geben.«

Jezz keuchte auf. »Das ist … brillant!«

»Siehst du, das denke ich auch.« Alison schlug ein Bein über und rückte das Riemchen ihres schwarzen Pumps über dem Knöchel gerade, obwohl es perfekt saß. Sie wirkte etwas angespannt. »Ich lasse eine spezielle Software dafür entwickeln. Das kostet natürlich, genau wie die Anzeigenschaltung in der *Shetland Times* und auf Social Media. Deshalb der Kredit.«

Jezz fühlte mit ihr. Eine Investition bedeutete gleichzeitig auch immer ein Risiko, selbst wenn der Plan noch so gut war. Ihr selbst war immer unbehaglich bei dem Gedanken, einen Kredit abstottern zu müssen oder bei der Bank ins Minus zu rutschen. Rechnungen beglich sie möglichst sofort. Sie versuchte, ihre Bedenken vorsichtig zu formulieren, und warf Alison einen Blick von der Seite zu. »Du bist also zu hundert Prozent von deiner Geschäftsidee überzeugt?«

»Das bin ich.« Alison wich keinen Millimeter von ihrer Selbstsicherheit ab. »Das Konzept funktioniert nicht nur in der Theorie, sondern auch in der Praxis. Ich habe etliche Pärchen im Bekanntenkreis unter die Haube gebracht. Natürlich so, dass es ihnen nicht bewusst war.«

Abgefahren, dachte Jezz, und musste sich zwingen, nicht laut hinauszulachen. Alison als Kupplerin. *Crazy.* Das hätte sie ihr im Leben nicht zugetraut, dafür wirkte ihre Chefin viel zu bieder. Was wiederum nur hieß, dass sie Menschen nicht so schnell in Schubladen stecken sollte. Jezz nahm sich vor, in Zukunft besser darauf zu achten. Sie räusperte sich. »Wie geht es dann weiter? Schlägst du deinen Kunden Matches vor und sie stimmen zu oder lehnen ab?«

Alison schüttelte den Kopf. »Das erste Treffen ist ein Blind Date, das heißt, ich wähle aus. Auch den Rest überlasse ich beim ersten Treffen nicht dem Zufall. Ich möchte ausschließen, dass man den anderen vorschnell ablehnt aufgrund der eingefahrenen Muster. Also keine Verabredung zum Essen oder zum Kaffeetrinken. Dabei ist man viel zu sehr auf das Gegenüber fixiert und die Erwartungen sind so hoch, dass sie unerfüllbar werden.«

»Aber wie läuft es dann?«

»Ich arrangiere insgesamt drei Kennenlern-Dates, die immer mit einer Unternehmung verbunden sind. Eine Radtour, eine Wanderung, ein Tag am Strand, ein Bootstrip, all so was. Das verschiebt den Fokus, und du bist viel offener für den anderen.«

»Krass.« Jezz hatte richtig Feuer gefangen. Was für eine irre Idee! »Hast du schon Interessenten?«

»Jede Menge.« Alison strahlte siegessicher. »Bisher alles Leute aus meinem Bekanntenkreis, aber das Potenzial ist da, wie mein Businessplan beweist. Sonst wäre der Kredit nicht genehmigt worden.«

»Weißt du was, Alison«, sagte Jezz und ihre Augen weiteten sich vor Aufregung. »Du hast mich überzeugt. Bekomme ich einen Freundschaftspreis, wenn du mich in deine Kartei aufnimmst?«

»Aber selbstverständlich«, erklärte Alison ernst. »Bist du denn auf der Suche?«

Jezz musste erst einmal schlucken. Ach du Schande, eigentlich war ihr das vor lauter Begeisterung einfach so herausgerutscht. Aber andererseits … Sie spürte ihr Herz ein klein wenig schneller schlagen. Gegen Schmetterlinge im Bauch hätte sie nichts einzuwenden gehabt. Überhaupt, wann war sie das letzte Mal verliebt gewesen? Umständlich räusperte sie sich. »Na ja, es muss ja nicht auf Biegen und Brechen sein. Aber umschauen kann man sich ja. Wenn sich etwas ergibt, dann cool. Wenn nicht, auch cool.«

»Also bereit für etwas Neues?« Alison blickte sie prüfend an.

»Warum nicht?«, erklärte Jezz und überraschte sich selbst mit ihrem Mut. Irritiert rieb sie sich ein Ohrläppchen. *Eine Anmeldung zur Partnervermittlung, Jezz, im Ernst? Hast du sie noch alle?*

»Dann bist du dabei, sobald es losgeht. Und natürlich bezahlst du nichts dafür«, sagte Alison entschlossen. Sie schaute auf die Uhr. »So, und nun ab mit dir in die Mittagspause. Ach ja, könntest du später vielleicht noch etwas für mich erledigen?«

»Sicher.«

»Kennst du das Mareel?«

»Das Kunstzentrum am Hay's Dock? Wo auch das Kino ist?«

»Genau.« Alison nickte. »Könntest du ins Mareel fahren, dort Blumen abholen und ins Altenheim bringen?«

Jezz legte die Stirn in Falten. »Schon, nur ich verstehe nicht ganz, worum es geht.«

»Es ist so«, sagte Alison. »Bei jeder Hochzeit bleibt Blumenschmuck übrig, der keine Verwendung findet und weggeworfen wird. Jammerschade, wenn du mich fragst, und alles andere als nachhaltig. Daher fahre ich nach der Feier zu der jeweiligen Örtlichkeit und sammle ein, was übrig ist. Das bringe ich in die umliegenden Altenheime und mache den Senioren eine Freude damit.«

»Wow«, Jezz war beeindruckt. »Tolle Idee.«

»Danke.« Alison bückte sich nach ihrer Handtasche und holte den Autoschlüssel hervor. Zögernd drehte sie ihn in den Händen, den Blick auf Jezz gerichtet. »Was meinst du, würdest du dir trotz Linksverkehr zutrauen, mit meinem Kombi die Blumen abzuholen und ins King-Olav-Seniorenheim zu bringen? Dann könnte ich mich inzwischen um die Buchhaltung kümmern. Ich hänge nämlich ordentlich hinterher.«

»Geht klar. Kein Problem«, behauptete Jezz selbstbewusst, obwohl ihr bei dem Gedanken ans Autofahren ein wenig flau im Magen wurde. Hoffentlich nahm sie niemandem die Vorfahrt oder verwechselte beim Abbiegen die Fahrspur. Galt in Schottland überhaupt rechts vor links?

»Danke, Jezz, das ist nett von dir.« Alison wirkte erleichtert. »Wenn du möchtest, komm doch danach zu uns zum Abendessen. Die Kinder würden sich freuen, und Ted hast du auch noch nicht kennengelernt.«

Jezz nahm den Schlüssel und erhob sich, gleichzeitig mit Alison. »Ein anderes Mal gern. Ich bin mit Mara und Lowrie zum Dartspielen verabredet.«

»Dann wünsche ich dir viel Spaß. Richte meiner Cousine liebe Grüße aus. Sag ihr, sie hat etwas bei mir gut. Ohne Lowrie hätten wir beide uns nicht kennengelernt.«

»Alles klar. Mach ich.« Jezz grinste. Lowrie hatte sie seit Ewigkeiten nicht gesehen. Und Mara hatte eine Andeutung gemacht, dass es Neuigkeiten gebe. Es würde sicher ein netter Mädelsabend werden.

Vorausgesetzt, dass sie das Autofahren auf der falschen Spur überlebte.

Kapitel 9

Die gläserne Schiebetür des King-Olav-Altenheims glitt mit einem elektrischen Sirren auf. Jezz schleppte die Klappbox mit den Sträußen in die Eingangshalle und schaute sich um. Auf den ersten Blick sah es aus wie in einem Hotel aus dem vorigen Jahrhundert. Holzböden mit roten Teppichläufern, hohe Decken mit Kronleuchtern, antike Möbel, weinrot gestrichene Wände. Und statt des üblichen Geruchs nach Kantinenessen und Desinfektionsmittel duftete es nach frisch gebackenem Kuchen, Zimt und Lavendel.

Als die Schwester am Empfang Jezz bemerkte, kam sie hinter dem Tresen hervor und lächelte freundlich. »Schön, dass Sie uns gefunden haben. Sie müssen Jezz sein. Alison hat mir eine Nachricht geschickt, dass Sie heute unsere Blumenfee sind. Ich bin Schwester Angelica. Soll ich Ihnen das abnehmen?« Sie warf einen besorgten Blick auf Jezz' voll beladene Arme.

»Danke, es geht schon«, meinte Jezz. Die Box war sperrig, aber zum Glück nicht schwer. »Wohin kommen die Blumen denn?«

»Am besten in den Aufenthaltsbereich, dann haben alle etwas davon.« Angelica lächelte. Sie hatte ein außergewöhnlich hübsches Lächeln, stellte Jezz fest, eines, das von innen heraus wärmte. »Das sieht aber schön aus.« Sie beugte sich etwas näher und warf einen Blick auf die kurz gebundenen, gefüllten weißen Rosen mit den Eukalyptuszweigen dazwischen. »Bitte richten Sie Alison aus, wie dankbar wir über die Spende sind.«

»Gern. Blumen tun der Seele gut«, meinte Jezz und lächelte ebenfalls.

»Und sie stimulieren das Gedächtnis«, fuhr Angelica mit einem wissenden Ton fort. »Viele unserer Bewohner hatten früher eine Landwirtschaft oder zumindest einen Schrebergarten. Wir sind immer wieder überrascht, wie viele Geschichten von damals unseren älteren Herrschaften wieder einfallen, wenn sie den Duft einer Rose riechen oder mit den Fingern über die Blütenblätter streichen. So, als ob man eine Taschenlampe anknipst und ein Licht auf die Erinnerungen fällt.«

Jezz nickte. Sie hätte nichts dagegen gehabt, ein wenig länger mit Angelica zu plaudern, aber ihre Arme wurden allmählich schwer. Besorgt nickte sie mit dem Kopf in Richtung Tür. »Ich habe keinen freien Parkplatz in der Nähe gefunden. Ist es in Ordnung, wenn ich neben dem Eingang parke?«

»Kein Stress. Solange Sie die Zufahrt nicht blockieren, ist alles in Ordnung.« Wieder dieses einnehmende Lächeln. »Bei uns ist gerade Kaffeezeit. Dürfte ich Sie vielleicht zu einem Tee und einem Stück Kuchen überreden? Dann können Sie die Freude unserer Bewohner über die Blumenspende direkt miterleben.«

Jezz zögerte. Tee und Kuchen mit den Senioren, obwohl sie nicht dazugehörte? Und möglicherweise nicht alles verstand, was man zu ihr sagte? Aber unter Angelicas herzlichem Lächeln beschloss sie, ihre Hemmungen über Bord zu werfen. »Gern, wenn ich nicht störe.«

»Wie schön! Vielleicht gehen Sie schon einmal vor? Es ist die Tür gleich links. Ich erledige nur schnell eine Kleinigkeit und bin dann sofort bei Ihnen.«

»Keine Umstände, ich komme klar.« Jezz trug die Kiste durch die Halle und folgte dann dem Kaffeegeruch. Die Tür zum Aufenthaltsraum war aus Holz und hatte einen Einsatz aus geriffeltem Glas in der Mitte. Da sie keine Hand freihatte, drückte Jezz die Klinke mit dem Ellbogen nach unten und stemmte sich mit der Schulter gegen das Gewicht der Tür. Im selben Moment riss jemand von innen die Tür auf. Jezz stolperte ins Zimmer.

»Hoppla!« Geistesgegenwärtig fing Magnie sie in seinen Armen auf.

»Scheibenkleister, habe ich mich erschreckt«, fluchte Jezz und spürte ihre Knie auf den Schreck hin zittern. Entgeistert starrte sie ihm ins Gesicht. »Du schon wieder? Das kann doch jetzt nicht wahr sein.«

»Warte. Lass mich dir helfen.« Schneller, als sie reagieren konnte, nahm er ihr die Klappbox ab.

Jezz rieb sich den Arm, an dem Magnie sie festgehalten hatte. Die Stelle fühlte sich anders an als der Rest ihres Körpers, irgendwie kribbelig. Sie hob skeptisch eine Augenbraue. »Was führt dich hierher?«

»Ich besuche meine Tante Betty. Und ein paar andere Leutchen.«

Leutchen? Hatte er das wirklich gesagt? Wer drückte sich denn heutzutage so aus? Jezz unterdrückte ein Kichern, dabei musterte sie ihn von der Seite. Er wirkte anders als bei ihren letzten beiden Begegnungen. Statt auffälligen Farben oder Mustern trug er ein schwarzes, kurzärmeliges T-Shirt, schwarze Jeans und hatte das Haar zu einem *Man Bun* gebunden, was ihn weniger wild und verwegen, aber dafür auf eine subtile Art unglaublich sexy wirken ließ. Jezz sog unbewusst die Luft ein. Heilige Scheiße, sie hätte nicht gedacht, dass der Typ so gut aussehen konnte.

Stopp, Jezz, es ist immer noch Magnie, andere Verpackung, gleicher Inhalt.

Jezz biss sich auf die Lippe. Nun liefen sie sich schon zum dritten Mal über den Weg. Es schien ein ungeschriebenes Gesetz zu sein. Typen, denen man nie wieder begegnen wollte, zog man magisch an. Verflixt, gab es denn keine anderen Männer auf Shetland?

»Zu zweit geht es einfacher. Ich trage die Kiste, du stellst die Blumen auf die Tische«, schlug er vor.

»Wenn du meinst.« Jezz seufzte und trottete hinter ihm her von Tisch zu Tisch. Vielleicht sollte sie einfach gehen, wenn sie fertig waren, anstatt zum Kaffee zu bleiben, auch wenn ihr das Herz aufging, wenn sie sah, wie glücklich die Bewohner über die Blumen waren. Die Plastikbox war leer. Jezz drehte sich um in der Annahme, dass Magnie schon auf dem Weg zurück zur Tür war, aber er stand einfach da, seine blauen Augen auf sie gerichtet. Jezz spürte ein Schlingern im Magen, als ihre Blicke sich kreuzten. Rasch beendete sie den Augenkontakt. Bildete sie es sich ein oder konnte es sein, dass Magnie sich für sie interessierte?

Wie auch immer. Besser, sie machte sich auf den Weg zurück ins True Love, bevor sie einen Strafzettel bekam, Alison eine Suchanzeige nach ihr aufgab oder noch viel, viel schlimmere Dinge passierten. Wie zum Beispiel, dass sie wieder wie hypnotisiert auf Magnies Unterarme starrte. Das hatte sie nämlich beim Blumenverteilen getan. Er hatte ungewöhnlich sexy Arme, mit kräftigen Sehnen, die sich unter dem Tattoo abzeichneten. Ein echter Hingucker. Genau wie seine unglaublich blauen Augen. Oder sein Hintern. Sie lockerte die Schultern und schüttelte sich durch.

Verflixt, Jezz, reiß dich zusammen!

Als sie erneut in Magnies Richtung blickte, hob dieser mit großer Geste eine Hand in die Luft. Alle Blicke richteten sich auf ihn. Jezz erstarrte. Was hatte er vor?

Magnie hüstelte geräuschvoll. »Liebe Leute, ich möchte euch Jezz vorstellen. Jezz, kommst du bitte mal her?«

Jezz wäre am liebsten in den Boden versunken. Ihre Ohrläppchen begannen zu glühen. Sie versuchte, ihr Entsetzen hinter einem Lächeln zu verbergen, und zwängte sich zwischen den Tischen hindurch. Im Gegensatz zu Magnie, der die Bühne zu brauchen schien wie ein Fisch das Wasser, hasste sie es, im Mittelpunkt zu stehen. Langsam schritt sie auf ihn zu.

»Meine Schwester Alison kennt ihr ja.« Magnie tastete nach ihrer Hand und zog sie an seine Seite. »Jezz arbeitet in Alisons Brautmodenladen. Sie war so freundlich, heute für uns die Blumenfee zu spielen. Jezz kommt aus Deutschland, es ist ihre erste Woche hier.« Er hielt ihre Hand ein wenig fester in seiner. »Daher wäre es prima, wenn ihr sie bei uns auf Shetland willkommen heißen könntet.«

Von allen Seiten flogen ihr Zurufe entgegen. In dem Durcheinander verstand Jezz kein Wort.

»Ich habe mich ein wenig mit Jezz unterhalten. Dabei habe ich festgestellt, dass sie noch nie von Up Helly Aa gehört hat. Stellt euch das mal vor!«

Er wartete, bis das verwunderte Murmeln verebbte. Jezz stand da und spürte Magnies Puls in seiner Handfläche pochen, ganz ruhig und gleichmäßig. Als sei nichts dabei, vor einem Saal voller Leute zu stehen und aus dem Stegreif eine Ansprache zu halten. »Also dachte ich, als kleines Dankeschön für ihren Einsatz heute könnten wir vielleicht das Up-Helly-Aa-Lied für sie spielen. Dann bekommt sie schon mal einen Eindruck, was sie bei dem Fest erwartet. Gary …, wo steckst du?« Magnie reckte das Kinn.

»Hier, Junge.« Ein Senior mit Brille und roter Mütze auf dem Kopf meldete sich.

»Danke, du kannst die Hand wieder runternehmen, ich habe dich gesehen«, rief Magnie gut gelaunt. »Sag mal, hast du zufällig deine Mundharmonika einstecken?«

»Ist der Papst katholisch?«, rief Gary zurück und alle lachten. Magnie wie immer besonders laut, die Tonleiter hinunter bis in den Keller. »Das will ich wohl meinen, dass ich sie hier in der Tasche habe.«

»Dann spiel uns auf, Gary, wir anderen singen und klatschen mit.« Magnie löste seine Finger und hob die Hände, bereit loszulegen.

»*From grant old Viking Centurys …*«, stimmte Magnie an.

Verwundert drehte Jezz ihm den Kopf zu. Dass Magnie eine so harmonische Stimme hatte, hätte sie nicht vermutet.

Der Geräuschpegel schwoll an, schließlich sang der ganze Saal. Magnie verließ seinen Platz neben Jezz und bewegte sich auf eine ältere Dame zu, die er Jezz vorher, beim Blumenverteilen, als seine Tante Betty vorgestellt hatte. Mit einer charmanten Geste verneigte sich Magnie und forderte seine Tante zum Tanz auf. Die arme Betty wirkte etwas überrumpelt, als Magnie sie auf die Beine zog, ließ sich dann aber willig von ihrem Neffen quer durch den Saal zum Takt der Musik herumwirbeln. Jezz verfolgte es mit offenem Mund. Bewundernswert, dass Betty trotz ihres Alters die Schrittfolgen des Reels mühelos beherrschte, obwohl sie ziemlich kompliziert aussahen.

»Uff«, keuchte Betty, als sie am Ende des Saals und damit neben Jezz angelangt waren. Sie blieb stehen und fächelte sich Luft zu. »Ich bin zu alt für so etwas. Magnie, mein Junge, warum tanzt du nicht mit Jezz weiter?«

Magnie blickte zu Jezz hinüber. Die Unsicherheit stand ihm ins Gesicht geschrieben.

Betty gab ihm einen Stups und zwinkerte, sodass nur Jezz es bemerkte. »Na los!«

Schulterzuckend ging Magnie auf Jezz zu. Sie errötete bis unter die Haarspitzen. War das Lied noch immer nicht zu Ende?

»Darf ich bitten?« Ein Flackern lag in seinen Augen.

Jezz trat unsicher von einem Fuß auf den anderen. »Nein …, na ja. Also schön. Von mir aus.« Schicksalsergeben sah sie ihn an. Wahrscheinlich würde es in einer Blamage enden, aber was blieb ihr anderes übrig, als gute Miene zum bösen Spiel zu machen, wenn sie nicht als Spaßbremse dastehen wollte?

Magnie legte den Arm um sie. Jezz sog scharf die Luft ein, als sie die Wärme von Magnies Körper so dicht an ihrem spürte. Mit einem tiefen Atemzug rollte sie die Schultern zurück und verlagerte das Gewicht, um stabil in Magnies Arm zu stehen. Dass sie so heftig auf ihn reagierte, war ziemlich merkwürdig. Wahrscheinlich lag es daran, dass sie schon lange nicht mehr berührt worden war.

»Fertig?«, raunte Magnie ihr zu. »Vertrau mir, okay?«

Jezz biss sich unschlüssig auf die Lippe.

»Denk nicht an deine Füße. Schau mir in die Augen und lass es fließen.«

Jezz bezweifelte, dass es funktionieren würde, hob aber tapfer das Kinn. Ihre Blicke verschränkten sich ineinander. Magnie fing an, sich mit ihr zu bewegen. Tanzen konnte er, das musste sie ihm zugestehen. Er führte sie so sicher durch die unbekannten Schrittfolgen, dass ihre Füße kaum Mühe hatten, die Impulse in fließende Bewegungen umzusetzen. Jezz spürte Glückshormone durch ihre Adern rauschen. Dass schottische Reels so viel Spaß machen würden, hätte sie nicht gedacht. Lachend flog sie in seinem Arm dahin, während seine Augen sie gefangen hielten.

Dann war das Lied vorbei. Die Mundharmonika hörte auf zu spielen, der Gesang verstummte. Magnie blieb mit ihr stehen, hielt sie aber immer noch im Arm. Ein wenig atemlos blickte Jezz in Magnies Augen, deren Blau so leuchtend war wie der Himmel. Oder das Blau von Eisbergen. Augen, in denen man sich verlieren konnte. Jezz spürte ihr Herz schneller schlagen. Magnies Pupillen weiteten sich unmerklich. Jezz spürte den Druck seiner Hand etwas stärker in ihrem Rücken. Was passierte gerade mit ihr?

Ein gellender Pfiff ertönte. Der Moment war vorbei. Jezz fuhr zusammen und taumelte zurück, als Magnie seine Arme von ihr löste. Plötzlich wusste sie nicht mehr, wohin mit sich.

»Bravo, ihr zwei«, rief jemand. »Hübsches Pärchen« und »Ihr seht gut aus zusammen«, jemand anderes.

»Danke, danke!« Im Gegensatz zu ihr hatte Magnie sich gleich wieder gefangen und grinste fröhlich in die Runde.

»Oh ja, und wie«, stimmte Tante Betty ihm zu. »Die beiden scheinen eine Schwäche füreinander zu haben.«

»Magnie ist dein heimlicher Schwarm, was, Mädel?«, rief Gary jovial, und dann noch etwas, aber seine Stimme ging in dem allgemeinen Beifall unter.

»Nein!« Jezz spürte ihre Wangen heiß werden. Vor Entsetzen, nicht weil sie Magnie so toll fand. »Wir sind nicht ineinander verliebt. Wir kennen uns kaum.«

Jezz wusste nicht, was daran so witzig war, aber der ganze Saal lachte. Das Blut rauschte in ihren Ohren. Sie schielte zu Magnus hinüber. Seltsamerweise lachte er nicht.

»Lässt sich ändern«, schrie Gary ihnen zu. »Führ sie mal zum Essen aus, Junge.«

»Steht manchmal ein bisschen auf dem Schlauch, unser Magnie«, meinte Betty und bedachte ihren Neffen mit einem zärtlich liebevollen Blick.

»Aye, erinnert mich an mich selbst. Ich habe damals auch nicht mitgekriegt, wie verliebt mich meine Süße angesehen hat, als wir noch nicht zusammen waren. Sie sagt, am Ende hätte sie die Hoffnung fast aufgegeben, dass ich sie irgendwann fragen würde, ob sie mit mir ausgeht.« Gary schüttete sich aus vor Lachen.

Die Dynamik war nicht mehr zu bremsen. »Komm, Junge, gib dir einen Schubs«, rief es von einem Tisch weiter hinten. Und: »Er merkt gar nicht, wie sehr sie darauf wartet!«

»Nein«, rief Jezz verzweifelt. Ihre Wangen glühten vor Hitze. »Sie verstehen das falsch. Ich *möchte* kein Date mit Magnie.«

In der Hoffnung, dass er ihr beipflichtete, wandte sie sich zu ihm um.

Seine Miene war undurchdringlich.

»Zeit für unser Schlagerstar-Memo-Spiel. Wer spielt mit?«, rief Schwester Angelica. Sie bimmelte mit einem Glöckchen, woraufhin ringsum Stühle und Tische gerückt wurden. Jezz warf ihr einen dankbaren Blick für ihr Eingreifen zu und stand danach noch einen Moment so da, eine Hand in Höhe ihres wild klopfenden Herzens, während die Welt um sie herum sich langsam wieder weiterdrehte.

Mit einem tiefen Ausatmen schnappte Jezz sich die leere Plastikbox und nickte Magnie zu. »Ich muss los.«

»Klar. Lass dich von mir nicht aufhalten«, sagte er, als wäre nichts gewesen.

Jezz schritt auf die Tür zu.

»Warten Sie!« Schwester Angelica eilte auf sie zu. »Ich bringe Sie hinaus.«

»Danke«, murmelte Jezz befangen.

»Ich hoffe, es war eben nicht zu peinlich für Sie«, sagte Angelica, als sie aus der Tür waren. Sie blickte etwas gequält. »Ich ahnte nicht, dass so etwas passieren könnte. Bitte nehmen Sie es Gary nicht übel. Er sagt geradeheraus, was ihm durch den Kopf geht. Aber er meint es nicht böse.«

»Schon okay«, versicherte Jezz.

»Und Magnie hat ein goldenes Herz.«

Jezz blinzelte skeptisch. Magnie? Na ja. Da konnte man geteilter Meinung sein.

»Als er hörte, wie enttäuscht unsere Bewohner sind, weil sie den Umzug nicht miterleben können, hat er einen Ausflug für alle organisiert«, fuhr Angelica fort. »Er will uns die Galeere zeigen. Obwohl alles streng geheim ist. Aber für die Heimbewohner macht er eine Ausnahme. Er ist ein so toller, einfühlsamer Mensch.«

Jezz gab ein Geräusch zwischen Ächzen und Seufzen von sich. »Sieht ganz so aus«, sagte sie in einer seltsam dünnen Tonlage. »Vielen Dank für die Einladung zum Tee.«

»Nicht doch. Wir haben zu danken.«

Kopfschüttelnd machte sich Jezz auf den Weg zum Ausgang. Die Schiebetür öffnete sich. Seeluft wehte ihr entgegen. Sie angelte in der Tasche nach dem Schlüssel und entriegelte ihr Auto. Ihre Gedanken kreisten immer noch um Magnies überzogenen Auftritt von eben. Unglaublich. Mit seinem Holzfällercharme wickelte er anscheinend jeden um den Finger. Sogar Schwester Angelica. Wie war das nur möglich?

Egal. Vermutlich sollte sie einfach einen Haken dahinter machen, anstatt sich weiterhin den Kopf über ihn zu zerbrechen. Auch wenn er wirklich gut tanzen konnte. Küssen vermutlich auch. Übung hatte er sicher reichlich, bei dem Aussehen. Sie spürte ein Schlingern im Magen.

Spinnst du, Jezz? Schluss damit! Kopfschüttelnd klemmte sie sich hinter das Lenkrad und startete den Motor. Darüber nachzudenken, ob Magnie gut küsste oder nicht, war eine miese Idee. Und zwar so was von. Lowrie und Mara würden ausrasten, wenn sie erfuhren, was passiert war.

KAPITEL 10

»Sorry, Mädels.« Jezz blickte entschuldigend in die Runde, bevor sie einen Stuhl heranzog und sich zu Mara und Lowrie an einen der Tische setzte. Im Da Lounge war schon gut was los um diese Zeit, obwohl der richtige Ansturm erst einsetzen würde. Interessiert betrachtete Jezz die Gitarren, Mandolinen und Geigen, die an den leuchtend rot gestrichenen Wänden hingen, während sie sich aus ihrer dicken Winterjacke schälte. »Ich habe es leider nicht früher geschafft. Ihr hättet nicht auf mich warten müssen.«

»Unsinn. Selbstverständlich fangen wir nicht ohne dich an.« Lowrie umfasste ihre lange, dunkle Mähne im Nacken und band sie mit einem Haargummi zusammen, den sie am Handgelenk getragen hatte. Siegessicher nickte sie den beiden anderen zu. »Möchtest du dir noch etwas zu trinken bestellen, bevor wir loslegen?«

»Ein alkoholfreies Bier wäre super. Ich verdurste«, stöhnte Jezz. Ihre Kehle fühlte sich wie ausgetrocknet an, nachdem sie sich so beeilt hatte.

»Komm erst mal runter.« Mara warf ihr einen prüfenden Blick zu.

»Hattest du Stress?«, fragte Lowrie und winkte der Bedienung.

»Na ja, eigentlich war genügend Zeit.« Jezz unterbrach sich und bestellte. »Ich sollte für Alison eine Blumenspende im King Olav vorbeibringen. Aber dann bin ich deinem Cousin begegnet, der gerade auch im Altenheim war und unbedingt noch eine Showeinlage abliefern musste, um zu beweisen, was für ein hammercooler Typ er ist. Das hat so lange aufgehalten.«

»Klingt ganz nach Magnie.« Lowrie grinste. »Du hast ihn also schon kennengelernt.«

»Irgendwie laufen wir uns ständig über den Weg. Puh, ist das heiß hier drin.« Jezz griff nach einem Bierfilz und fächelte sich Luft zu.

»Oh, oh.« Lowrie warf ihr einen amüsierten Blick zu. »Du guckst so.«

»Warum? Wie gucke ich denn?«, fragte Jezz.

»Wie alle Frauen, wenn sie von Magnie reden.« Lowrie zog vielsagend die Augenbrauen hoch. »Er ist ein echter Schwarm.«

»So?« Entschieden legte Jezz den Bierfilz zurück auf den Tisch. »Ich bin aber nicht wie alle Frauen. Typen wie Magnie können mir gestohlen bleiben. Ich stehe nicht auf Angeber mit Hang zu Selbstdarstellung.«

»Im Grunde ist Magnie gar nicht so verkehrt«, ergriff Lowrie für ihren Cousin Partei. »Klar, so kurz vor Up Helly Aa hat er seinen *Highfly.* Immerhin ist er der Guizer Jarl.«

»Zur Erklärung«, sagte Mara an Jezz gewandt. »Der Begriff kommt vom englischen Wort Disguise. Guizers …« – sie sprach das Wort wie »Gaisers« aus – »sind also Leute, die sich verkleiden. Und Up Helly Aa ist das Fest, das in knapp drei Wochen stattfindet. Die Stadt wird voll mit Touristen sein.«

»Ein Feuerfestival, das habe ich inzwischen kapiert. Und dass eine Galeere verbrannt wird auch. Aber viel mehr nicht. Ich check den Sinn dahinter nicht.« Jezz griff zu ihrem Bier, das der Kellner vor ihr abgestellt hatte, und prostete in die Runde.

»Ich versuch es dir rüberzubringen«, meinte Lowrie bereitwillig. »Der Ursprung des Ganzen liegt zweihundert Jahre zurück. Rauflustige Seeleute mit einem Faible für Sprengstoff zogen durch Lerwick, um das Ende des Winters und die Rückkehr der Sonne zu feiern. Dabei ist den rivalisierenden Banden nichts Dümmeres eingefallen, als brennende Teerfässer die engen Gassen entlangrollen zu lassen. 1881 hatten es die Stadtväter dann satt, jedes Jahr bangen zu müssen, dass die Innenstadt abgefackelt wurde. So entstand die Idee, den Übermut zu kanalisieren und stattdessen eine Galeere mit großem Tamtam zu verbrennen. Taadaa – Up Helly Aa war geboren. Mittlerweile gibt es zwölf Feuerfestivals in ganz Shetland. Das in Lerwick ist das größte. Es dauert einen Tag und eine ganze Nacht. Über tausend Guizer nehmen daran teil, die sich auf über fünfzig Squads verteilen. Doch nur ein einziges Squad trägt Wikingerkleidung, nämlich das des Jarls.«

»Klingt nach Karneval«, meinte Jezz, nicht sonderlich begeistert. Warum man sich an einem festgelegten Termin in ein albernes Kostüm schmeißen und auf Kommando lustig sein sollte, hatte sie noch nie verstanden.

»Zum Teil ja, aber es ist vor allem Kulturerbe. Du solltest mal sehen, wie bei gestandenen Männern die Tränen fließen, wenn die Galeere in Flammen aufgeht und ›Norseman's Home‹ gesungen wird. Da krieg sogar ich Gänsehaut.« Lowrie durchlief tatsächlich ein Schauern. Sie seufzte wie ein echtes Fan-Girl. »Nach dem Umzug wird in elf Dance Halls gefeiert. Jedes Squad hat eine Nummer einstudiert und tritt in jeder der Hallen auf. Dabei hat jeder Guizer die Pflicht, mit mindestens einer der Damen zu tanzen und einen Peerie Dram, einen Kurzen also, zu trinken. Peerie heißt auf Shetländisch klein.«

Mara nickte zustimmend. »Mardi Gras oder Faschingsdienstag, nur eben auf Nordmänner-Art. Wenn du Shetland erleben möchtest, mit seinen Traditionen und dem Gemeinschaftsgeist, der hier weht, darfst du es dir nicht entgehen lassen. Tausende von Freiwilligen arbeiten 364 Tage im Jahr daran, damit das Fest stattfinden kann. Alles wird in höchster Handwerkskunst hergestellt. Dabei ist es ein streng gehütetes Geheimnis, wie die Galeere aussieht, wie der Jarl sich und sein Squad kleidet und welchen Charakter aus den nordischen Sagas er verkörpert.«

Jezz kniff die Augen zusammen. Magnie war bereit, die Regeln zu brechen, um den Senioren im King Olav eine Freude zu machen? Ziemlich netter Zug, das musste man zugeben.

Lowrie erzählte weiter. »Man muss sich über viele Jahre im Komitee engagieren, bevor man überhaupt Aussicht hat, zum Guizer Jarl gewählt zu werden. Du fängst praktisch von der Pike auf an, da fließt eine Menge Zeit und Arbeit rein. Wenn man sich das antut, muss man schon besessen von der Thematik sein.«

»So wie Magnie?« Jezz schob ihr Bierglas auf dem Tisch herum.

»Jepp. Übrigens, das Dart ist frei. Wollen wir?« Lowrie nickte zu der Wurfscheibe in der Ecke gegenüber der Bar.

»Klar.« Jezz und Mara erhoben sich.

Lowrie nahm einen Pfeil zwischen Daumen und Zeigefinger und stellte sich in den passenden Abstand zur Scheibe hin. »Soll ich?«

»Klar, fang an«, meine Mara.

Lowrie zielte. Schwungvoll landete der Pfeil auf der Triple achtzehn.

»Anfängerglück«, witzelte Mara, obwohl Lowrie bekannterweise mit dem Dartpfeil in der Hand aufgewachsen war, und nahm sich Zettel und Papier. »Ich schreib auf, dann müssen wir uns die Punkte nicht merken.«

»Selber Anfängerin. Profis rechnen im Kopf«, witzelte Lowrie zurück. Sie warf eine Triple 20 mit dem zweiten Pfeil, landete mit dem dritten aber nur eine Single neunzehn. Schulterzuckend trat sie von der Wurflinie zurück und überließ Mara das Feld.

»Als Magnie erfuhr, dass er der nächste Jarl sein würde, hat er sich erst einmal ordentlich betrunken und sich im Suff die Yggdrasil auf den Arm tätowieren lassen«, erzählte Lowrie.

»Sorry, ich bin nicht so bewandert mit den Sagen.« Mara kniff die Augen zusammen und musterte die Scheibe kritisch. »Auf Risiko und Triple neunzehn oder lieber nicht?«

»Risiko.« Entschieden nickte Lowrie mit dem Kopf. »Yggdrasil ist die Weltesche. In der Edda steht sie im Zentrum aller Welten und verbindet Himmel, Mittelwelt und Unterwelt miteinander. Ein Sinnbild der Unsterblichkeit.«

»Magnie hält sich für unsterblich?«, entfuhr es Jezz perplex, worauf Mara lauthals lachen musste und der Pfeil neben der Zielscheibe am Boden landete.

»Guter Wurf, Mara«, veralberte Lowrie sie und grinste. »Jezz, kannst du bei Maras nächstem Wurf wieder etwas Witziges sagen, damit sie verreißt? Nein? Schade. Also, zu deiner Frage: Das Tattoo hat symbolische Bedeutung. Es wächst mit deinen Lebensabschnitten und hält alles Böse von dir fern. Zudem soll es dem Träger Frieden, Weisheit, Stärke und endlose Liebe bringen.«

»Wohl eher Liebe zu endlos vielen Frauen«, erklärte Jezz trocken, woraufhin Mara tatsächlich vor Kichern den dritten Wurf versemmelte.

»Gut gemacht, Jezz, so habe ich mir das vorgestellt«, lobte Lowrie sie. Sie sprang vor und sammelte die Pfeile vom Boden auf. »Du bist dran.«

Nachdenklich wog Jezz den Pfeil in der Hand, um ein Gefühl für das Gewicht zu bekommen. Es war ewig her, dass sie das letzte Mal gespielt hatte. »Alison meint, Magnie ist ein Aufreißer, der nichts anbrennen lässt.«

»Definitiv nicht«, widersprach Lowrie. Sie hob die Arme und zurrte sich den Pferdeschwanz zurecht. »Da spricht die ältere Schwester aus Alison, die immer noch den kleinen Bruder in Magnie sieht, der jede Menge Dummheiten anstellt und keine Verantwortung übernehmen will.«

»Und das stimmt nicht?« Jezz stellte einen Fuß vor und machte sich bereit für den Wurf.

»Magnie wäre nicht Rettungssanitäter, wenn er nicht absolut verantwortungsbewusst wäre. Außerdem glaubt Alison nur zu wissen, was Magnie so treibt. Ich hingegen war oft mit ihm auf Partys und in Kneipen unterwegs.« Lowrie trat neben Mara und korrigierte ihre Wurfhaltung. »Nimm den Ellbogen runter. So ist es besser. Ziel auf die Mitte. Wenn du aus der Übung bist, hast du ohnehin nichts zu verlieren.«

»Wie du meinst.« Jezz holte zum Wurf aus. »Mist. Double drei nur.«

»Du musst höher zielen«, meinte Lowrie. »Und was Magnie betrifft, ich habe kein einziges Mal erlebt, dass er sich einer Frau gegenüber unfair verhalten hätte. Es ist eher das Gegenteil. Die Frauen werfen sich ihm reihenweise an den Hals. Magnie hat den Ruf, ein echter Hottie zu sein, so etwas wie der *sexiest Man alive* hier.«

»Klingt diskriminierend, wenn du es so ausdrückst«, warf Mara ein.

»Magnie zieht Frauen an wie Motten das Licht, ohne ein Arschloch zu sein?«, fragte Jezz nun verwundert.

»Ein Arschloch macht dir vor, dass ihm etwas an dir liegt«, argumentierte Lowrie. »Magnie dagegen ist zwar für Spaß zu haben, lässt aber keinen Zweifel aufkommen, dass mehr nicht drin ist.«

»Er hatte nie eine längere Beziehung?« Jezz warf eine glatte Zwanzig. Immerhin.

»Jahrelang war nie die Richtige dabei. Aber dann war er immerhin mit Caitlin zusammen. Das war auf jeden Fall was Ernstes. Aber die Beziehung ist vor ungefähr einem Jahr gescheitert.« Lowrie verzog das Gesicht. »Als sich herausstellte, dass Magnies ganze Freizeit mit Verpflichtungen draufging, weil er der zukünftige Guizer Jarl war, hat Caitlin Schluss gemacht und ist nach Inverness gezogen. Eigentlich hat es schon vorher ständig gekracht. Caitlin hat geklammert, und das hat wiederum Magnie unruhig gemacht.«

»Klingt anstrengend«, warf Mara ein.

»War es auch.« Lowrie nickte. »Caitlin ist nicht damit klargekommen, dass andauernd so viele Frauen um Magnie herumschwirrten. Also hat sie angefangen, ihm Vorschriften zu machen.«

»Oje, das geht nie gut.« Jezz seufzte.

»Da hast du wohl recht. Magnie hat Caitlin wirklich geliebt, aber er ertrug es nicht, ihretwegen immer ein schlechtes Gewissen haben zu müssen. Noch dazu, wo er treu wie Gold ist. Wenn du mich fragst, war Up Helly Aa zwar der Auslöser, aber nicht der Grund. Und es hat Magnie ganz schön getroffen, dass sie so schnell einen Neuen am Start hatte. Er hat aus dem Ganzen den Schluss gezogen, dass er seine Dinge wohl besser nur mit sich ausmacht.« Lowrie pflückte die Pfeile von der Wurfscheibe. »Zweite Runde.«

»Themenwechsel«, schlug Mara vor. Sie krempelte die Ärmel ihrer Bluse zurück, weil sie wohl glaubte, dann besser zielen zu können. »Sag mal, Jezz, wie läuft es mit Alison? Kommt ihr gut miteinander klar?«

»Es läuft super. Heute hatte ich ein richtiges Erfolgserlebnis. Alison hat mich zur stellvertretenden Geschäftsführerin ernannt. Eine Gehaltserhöhung ist zwar momentan noch nicht drin, aber eine Beteiligung am Umsatz.«

»Das ist ja wunderbar!« Mara war fertig damit, die Ärmel bis zu den Ellbogen aufzurollen. Sie kräuselte die Nase und blickte Jezz eine ganze Weile fragend an. Hinter ihrer Stirn arbeitete es.

»Was ist los?«, fragte Jezz.

»Nichts.« Mara grinste schief. »Ich brauche ein Brautkleid.«

»Hör auf!« Jezz starrte Mara mit runden Augen an. »Du machst Witze, oder?«

Mara schüttelte grinsend den Kopf.

»Verdammt, echt jetzt?«, quietschte Jezz.

»Was war der Witz?«, fragte Lowrie, die den wesentlichen Teil der Unterhaltung verpasst hatte, und überreichte Mara die Pfeile. »Hier. Du bist dran.«

»Mara heiratet«, klärte Jezz sie auf.

»O mein Gott!« Lowrie schlug sich mit der Hand vor den Mund. Dazu hüpfte sie aufgeregt auf der Stelle. »O mein Gott, o mein Gott!«

»Ich hatte gehofft, ihr werdet meine Brautjungfern.« Obwohl Mara vor Glück strahlte, wirkte sie gleichzeitig nervös.

»Auf jeden Fall«, kreischte Lowrie und warf sich Mara an den Hals.

»Geht klar«, sagte Jezz und wechselte sich mit Lowrie mit dem Um-den-Hals-fallen-mit-der-Braut ab. »Aber ich ziehe kein dusseliges Kleidchen an.«

»Keine Sorge. Du kannst tragen, was du willst. Solange es rosa ist und Schleifchen hat«, scherzte Mara und zog dabei ein bemerkenswert ernstes Gesicht.

»Eine Hochzeit. Und das lässt du mal einfach so nebenbei fallen?« Lowrie stöhnte. »Pause, Mädels. Darauf müssen wir anstoßen.«

Sie setzten sich. Die Bierflaschen klirrten aneinander.

»*Wow!* Ich hätte nicht gedacht, dass Gavin dir so schnell einen Antrag macht. Seine Scheidung ist doch erst ein paar Wochen durch.« Lowrie hob die Arme und schlang ihr Haar auf dem Oberkopf zu einem Knoten. Als Deko steckte sie einen Dartpfeil hinein, was ungefähr zwei Sekunden hielt, bevor die Frisur wieder auseinanderfiel. »Ups«, meinte sie, als der Pfeil auf dem Boden landete.

»Es passt einfach.« Maras Backen glühten. »Wir sind uns sicher, also wozu warten? Außerdem sprach Gavin schon vor seiner Scheidung davon, dass er es offiziell machen möchte.«

»Du Glückliche.« Lowrie legte die Dartpfeile auf dem Tisch zu einem Kreis zusammen. »Ich kenne übrigens ein echt witziges Hochzeitsspiel. Das Hochzeitspaar wirft mit Dartpfeilen sechs Luftballons ab, an denen Zettel mit Geschenkideen für das Brautpaar hängen. Der Kick dabei ist, dass die ersten drei Geschenke für das Brautpaar sind und die anderen drei muss das Brautpaar an die Gäste verschenken.«

»Vergiss es«, knurrte Mara. »Ich werde dir keine Kreuzfahrt in die Karibik spendieren, nur weil du so einen blöden Zettel dazwischenschmuggelst.«

»Schade.« Lowrie grinste. »Ich wollte das an meiner Hochzeit spielen, zu der es leider nie gekommen ist.«

»Was ist passiert?«, fragte Jezz.

»Ach so, die Geschichte kennst du nicht.« Lowrie legte die Stirn in Falten. »Dan und ich waren zwei Jahre zusammen. Seinetwegen bin ich von Whalsay nach Mainland gezogen. Solange Dan in Scheidung lebte, war alles super. Er hat mir das Blaue vom Himmel herunter versprochen. Unter anderem, dass wir heiraten, sobald er einen Haken hinter seine Ehe machen kann. Als es dann so weit war, fiel ihm plötzlich ein, dass er keine Lust mehr hatte, gebunden zu sein. Er sagte, es hätte ›klick‹ gemacht, und er wollte seine Freiheit wieder. Dann hat er mich mit einem Fußtritt abserviert und weg war er.«

Jezz merkte, wie sich etwas in ihrer Brust zusammenschnürte. Bei dem Thema konnte sie mitreden, aber so was von. Basti hatte auch von Heirat gesprochen. Es sei an der Zeit, hatte er gemeint, immerhin lebten sie seit drei Jahren zusammen und seine Karriere als Rockmusiker bringe inzwischen gut Kohle ein, also sei es finanziell von Vorteil. Dann war sie an Myokarditis erkrankt. Als sich schließlich herausstellte, dass sie auf ein Spenderherz angewiesen war, um weiterzuleben, und sich ein Daueraufenthalt in der Klinik anbahnte, hatte Basti den Abgang gemacht. Weil er mit der Situation nicht klarkam. Haha! Jezz ballte die Hände unter dem Tisch zu Fäusten. Als hätte sie darum gebeten, krank zu werden. Das Thema sei zu schwer für ihn, hatte er gesagt. Kein Wort davon, wie sie sich fühlte. Aber schon klar, der arme Basti, was blieb ihm anderes übrig, als dem Elend zu entfliehen, sich eine Harley zu mieten und über die Route 66 zu düsen. *Wichser,* dachte Jezz und fuhr in Gedanken unter dem Tisch beide Mittelfinger aus.

»Das tut mir so leid für dich«, sagte Mara. Mitfühlend legte sie Lowrie die Hand auf den Arm.

»Als hätte ich ihn je an etwas gehindert.« Lowrie schnaubte frustriert. »Das war ja der Witz dabei. Ich habe nie von ihm erwartet, dass er meinetwegen etwas aufgab.«

»Klingt, als wäre er von Anfang an nicht ehrlich mit dir gewesen. Auf Dauer hätte er dich bestimmt nicht glücklich gemacht«, sagte Mara.

Lowrie nickte entschieden. »Er war ein Arsch. Gut, dass ich es rechtzeitig gemerkt habe. Auf zu neuen Ufern!« Sie hob ihr Glas. »Prost, auf Gavin und Mara!«

»Auf euch!« Jezz löste sich aus den Erinnerungen und hob ebenfalls ihr Glas.

»Jezz, du wirkst nicht gerade begeistert darüber, dass Mara heiratet.« Lowrie maß sie mit einem prüfenden Blick. »Was ist los?«

»Gar nichts.« Jezz schüttelte den Kopf. »Wenn es für Mara passt, dann freue ich mich riesig für sie. Ich bin nur selbst nicht vom Heiraten überzeugt.«

»Warum? Du redest nie darüber. Was spricht dagegen?«, fragte Mara.

Jezz fuhr mit dem Daumennagel unter das Etikett an ihrer Bierflasche und pulte eine Ecke ab. »Ich glaube einfach nicht an das Konzept. Warum sich versprechen, auf immer und ewig zusammenzubleiben, wenn man nicht weiß, wo man selbst oder der andere in zehn oder zwanzig Jahren steht? Wer sagt denn, dass wir beide dann immer noch das Gleiche wollen?«

Lowrie kniff die Augen zusammen. »Du glaubst also nicht an wahre Liebe bis zum Ende aller Tage?«

»Ich glaube, dass alles im Fluss ist. Und daran, dass es in jeder Lebensphase den passenden Partner gibt. Warum sollte ich mein Glück an einem bestimmten Menschen festmachen?« Jezz hatte fast das Gefühl, sich für ihre Einstellung rechtfertigen zu müssen. »Ich finde die Idee verstörend, dass nur ein Mensch auf der Welt für dich bestimmt sein soll. Bei acht Milliarden Weltbevölkerung, viel Spaß bei der Suche. Und dann die Wenns und Abers … Was, wenn jemand schneller ist und sich deinen Seelenpartner schnappt, bevor du Gelegenheit hattest, ihm darzulegen, dass du nur mit ihm und niemand anderem glücklich werden kannst?«

»Mag sein. Ich glaube trotzdem an die große Liebe. Und heiraten würde ich auch, wenn der Richtige um die Ecke käme.« Lowrie nippte an ihrem Bier. »Oder der Theorie meiner Cousine nach, der Falsche.«

»Du weißt von ihrer Idee?«, fragte Jezz, unsicher, ob sie etwas verraten durfte.

»Mit der Partnervermittlung? Klar.« Lowrie winkte lässig ab. »Mr Wrong ist Mr Right.«

»Ich checke gar nichts.« Mara starrte verwirrt in die Runde. »Wovon redet ihr?«

Lowrie leckte sich mit der Zunge Schaum von der Oberlippe und lehnte sich bequem zurück. »Also … Es geht darum, deine gewohnten Muster zu brechen. Unbewusst bleiben wir bei der Partnerwahl oft beim gleichen Schema und fallen damit immer wieder auf die Nase. Wenn du stets auf den gleichen Typ abfährst, der dich nicht glücklich macht, läuft das eben wieder und wieder auf den gleichen Ärger hinaus.«

Mara nickte. »So weit klar. Und dann?«

»Alison vertritt die Theorie, dass unterschiedliche Charaktere auf Dauer besser zueinanderpassen, weil sie sich aneinander reiben und dadurch in ihrer Entwicklung fördern. Also suchst du quasi nach deinem Gegenpol. Dem Antihelden sozusagen.«

»Dem ich sonst keine Chance geben würde, weil er so anders ist als ich und durch mein Raster fällt?« Mara zuckte die Schultern. »Klingt nach einem spannenden Ansatz.«

»Ist es auch«, sagte Lowrie. »Ich zum Beispiel bin spontan, mit Hang zum Chaos. Im Job ist es anders, aber zu Hause bin ich mit dem Aufräumen eher nachlässig. Ich meine, es gibt doch Wichtigeres, als ständig Staub zu wischen, damit alles tipptopp ist, oder? Dan tickte genauso, dementsprechend sah es bei uns aus. Ständig lag alles herum, ein einziges Durcheinander. Und jeder gab dem anderen die Schuld. Kein gutes Match also.«

»Du hasst aufräumen?« Mara musterte Lowrie verwundert. »Das kann ich mir bei dir gar nicht vorstellen.«

»Außerdem werfe ich mein Geld für allen möglichen Unsinn zum Fenster raus und ärgere mich, dass dann am Monatsende nichts mehr übrig ist«, fuhr Lowrie fort. »Wenn ich eine fixe Idee habe, laufe ich los, ohne alles zuvor in Ruhe zu durchdenken, weil ich dafür viel zu ungeduldig bin. Also bräuchte ich jemand, der mehr Planung und Organisation in mein Leben bringt. Der zwar nicht geizig ist, aber besser mit Geld umgeht als ich. Jemand, der mit beiden Beinen fest auf dem Boden steht, Dinge etwas überlegter angeht und mich notfalls auch mal bremst, bevor ich einfach drauflos galoppiere.«

Jezz saß da und hörte zu. Um ehrlich zu sein, hatte sie bis jetzt leichte Zweifel an Alisons Konzept gehabt, aber es von Lowrie so erklärt zu bekommen, ergab erstaunlicherweise Sinn. Sie trommelte mit den Fingern auf die Bierflasche. Je länger sie darüber nachdachte, umso überzeugter war sie, dass Alisons Ansatz ziemlich schlau war. Sie ließ die Unterhaltung an sich vorbeirauschen und überlegte, welche Punkte für ihr Dating-Profil auf Alisons Portal wichtig wären.

Punkt 1, ich spreche nicht gern über mich.
Punkt 2, ich hasse es, im Mittelpunkt zu stehen.
Punkt 3, ich neige dazu, stundenlang über
Probleme zu grübeln, besonders um drei Uhr
nachts.

Abgesehen davon mochte sie indisches Essen und konnte Sushi nicht ausstehen. Stand auf Rock, nicht Folk. Hatte die Nase voll von Krankenhäusern und bekam regelmäßig die Krise bei der Vorstellung, wieder an Geräte angeschlossen sein zu müssen. Hasste es, wegen ihrer Krankheit bemitleidet oder mit Samthandschuhen angefasst zu werden. Liebte es zu feiern, wenn ihr der Sinn danach stand, und bekam die Krise, wenn sie lustig sein sollte, weil es im Kalender stand.

Hm. Und was hieß das jetzt? Sie kräuselte die Nase. Alisons Logik nach war ihr ideales Match jemand, der dafür sorgte, dass sie mehr aus sich herausging. Jemand, der sich für sein Leben gern unters Volk mischte und keinen Hang zum Grübeln hatte. Jemand, der sie mit seiner schrägen Art von ihren Problemen ablenkte. Jemand wie … O Gott! Sie schnappte nach Luft. Magnie? Nicht im Ernst. Die Erkenntnis war vernichtend. In Alisons Theorie musste ein gewaltiger Denkfehler stecken.

Besser, sie ließ die Finger von Alisons Partnervermittlung. Am Ende wäre sonst Magnie ihre Verabredung. Grauenvolle Vorstellung.

Andererseits brauchte sie endlich mal wieder ein Date. Ihre Gedanken flogen umher.

»Was ist mit Tinder?«, platzte sie unvermittelt heraus.

»Du meinst, um jemand kennenzulernen?« Lowrie verdrehte die Augen. »Vergiss es. Tinder funktioniert auf Shetland nicht. Alle Kerle, die dir vorgeschlagen werden, kennst du bereits. Die meisten seit deiner Kindheit.«

»Hast du es mal versucht?«, fragte Mara.

»Habe ich. Ich saß gemütlich im Jogger auf meiner Couch, als mir drei ziemliche heiße Matches vorgeschlagen wurden. Die Typen sahen nicht nur gut aus, sondern waren alle ganz in meiner Nähe. Also bin ich ins Bad gesprintet, habe mir die Beine rasiert, Make-up aufgelegt und einen kurzen Rock und Stöckelschuhe angezogen, obwohl es an dem Tag ziemlich kühl war. In dem Aufzug bin ich die Hauptstraße auf- und abgewackelt, weil ich sicher war, einem von ihnen per Zufall über den Weg zu laufen. Walls ist nicht sehr groß.« Sie unterbrach sich und zog eine Schnute. »Wie sich herausstellte, waren es Norweger, die mit ihrer Jacht vor der Küste kreuzten. Daraufhin habe ich einen Wutanfall bekommen und die App von meinem Handy gelöscht. Und eine Blasenentzündung hatte ich mir in der Kälte auch eingefangen.«

Jezz und Mara bogen sich vor Lachen.

»Okay. Es reicht, so lustig war es auch wieder nicht.« Lowrie lehnte sich vor und hob ihre Bierflasche. »Auf Alisons geniale Geschäftsidee, die mich davor bewahren wird, wie die Titanic zu sinken, statt in den Hafen der Ehe einzulaufen. Stoßen wir an, und danach spielen wir weiter.«

»Gute Idee«, sagte Jezz und machte gedanklich einen Haken hinter Alisons Partnervermittlung. Die Vorstellung, in einem Blind Date mit Magnie zu enden, war absurd.

Kapitel 11

Das Douglas Arms in der Commercial Road war ein traditioneller Pub, wie man ihn in Schottland an so ziemlich jeder Ecke findet: messingverzierter Tresen mit Schankanlage, reihenweise Schnapsflaschen in den Regalen, davor Barhocker, hohe Decken, Holzvertäfelung an den Wänden, Scheibengardinen, rote Plüschsofas, Sessel und über allem eine angestaubte, urgemütliche Wohnzimmeratmosphäre. Wie in Shetland nicht anders zu erwarten, hingen an den Wänden jede Menge Musikinstrumente. Herausstechend aber war die Sammlung von Wikingerschilden über der Theke, von jedem Up-Helly-Aa-Umzug der letzten Jahrzehnte einer. Dazu Helme der früheren Jarl Squats. Welcher andere Pub konnte da mithalten? Klare Sache, dass Magnie sich im Douglas Arms wie zu Hause fühlte.

»Musste der Hund mitkommen?« Ted, der schief neben ihm über einem der Barhocker hing, warf Thor einen missbilligenden Blick zu. Der schien gerade sein musikalisches Talent entdeckt zu haben. Er hielt den Kopf in den Nacken gelegt und jaulte herzergreifend zur Musik. R&B Night im Douglas Arms, wie immer, wenn live gecovert wurde, war der Laden proppenvoll, und dann noch Thors penetrantes Dauerwimmern.

»Ach, komm schon.« Mitfühlend tätschelte Magnie Thors riesigen Schädel. »Der arme Kerl, ich kann ihn nicht schon wieder zu Hause sitzen lassen. Er fühlt sich vernachlässigt, weil ich nach der Schicht noch im King Olav war und er ewig lang auf sein Fressen warten musste.«

Ted zog die Augenbrauen zusammen, die in seinem hageren Gesicht mit den hohen Wangenknochen wie übergroße schwarze Kommas wirkten. »Komm bloß nicht auf die Idee, ihn mit zum Dienst zu bringen. Sobald der Hund auch nur in der Nähe der Einsatzzentrale auftaucht, lasse ich mich in ein anderes Team versetzen.«

»Er hat recht.« Andrew warf sich das Tuch über die Schultern, mit dem er gerade Gläser poliert hatte, und zeigte auf Thor. »Schaff ihn in mein Büro, bevor er mir die Gäste vergrault.«

Schulterzuckend stand Magnie auf und kehrte kurz darauf ohne Hund wieder an die Bar zurück. Genevieve, die dunkelhaarige Sängerin, schenkte ihm ein dankbares Lächeln und eine Kusshand.

Magnie hob den Arm und winkte zurück, während Genevieve das Haar mit einer geschmeidigen Bewegung in den Nacken warf, ihre vollen roten Lippen über das Mikro beugte und einen Song von Alicia Keys hauchte.

»Du checkst es nicht, oder?« Ted kratzte sich mit dem Zeigefinger die Schläfe.

»Was denn?«

»Genevieve. Sie steht auf dich. Eine Hammerfrau, und zwar nicht nur die Stimme.« Teds Gesicht bekam diesen Ausdruck, den verheiratete Männer immer aufsetzen, wenn ihnen eine Frau mit atemberaubender erotischer Ausstrahlung über den Weg läuft. »Sie hat dieses gewisse *Je-ne-sais-quoi.*«

»Schäy-näy-säy-kwa?«, wiederholte Magnie grinsend im breitesten Schottisch. Natürlich wusste er, was es zu bedeuten hatte.

»Das gewisse Etwas«, sagte Ted. »Sprich sie doch mal an. Vielleicht wird was draus.«

»Versuchst du gerade, mich zu verkuppeln?«

Ted rutschte auf seinem Barhocker hin und her, als hätte er Hummeln im Hintern. »Ganz ehrlich, Bro, ich versteh nicht, was mit dir los ist. Wenn ich an deiner Stelle wäre … Mann, ich würde keine Sekunde zögern. Wieso bist du überhaupt Single? So viele attraktive Frauen stehen auf dich. Du brauchst nur zu wählen.«

»Mmmmmm«, machte Magnie. »Klar fühle ich mich geschmeichelt. Aber die wollen mich eh alle nur einfangen. Also halte ich sie mir lieber vom Hals. Sonst ist gleich wieder Schluss mit meiner Freiheit. Jetzt ist erst einmal Party angesagt.«

»Lass es dir bloß nicht zu Kopf steigen.« Ted starrte an Magnies Schulter vorbei. Er schielte fast bei dem Versuch, Genevieves Anblick in sich aufzusaugen. »Glaub mir, sobald Up Helly Aa vorbei ist, fällst du in ein Loch.«

»Möchtest du vielleicht den Platz tauschen?«, schlug Magnie höflich vor. Er ließ den Blick über die unterschiedlichen Sorten Gin hinter der Theke gleiten, in der Hoffnung, dabei auf ein anderes Gesprächsthema zu kommen. Eines, das weniger nervte. Er mochte Ted. Nicht nur, weil er sein Schwager war, sondern auch, weil sie im Job ein super Team bildeten. Aber wenn Ted auf dem Trip war, ihm Ratschläge geben zu müssen, weil er älter war und so langweilig wie alle Verheirateten in seinem Umfeld, ging er ihm auf den Wecker. Und zwar gewaltig.

Ted schwadronierte weiter. »Ich habe das alles hinter mir. Dabei war das South Mainland Up Helly Aa längst nicht so groß wie hier in Lerwick. Gib dir das mal, tausend Guizers und die Straßen voller Leute, die dir zujubeln, während du auf der Galeere stehst und durch Lerwick geschoben wirst. Was glaubst du, wie das das Ego pusht? Das ist Adrenalin pur.«

117

»Cool.« Magnie grinste zufrieden. »Genau so stelle ich es mir vor.«

»Danach landest du auf einem verdammt harten Boden.«

»Ist es mir wert.«

»Die Realität killt dich.«

»Mag sein.« Magnie nickte, damit Ted endlich Ruhe gab.

»Zehn Jahre her, dass ich der Jarl war. Unglaublich, was?«

»Kommt mir nicht wie zehn Jahre vor«, murmelte Magnie und rieb mit dem Finger über sein fast leeres Bierglas. Ein Film aus Schaumresten klebte an der Innenseite. Vielleicht sollte er sich schon mal ein neues bestellen.

»Ich war ein toller Jarl«, sagte Ted.

»Ja, das warst du.«

»Der Tag hat einen Heidenspaß gemacht.« Ted hing trübsinnig auf dem Hocker, verloren in seinen Erinnerungen. Nicht einmal mehr Genevieve interessierte ihn. Ein Trauerspiel, dachte Magnie, obwohl Ted ja mit seiner Schwester verheiratet war und er aus brüderlicher Solidarität so etwas nicht hätte denken sollen.

Er überließ Ted sich selbst und drehte den Kopf zu Genevieve hinüber. Genevieve bemerkte es und begann einen Augenflirt mit Magnie, der seine Gedanken in eine ziemlich eindeutige Richtung lenkte. Magnie spürte ein Prickeln im Nacken. Es stimmte, Genevieve hatte etwas Besonderes an sich. Dieses Flackern in den Augen. Dieses Lächeln, so, als wäre der Song nur an ihn gerichtet. Reizvoll, ja. Aber andererseits?

»Deine Schwester macht sich Sorgen um dich. Weißt du das?« Teds Hand legte sich schwer auf Magnies Schulter. »Genieß den Umzug und die Party danach, aber verscherz dir deswegen nicht die wichtigen Dinge im Leben. Sonst stehst du am Ende dumm da.«

»Zwingt dich meine Schwester immer noch, diese romantischen Komödien mit ihr zu sehen?«, spottete Magnie, aber

Ted checkte den Witz nicht. Schulterzuckend drehte Magnie Genevieve den Rücken zu, bevor er auf dumme Gedanken kam.

Ted leerte das Bier in einem Zug und bestellte zwei neue für Magnie und sich. Inzwischen hatte er leichte Schlagseite, so wie er sich auf den Ellbogen gelehnt über den Tresen fläzte. »Lass mal den ganzen Jarl-Scheiß beiseite. Welche Werte sind dir wichtig? Nenn mir drei.« Ted spreizte entsprechend viele Finger.

»Keine Ahnung. Ich denk über so was nicht nach.«

Ted fuhr mit dem Daumen über das außen feuchte frische Glas. »Okay. Dann anders. Stell dir vor, Up Helly Aa ist vorbei und du bist in deiner glücklichen Zukunft gelandet. Welcher Film läuft bei dir ab?«

»Was weiß ich … Keine Ahnung … Komm schon, Ted, das ist albern.«

»Versuch es«, forderte Ted. »Schließ die Augen. Wie sieht die beste Version deiner Zukunft aus?«

Magnie gab zähneknirschend nach. Aber nur, damit Ruhe war. Er atmete aus, hielt sich mit den Händen vorne am Barhocker fest und lehnte sich zurück. Die Augen zuzumachen fühlte sich so bescheuert an, als wäre er fünf Jahre alt und auf einem Kindergeburtstag, also machte er sie wieder auf.

»Na schön. Ich sitze im Freundeskreis an einem dieser langen Sommerabende am Strand am Lagerfeuer. Wir spielen Musik und tanzen. Alle lachen, erzählen sich Geschichten, und die Stimmung ist super.«

»Nicht schlecht«, sagte Ted. »Und weiter?«

»Ich arbeite immer noch als Rettungssanitäter, weil mich der Job erfüllt. Du und ich, wir sind ein super Team. Wir düsen mit dem Martinshorn auf dem Dach von Einsatz zu Einsatz und gehen abends mit dem Gefühl ins Bett, etwas Sinnvolles getan zu haben.«

»Aye, und dann?«

Eine Pause entstand.

»Ich laufe über den Strand und halte Händchen mit Monica, Erica, Rita oder Tina. Thor ist auch dabei. Reicht das?«

»Fürs Erste. Jetzt müssen wir nur herausfinden, ob nun Monica oder Tina die Frau fürs Leben ist. Oder eben eine der beiden anderen. Wie hießen die noch mal?« Ted warf ihm einen langen Blick zu und hatte offensichtlich rein gar nichts kapiert.

Einen Moment saß Magnie schweigend da, dann schüttelte er den Kopf. »Wirklich, Ted, hörst du mir gelegentlich mal zu? Ich liebe mein Leben genau so, wie es jetzt ist.«

»Du verheizt dich, Magnie, glaub mir. Mit zweiunddreißig war ich schon längst verheiratet.«

Magnie stand auf, weil es ohnehin keinen Sinn hatte. »Entschuldige. Ich geh pinkeln.«

Der Pub war brechend voll. Gelächter hing in der Luft, Gläser klirrten. Die Band machte gerade Pause. Genevieve stand am Rand der Bühne und unterhielt sich mit ihrem Bassisten. Als Magnie an ihr vorbeiging, zwinkerte sie ihm zu. Er hob eine Hand und grinste zurück. Genevieve hatte ein bezauberndes Lächeln. Sie strahlte richtig von innen heraus, hatte Power und war umwerfend sexy. Außerdem war sie ebenso wenig wie er darauf aus, ihren Single-Status aufzugeben, das wusste er von einem Freund, der mal etwas mit ihr am Laufen hatte. Vielleicht würde er sie demnächst auf einen Drink einladen, überlegte Magnie. Irgendwann nach Up Helly Aa, wenn der ganze Rummel vorbei war.

Als er von den Toiletten zurückkam, spielte die Band langsamen R&B. Genevieves Stimme schwebte samtig weich durch den Pub.

»Magnie.« Ein Arm streckte sich im Vorbeigehen nach ihm aus.

Der Klang der Stimme katapultierte ihn zurück in die Vergangenheit. Langsam drehte er sich um. Rotes, weich fließendes Kleid, endlos lange Beine, dunkelblondes, im Nacken aufgestecktes Haar, perfekt symmetrisches Gesicht mit hohen Wangenknochen, hübsch geschwungenen Lippen und ausdrucksvollen, leicht schräg stehenden Augen. Caitlin.

»Cat, was für eine Überraschung. Wie geht es dir?«

»Danke, gut.« Sie hob die Hand und schob sich eine Haarsträhne hinter das Ohr, die lässig aus ihrer Hochsteckfrisur herausschaute. Eine Geste, die ihm so vertraut war, dass es ihm einen Stich versetzte.

»Hey, ich dachte, du bist in Inverness?«

»Nicht mehr. Meine Mutter ist krank geworden und braucht mich.« Sie biss sich auf die Lippe. »Sie hat MS. Also wohne ich wieder auf Mainland.«

»Das tut mir leid.« Kurz war er versucht, Caitlin aus alter Gewohnheit an der Schulter zu berühren, aber dann ließ er es.

»Danke.« Caitlin lächelte traurig. »Ich fange nächste Woche im Gilbert Bain Hospital an. Meinen alten Job habe ich gekündigt.«

»Dann sind wir quasi Kollegen. Arbeitest du noch als Nachtschwester?«

»Nein. Inzwischen bin ich im OP. Ich brauchte mal was anderes.«

»Verstehe.« Magnie zögerte. »Was ist mit deinem Freund? Ist er mitgekommen?«

»Nein.« Caitlins Lächeln verlosch. »Es lief nicht so, wie wir es uns vorgestellt haben.«

Eine Pause entstand.

»Damit hatte ich nicht gerechnet. Ihr saht glücklich aus miteinander.«

»Anfangs ja, später nicht mehr. Aber es ist okay. Mir geht es gut«, meinte Caitlin und wischte das Thema mit einem Augenrollen beiseite. »Und du? Wie geht es dir?«

»Gut.« Er grinste. »Richtig gut sogar. Das beste Jahr seit Langem.«

»Klar, du bist jetzt der Guizer Jarl. Glückwunsch. Ich freue mich für dich. Ist es wirklich so toll, wie du dachtest?«

»Schon. Ich kann kaum erwarten, dass es endlich losgeht. Ich zähl schon die Tage, wie früher als Kind. Da war mir Up Helly Aa wichtiger als Weihnachten.«

»Ja, ich erinnere mich.« Caitlins Blick wurde wieder weich. »Ähm … cooler Bart. Er verändert dich.« Sie deutete ein Lächeln an und ließ dabei offen, ob zum Vor- oder Nachteil.

Einen Moment standen sie sich etwas hilflos gegenüber.

»Cat?«

»Hm?«

»Es ist echt schön, dich zu sehen. Du siehst bezaubernd aus, falls ich das noch nicht gesagt haben sollte.«

»Danke.«

»Falls du Lust hast, mal was trinken zu gehen …«, begann er zögernd. Es war nur so ein Gedanke. Er ertappte sich dabei, wie er sein Handy hervorholte. »Lass uns Nummern austauschen. Einfach nur, um zu reden.«

»Ja, warum nicht?« Caitlin ließ die Finger spielerisch durch ihr Haar gleiten und schenkte ihm ein Lächeln.

Kurz darauf setzte sich Magnie wieder zu Ted an den Tresen.

Ted schwenkte den Oberkörper zu ihm herum. »War das nicht Caitlin?«

»Ja. Sie ist zurück.« Magnie versuchte, es mit einem Schulterzucken abzutun, bevor Ted mit tausend Fragen und noch mehr Ratschlägen um die Ecke kam.

Doch Ted ließ nicht locker. »Und? Bleibt sie länger auf Shetland?«

»Sieht so aus. Ihre Mum ist krank.« Magnie drehte das Bierglas in den Händen, in dem der Schaum traurig in sich zusammengefallen war. Vielleicht sollte er austrinken und wieder ein neues bestellen.

122

»Caitlin und du, ihr wart ein tolles Paar.«

»Yepp. Und dann haben wir es vermasselt. Oder es hat eben einfach nicht gepasst.« Magnie legte den Kopf in den Nacken und kippte das Bier hinunter.

»Wenn du so weitermachst, kriegst du es fertig, es mit jeder einzelnen Frau auf Shetland zu vermasseln«, sagte Ted.

»Sagt wer? Alison?«

»Na ja, so unrecht hat sie nicht.« Ted bedachte Magnie mit diesem besonderen Blick, den er für die Zwillinge draufhatte und der einem mitten ins Gewissen schnitt. Nur dass Ted eben nicht sein Vater und Magnie damit zum Glück immun war. »Es geht um den Ruf, den du langsam wegkriegst. Wie willst du die Frau fürs Leben finden, wenn alle in dir nur den Typen sehen, mit dem man flirten und Spaß haben kann, aber in den man sich besser nicht verliebt?«

»Das wird schon nicht passieren.« Magnie wischte sich den Schaum vom Bart.

»Außerdem bist du doch überhaupt nicht so.« Ted ließ nicht locker. »Warum willst du den Eindruck erwecken, zehn an jedem Finger zu haben? Du bist gar nicht der Typ, der jede Nacht mit einer anderen in die Kiste steigt.«

»Das tu ich auch nicht.« Magnie grinste anzüglich. »Aber ich *könnte*, wenn ich wollte. Das ist der springende Punkt.«

»Übertreib es nicht. Ich meine ja bloß …«, ruderte Ted zurück.

»Erdnüsse?«, wechselte Magnie das Thema und zog eine Schale zu sich heran. Er warf sich eine Handvoll Nüsse in den Mund, spülte mit dem restlichen Bier hinunter und bestellte ein neues. Andrew hörte auf, Gläser zu polieren, und betätigte den Zapfhahn. Kurz darauf stand ein schäumendes White Wife Shetland Ale vor Magnie auf dem Tresen.

»Prost«, sagte Magnie und hob das Glas. »Hast du gehört, wie die Glasgow Warriors gespielt haben?«

Ted sprang nicht auf das Thema Rugby an und blickte an Magnies Schulter vorbei. »Ich glaube, Caitlin hat dir längst verziehen.«

Magnie spannte die Kiefer an. »Woher willst du das wissen?«

»Ich habe ein Gespür für so etwas. Außerdem sieht sie seit fünf Minuten zu dir herüber. Nein, dreh dich jetzt nicht um.«

Abrupt hielt Magnie in der Bewegung inne.

»Ich wette, wenn du es darauf anlegst, seid ihr ruckzuck wieder zusammen.«

Magnie ließ den Satz auf sich wirken. Dann schob er die leere Schale mit Nüssen über die Theke und Andrew füllte sie neu. »Du machst mir Angst, Ted. Ehrlich. Entweder du verträgst das Bier nicht oder meine Schwester hat einen schlechten Einfluss auf dich.«

Ted zuckte die Schultern. Wie es aussah, kannte er die Antwort selbst nicht. »Wir wollen nur dein Bestes.«

»Cool.« Magnie starrte durch Ted hindurch. Für eine Sekunde versuchte er, das Leben so zu sehen, wie Ted es sah. Aber da war nichts. Nur grauer Nebel. Im Rampenlicht gefiel es ihm entschieden besser. Und deswegen würde er es an Up Helly Aa krachen lassen. Und das mit Cat? Na ja, er mochte sie, das schon. Alles andere war einfach vorbei. Einen Topf mit Angebranntem wieder aufzuwärmen, ergab keinen Sinn. Der bittere Geschmack kam immer wieder durch. Er straffte die Schultern und sah Ted skeptisch ins Gesicht. »War's das jetzt?«

»Meinetwegen. Es ist ohnehin Zeitverschwendung.« Ted grinste.

Magnie grinste zurück. Ted an sich war kein schlechter Kerl, nur dass Alison ein bisschen zu sehr auf ihn abgefärbt hatte. Was normal war, wenn man seit zehn Jahren nebeneinander aufwachte. Mit dem Gefühl der Gelassenheit darüber, dass man Dinge, die in Ordnung waren, einfach nicht ändern sollte, weil sich dadurch alles nur unnötig verkomplizierte, sah er Ted dabei zu, wie dieser genüsslich sein Bier schlürfte und sich wieder entspannt über den Tresen hängen ließ.

»Also, die Warriors haben dreißig zu siebzehn gegen die Bulls verloren, aber das lag nur daran, weil der beste Spieler verletzt war und …«

Zufrieden mit sich, Ted und dem frisch gezapften Bier, griff Magnie zu seinem Handy. Während er Teds Ausführungen über die erste Liga mit halbem Ohr verfolgte, parkte er Cats Nummer in der Liste attraktiver Frauen, die ihm ihre Handynummer förmlich aufgedrängt hatten. Wer konnte es schon wissen, vielleicht würde er sie zurückrufen, wenn Up Helly Aa vorüber war, auch wenn er dann vermutlich mit dem Feuer spielte.

KAPITEL 12

Zu Beginn ihrer zweiten Arbeitswoche fühlte sich Jezz so gut eingearbeitet, dass sie sich zutraute, das True Love den halben Tag allein zu hüten, während Alison im Homeoffice an ihrer neuen Geschäftsidee bastelte. Jezz war noch erfüllt von dem schönen Wochenende, das sie zusammen mit Alison, Ted und den Kindern bei einem Ausflug über die Insel verbracht hatten. Gemeinsam hatten sie viel gelacht. Jezz hatte aus dem Studium viel Erfahrung als Babysitter, und so war es ihr leichtgefallen, einen Draht zu den Zwillingen aufzubauen. Am Ende wollten die beiden sie gar nicht mehr gehen lassen.

Jezz schleppte gerade eine Stehleiter in den Verkaufsraum, als die Türglocke bimmelte und ein Schwall eisiger Luft in das True Love wehte. Magnie betrat den Laden. Schwarzer, kurzer Wollmantel mit hochgeschlagenem Kragen, der ihn ziemlich verwegen aussehen ließ, dazu Jeans und Halbstiefel. Sein Haar wehte wie eine feuerrote Wolke im Wind. In seinem buschigen Bart glitzerten schmelzende Schneeflocken, dazu diese intensiv blau leuchtenden Augen. Jezz bemerkte, dass sie auch nach ein paar Tagen Magnie-Entzug dieses Kribbeln im Bauch spürte. Das gleiche Gefühl, das sie gehabt hatte, als sie im King Olav eng miteinander getanzt hatten und er sie beinahe geküsst hätte.

»Hi, Jezz, ist meine Schwester da?«, fragte er und lächelte.

»Du hast sie knapp verpasst.« Jezz stellte die Leiter neben dem Regal auf, in dem Diademe, Schuhe und Handtaschen ausgestellt waren. Mit einem Schulterzucken deutete sie auf den Fußabstreifer im Eingangsbereich. »Tritt dir bitte die Stiefel ab. Alison kriegt einen Anfall, wenn der Boden Streusalz abbekommt.«

»Ich weiß.« Magnie stampfte ein paarmal kräftig mit den Füßen auf der Matte auf. Dann beäugte er kritisch die Sohlen seiner Schuhe, bevor er vorsichtig einen Fuß auf den glänzenden Marmor setzte. »Es gibt einige No-Gos, wenn man einen Laden voller Hochzeitskleider betritt. Hier.« Er kam auf sie zu und überreichte ihr einen Baumwollbeutel mit aufgedruckten Schafen und Papageientauchern. »Alison bat mich, einen neuen Verbandskasten für ihr Auto zu besorgen. Der alte ist wohl abgelaufen.«

»Alles klar, stell es doch bitte auf die Theke. Brauchst du die Tasche wieder?« Sie wandte Magnie den Rücken zu und warf einen kritischen Blick auf die Lichterkette über ihrem Kopf, bevor sie einen Fuß auf die Leiter setzte.

»Nein, sie gehört Alison«, meinte Magnie. »Ach ja, Grüße von Gary soll ich dir ausrichten. Er sagt, du sollst unbedingt mit auf den Ausflug kommen.«

Jezz verriet nicht, wie absurd sie die Idee fand, und prustete leise durch die Nase. »Nein danke. Mir reicht es noch vom letzten Mal.« Sie stand auf der obersten Stufe und angelte nach einem Kabel.

»Komm schon, Jezz, Gary meinte es nicht so. Es ist seine Art von Humor. Du reagierst zu sensibel.«

»Und wenn ich sensibel bin?« Jezz streckte sich auf die Zehenspitzen.

»Ähm … Was tust du da? Es sieht etwas gefährlich aus. Kann man dir irgendwie helfen?«, bot sich Magnie sich an. Er klang besorgt.

127

»Alles gut. Nur …« Jezz ruckelte an der Schneeflockenlichterkette. »Das blöde Ding hängt fest.«

»Was ist der Plan?«

Jezz warf einen Blick nach unten und grapschte in der gleichen Sekunde panikartig nach dem Holm des Regals. Sie konnte nicht gut mit Höhen, und die Leiter fühlte sich wackelig an.

»Beleuchtung austauschen«, presste sie hervor und blickte rasch wieder nach oben. »Schneeflocken ab, die andere Kette an.«

»Du meinst, die mit den silbernen Metallherzchen hier?«

»Mmmm.«

»Alles okay mit dir?«

»Geht schon«, murmelte Jezz und schoss der Lichterkette einen ärgerlichen Blick zu. Alison hatte das Ding mit wer-weiß-wie-viel Powerstrips an der Decke befestigt. Ein paar davon hatte Jezz schon abgezupft, aber das Arbeiten über Kopf belastete ihren Kreislauf. Sie fühlte Schweiß auf ihrer Stirn und ließ die Arme sinken. Einen unbehaglichen Moment stand sie da und kämpfte gegen den Schwindel an. Ihr Herz klopfte wie verrückt. Nicht gut.

»Komm lieber runter da und lass mich das machen.«

»Geht schon.« Jezz schnappte sich das herabbaumelnde Kabel und zerrte kräftig daran. Urplötzlich löste sich der letzte Powerstrip und die Kette flog ihr entgegen. Reflexartig zog Jezz den Kopf ein und ruderte mit den Armen in der Luft. Sie merkte, wie sie das Gleichgewicht verlor, und dann …

»Hab dich«, rief Magnie, als Jezz in seinen Armen landete. Gletscherblaue Augen blickten sie an, sein Gesicht war wenige Zentimeter von ihrem entfernt. »Alles gut?«

Jezz war der Schreck ordentlich in die Knochen gefahren. Es dauerte einen Moment, bis sie begriff, dass sie noch immer in Magnies Armen über dem Boden schwebte und ihn dabei anstarrte wie das Kaninchen die Schlange. Zittrig zog sie die Luft ein. Ihr Herz schlug immer noch viel zu schnell.

»Danke. Du kannst mich loslassen.« Ihre Wangen prickelten vor Hitze. O Gott, wie peinlich! Warum passierten in Magnies Gegenwart immer die absurdesten Dinge?

»Okay.« Er setzte sie ab und maß sie mit einem prüfenden Blick. »Du siehst ein bisschen blass aus. Kann es sein, dass du manchmal Kreislaufprobleme hast?«

»Ja, aber deswegen musst du nicht so ein Ding draus machen. Ich habe mich erschrocken. Das ist alles«, behauptete Jezz und fixierte dabei einen Punkt auf dem Boden, weil ihr noch immer ordentlich schwummrig war.

»Setz dich doch bitte mal hin. Ich würde gerne deinen Puls überprüfen«, sagte Magnie und beugte sich näher zu ihr. Oder vielleicht bildete sie es sich nur ein, dass sein Gesicht dicht vor ihrem schwebte, weil sich ihr alles vor Augen drehte. Kommentarlos ließ sie sich von ihm unterhaken und in einen der Sessel helfen.

»Wirklich, Magnie, du übertreibst«, stöhnte sie, als er ihr ein Kissen in den Rücken stopfte und einen niedrigen Tisch heranschob, auf den er ihre Füße lagerte.

»Ich bin Rettungssanitäter und neige von Haus aus zur Vorsicht.« Er ließ sich ihr gegenüber auf die Tischkante fallen, streckte die langen Beine aus und maß sie mit einem eingehenden Blick. »Tu mir einen Gefallen und bleib sitzen.«

»Ehrlich, es geht mir gut.« Sie versuchte aufzustehen, wurde aber sanft von ihm daran gehindert.

»Du solltest etwas trinken auf den Schreck hin. Damit sich dein Kreislauf wieder fängt.« Er zauberte eine ungeöffnete Halbliter-Limoflasche mit rosafarbenem Inhalt aus der Innenseite seines Mantels hervor.

Jezz musterte zögernd die Limo. »Ist das Grapefruit?«

»Ja. Meine Lieblingssorte. Warum?« Er zog eine seiner buschigen roten Augenbrauen in die Höhe.

Meine ursprünglich auch, dachte sie. Sie räusperte sich. »Ich vertrage Grapefruit nicht.«

»Warte …« Er runzelte die Stirn. »Soweit ich weiß, hat Alison einen Vorrat Wasserflaschen für ihre Kundinnen hinten im Lager stehen. Ich bin gleich wieder da.« Bevor sie etwas erwidern konnte, stand er auf und ging los.

Wasser war okay. Jezz atmete durch und stellte fest, dass der Raum sich ziemlich leer anfühlte ohne Magnie. Leer und still. Sie zog die Ärmel ihrer Bluse zurecht, zerrte das Handy aus der Jeans und richtete die Kamera im Selfie-Modus auf sich. Eilig fuhr sie sich mit der Zunge über ihre Vorderzähne, an denen ein winziger Lippenstiftfleck klebte, und zupfte sich den Fransenpony in die Stirn. Mitten in der Bewegung hielt sie inne und ließ das Smartphone sinken. Moment, was tat sie da eigentlich? Versuchte sie gerade, gut auszusehen? Für Magnie? Sie war doch am Ende nicht dabei, sich in ihn zu verlieben? Ach was! Die Vorstellung war lächerlich. Ausgerechnet Magnie, der ihr von Anfang an mit seiner übertriebenen Art gegen den Strich gegangen war und sich vor schönen Frauen nicht retten konnte.

Ausgeschlossen! Sie würde sich nicht erlauben, eine Schwäche für ihn zu entwickeln. Kam nicht infrage. Sie schob das Handy zurück in die Tasche, als sie seine Schritte durch den Gang poltern hörte.

»Mit oder ohne Kohlensäure?« Er hielt ihr zwei Flaschen entgegen.

»Mit, danke schön.«

Er zog den Wintermantel aus und setzte sich mit übergeschlagenem Bein neben sie auf die Lehne. Der Sessel knarrte unter seinem Gewicht. Jezz fühlte den Druck seiner Finger an ihrem Handgelenk, als er ihren Puls tastete. Sie lehnte sich zurück und trank einen Schluck Wasser. Es war verwirrend mit Magnie. Etwas hatte sich verändert. Die Luft zwischen ihnen war aufgeladen, aber nicht gereizt, wie anfangs im Flieger, sondern mit einer anderen Art von Spannung. Nachdenklich studierte sie sein Profil. Charaktervolle Stirn, gerade geschnittene

Nase, dann der Vollbart, der ihm bis an die Brust reichte. Wie er wohl ohne den Bart aussah? Bestimmt genauso attraktiv, nur weniger wild. Ihr Herz klopfte nervös. Rasch wandte sie den Blick ab.

»Ein bisschen zu schnell und ein bisschen zu ungleichmäßig«, erklärte Magnie und ließ ihr Handgelenk los. Er wuchtete sich in den Sessel ihr gegenüber, seine äußerst ansehnlichen Arme mit den orangeroten Härchen ruhten auf den Lehnen. »Passiert das öfter?«

»Gelegentlich. Ich sollte mehr Ausdauersport machen. Aber im Moment komme ich nicht dazu. Außerdem ist es nach der Arbeit stockdunkel.«

»Ich kann dich mit zum Cross-Fit nehmen, wenn du willst.«

»Vielleicht irgendwann«, meinte Jezz vage.

Magnie warf ihr einen merkwürdigen Blick zu. Er sagte nichts. Schaute nur.

Jezz bekam einen trockenen Hals und räusperte sich. »Was ist?«

»Ich überlege nur, was du eigentlich gegen mich hast.« Magnie schüttelte den Kopf. »Bin ich dir irgendwann zu nahe getreten? Wenn, dann tut es mir leid.«

»Nein. Das nicht. Es ist nur …« Jezz unterbrach sich und suchte nach Worten.

»Du bist sauer auf mich, weil ich versehentlich im Flieger an deiner Schulter eingepennt bin, richtig?« Magnie hob eine buschige Augenbraue. Durch den Bart war es schwer, seinen Gesichtsausdruck zu deuten.

»Sauer ist übertrieben.«

»Es sollte keine blöde Anmache sein.« Er musterte sie intensiv, sein Blick war unergründlich.

»Habe ich das behauptet?«

»Ehrlich, so etwas ist mir noch nie im Leben passiert …«

»Schon okay, Schwamm drüber.«

»Plus, es ist mir echt unangenehm …«

»Du brauchst dir keinen Kopf zu machen.«

»Wirklich?«

»Wirklich.« Jezz riss sich aus dem Blickkontakt los.

»Hübsches Tattoo.« Er hob die Hand und deutete zu ihr hinüber.

Reflexartig zupfte sich Jezz den verrutschten Ausschnitt ihrer Bluse zurecht, sodass die Lotusblüte nicht mehr zu sehen war. Ihr Herz klopfte vor Aufregung wie wild. Hoffentlich zählte Magnie nicht eins und eins zusammen.

»Hat es eine Bedeutung?«

»Hat nicht jedes Tattoo eine?«, lenkte Jezz rasch ab und zuckte die Schultern.

»Schon. Das hier zum Beispiel.« Er deutete auf den Lebensbaum an seinem Unterarm und begann zu erzählen.

Jezz hörte zu, obwohl sie das meiste davon kannte. Es war etwas anderes, die Geschichte von Magnie selbst zu hören. Seine gletscherblauen Augen sprühten vor Begeisterung. Nachdenklich betrachtete sie ihn. Bislang hatte sie nur den Großkotz in ihm gesehen, aber jetzt, da sie ihn besser kannte, entdeckte sie in seiner Körpersprache etwas, das sich vielleicht mit Dankbarkeit oder Demut beschreiben ließ. *Wow!* Das hätte sie nicht gedacht. Hinter dem Angeber steckte ein anderer Mensch. Verwirrt blinzelte sie zu ihm hinüber.

»Du lebst dieses Fest mit jeder Faser«, meinte sie, als er fertig war.

»Klar, schließlich bin ich damit aufgewachsen. Mein Vater war schon Jarl, und sein Vater davor auch. Up Helly Aa, das ist …« Magnie rang die Hände und suchte nach Worten. »Up Helly Aa ist, was uns ausmacht.«

Die Art und Weise, wie er das sagte, ging unter die Haut. Sie warf ihm ein schiefes Lächeln zu. »Danke für die Erklärung. Um ehrlich zu sein, fand ich es vorher ziemlich schräg.

Ich meine, hallo?« Sie hielt Hilfe suchend die Handflächen in die Luft. »Erwachsene Männer, die sich als Wikinger verkleiden und Schiffe abfackeln? Das klingt schon reichlich abgefahren. Aber jetzt versteh ich es viel besser.«

»Das freut mich.« Er versuchte, seine langen Gliedmaßen etwas bequemer in dem Sessel unterzubringen und stützte sich seitlich auf einen Ellbogen. »Also, was sagst du? Kommst du mit zum Ausflug? Es würde mich sehr stolz machen, dir die Galeere zu zeigen.«

»Du meinst, bevor sie in Flammen aufgeht?«, frotzelte Jezz.

»Genau.« Er zwinkerte ihr zu.

»Mal sehen. Ich denke darüber nach«, wich Jezz aus. »Auf jeden Fall gebe ich dir rechtzeitig Bescheid. Aber jetzt mache ich mich besser wieder an die Arbeit und hänge die neue Lichterkette auf.«

»Das lässt du schön bleiben«, erklärte Magnie entschieden. »Du turnst nicht noch einmal auf der Leiter herum. Lass mich das für dich machen.«

»Na schön, wenn du darauf bestehst …« Jezz versuchte, lässig zu wirken, aber insgeheim war sie ihm dankbar.

Eine halbe Stunde später verließ Magnie den Laden. Jezz stand da und starrte noch eine ganze Weile die Lichterkette an, die wie ein Wasserfall aus winzigen silbernen Herzchen von der Decke rieselte. Dieser Moment, als er sie von der Leiter gehoben und in seinen Armen gehalten hatte! Sie spürte ihr Herz wieder schneller klopfen. Magnie brachte sie völlig durcheinander. Und jetzt war sie auch noch drauf und dran, sich in ihn zu verlieben.

Verflixt, Jezz, du sollst auf dein Herz aufpassen, anstatt es dir brechen zu lassen.

Denn genau das würde passieren, wenn sie nicht vorsichtig war.

KAPITEL 13

An die Deutsche Gesellschaft für Organspende
Betreff: Bitte um Weiterleitung

Sehr geschätzte Familie des Verstorbenen,

wir kennen uns nicht und leider darf ich Ihnen auch meinen Namen nicht verraten, auch wenn er ohnehin bei der Überprüfung geschwärzt werden würde. Uns verbindet der Tod eines Menschen. Sicher war es ein schwerer Schlag für Sie.

An die Deutsche Gesellschaft für Organspende
Betreff: Bitte um Weiterleitung

Liebe Hinterbliebene,

ich wollte mich einfach melden und Danke sagen. Danke, dass ich weiterleben kann, auch wenn das bedeutet, dass jemand gestorben ist, den Sie mit Sicherheit sehr geliebt haben. Das ist ein schrecklicher Gedanke.

An die Deutsche Gesellschaft für Organspende
Betreff: Bitte um Weiterleitung

Liebe unbekannte Familie meines Spenders,

ich darf nichts über mich verraten, aber so viel doch:
Ohne das Spenderherz würde ich jetzt nicht mehr
leben. Meine Dankbarkeit ist so tief, dass ich dafür
keine Worte finde.

An die Deutsche Gesellschaft für Organspende
Betreff: Bitte um Weiterleitung

Hallo,

ganz ehrlich, ich habe keine Ahnung, wie man so
einen Brief schreibt. Sorry, Leute. Ich bin ein totaler
Versager.

KAPITEL 14

»Wow, das ist ja traumhaft hier.« Überrascht blickte Mara sich in dem Laden um, in dem es vor Diademen, Strass, Pailletten und Lichterketten nur so funkelte und glitzerte. Dazu das fast blendende Weiß der Brautkleider.

»Danke, das freut uns zu hören.« Jezz kam freudestrahlend hinter der Empfangstheke hervor und begrüßte Mara mit Wangenküsschen.

»Ich war in der Stadt und dachte, ich schaue vorbei, um eine Anprobe zu vereinbaren. Wir heiraten zwar erst im Juni, aber diese Hochzeit macht mich nervös.« Mara stellte ihre Handtasche auf dem Empfangstresen ab und stöhnte bedeutungsschwer.

»Wieso das denn? Hast du Angst, dass Gavin nicht der Richtige ist?« Jezz verschwand kurz hinter dem Tresen und kehrte mit dem weißen, ledergebundenen Terminkalender zurück.

»Das nicht. Aber auf dieser Hochzeit liegen verdammt hohe Erwartungen.«

»Das ist das Problem mit Hochzeiten. Deswegen können die meisten Bräute diesen Tag nicht richtig genießen.« Jezz zuckte die Schultern. »Sagt zumindest Alison. Komm, wir setzen uns. Passt es dir da drüben?« Sie deutete auf die Sitzecke.

»Erzähl, wie geht es dir?« Mara wickelte sich den dicken Schal vom Hals und öffnete ihre Winterjacke. »Wie war dein Ausflug mit Alisons Familie?«

»Gut so weit.« Jezz nahm ihr gegenüber Platz. »Die Ausgrabungen von Jarlshof sind wirklich beeindruckend. Krass, dass die Leute schon zur Bronzezeit hier gesiedelt haben. Ted hat mir alles erklärt, er ist sehr nett. Und die Zwillinge sind so süß.«

»Also läuft alles nach deinen Erwartungen?«

»Sogar besser. Besonders, was den Job angeht.«

»Das freut mich für dich.« Mara runzelte die Stirn. »Du siehst müde aus.«

»Das liegt daran, dass ich schlecht geschlafen habe. Mondphasen …«, murmelte sie bedeutungsschwer, weil der Mond als Ausrede bekanntlich immer gut herhielt.

Die Wahrheit war, dass sie mal wieder die halbe Nacht an dem Dankesbrief gesessen hatte, ohne etwas zustandezubringen, das weder gestelzt noch kitschig oder einfach nur hilflos klang.

»Und sonst? Schon Ideen für dein Brautjungfernkleid? Wie wäre es zum Beispiel mit dem da?« Mara deutete mit einem vielsagenden Lächeln auf ein an einer Schaufensterpuppe drapiertes Kleid, von dem sie wusste, dass Jezz es selbst unter Androhung von zehn Jahren Zwangsarbeit am Nordpol nicht anziehen würde. Es war ein langes Tüllkleid in Altrosa, mit transparentem Spitzenmieder und Glitzersteinchen.

»Haha! Ganz mein Geschmack«, witzelte Jezz. »Abgesehen davon, was Lisa dazu sagen würde. Hast du mal was von ihr gehört?«

»Wir haben vor ein paar Tagen telefoniert.« Mara seufzte. »Sie klang angespannt. In ihrer Beziehung läuft es wohl nicht rund, weil …«

Das Bimmeln der Türglocke unterbrach sie. Unaufgefordert trat Magnie sich die Stiefel auf der Matte ab. »Hi, Jezz. Oh, sorry,

137

ich wusste nicht, dass du in einem Beratungstermin steckst. Ich will nicht stören. Übrigens keine Sorge, ich habe Thor vor der Tür festgebunden.«

»Du störst nicht. Wir haben keinen Termin, wir unterhalten uns nur.« Hitze schoss ihr ins Gesicht, obwohl ein Schwall kalter Seeluft zusammen mit Magnie durch die Tür geweht war. »Das ist meine Freundin Mara. Mara, das ist Magnie.«

Magnie nahm die Wollmütze von Kopf, die er heute zu einem dicken Wollpullover mit buntem Shetlandmuster trug, und streckte Mara die Hand entgegen. »Hi, nett, dich kennenzulernen.«

»Ebenso.« Maras Lächeln wich einem nachdenklichen Gesichtsausdruck. »Täusche ich mich, oder sind wir uns schon einmal begegnet? Auf der Landwirtschaftsschau in Walls letzten Sommer?«

»Ich war zwar dort, aber ich bin mir nicht sicher.« Magnie kratzte sich den Nacken. Im nächsten Moment grinste er. »Aber gut möglich, dass du mich von Fotos kennst. Mein Bild hängt momentan in ziemlich jedem Schaufenster in der Stadt aus. Ich bin der diesjährige Jarl.«

Jezz verdrehte hinter Magnies Rücken die Augen. War ja klar, dass der Satz fallen musste. Sie räusperte sich. »Möchtest du auf Alison warten, oder soll ich ihr etwas ausrichten?«

Magnie ließ sich wie üblich mit seinem ganzen Gewicht auf einen freien Sessel fallen. »Ich bin nicht wegen Alison gekommen. Hier. Ich wollte dir das hier vorbeibringen.« Er reichte Jezz einen Flyer.

»Was läuft an Up Helly Aa?«, las Jezz laut und runzelte die Stirn.

Magnie strich sich umständlich den Bart. »Das Infoblatt ist hauptsächlich für Touris gedacht. Nicht, dass du einer bist. Aber ich dachte, einige der Veranstaltungen könnten dich interessieren.« Er beugte sich so zur Seite, dass er mitlesen konnte, und tippte gegen eine bestimmte Stelle auf dem Papier. »Hier. Es geht schon vier Tage vor dem Fest los. In diesen drei Kneipen wird Freitagabend Livemusik gespielt. Das Douglas Arms ist meine Lieblingskneipe. Ich würde dir empfehlen, dorthin zu gehen. Und hier, das könnte auch etwas für dich sein.«

»Up-Helly-Aa-Tanzstunden?« Jezz kräuselte die Stirn. Sie las weiter. »Du möchtest in eine der Dance-Halls gehen, hast aber keine Ahnung vom Shetland Style Country Dancing? Dann komm zu unseren Tanzstunden und lerne alle Schritte, die du brauchst.« Sie blickte auf. »Dein Ernst, Magnie?«

»Warum nicht?« Magnie lehnte sich zurück und überkreuzte die langen Beine. »Als ich dich im King Olav durch den Saal gewirbelt habe, hattest du richtig Spaß. Du brauchst nur ein wenig Übung, das ist alles.«

»Ihr habt getanzt?« Mara schürzte ungläubig die Lippen. Sie blickte von einem zum anderen.

»Aye, Jezz war richtig gut. Sie hat flinke Füße, und das braucht man beim Reel.«

»Mach das doch, Jezz.« Mara nickte zustimmend und warf ihr diesen Blick zu, der eindeutig besagte: Du-musst-mal-mehr-unter-die-Leute. »Das wird sicher lustig.«

»Ich. Weiß. Nicht.« Jezz presste die Kiefer aufeinander. Innerlich schäumte sie vor Wut. *Bravo, Magnie, vielen Dank.* Wieso musste er das ausposaunen? Jetzt würde Mara denken, dass etwas zwischen ihnen lief, obwohl es natürlich nicht so war.

»Seit wann tanzt du nicht gern? In München gehst du doch auch immer zum Salsa.«

Jezz schoss Mara mit einem stechenden Blick eine Warnung zu, sich nicht weiter mit Magnie gegen sie zu verbrüdern. Ehrlich, wie schaffte Magnie es nur, Mara so schnell für sich einzunehmen? Sie kannten sich gerade mal fünf Minuten, und eigentlich besaß Mara genügend Menschenkenntnis, um sich nicht von Magnies Super-Hero-Charme beeindrucken zu lassen. Trotzdem hing sie an seinen Lippen. Jezz wandte den Blick ab und starrte gereizt auf ihre Gute-Laune-Fingernägel, transparenter Lack, mit sonnengelben Tips. Aber ihre Stimmung hob sich dadurch nicht. Sie zuckte eine Schulter. »Allein habe ich keine Lust.«

»Ich könnte dich begleiten, wenn du willst«, bot Magnie sich an. Jezz spürte seinen Blick auf sich ruhen und sah auf.

»Na, das ist doch super, Jezz, oder?« Mara strahlte Magnie an, was natürlich noch mehr Wasser auf seine Mühlen goss.

»Das entscheide ich spontan.« Jezz zog den Bleistift aus dem Terminkalender und tippte sich damit gegen die Lippen.

»Du verpasst etwas«, sagte Magnie. »Die ganze Nacht während der Party am Rand der Tanzfläche zu stehen und zuzusehen, macht keinen Spaß.«

Jezz kratzte sich mit dem Bleistift hinter dem Ohr. »Ich weiß noch gar nicht, ob ich auf die After-Party gehe. Vielleicht schaue ich mir nur den Umzug an.«

»Boah, kommt nicht infrage«, erklärte Mara und riss die Augen auf. »Das kannst du mal schön vergessen.«

»Du verpasst das Beste«, rief Magnie fast gleichzeitig.

»Außerdem hat Lowrie schon einen Tisch für uns in der Bells-Brae-Grundschule besorgt«, sagte Mara und spielte damit das Totschlagargument aus. »Wir wären zu viert. Lowrie, du, Gavin und ich.«

»Meinetwegen.« Jezz zog eine Schnute und versuchte, sich den Bleistift zwischen Oberlippe und Nase zu klemmen, woraufhin dieser zu Boden fiel. Sie bückte sich unter den Tisch. Wenn Mara so viel daran lag und Lowrie ohnehin schon Karten besorgt hatte, wollte sie keine Spielverderberin sein. Als sie wieder auftauchte, ruhte Magnies Blick intensiv auf ihr.

»Gute Entscheidung, Jezz.« Magnie wirkte ertappt und sah rasch zu Mara hinüber. »Es wird eine tolle Party. Außerdem dürft ihr meinen Auftritt in der Bells Brae nicht verpassen.«

Jezz verdrehte die Augen. Da war er wieder, Magnus, der Große. Der Angeber. Die Nummer eins.

»Also gut. Es war schön, mit euch zu reden. Ich muss jetzt weiter«, sagte Magnie und erhob sich. »Jezz, der Ausflug mit dem Seniorenheim findet nächsten Mittwochnachmittag statt. Du kommst doch, oder?« Unsicher trat er von einem Fuß auf den anderen. In seinen Augen lag ein Flackern, das Jezz nicht recht deuten konnte. »Bitte«, fügte er leise hinzu.

Jezz spürte ihr Herz schneller schlagen. Sie dachte daran, wie er gestern neben ihr im True Love gesessen und mit so viel Ernsthaftigkeit und Leidenschaft von dem Fest geschwärmt hatte, dass sie sich fast ein Stückchen mehr in diesen ungewöhnlichen, raubeinigen und so widersprüchlichen Mann verliebt hätte. Zum Glück hatte sich ihr Verstand dazwischengeschaltet.

Wenn es Magnie so wichtig war, ihr die Galeere zu zeigen, wie konnte sie da Nein sagen? Sie räusperte sich. »Okay. Ich komme. Richte Gary Grüße von mir aus.«

»Wirklich?« Magnie grinste, als hätte er nicht mit einer Zusage gerechnet. »Super. Gary wird sich freuen, und ich mich erst. Tja … dann bis morgen.«

Er verabschiedete sich und ging. Thor schien unheimlich erleichtert, sein Herrchen zu sehen, denn Jezz hörte ihn wie irre kläffen. Mit gekräuselter Stirn betrachtete Jezz das Federherz neben der Tür, das im Luftzug leise hin und her schwang. Hatte Magnie eben allen Ernstes verlegen gewirkt?

»Jezz?«

»Hm?«

»Das war Magnie? Lowries Cousin, wegen dem du zu spät zu unserem Dart-Abend gekommen bist?«

»Hm.«

»*Wow.* Der ist ja supernett. Und er hat eine unglaubliche Ausstrahlung.«

Thors Kläffen verstummte. Jezz hörte auf, die geschlossene Tür anzustarren, und wippte nervös mit dem Fuß. »Das weiß er.«

»Du meinst …«

»Er ist ziemlich eingebildet«, unterbrach Jezz sie und rückte das Terminbuch zurecht, obwohl es im perfekten rechten Winkel auf dem Glastisch gelegen hatte.

»Wirklich? Kam mir nicht so vor.« Mara warf ihr einen durchdringenden Blick zu. »Ihr habt getanzt? Davon hast du gar nichts erzählt.«

»Hmm, war auch nicht weiter wichtig.«

»Schon klar. Bahnt sich da was an?«

Jezz blickte auf. »Wie kommst du denn darauf?«

»Warum nicht? Magnie ist heiß. Was spricht gegen ihn?«

So einiges, dachte Jezz und spürte, wie ihr das Blut in die Wangen schoss.

Einen ziemlich langen Moment herrschte Schweigen. Im Hintergrund vibrierte Jezz' Handy.

»Hey …« Mara streckte den Arm aus und hinderte Jezz daran, den Terminplaner auf dem Tisch hin- und herzuschieben. »Gib das Ding her, du machst mich kirre.« Sie ließ sich das Buch reichen und quetschte es zwischen ihre Knie. »Ich weiß, du redest nicht gern von dir, und ich habe auch keine Ahnung, was in deiner letzten Beziehung vorgefallen ist. Aber etwas scheint dich sehr verletzt zu haben, so, wie du dich dagegen sträubst, dich mit einem offenbar sehr netten, attraktiven und empathisch weit über dem normalem Männerdurchschnitts-EQ liegenden Mann zu treffen, der dir anbietet, dich zum Tanzkurs zu begleiten.«

Jezz spürte, wie sich alles in ihr verspannte.

»Wenn ich dich erinnern darf, du bist hierhergekommen, weil du Spaß haben und das Leben genießen wolltest, und …« Mara biss sich auf die Lippen.

»Und was?«, fragte Jezz misstrauisch in das Schweigen hinein.

»Na ja, wahrscheinlich auch, um einen Neuanfang zu machen.« Mara seufzte. »Also gib dir einen Ruck und komm mal aus deiner Deckung raus. Lern neue Leute kennen. Wie soll das Glück dich finden, wenn du nach der Arbeit zu Hause in deiner Wohnung rumhängst? Und wenn Magnie nicht der Richtige für dich ist, dann triffst du durch ihn vielleicht jemand anderen, und der ist es dann.«

»Du klingst wie meine Mutter.« Jezz verzog das Gesicht.

»Mit der du nicht gern telefonierst. Auch so ein Thema, über das du nie sprichst.«

Jezz starrte auf ihre gelb lackierten Nagelspitzen. Sie konnte an Maras Tonfall erkennen, dass sie nicht aus Neugierde nachbohrte, sondern weil Jezz ihr wichtig war.

»Miteinander reden hilft, Jezz«, sagte Mara leise. »Dafür sind Freundinnen da: dass sie dir zuhören und für dich da sind, wenn sonst niemand dich versteht. Aber die andere muss bereit sein, sich zu öffnen, sonst funktioniert das nicht.« Mara lehnte sich zurück und ließ eine Pause entstehen. »Bei dir habe ich das Gefühl, dass ich mich dir nur bis zu einem bestimmten Punkt nähern kann, und dann pralle ich voll gegen eine Mauer.«

Wieder Schweigen.

»Es liegt nicht daran, dass ich dir nicht vertraue. Es ist nur …« Jezz ließ den Kopf hängen. »Ich will einfach nicht darüber reden.«

»Aber irgendwann?«

»Irgendwann«, erwiderte Jezz und zog ein zerknirschtes Gesicht.

»Du bist mir ein schwerer Fall.« Grinsend reichte ihr Mara den Kalender zurück. »Sollen wir jetzt mal nach einem Termin schauen?«

Sie hatten sich gerade auf Montag nächster Woche geeinigt, als Alison in den Laden stürmte. »Brüder!«, stieß sie wütend hervor und knallte gar nicht Alison-mäßig die Tür hinter sich zu. Das Federherz wirbelte im Luftzug.

»Magnie?« Jezz starrte perplex zu Alison hinüber. »Der war gerade hier.«

»Ich weiß. Er ist mir draußen über den Weg gelaufen.« Alison warf ihre Handtasche auf den Empfangstresen.

»Ah ja?«, tat Jezz unschuldig. Nicht, dass es sie wunderte.

»Da braucht man einmal Hilfe, und dann bekommt man nichts als bescheuerte Ausreden zu hören.«

Jezz horchte auf. So einen Ausbruch war sie von Alison nicht gewöhnt. »Worum geht es denn?«, fragte sie, gespannt darauf, Genaueres zu erfahren.

»Als würde ich nicht verstehen, dass er so kurz vor dem Fest jede Menge Stress hat. Schließlich bin ich ja auch in die Vorbereitungen involviert. Aber irgendwann ist es einmal gut. Familie geht schließlich vor. Und wenn es nicht ein Notfall wäre, hätte ich ihn gar nicht darum gebeten, zum Babysitten zu uns zu kommen.«

»Mit anderen Worten, Magnie hat dich hängenlassen?«, mutmaßte Jezz.

»Du sagst es«, brauste Alison ungewohnt heftig auf. »Ständig fühlt er sich gleich eingeengt. Dabei will er immer nur seinen Stiefel durchziehen. Ich hätte nie gedacht, dass ich das sagen würde, aber es gibt Momente, da verstehe ich seine Ex. Magnie ist manchmal so eine Pfeife!« Sie holte tief Luft. »Wenn ich daran denke, wie oft ich ihm aus der Patsche geholfen habe. Ich denk nur an das eine Mal, als er mit siebzehn in Mums Abwesenheit eine Fete geschmissen hat, nach der man das Haus hätte abreißen können. Wer hat ihm geholfen, Tonnen von Pizzakartons, Bierflaschen und Was-weiß-ich-noch-alles zu entrümpeln? Ich! Wer hat im Bad und in der Küche sauber gemacht? Ich! Wer hat ihm den Eimer gehalten, als er … na, ihr wisst schon.« Alison unterbrach sich und massierte sich mit zwei Fingern die Nasenwurzel. Sie atmete geräuschvoll aus. »Entschuldige, Mara, das war gerade nicht sehr professionell. Aber das musste jetzt mal raus.«

»Alles gut. Ich bin mit zwei kleinen Brüdern groß geworden«, erklärte Mara schulterzuckend, woraufhin sie einen bemitleidenden Blick von Alison erntete.

»Kann man dir irgendwie helfen?«, bot Jezz vorsichtig an. »Worum geht es denn?«

»Ted und ich haben eine Einladung zu einer Party in Northmavine. Es war ewig ausgemacht, aber jetzt meinte meine Babysitterin, die Mitte zwanzig ist und schon ein halbes Jahr bei uns aushilft, es wäre ihr doch zu viel Verantwortung, die Zwillinge über den Abend hinaus eine ganze Nacht lang zu hüten. Ted wird also allein gehen, wie es aussieht. Mist! Dabei hatte ich mich so gefreut, Trish und Niclas wiederzusehen.« Alison ließ frustriert die Schultern hängen.

»Warum nimmst du die Kinder nicht mit?«, fragte Jezz.

»Viereinhalbjährige Zwillinge auf einer Technoparty?« Alison bedachte Jezz mit einem Blick, der besagte, dass nur Menschen, die keine Kinder hatten, auf so eine Idee kommen konnten.

Jezz überlegte. »Okay, und was, wenn ich einspringe?«

»Du?« Alisons Gesichtsausdruck schwankte zwischen Hoffnung und Ungläubigkeit.

»Warum nicht?«, meinte Jezz. »Ich habe in der Schulzeit und im Studium als Babysitter gejobbt. Außerdem mag ich die beiden, und eine Fremde bin ich für sie inzwischen auch nicht mehr.«

»Super! Du hast den Job«, erklärte Alison ohne Zögern. »Mara, du bist meine Zeugin. Du hast gehört, dass Jezz sich freiwillig angeboten hat, stimmt's?«

Mara wackelte bedeutungsschwer mit den Augenbrauen. »Bekomme ich Prozente auf das Kleid, wenn ich Ja sage?«

»Ich lege sogar noch den Brautstrauß drauf«, erklärte Alison todernst. »Eine ganze Nacht ohne die Zwillinge. Wisst ihr, wann

Ted und ich das letzte Mal Sex hatten?« Sie legte die Stirn in Falten und dachte intensiv nach.

»Will ich das denn wissen?«, gab Jezz kichernd zurück.

»Vier Monate, nein, warte, eher fünf. O Gott!« Alison griff zu ihrer Clutch und tat so, als müsste sie ihr Gesicht vor Scham dahinter verbergen. Vorsichtig lugte sie dahinter hervor. »Ihr habt keine Ahnung, wie sexuell frustriert ich inzwischen bin.«

»Ich schätze, ich kann es mir in etwa vorstellen.« Mara lachte. »Wenn Gavin Stress in der Spinnerei hat, könnte ich in Victoria's-Secret-Angels-Aufmachung mit Flügelchen und Strapsen vor seiner Nase herumtanzen und mit dem Po wackeln, er würde es nicht merken.«

»Warte, bis ihr eigene Kinder habt, dann ist tote Hose der Normalzustand«, erklärte Alison lapidar und wandte sich an Jezz. »Bist du sicher, Jezz? Traust du dir das zu?«

»Lo-go«, skandierte Jezz und nickte. Sie fand nichts dabei. Die Zwillinge waren hinreißend. Was sollte passieren? »Das läuft schon, mach dir keine Gedanken.«

»Du bist ein Schatz.« Alison warf Jezz eine Kusshand zu. Sie zog ihren cremefarbenen Wollmantel aus, hängte ihn an die Garderobe und strich sich ordnend über das Haar, dann wandte sie sich mit einem Lächeln an Mara. »Gibt es schon ein Thema für die Hochzeit?«

»Hör bloß auf!« Mara seufzte abgrundtief. »Am liebsten würde ich in Jeans und Sneakers heiraten, aber Gavins Familie ist so traditionsbewusst, und ich möchte niemanden enttäuschen. Noch nicht einmal meine Schwiegermutter. Übrigens besteht sie darauf, bei der Anprobe dabei zu sein.«

»Überleg es dir. Du kannst noch einen Rückzieher machen«, flachste Jezz und grinste. »Denk mal nach, das Wort Hochzeit allein spricht Bände. *Hoch*-Zeit, das heißt, danach kann es nur bergab gehen.«

Mara grinste zurück. »Das sagst du nur, weil du Angst hast, dass ich dich in ein rosa Brautjungfernkleid stecke.« Sie verdrehte belustigt die Augen. »Ich versichere dir, du wirst großartig darin aussehen.«

»Hahaha«, machte Jezz.

»Und was das Thema Heirat betrifft …« Mara legte sich eine Hand auf die Brust und die andere auf ihren Bauch. »Ich bin zwar kein Buddha, aber mein Instinkt sagt mir, dass du schneller in festen Händen sein wirst, als dir lieb ist.«

Kapitel 15

MAMA, 22.07 Uhr
Wie war dein Kontrolltermin?
Ist alles in Ordnung?

JEZZ, 22.08 Uhr
Alles bestens.

MAMA, 22.20 Uhr
Ich habe gerade gegoogelt. Das Kranken-
haus in Lerwick ist winzig. Sind die für
Fälle wie dich überhaupt spezialisiert?

MAMA, 22.26 Uhr
???

JEZZ, 22.27 Uhr
Im Ernst. Alles gut.

MAMA, 22.27 Uhr
Willst du nicht lieber hier in München
zur Kontrolle gehen?

JEZZ, 22.29 Uhr
Mama!!! Der Kardiologe hier
ist sehr kompetent.

MAMA, 22.32 Uhr

Bist du sicher, dass er Kardiologe ist?
Hast du sein Diplom gesehen? Vielleicht
ist er nur Allgemeinmediziner?

> **JEZZ, 22.33 Uhr**
>
> Das ist lächerlich, Mama. Aber wenn
> es dich beruhigt, breche ich in sein
> Büro ein und nehme Einsicht in seinen
> Lebenslauf.

MAMA, 22.35 Uhr

Du musst deine schlechte Laune nicht
an mir auslassen.

> **JEZZ, 22.37 Uhr**
>
> Ich habe keine schlechte Laune!!!

> **JEZZ, 22.38 Uhr**
>
> Und der Arzt ist aus Südafrika.
> SÜDAFRIKA, Mama!!! Die haben
> die Herztransplantation praktisch
> erfunden!!!

MAMA, 22.40 Uhr

Na schön. Und mach nicht hinter jedes
Wort drei Ausrufezeichen.

> **JEZZ, 23.42 Uhr**
>
> Ich geh jetzt ins Bett. Wir hören uns,
> okay?

MAMA, 23.43 Uhr

Schlaf schön. Ich liebe dich.

> **JEZZ, 23.44 Uhr**
>
> Ich dich auch.

Kapitel 16

Jezz wischte die Wasserfarbe von der Plastiktischdecke und kippte das benutzte Wasser aus den Malbechern in die Spüle aus. Oben im Kinderzimmer war es still. Sie fragte sich, ob das ein gutes oder schlechtes Zeichen war. Zumindest herrschte für fünf Minuten Ruhe, nachdem die Zwillinge sich zuvor einen erbitterten Kampf um die Malpinsel geliefert hatten. Nicht der erste Streit an diesem Tag, der mit Tränen geendet hatte.

Die Zwillinge befänden sich in einer Trotzphase, hatte Alison ihr erklärt und sie mit Ratschlägen geradezu überschüttet, wie sich Kirsty und Alec beruhigen und sinnvoll beschäftigen ließen. Wer was gern aß und was nicht, wer welches Bilderbuch vor dem Zubettgehen vorgelesen bekam und so weiter. Zur Sicherheit hatte sie alles noch auf dem Computer aufgeschrieben und ausgedruckt. Dazu eine Reihe von Notfallnummern, falls sich jemand lebensgefährlich verletzte, das Haus abfackelte oder ein Zombieangriff bevorstand. Kurz vor der Abfahrt hatte Alison zu guter Letzt einen so schlimmen Gewissenskonflikt bekommen, Jezz mit zwei willensstarken Kleinkindern zurückzulassen, dass sie fast nicht ins Auto gestiegen wäre. Doch dann hatte Ted sie rigoros vor die Wahl Einsteigen oder die Scheidung gestellt. Er hatte wohl auch Nachholbedarf, was sein Sexleben anging.

Kopfschüttelnd trocknete Jezz sich die Hände ab und nahm Milch für Kakao aus dem Kühlschrank. Dabei betrachtete sie das Durcheinander von Joghurts, Tupperwareboxen, Milchkartons und Marmeladengläsern. Alles tipptopp sauber, aber ohne System. Eigentlich sah es nicht anders aus als im restlichen Haus, sinnierte sie. Blitzblank und liebenswert chaotisch: Berge von Kuscheldecken und Kissen auf dem Sofa, Legosteine quer über die Holzböden verteilt, Kisten mit Krimskrams in jeder Ecke. Der komplette Gegenentwurf zum True Love, wo alles sorgsam zurechtgerückt im perfekten Winkel in den Regalen lag. Zuerst hatte Jezz nicht glauben können, dass ein und derselbe Mensch beruflich und privat so unterschiedlich drauf sein konnte, aber dann hatte sie verstanden: Zuhause war der Ort, an dem Alison losließ und entspannte.

Es klingelte an der Tür. Sicher ein Nachbar, der das Abfahrtschaos von Ted und Alison verpasst hatte und sich eine Bohrmaschine oder ein Pfund Zucker bei den Summers leihen wollte. Jezz stellte die Nesquik-Dose zurück ins Regal und ging öffnen. Vor Schreck stolperte sie einen Schritt zurück. Ihre Wangen fühlten sich gleichzeitig heiß und kalt an.

»Was machst du denn hier?« Misstrauisch schielte sie zu Magnie hinüber, der flankiert von Thor mit Rucksack vor der Tür stand.

Magnies Kinnlade klappte hinunter. Er schien sich ebenfalls sammeln zu müssen und klemmte die Daumen unter die Riemen seines Backpacks. »Äh … ich bin hier zum Babysitten.«

»Du irrst dich. Ich passe auf die Kinder auf.« Demonstrativ lehnte sie sich gegen den Türrahmen.

»Wie bitte?«

»Du kannst wieder gehen.«

»Kommt nicht infrage. Alison würde mich töten. Außerdem habe ich Himmel und Hölle in Bewegung gesetzt und meine gesamte Terminplanung über den Haufen geworfen. Nur, damit ich die Familie nicht hängen lasse. Denn da gilt keine Ausrede. Alison kennt keine Gnade.« Er warf ihr einen entschlossenen Blick zu. Dann stellte er seinen vollgestopften Rucksack vor sich hin und schnallte die daran festgebundene Hundedecke ab.

Bevor sie die Diskussion vertiefen konnten, polterten Schritte die Treppe herunter. Gebrüll hallte durch den Flur. Die Zwillinge drängten sich in Socken an Jezz vorbei und warfen sich auf ihren Onkel. Thor überschlug sich vor Wiedersehensfreude und jaulte wie verrückt.

Mit einem Kind an jedem Hosenbein und Thor an seiner Seite stapfte Magnie in den Windfang und zog die Tür hinter sich zu. Der Geruch von Winterluft hing in seinen Kleidern. »Hat Alison dir nicht gesagt, dass ich komme?«

»Wieso?« Jezz spürte Adrenalin durch ihren Körper fließen. »Ich bin extra für dich eingesprungen, weil du keine Zeit hattest.«

»Hä?« Magnies markante Augenbrauen schossen in die Höhe.

Jezz hätte Magnie am liebsten geschüttelt, wie er so dastand und einfach nichts kapierte, so, als wäre er mit seinem Raumschiff aus einer anderen Dimension versehentlich auf die Erde geplumpst. Mit dem Fuß angelte sie nach dem Putztuch hinter der Tür und wischte im Stehen über die Fußabdrücke auf den Fliesen, während die Zwillinge um Thor herumhüpften, der das Geschehen mit bemerkenswerter Gelassenheit verfolgte.

»Alison war ziemlich sauer, weil du ihr abgesagt hast.« Jezz kickte den Lappen wieder hinter die Tür.

»Was? Warum? Ist sie schon weg?«

»Redet ihr gelegentlich mal miteinander, du und Alison? Sie und Ted sind vor zwei Stunden gefahren.«

Magnie stöhnte. »Was zum Teufel hat sie diesmal in den falschen Hals gekriegt? Es war doch klar, dass ich sie nicht hängen lassen werde.« Er starrte Jezz etwas überfordert an, dann wandte er den Kopf und warf seine Jacke über die Garderobe.

»Frag nicht mich …« Jezz blickte zwischen der Jacke, Magnie, Thor und den Zwillingen hin und her. Sie konnte nicht glauben, dass das eben passierte. Aber sie wusste sicher, dass Magnie *und* sie einer zu viel waren. Also unternahm sie einen neuen Anlauf. »Auf jeden Fall, und wie ich bereits erwähnte, du wirst hier nicht gebraucht. Wir kommen super zurecht, stimmt's, Kiddos?«

»Bleibst du, bitte, Onkel Mag?« Kirsty blickte mit blauen Kulleraugen zu ihrem Onkel auf. Magnie strubbelte ihr über die dunklen Locken und lächelte, aber es war eine Art von Lächeln, das unentschieden wirkte.

»Spiel wilder Bär mit uns! Wie beim letzten Mal.« Alec hopste ausgelassen auf und ab.

»Au ja«, rief Kirsty. »Aber diesmal erwischst du mich nicht!«

Magnie warf Jezz über die Köpfe der Zwillinge hinweg einen Blick zu, den er sich eindeutig von seinem Hund abgeguckt hatte. Sie schloss die Augen. Nach ein paar Sekunden öffnete sie sie wieder.

»Na schön«, seufzte sie, worauf die Zwillinge in ihrem Überschwang gegen den Schirmständer stießen und dieser scheppernd zu Boden fiel. Sie presste sich die Hände gegen die Ohren und sah die Kleinen warnend an. Sofort herrschte Ruhe.

Jezz stellte den Schirmständer wieder auf. Sie trat neben Magnie und hob den Kopf. »Die zwei sind völlig überdreht. Es ist ihre erste Nacht ohne ihre Eltern«, sagte sie halblaut.

Er hob den Daumen und murmelte: »Alles klar.«

Aber Jezz war noch nicht fertig. Wenn sie dies zusammen durchstehen sollten, brauchten sie Regeln. Sie kniff die Stirn zusammen. »Der wilde Bär bleibt in seinem Zwinger. Sporn sie bitte nicht zu noch mehr Unsinn an. Kein Herumtoben mehr und vor allem keine Süßigkeiten. Lass dich bloß nicht von den beiden um den Finger wickeln. Die kleinen Monster haben vorhin heimlich eine ganze Tüte Marshmallows verdrückt. Der

Plan lautet Aufräumen, Abendessen, Zähneputzen und ab ins Bett. Keine Abweichung.«

»Okay, Boss«, flüsterte Magnie in ihr Ohr. Sein warmer Atem war elektrisierend. »Da ich bei den Kindern deiner Meinung nach ohnehin nur alles falsch mache, schlage ich vor, du beschäftigst sie und ich kümmere mich inzwischen um das Abendessen. Deal?«

»Deal.« Sie trat einen Schritt zurück. Abstand. Sie musste dringend darauf achten, Abstand zwischen sich und ihn zu bringen.

Magnie stemmte die Hände in die Taille und zwinkerte den Kleinen zu. »Was ist, ihr Räuber, soll Onkel Magnie etwas Schönes für euch kochen? Euer Lieblingsessen?«

»Au ja.« Alec riss jubelnd die Fäuste hoch. »Pancakes!«

»Und Schokoladenpizza. Und Pudding«, bettelte Kirsty und zupfte an Magnies schwarzem Pullover.

»Okay, geht klar«, sagte Magnie und Jezz verschluckte sich so sehr, dass sie husten musste und rot anlief. Na super. Das klappte ja hervorragend. Hatte Magnie vor, sich an irgendeine der Regeln zu halten?

»Vor dem Essen spielt Jezz mit euch, und danach lese ich euch die Gutenachtgeschichte vor. Aber keinen Streit! Sonst gibt es gekochtes Gemüse und Salat zum Abendessen. Und zum Nachtisch Knoblauch mit Spinat.«

»Iihhh« und übertriebene Würgegeräusche.

Jezz hatte sich so weit wieder erholt, dass sie reden konnte, und ging vor den beiden in die Knie. »Jeder darf sich ein Spiel aussuchen, das er gern spielen möchte. Was meint ihr, wollt ihr schon mal nach oben ins Kinderzimmer laufen und euch etwas überlegen?«

»Au ja!« Die beiden stürmten die Treppe hinauf.

Jezz richtete sich auf und stemmte die Hände in die Taille. »Schokopizza und Pancakes? Hatten wir nicht eben vereinbart, dass es keine Süßigkeiten mehr gibt? Sollten wir ihnen nicht etwas Gesünderes geben?«

»Keine Sorge. Ich reduziere bei den Pancakes die Zuckermenge, verwende ein Ei mehr und die Pizza ist aus Haferflocken mit Schoko-Proteincreme.«

»Na schön, meinetwegen.«

»Außerdem sind wir nicht ihre Eltern. Wir dürfen das.« Magnie nickte entschlossen. »Überlebensstrategie«, setzte er hinterher. »Wir verlieren den Kampf, aber gewinnen die Schlacht.«

»Welche Schlacht?« Jezz hob eine Augenbraue, sie kapierte gar nichts.

»Dir ist schon klar, dass wir die ganze Nacht und den halben Vormittag mit den beiden allein sind? Also sollten wir sie besser bei Laune halten.«

Jezz spürte ein Schlingern im Magen und Hitze im Gesicht. Scheibenkleister. Eine Nacht mit Magnie unter einem Dach. Daran hatte sie bei all dem Chaos noch gar nicht gedacht.

Sie runzelte die Stirn. »Okay, gutes Stichwort. Lass uns klären, wer wo schläft. Alison schlug vor, dass ich mit den Kindern im großen Bett im Elternschlafzimmer übernachte. Falls die Kinder nachts wach werden.« Sie rieb sich das Ohrläppchen. »Nimmst du die Wohnzimmercouch?«

Magnie winkte ab. »Vergiss es. Da habe ich schon einmal geschlafen. Am anderen Morgen hatte ich einen steifen Nacken.« Er warf ihr einen langen Blick zu. »Anderer Vorschlag, wir beide teilen uns das Elternschlafzimmer.«

Jezz schnappte nach Luft.

»Komm schon.« Magnie grinste breit. »Wieso nimmst du alles so ernst? Es war ein Scherz.«

Sie schoss ihm einen verärgerten Blick zu.

»Sorry, ich kann nichts dagegen machen.« Er hob verteidigend die Hände. »Es ist zu verlockend, dich auf den Arm zu nehmen. Vor allem, wenn du diese Falte machst. Genau hier, zwischen den Augenbrauen.« Er deutete auf ihre Stirn.

»Na, herzlichen Dank.« Jezz verzichtete darauf, zu lächeln. »Du und deine blöden Witze. Im Flieger habe ich dir auch geglaubt, als du sagtest, es sei nicht sicher, ob wir heil wieder runterkommen.«

»Moment. So habe ich das nicht gesagt.«

»Sinngemäß.«

»Echt jetzt? Du hast das ernst genommen?« Magnie kratzte sich den Nacken.

Jezz sog scharf die Luft ein.

»Verblüffend«, sagte Magnie. »Frauen nehmen mich sonst nie ernst. Du bist die Ausnahme.«

Sekundenlang starrte sie ihn an. Sollte sie ihm das abkaufen oder war das auch wieder ein Witz?

»Falte.« Magnies Mundwinkel zuckten verdächtig. »Schon wieder. Und es war ironisch gemeint.«

»Ich bring dich um. Wirklich. Ich schwöre es …«

»Okay, okay, Friede«, sagte Magnie rasch. »Wie wäre es damit? Als Entschuldigung koche ich dir dein Lieblingsessen. Wir setzen uns an den Tisch, wenn die Kinder im Bett sind.«

»Du kochst, was ich möchte?« Sie blinzelte skeptisch.

»Wenn es nicht gerade ein Fünfsternemenü ist.«

»Okay.« Sie überlegte, was sich in Alisons Kühlschrank befand. »Grüner Salat mit Tomaten und Gurke, alles gründlich gewaschen. Dazu gekochte Eier, achteinhalb Minuten. Toastbrot, aber achte bitte darauf, dass kein Schimmel daran ist.«

Magnie lehnte sich mit dem Rücken gegen die Anrichte in der Diele und verschränkte die Arme. Er warf ihr einen langen Blick zu. »Das ist dein Lieblingsessen?«

»Es ist gesund.«

»Klingt nach Ausrede«.

»Außerdem weiß ich nicht, ob du wirklich kochen kannst.«

»Kann ich.« Er nickte.

»Gut. Dann …« Sie zögerte und überlegte.

»Wie wäre es, du lässt mich einfach machen?«, schlug er vor. Diesmal klang seine Stimme kein bisschen ironisch, sondern weich und warm. »Irgendwelche Dinge, die du nicht verträgst? Außer Grapefruitsaft?«

Sie sah auf. Etwas Sanftes, verstörend Intensives lag in seinem Blick. Etwas, worein man sich verlieren konnte. Sie spürte ihr Herz schneller schlagen und sah rasch weg.

»Keine Nüsse«, begann sie. »Keine Rohmilchprodukte. Auch keinen Weich- oder Schimmelkäse. Keine Salami oder rohen Schinken. Nichts, was Salmonellen oder Listerien enthalten könnte. Fleisch und Fisch bitte gut durchgebraten. Nur wenig Salz, dafür lieber andere Gewürze. Und, wie gesagt, keine Nüsse.«

Er hob eine Augenbraue. »Klingt, als wärst du schwanger.«

»Bin ich nicht.«

»Sondern?«

Sie zögerte. »Angeschlagenes Immunsystem«, meinte sie dann.

»Okay. Ist angekommen. Jetzt entspann dich.« Er legte ihr die Hände auf die Schultern. »Ich werde dich schon nicht vergiften.«

Jezz atmete schwer. Seine Augen hielten sie gefangen. Ihre Gesichter waren Millimeter voneinander entfernt. Wieder war da dieses kribbelnde Schweigen zwischen ihnen. Dieser kleine, atemlose Moment, in dem Jezz glaubte, er werde sie küssen.

Magnie löste seine Hände und trat einen Schritt zurück. »Was machen wir mit dem Hund?«

Jezz rieb sich den Nacken. Ihr Herz schlug viel zu schnell, ihr Magen fühlte sich hohl an. Sie musste sich erst einmal sortieren. War das Enttäuschung, was sie spürte? Sie atmete durch und blies sich den Pony aus der Stirn. »Puh. Keine Ahnung.«

Magnie lächelte verkrampft. Er bückte sich nach der Hundedecke. »Am besten sperre ich ihn oben ins Bad. Da kann er nichts anstellen.« Er packte Thor beim Halsband und führte ihn die Treppe hinauf.

Mit klopfendem Herzen sah Jezz ihm hinterher. Was war das nur mit Magnie und ihr? Dieser Blick, mit dem er sie ansah, wenn er glaubte, dass sie es nicht merkte. Bildete sie sich das nur ein oder war da tatsächlich etwas zwischen ihnen? Warum spürte sie ständig dieses seltsame Prickeln in seiner Nähe? Dass Magnie nicht das großspurige Raubein war, für das sie ihn gehalten hatte, wusste sie inzwischen. Magnie war wie zwei Gegensätze in einer Person. Wie Sonne und Mond, wie Nacht und Tag, wie Ebbe und Flut. Und jetzt würde sie die Nacht unter einem Dach mit diesem widersprüchlichen, faszinierenden und noch dazu unverschämt attraktiven Mann verbringen, der, warum auch immer, ihr Blut in Wallung brachte und ihr Herz höherschlagen ließ. Einen verstörenden Moment lang hatte sie das Bild vor Augen, wie sie eng an Magnie geschmiegt auf der Couch lag und sie sich küssten.

Und warum auch nicht, Jezz? Lebe wild und frei ..., sagte eine leise Stimme in ihrem Ohr.

Dein Herz ist ein verletzliches Organ, sagte eine andere. *Lass die Finger von Magnie. Er wird dir wehtun.*

KAPITEL 17

»Gute Nacht, T-Rex. Ab in deine Kiste und keine Streitereien mit den anderen Dinos«, sagte Jezz und beendete damit den Kampf der Raptoren und all der anderen Saurier, deren Namen sie vergeblich versucht hatte, sich zu merken. Mit einem gezielten Wurf landete die Plastikfigur in der Box bei den anderen Spielsachen.

»Ich will aber weiterspielen.« Alec warf sich mit seinem Fliegengewicht auf Jezz' Rücken und schlang die Arme um ihren Hals.

»Abgemacht ist abgemacht. Jetzt ist Kirsty dran. Uff, nimm die Arme weg. Du erwürgst mich.« Jezz versuchte, aus dem Schneidersitz aufzustehen, aber Alec hing wie eine Klette an ihr.

»Mann! Das ist doof. Ich mag nicht Prinzessin spielen.« Er krallte seine Fäuste in Jezz' Haare und zog daran.

»Alec, hör auf. Ich sagte, hör auf! Es tut mir weh.« Jezz griff hinter sich und schaffte es, Alecs Hände zu packen. Mit einem entschlossenen Schwung hob sie ihn von ihrem Rücken und stellte ihn vor sich auf den Boden, sodass sie ihm ins Gesicht sehen konnte. »Ich weiß was. Wenn du nicht mitspielen willst, dann geh schon mal nach unten in die Küche zu Onkel Magnie. Vielleicht darfst du ihm beim Kochen helfen.«

»Ja!« Alec hüpfte vor Freude mit beiden Füßen auf und ab, woraufhin Thor hinter der Badezimmertür auf der anderen Seite des Flurs herzzerreißend jaulte. Jezz seufzte. Sie mochte Hunde, aber Thors Dauergewinsel fraß an ihren Nerven. Seit einer halben Stunde ging es schon so. Thor hasste es, im Bad eingesperrt zu sein. Jezz rieb sich die Stirn. »Bitte sag Onkel Magnie, er soll Thor nach unten holen, sobald er Zeit hat. Im Bad dreht er allmählich durch.«

Alec sauste die Treppe hinunter. Dazu machte er knatternde Hubschrauber-Geräusche.

Jezz atmete durch. Der Junge besaß eine unerschöpfliche Energie, die sich durch Schreien und Toben entlud. Mit einem Lächeln wandte sie sich an Kirsty. »Was wollen wir spielen?«

»Geburtstagstee.« Kirsty schob ihre kleine Hand in ihre und zog Jezz hinter sich her zur Puppenecke. »Wir sind Prinzessinnen und du bist bei mir zum Tee. Schau, es ist schon alles bereit.« Sie deutete auf den gedeckten Tisch mit den beiden Kinderstühlen und der kleinen Bank daneben.

»Das hast du toll gemacht.« Mit angezogenen Knien quetschte sich Jezz in die Bank. Sie griff nach der winzigen Porzellantasse und spreizte elegant den kleinen Finger ab. »Hm, schmeckt der Tee gut. Und der Kuchen erst.« Geräuschvoll trank sie von dem Lufttee und aß Luftkuchen vom Puppenteller.

Kirsty schob die Unterlippe vor. »Du spielst das falsch. Wir müssen uns erst verkleiden. Mein Prinzessinnenkleid hängt im Schrank, aber du musst mir helfen. Ich kann das nicht allein.«

»Geht klar.« Jezz stülpte Kirsty das blaue Cinderella-Ballkleid über.

»Jetzt du!«, forderte Kirsty.

Jezz sah sich um. Im Regal lagen Spieltücher, mit denen man Höhlen bauen konnte. Sie schnappte sich ein rotes Laken und drapierte es sich über Kopf und Schultern.

Kirsty kicherte.

»Was ist?« Jezz zog die Stirn in Falten.

»Du siehst aus wie die Maria beim Weihnachtsspiel, nicht wie eine Prinzessin.«

»Okay. Was nehmen wir denn?«

Kirsty bedachte sie kopfschüttelnd, als sei Jezz besonders schwer von Begriff. »Dummie. Mamas Hochzeitskleid natürlich.«

»Nein.« Entschlossen wischte Jezz mit der Hand durch die Luft. »Auf gar keinen Fall. Da bekommen wir richtig Ärger.«

»Iwo. Mama sagt, wir dürfen das. Stella, die sonst auf mich aufpasst, zieht es auch an, wenn wir Prinzessin spielen. Mama sagt, das ist okay, weil das Kleid traurig ist, wenn es immer nur im Schrank hängen muss.«

»Ich bin aber nicht Stella.« Jezz spürte, wie ihre Abwehr ins Wanken geriet. Sie dachte nach. Stand auf dem Blatt, das Alison ihr vor der Abfahrt überreicht hatte, etwas über die Benutzung ihres Brautkleids beim Prinzessinnen-Tee?

Kirsty zog eine Schnute. »Aber wenn Stella darf, dann darfst du auch. Du musst nur aufpassen, dass es nicht schmutzig wird.«

»Ich weiß nicht …«

»Ich will aber!« Kirstys Unterlippe zitterte verdächtig. »Alec durfte vorhin der Bestimmer sein. Und jetzt bin ich dran. Sonst ist es gemein.«

Jezz haderte mit sich. Einerseits widerstrebte es ihr, in das Kleid zu schlüpfen. Andererseits schien Alison außerhalb des Jobs eine coole Einstellung zu besitzen. Bewies das nicht die entspannte Art, mit der sie ihren Haushalt führte? Und irgendwie stimmte es: Warum sollte das Kleid nur einmal getragen werden und dann nie wieder? Außerdem, was sollte passieren? Lufttee hinterließ keine Flecken.

»Na schön. Von mir aus.« Sie faltete das rote Tuch sorgfältig Eck auf Eck und legte es zurück. Dann ging sie vor Kirsty in die Hocke. »Zeigst du mir, wo das Kleid hängt?«

»Im großen Schrank auf dem Flur. Gleich neben Daddys Smoking.« Kirsty strahlte über beide Backen. »Komm mit. Ich zeige es dir.«

Jezz erhob sich aus der Hocke. »Aber du musst brav sein, während ich mich umziehe. Turn nicht am Fester herum und fall nirgends hinunter, versprochen?«

Kurz darauf stand Jezz vor dem Spiegel in Alisons Schlafzimmer und schloss den letzten der mit Seidensatin überzogenen Knöpfe über der Brust. Unter das eingearbeitete Bustier passte kein BH, also hatte Jezz ihren abgelegt. Der Seidensatin fühlte sich angenehm kühl auf ihrer Haut an. Das Kleid selbst war schlicht, elegant und absolut atemberaubend. Ein klassischer A-Linien-Schnitt in Reinweiß, mit schmalen Schultern und einer Knopfleiste vorne, die durchgängig von oben bis zum unteren Saum verlief und mit filigranen Schläufchen geschlossen wurde. Jezz hatte mühelos hineinschlüpfen können wie in einen Mantel. Die obersten Knöpfe waren winzig und wurden im Verlauf größer, ein dezentes, aber raffiniertes Detail. Unwillkürlich musste Jezz lächeln. Alison hatte schon bei ihrer eigenen Hochzeit Stil bewiesen.

Vorsichtig hob Jezz den etwas zu langen Saum an, bevor sie sich auf den Weg ins Kinderzimmer machte. Wohl fühlte sie sich nicht dabei.

»Du siehst wunderschön aus.« Kirsty sprang von dem Tisch in der Puppenecke auf. Fröhlich drehte sie sich in ihrem bauschigen Ballkleid hin und her. »Also … Du bist die Prinzessinnen-Mama und ich dein Kind, okay?«

»Einverstanden.« Jezz hörte nur mit halbem Ohr zu. Magnies Stimme erklang auf dem Flur. Dazu kläffte Thor.

»Ist ja gut. Komm mit, Thor! Ja, so ist es fein. Braver Junge, hast du mich vermisst?«

Bevor Jezz sie daran hindern konnte, riss Kirsty die Tür zum Gang auf. »Onkel Magnie, schau mal, wie fein Jezz aussieht.«

Mit Anlauf stürmte Thor ins Zimmer.

»Raus hier! Sofort!« Mit ausgestecktem Arm wies Jezz auf die Tür und warf Thor einen strengen Blick zu.

»Thor!«, brüllte Magnie. »Hier!«

Thor kreiselte völlig überdreht um sich selbst. Seine Krallen machten klackende Geräusche auf dem Holzboden.

»Raus!«, rief Jezz und stampfte energisch auf den Boden, woraufhin Thor sofort aufhörte, sich im Kreis zu drehen. Mit Anlauf sprang er an ihr hoch und schaffte es dabei, ihr eine Pfote auf die Schulter zu legen. Jezz stolperte rückwärts und ging fast zu Boden.

»Runter! Aber sofort!«, brüllte Magnie mit donnernder Stimme.

Dann passierten mehrere Dinge hintereinander. Es machte Ratsch, als Thors Kralle sich an der Schulternaht verfing und noch einmal Ratsch, als er sie wieder freibekam, seine Pfote an der Knopfleiste entlang nach unten rutschte, dabei die Knöpfe abriss, das Mieder vorne auseinandersprang und an der einen Schulter nach unten klappte.

Eine Schrecksekunde lang stand Jezz starr da.

Magnies Blick fiel auf ihr Tattoo, das zwischen ihren Brüsten als Lotusblüte begann, dann im Stil eines indischen Mehndi über untereinander angeordnete Ornamente in einer Linie bis zu ihrem Nabel verlief und dort in einem Piercing endete.

Jezz sah, wie seine Augen sich weiteten. Ein schwer zu deutender Ausdruck huschte über sein Gesicht. Abrupt drehte er den Kopf zur Seite.

Ihr Magen schnürte sich zusammen. Er hatte das Tattoo gesehen, schlimmstenfalls vermutete er, was sich darunter verbarg.

Mechanisch raffte Jezz den Satin vor der Brust zusammen. Ihre Wangen glühten. Ihr Herz hämmerte zum Zerspringen, in ihren Ohren rauschte es. Wie betäubt starrte sie auf die über den Boden verteilten Knöpfe.

»Thor, du Idiot«, schimpfte Magnie.

Thor warf sich inmitten der Knöpfe auf den Rücken und zeigte seinen rosafarbenen Bauch.

»Alles gut, Jezz?«, fragte Magnie.

Jezz nickte, ohne aufzusehen.

»Na bravo, Thor. Jetzt hocken wir schön in der Scheiße. Alison steckt dich ins Tierheim und mir reißt sie den Kopf ab«, prophezeite Magnie düster. »Sie ist ohnehin nicht gut auf dich zu sprechen, seitdem du die Hortensien in ihrem Garten getötet hast.«

»Uhhhhuhh«, heulte Kirsty und klammerte sich an Magnies Bein. »Muss Thor wirklich ins Tierheim?«

»Ich kann ohne Thor nicht leben«, jammerte Alec, der das Geschrei gehört hatte und nach oben geflitzt war.

Jezz atmete schwer. Ihre Nerven waren kurz vor dem Zerreißen.

»Es reicht. Raus mit euch. Und zwar alle«, befahl sie. Ihre Stimme bebte. »Kirsty und Alec, ihr geht jetzt mit Onkel Magnie nach unten und esst eure Pfannkuchen.«

Magnie schoss ihr einen Blick von der Seite zu. »Und du?«

»Ich ziehe mich um. Dann sehen wir weiter.«

»Lass mich dir helfen«, sagte Magnie und bückte sich nach einem der Knöpfe.

»Bloß nicht«, fuhr sie ihn an, schärfer als beabsichtigt. »Du hast schon genug Chaos angerichtet. Schaff den Hund raus und sorg dafür, dass die Zwillinge nichts anstellen.«

»Schon gut«, sagte Magnie ungewohnt leise und hob beschwichtigend die Hände. »Was ist mit dem Kleid? Lässt es sich nähen?«

Ihre Blicke begegneten sich. Jezz atmete tief ein und wieder aus. Magnies blaue Augen blickten sie unglücklich an. Er sah völlig fertig aus. So sehr, dass er ihr fast leidtat. Sie spürte, wie der Wutknoten in ihrem Magen sich löste.

»Es wird schon nicht so schlimm sein.« Sie zuckte die Schultern. »Ich schaue es mir an, wenn die Kinder im Bett sind.«

»Danke, Jezz, wirklich.« Sein Lächeln wirkte angestrengt.

»Ich kann nichts versprechen, aber ich tu mein Bestes.«

Kapitel 18

Als die Zwillinge schliefen, schaltete Jezz das Babyphone ein und ging hinunter in die Küche. Ein verführerischer Duft schlug ihr entgegen.

Magnie stand am Herd. Er hörte auf, im Topf zu rühren, und drehte sich zu ihr um. »Schlafen sie?«

»Tief und fest«.

»Prima. Geht gleich los.« Magnie wandte ihr erneut den Rücken zu und schob ein paar Gläser auf dem Gewürzbord hin und her, bis er das richtige entdeckt hatte.

Jezz nutzte den Moment, um die Plastikbox mit ihrer abendlichen Dosis an Medikamenten aus der Tasche zu ziehen. Heimlich warf sie sich die sorgfältig abgezählten, blauen, weißen und roten Pillen in den Mund und spülte mit Wasser hinunter.

»Du hast hoffentlich Hunger.«

Jezz ließ die Box verschwinden und setzte sich. Magnie stellte einen Teller dampfender Suppe vor ihr ab. Würzige Aromen von Koriander und Kümmel hingen in der Luft. Dazu roch es herrlich nach frisch gebackenem Brot. Jezz lief das Wasser im Mund zusammen. Sie hatte schon lange nichts so Verlockendes mehr gerochen.

»Hm, lecker.« Sie kräuselte die Nase. »Ich hatte keine Ahnung, dass du so gut kochst.«

»Du unterschätzt mich.« Mit einem Zwinkern zog er einen Stuhl heran.

Mit knurrendem Magen beugte sie sich über den Teller. »Was ist das?«

»Karotten-Koriander-Suppe mit wenig Salz, aber vielen Gewürzen. Und Bannocks. Ich habe sie frisch gebacken, weil du Sorge hattest, dass Schimmelsporen an den Fertigprodukten sein könnten.«

»*Wow!* Du hast dir richtig Mühe gegeben«, meinte sie verblüfft.

Er warf ihr einen langen Blick über den Tisch hinweg zu. Dann zuckte er die Schultern. »So schwer war das nicht. Ich wusste ja, was du magst und was nicht. Guten Appetit.« Magnie führte den Löffel zum Mund und pustete.

»Dir auch.« Jezz griff ebenfalls zum Löffel. »Übrigens, ich habe mir das Kleid angesehen. Es ist weniger schlimm, als es aussieht. Ich kann es nähen. Dann sieht es aus wie zuvor.«

Magnie ließ den Löffel sinken. »Wow, da bin ich echt erleichtert.«

»Schon gut.«

»Eigentlich sind wir kein schlechtes Team, oder?«

Die Bemerkung brachte sie aus dem Konzept. Skeptisch hob sie eine Augenbraue. »Witz oder Kompliment?«

»Kein Witz.« Er reichte über den Tisch. Jezz hielt die Luft an, als seine Hand sich auf ihre legte. Sanft drehte er ihre Handfläche nach oben und strich mit den Fingerspitzen über die weiche Stelle am Gelenk, an der ihre Adern unter der Haut pulsierten. Für einen Moment vergaß sie weiterzuatmen. Langsam wanderten seine Finger höher. Wie konnte eine so leichte Berührung so erotisch sein? Jezz spürte Hitze in sich aufsteigen und stöhnte leise auf. Abrupt zog er seinen Arm zurück.

»Sorry.« Er atmete tief durch.

»Wofür?«

»Dafür, dass ich eine Grenze überschritten habe.«

»Du musst dich nicht entschuldigen.«

»Ich hätte beim Kochen keinen Wein trinken sollen.« Er senkte den Blick.

Jezz dachte nach, wie sie die Situation retten konnte. Sie zuckte lässig die Schultern. »Zu spät. Mir war schon im Flieger klar, dass du auf mich stehst.«

»Ernsthaft?« Magnies Augenbrauen schossen nach oben.

»Erwischt.« Sie zwinkerte ironisch. »Diesmal geht der Punkt an mich.«

Er bemühte sich, ernst zu bleiben, aber sie konnte sehen, wie seine Mundwinkel zuckten.

»Was hat mich verraten?« Seine gewohnte Souveränität kehrte zurück. Er verschränkte die Hände im Nacken. »War es der Moment, als ich an deiner Schulter eingeschlafen bin?«

»Nein.« Sie griff zur Wasserflasche und ließ sich mit dem Einschenken betont Zeit. »Es war der Augenblick, als du mich unbedingt mit deinem Auto mitnehmen wolltest, weil du Angst hattest, ich würde einsam und verlassen am Flughafen stehen.«

Jezz rechnete mit einer schlagfertigen Antwort, aber stattdessen hing der Satz unkommentiert über ihren Köpfen.

Sie räusperte sich und trank einen Schluck Wasser. Entschlossen steuerte sie einen Themenwechsel an. »Wäre Alison tatsächlich so wütend über das kaputte Kleid, wie du gemeint hast? Übrigens hätten wir uns und den Kindern ein ziemliches Drama erspart, wenn du nicht davon angefangen hättest, dass Thor im Tierheim landet.«

»Entschuldige, das war unüberlegt.« Er brach ein Stück von seinem Bannock ab, beugte sich vor und tunkte es in seine Suppe. »Aber ja, Alison wäre wirklich stinkesauer gewesen.«

»Ein bisschen war es auch meine Schuld«, gestand sie zu. »Ich hätte mich nicht überreden lassen sollen, es anzuziehen.«

»Ach was, das hätte Alison nicht gestört. Aber sie wäre wegen Thor ausgerastet.« Magnie zuckte die Schultern. »Ally kann Hunde nicht leiden, seitdem sie als Kind von einem gebissen wurde. Außerdem stört sie der Schmutz, den die Tiere mit in die Wohnung bringen.«

»Oder ins True Love.«

»Da reagiert sie besonders allergisch.« Er seufzte. »Ich liebe Alison, aber als große Schwester kann sie ziemlich nervig sein. Familie eben …«

»Ja«, sagte Jezz. Mit einem Ziehen im Magen dachte sie an ihre Mutter. »Familie kann belastend sein.«

»Wie ist deine denn so?«, fragte Magnie zwischen zwei Bissen. »Erzähl mal. Ich weiß so wenig von dir.«

»Da gibt es nicht viel zu erzählen«, erwiderte Jezz vorsichtig. »Ich bin Einzelkind. Meine Eltern haben sich scheiden lassen, als ich neun war. Mein Vater wohnt in Düsseldorf, mit seiner neuen Familie. Ich habe kaum Kontakt zu ihm. Zu meiner Mutter schon. Sie wohnt in meiner Nähe.«

»Habt ihr ein gutes Verhältnis?«

»Geht so. Wie ist es bei dir?«

Er schüttelte lächelnd den Kopf. »Wenn du auf Shetland aufwächst, hast du eigentlich immer eine großartige Kindheit. Wenn nicht, muss schon ziemlich viel schiefgehen. Ich hatte besonderes Glück. Meine Eltern haben mich von klein auf bestärkt und unterstützt. Die beiden sind seit vierzig Jahren verheiratet. Ihre Ehe ist nicht perfekt, aber sie sind trotzdem immer noch zusammen. Einfach, weil sie wirklich *da* sein wollen für den anderen, anstatt wegzulaufen, wenn es schwierig wird. Verstehst du, was ich meine?«

»Ich glaube schon.«

Magnie rollte einen Haargummi von seinem Handgelenk und schlang die wilden Locken zu einem *Man Bun.* Er wirkte nachdenklich. »Ich bin ihnen dankbar, dass sie auch für mich einfach da waren, obwohl ich es ihnen nicht immer leicht gemacht habe. Mit der Schule hatte ich es nicht so. Frag nicht, wie oft meine Mum beim Schuldirektor antanzen musste. Die Anzahl meiner Schwänztage hatte biblische Ausmaße. Ich habe mich gerade so durchlaviert. Aber wenn ich dann mal im Unterricht war, war ich der beliebteste Junge in der Klasse. Derjenige, mit dem man Spaß haben konnte, auch wenn wir dabei schon mal ordentlich über die Stränge geschlagen und entsprechend Ärger kassiert haben.«

»Ich wette, sämtliche Mädchen der Klasse haben für dich geschwärmt.«

»Schwere Fehleinschätzung. Alle Mädchen der Schule haben für mich geschwärmt«, erklärte Magnie gewohnt übertrieben. »Ein paar der Jungs übrigens auch.«

Jezz grinste ironisch. »Wie gut, dass du nicht eingebildet bist.«

»Danke. Schön, dass du es erkennst.«

Magnie erhob sich und räumte die leeren Teller beiseite. Er kam zurück und stellte zwei Schälchen auf den Tisch.

»Schokopudding zum Nachtisch?« Er schob ihr einen Löffel zu und ließ sich wieder auf den Stuhl fallen. »Ursprünglich hatte ich vor, Crumble mit Rhabarber zu machen. Das Zeug wächst auf Shetland wie Unkraut, keine Ahnung, warum. Aber dann dachte ich, du verträgst vielleicht keinen Rhabarber wegen der Fruchtsäure.«

»Das … stimmt.«

Das Babyphone knarzte und wurde wieder still.

»Jezz …« Er musterte sie einen Moment schweigend, als sei er sich nicht sicher, ob er weiterreden sollte.

Ihr wurde mulmig. Sie ahnte, worauf er zusteuerte. Im Grunde hatte sie es den ganzen Abend kommen sehen. Sie würden den Eisberg rammen, der seit dem Unfall mit dem Kleid zwischen ihnen trieb.

Sie hatte ein Brennen in der Kehle und räusperte sich. »Was?«

»Darf ich dich etwas fragen?«

»Klar«, sagte sie und meinte das Gegenteil.

Magnie machte eine Andeutung, ihren Arm zu berühren, aber dann zog er die Hand zurück. »Du redest nie darüber …?«

Er ließ eine Pause entstehen.

»Seit wann lebst du mit einem Spenderherzen?«

»Du weißt es also.« Ohne aufzusehen, rieb sie mit dem Finger über eine Schramme im Tisch.

»Ich bin Rettungssanitäter. Man lernt in der Ausbildung, mit welchen Einschränkungen Organempfänger leben müssen. Und dann, als das mit dem Kleid passierte …« Er führte den Satz nicht zu Ende.

Jezz schloss für einen Moment die Augen und dachte an den Ausdruck in seinem Gesicht, als er das Tattoo über der Narbe auf ihrer Brust gesehen hatte.

»Schlimm, dass ich es weiß?«, fragte er leise.

»Es ist eineinhalb Jahre her.« Sie zuckte die Schultern. »Ich sollte lernen, darüber zu reden.«

»Was macht es dir so schwer?«

»Dass ich wie ein rohes Ei behandelt werde, sobald das Thema im Raum steht. Wie soll ich verarbeiten, was passiert ist, wenn jeder mitleidige Blick mich daran erinnert?«

»Also wissen nur deine Familie und deine engeren Freunde davon?«

»So ungefähr.«

»War das der Grund, warum du aus Deutschland weggegangen bist? Um neu anzufangen?«

»Ja.« Sie atmete tief aus. »Und wegen meiner Mutter.«

Magnie nickte langsam. »Du fühlst dich schuldig, weil sie logischerweise eine schwere Zeit hatte. Das ist das Problem, oder?«

Jezz atmete hörbar aus. Er hatte es erstaunlich gut auf den Punkt gebracht. »Ich ertrage die Sorge in ihrem Blick nicht mehr. O Gott …« Sie schüttelte den Kopf. »Es ist schrecklich, so etwas zu sagen, oder?«

»Es ist, was du fühlst.«

»Ich wünschte, es wäre anders.«

Er schwieg verständnisvoll. »Du solltest dir deswegen keine Vorwürfe machen«, sagte er dann. »Du gehst ehrlich mit deinen Gefühlen um. Das tun die wenigsten. Erzählst du mir, wie es zu deiner Erkrankung kam? War es eine angeborene Herzschwäche?«

»Nein.« Sie rieb, ohne aufzusehen, mit einem Fingernagel an der Schramme im Tisch herum. »Eigentlich war es nur ein harmloser Infekt. Dummerweise habe ich nicht mit dem Sport pausiert.«

»Das ist häufig ein Auslöser für Myokarditis.«

Jezz seufzte. »Ich muss ein wenig weiter ausholen, damit du die Hintergründe verstehst. Als Jugendliche habe ich Leistungssport betrieben und wäre sogar fast in die Hockey-Profiliga eingestiegen. Aber dann habe ich mich für Modedesign entschieden, weil mich das Studium interessiert hat und Mode meine zweite Leidenschaft nach dem Sport war. Im Nachhinein war es die falsche Entscheidung. Zu wenig offene Stellen und die Konkurrenz ist irre. Als ich keinen Job in der Modebranche bekam, habe ich versucht, wieder im Sportbereich Fuß zu fassen. Ich habe Crossfit-Kurse gegeben und plante einen Quereinstieg im Hockey, als Trainerin einer Damenmannschaft.«

»Verstehe. Deswegen wolltest du mit dem Sport nicht pausieren«, sagte Magnie in einem verblüffend neutralen Ton.

»Wenn ich geahnt hätte, was für Folgen es haben würde! O Gott, warum erzähle ich dir das überhaupt alles?« Jezz spürte ein Flattern im Bauch. Sie wusste nicht, warum sie weiterredete, aber sie tat es. »Ich hatte mir darüber keine Gedanken gemacht.

Es war selbstverständlich für mich, dass mein Körper funktionierte. Ich fühlte mich unzerstörbar. Und dann ist plötzlich alles entgleist. Die Kontrolle zu verlieren war schrecklich. Ich hatte Todesängste. Nach der OP hat es lange gebraucht, bis ich wieder Vertrauen zu meinem Körper aufgebaut hatte.«

»Und wie kommst du zurecht?« Wieder diese Unaufgeregtheit in seiner Stimme.

»Na ja, mit dem Trainerjob ist es natürlich aus und mit der Modebranche auch, weil die Arbeitsbedingungen für Transplantierte zu belastend sind.« Sie zuckte die Schultern. »Aber das ist okay. Ich orientiere mich gerade neu. Ich bin noch auf der Suche, aber ich bin mir sicher, dass ich einen guten Weg für mich finde. Ich führe wieder ein relativ normales Leben. Natürlich muss ich auf vieles achten. Ich bin medikamentös gut eingestellt und bislang gibt es auch keine Abstoßungsreaktionen. Ich mache Ausdauersport und auf Anweisung der Ärzte Yoga. Die Atemübungen helfen mir, Stress abzubauen. Blutdruckschwankungen habe ich nur gelegentlich. Von der Leiter im True Love wäre ich tatsächlich auf den Boden geknallt, wenn du mich nicht aufgefangen hättest.« Sie unterbrach ihren ungewohnten Wortschwall und warf ihm einen verlegenen Blick zu. »Dabei fällt mir ein …, habe ich mich überhaupt bei dir bedankt?«

Er sah sie ernst über den Tisch hinweg an. »Ich dachte schon, du kämst nie darauf zu sprechen.«

»Oh …«

»Ein ordentlicher Kuss, und wir sind quitt.«

Jezz fiel aus allen Wolken. Sie glaubte, sich verhört zu haben. So ein Idiot! Da erzählte sie ihm Dinge, die sonst keiner wusste, und er brachte nichts anderes fertig, als einen seiner blöden Sprüche zu liefern?

Mit einem hintergründigen Lächeln deutete er auf ihre Stirn. »Falte … und damit verloren. Das Regelwerk besagt, dass der Punkt an mich geht.«

Langsam fiel bei ihr der Groschen. Verblüfft starrte sie ihn an.

Magnie war kein Idiot. Im Gegenteil. Er tat, was sie sich die ganze Zeit wünschte. Magnie behandelte sie so normal wie zuvor. Obwohl er von der Transplantation wusste.

Wow. Wow. Wow.

Sie spürte ein Kribbeln in sich aufsteigen, das zu einem Gefühl von Leichtigkeit wurde. Ihre Schlagfertigkeit kehrte zurück. Mit einem gespielt zerknirschten Ausdruck im Gesicht schüttelte sie den Kopf. »Sorry, aber aus dem Kuss wird nichts.«

»Ach? Und warum?«

»Es wäre unfair von mir, dir Up Helly Aa zu verderben.«

»Wie bitte?« Er blickte verdutzt drein.

Unschuldig zuckte sie die Achseln. »Nachdem du mich geküsst hast, kann es keine Steigerung mehr geben. Also wäre jeder Kuss, den du dir an dem Fest holst, eine Enttäuschung.«

Magnie verschlug es die Sprache, aber nur für einen winzigen Moment. Ein Funkeln lag in seinen Augen. Mit einem schelmischen Grinsen spielte er ihr den Ball zurück. »Du versuchst also, dir das Alleinrecht zu sichern? Ha! Ich wusste es die ganze Zeit. Gib es zu. Eigentlich findest du mich unglaublich nett.«

»Hm. Ab und zu bist du ganz erträglich.«

»Danke. Mehr wollte ich nicht hören.«

»Bitte.«

Eine Pause entstand, in der Jezz sich in dem Blick seiner blauen Augen verlor. Die Luft zwischen ihnen knisterte. Ein überwältigendes Verlangen, Magnie zu küssen, überfiel sie. Die Spannung war so unerträglich, dass sie dringend Abstand zwischen sich und Magnie bringen musste. Entschlossen schob sie ihren Stuhl zurück und erhob sich. »Danke für das Essen. Ich geh dann mal kurz dein Leben retten. Oder wolltest du selbst versuchen, das Kleid zu nähen?«

174

»Besser nicht. Ich kümmere mich dafür um den Abwasch.« Demonstrativ klapperte er mit den Tellern. »Nette Kerle wie ich haben so etwas nämlich drauf: kochen, Staub saugen, Teller spülen, Windeln wechseln, Kinder großziehen.«

»Na klar.« Jezz stand schon in der Schwelle, drehte sich aber noch einmal um und grinste anzüglich. »Die Frau, die dich bekommt, hat wirklich Glück.« Dann zog sie rasch die Tür hinter sich zu, bevor sie in Versuchung geriet, Magnie doch noch zu küssen. Nur, um zu sehen, wie er darauf reagiert hätte.

Kapitel 19

»Und dann war da noch die Sache, als wir aus Versehen in dem Beer Garden in Glasgow kellnerten.« Die Holzscheite knisterten. Magnie stand am Kamin und stocherte mit dem Eisen in der Glut. Das Feuer verbreitete eine angenehme Hitze. Er legte das Eisen beiseite, griff mit seinen massigen Armen nach hinten in den Nacken und zog sich den Pullover über den Kopf. Dann lehnte er sich mit der Schulter gegen den Sims und begann, eine weitere seiner Geschichten zum Besten zu geben, mit denen er sie schon den ganzen Abend unterhielt. Magnie war ein begnadeter Erzähler, das musste man ihm lassen. Jezz hatte beim Nähen förmlich an seinen Lippen geklebt. Inzwischen war das Kleid fertig, und Jezz hatte Bauchweh vor Lachen.

»Aus Versehen, sagst du? Schon klar.« Sie schlang einen Hals an den letzten Satinknopf. Dabei streifte ihr Blick unauffällig Magnies muskulöse Arme in dem kurzärmeligen schwarzen T-Shirt. Sie waren wirklich sexy. Vom Rest seines Körpers ganz zu schweigen.

»Selbstverständlich.« Er stellte die Beine über Kreuz, sein rotes Haar glühte im Widerschein des Feuers. »Es war so: Pete und ich sitzen in diesem Biergarten und warten schon eine halbe Stunde darauf, dass man uns bedient. Nichts passiert. Es ist ein ungewöhnlich heißer Tag. Der Biergarten ist voll, das Servicepersonal überfordert. Keiner hat mehr den Überblick. Dann entdeckt Pete auf den Weg zu den Toiletten Getränketabletts und Schürzen. Das Zeug liegt einfach so da. Pete meint, wenn wir schon so rumsitzen und nichts zu trinken kriegen, könnten wir den Laden ein wenig in Schwung bringen. Er bindet sich eine Schürze um, schnappt sich ein Tablett und fängt an, an den Tischen Bestellungen aufzunehmen. Die leitet er dann an den schlecht gelaunten Typen mit der Schlägervisage weiter, der hinter dem Tresen den Ausschank macht.«

»Lass mich raten.« Jezz stand auf und breitete das Kleid über dem Sofa aus und überprüfte ihre Arbeit. »Der Typ dachte, ihr gehört dazu.«

»Richtig. Im Handumdrehen flitzen Pete und ich also mit Bier- und Cocktailgläsern zwischen den Tischen hin und her und alle freuen sich. Keiner kommt auf die Idee, zu fragen, wer wir sind oder wer uns eingestellt hat. Dann wollen einige Gäste zahlen. Ich sage, dass ich dafür nicht zuständig bin, aber das will niemand hören. Was bleibt mir also übrig?«

Dramatische Pause. Jezz drehte sich zu ihm um. »Du hast abkassiert, stimmt's? Übrigens, das Kleid ist fertig. Alles wieder wie neu. Man sieht nichts mehr.« Sie legte die Hände in den Nacken und streckte den verspannten Rücken.

»Das ist … einfach großartig!« Magnies Stimme verriet, dass ihm ein Stein vom Herzen gefallen war. Jezz war überrascht, dass ihm die Sache mit Alison und dem Hund so im Magen gelegen hatte, aber sie spürte, dass Magnie unter der rauen Schale ein friedliebender Mensch war.

Magnie unterbrach seine unterhaltsame Geschichte, stieß sich vom Kaminsims ab und schlenderte zu ihr herüber.

»Danke, Jezz.« Er schien sich erst nicht sicher und zögerte einen Moment. Dann beugte er sich vor und küsste sie sanft auf die Wange. Einfach so. Jezz durchfuhr ein Schauer. Sie atmete tief durch. Mit einem verstörenden Verlangen nach seiner Nähe sah sie ihm dabei zu, wie er einen monströsen Green-Bean-Sitzsack herbeischleppte und diesen in etwas Abstand vom Kamin auf dem Holzboden ablegte. Umständlich brachte er seine langen Gliedmaßen auf der einen Seite des Kissens unter und klopfte mit der Hand einladend auf die andere, freie Hälfte. »Wenn ich verspreche, nicht an deiner Schulter einzuschlafen, setzt du dich dann neben mich?«

Nun war es Jezz, die zögerte. Magnie und sie vor dem Feuer, der Gedanke war zu verlockend. Und genau das war das Problem. In der letzten halben Stunde hatte sich das Knistern zwischen ihnen deutlich gesteigert. Oder bildete sie sich das nur ein? Sie beschloss, mit einem lockeren Spruch zu kontern. Diese Ebene beherrschten sie beide fließend.

Sie warf ihm ein lässiges Grinsen zu. »Bist du ein heimlicher Romantiker oder spielst du nur gern mit dem Feuer?«

»Haha. Netter Wortwitz«, gab Magnie gut gelaunt zurück. Er wedelte mit der Fernbedienung.

»Stört es dich, wenn ich das Licht herunterdimme?«

»Romantiker, ich wusste es. Aber mach ruhig.«

Er drückte ein paar Knöpfe und änderte die tageslichthelle Farbtemperatur, die sie zum Nähen benötigt hatte, zu einem gedämpften, warmen Ton. »Gut so?« Er blickte fragend auf.

»Perfekt.« Sie schlenderte zu ihm hinüber und ließ sich im Schneidersitz neben ihn auf das Kissen fallen. Die Füllung raschelte unter ihrem Gewicht. Sie ließ den Kopf auf die Brust hängen und drehte ihn nach links und rechts.

»Verspannungen?« Er warf ihr einen Blick von der Seite zu.

»Die bekomme ich immer, wenn ich zu lange sitze.« Sie zuckte die Schultern. »Ich sollte wieder regelmäßig zum Fitnesstraining gehen.«

»Möchtest du, dass ich dir den Rücken massiere? Ich meine …« Er unterbrach sich und hob verteidigend die Hände.

»Betrachte das bitte nicht als schrägen Annäherungsversuch. Das lange Sitzen beim Nähen geht auf mein Konto. Daher fühle ich mich zu einem Gegengefallen verpflichtet. Vor allem, nachdem du betont hattest, dass du mir damit mal eben kurz das Leben rettest.«

Jezz kämpfte mit sich. Ihr Magen flatterte, ihre Gedanken rasten umher. Vermutlich war nichts dabei. Vermutlich war es eine freundschaftliche Geste und sie las eine erotische Bedeutung hinein, die es nicht gab. Andererseits hatte sie eben schon bei dem Kuss auf die Wange ein irritierendes Verlangen gespürt. Wie sollte es erst werden, wenn seine Hände über ihren Rücken glitten, noch mehr Gefühle für ihn in ihr wach wurden und ihr Verstand auf Tauchstation ging?

»Komm schon, Jezz, erlöse mich von meiner moralischen Verpflichtung.« Magnie stupste sie spielerisch in die Seite. »Außerdem ist es dusselig, sich mit Rückenschmerzen herumzuquälen, wenn man etwas dagegen tun kann.«

Sag Nein, Jezz, du bist diejenige, die gerade mit dem Feuer spielt, also lass es.

»Na schön.« Sie biss sich auf die Lippe. Verflixt! Wieso schaffte sie es nicht, Nein zu sagen?

»Okay, bleib sitzen. Ich komm hinter dich.«

Jezz spürte, wie die Füllung des Sitzsacks unter ihr nachgab, als Magnie sein Gewicht verlagerte. Er setzte sich rittlings hinter sie und stellte seine Beine auf, sodass die Knie rechts und links von ihr zur Decke ragten. »Bequem so für dich?«

»Hmmm …« Sie erschauderte, als seine Hände sich weich auf ihre Schultern legten. Ihr Gehirn war wie Watte. Unter leichtem Druck strichen seine Daumen ihren Nacken hinauf und hinunter.

»Wo waren wir vorhin stehen geblieben? Ach ja … Ich fange also an, abzukassieren und Pete natürlich auch. Gerade, als es richtig gut läuft und wir ordentlich Geld in unsere Taschen

schaufeln, fliegt auf, dass wir nicht zum Servicepersonal ge-
hören. Der verdammt fies aussehende Typ, der den Ausschank
macht, stürzt hinter der Theke vor und schwingt die Fäuste.
Kein schöner Anblick, glaub mir. Ich hatte noch nie zuvor einen
Kerl gesehen, der vor Wut Schaum vorm Mund hatte. Er rast
wie ein Berserker auf uns zu und droht, uns sämtliche Knochen
zu brechen, wenn er uns erwischt.«

»Verdammt!« Jezz hörte nicht richtig hin, ihr lief gerade
ein Prickeln über den Nacken. Mit einem leisen Stöhnen versuchte sie, Magnies Fingerspitzen auszuweichen, die gerade die
Nervenenden am hinteren Haaransatz stimulierten und dabei
Gegenden ihres Körpers erreichten, die viel südlicher lagen.

»Zu fest?« Er ließ seine Finger ruhen.

»Empfindliche Stelle«, murmelte sie und spürte ein Ziehen
im Unterleib.

Magnies Hände wanderten weiter zu ihren Schulter-
blättern. »Ha! Du hättest mal sehen sollen, wie Pete und ich
über die Mauer gehechtet sind und dann runter an den Clyde.
Das war rekordverdächtig.«

»Und das Geld?«, brachte sie mühsam hervor. Er vari-
ierte den Druck seiner Hände und ließ die Daumen geschickt
über ihre Wirbelsäule gleiten. Jezz hatte das Gefühl, dass ihr
gesamter Rücken nur noch aus einer einzigen erogenen Zone
bestand.

Magnie unterbrach für einen Moment seine Arbeit. Er
rekelte sich und lehnte sich vor, dabei streifte sein bärtiges Kinn
die Haut seitlich an ihrem Hals. Jezz durchrieselte ein Beben.
Sein Mund war wenige Zentimeter entfernt. »Erzähl es nicht
weiter. Wir haben es für wohltätige Zwecke verwendet«, raunte
er in ihr Ohr.

»Das glaube ich dir aufs Wort«, brachte sie gepresst hervor.

»Das kannst du auch.« Er lehnte sich wieder zurück. Seine
gespreizten Finger wanderten in sanften Wellenbewegungen zu

ihrem Steißbein hinunter. »Wir waren traumatisiert, weil wir dachten, dass der blutrünstige Typ aus dem Biergarten hinter uns her ist und uns krankenhausreif schlägt. Was blieb uns also übrig, als in die nächste Kneipe zu flüchten und zu warten, bis wir sicher sein konnten, dass er verschwunden war. Dabei haben wir leider das ganze Geld versoffen.«

»Aha. Und der wohltätige Sinn dahinter?« Jezz konnte nicht mehr richtig denken. Ihr Körper glühte von der Hitze des Feuers und der Hitze, die von Magnie ausging.

»Wir haben verhindert, dass der Kerl wegen vorsätzlicher Körperverletzung in den Knast kam. Das war schon mal sehr wohltätig von uns. Außerdem war es ein sehr abgelegener, heruntergekommener Pub, der schon lange keinen so guten Umsatz mehr gemacht hatte wie an diesem Abend.« Er bewegte die Fingerspitzen Zentimeter um Zentimeter entlang der Vertiefungen ihrer Wirbelsäule hinauf. Jezz zerfloss unter seinen Berührungen.

»Das war's. Ende der Geschichte.« Gerade, als sie glaubte, es nicht mehr auszuhalten, beendete er die Massage, indem er seine Hände ein paar Sekunden auf ihren Schultern ruhen ließ, wo die Reise seiner Finger begonnen hatte.

»Fertig.« Er zog seine Hände weg. »Geht es deinem Rücken besser?«

»Hm … danke.« Jezz räusperte sich. Sie rutschte ein Stück zur Seite, obwohl sie sich am liebsten an ihn gekuschelt hätte. Verwirrt starrte sie in die heruntergebrannte Glut. »Wieso kannst du das so gut?«

Mit einer fließenden Bewegung setzte er sich neben sie und blickte ebenfalls ins Feuer. »Ich hatte eine Freundin mit chronischen Rückenschmerzen. Da lernt man so was.«

»Verstehe«, murmelte sie geistesabwesend.

Magnie seufzte. »Danke noch mal, dass du das Kleid wieder so toll hingekriegt hast. Könntest du bitte Alison gegenüber nichts erwähnen? Es ist mir lieber, ich sage es ihr selbst. Ich will nur den passenden Moment abwarten.«

»Versprochen.« Sie drehte ihm das Gesicht zu. Seine blauen Augen flackerten im Schein des Feuers, sein vertrauter Geruch hüllte sie ein. »Meine Lippen sind versiegelt.« Sie machte eine entsprechende Geste.

»Sind sie das?« Er beugte sich zu ihr. Sein Atem strich warm über ihre Wange. Langsam hob er den Arm und legte seine Hand an ihr Gesicht. »Jezz …«

Wie der Hauch von Schmetterlingsflügeln fuhr sein Zeigefinger über ihre Lippen. Plötzlich war da wieder diese unerträgliche Spannung in der Luft. Jezz blickte ihm tief in die Augen und rechnete damit, dass er wie die letzten Male zurückweichen und es dabei belassen würde. Aber das passierte nicht.

Weich legten sich seine Lippen auf ihren Mund. Sein Bart fühlte sich seidig an auf ihrer Haut. Er küsste sie sanft, dann etwas leidenschaftlicher. Jezz vergaß die Welt um sich herum.

Dann endete der Kuss. Jezz holte tief Luft.

»Entschuldige.« Er sah sie an und dann wieder weg. Dabei atmete er unnatürlich flach. »Das hätte ich nicht tun sollen.«

»Du musst dich nicht entschuldigen …« Jezz war zu aufgelöst, um einen klaren Gedanken formulieren zu können.

Er räusperte sich und setzte sich kerzengerade auf. Obwohl er dicht neben ihr saß, klaffte plötzlich ein unüberwindbarer Abstand zwischen ihnen. »Es ist ziemlich spät geworden. Der Hund muss raus. Ich bringe ihn mal eben vor die Tür, okay?«

»Ja. Mach das.« Ihr Herz schlug immer noch viel zu schnell. Die Verlegenheit zwischen ihnen verdrängte die vorherige Intimität. »Ich gehe dann mal nach oben. Ist es okay, wenn ich als Erste das Bad benutze?«

»Sicher. Geh ruhig schon schlafen, wenn du willst.« Er erhob sich etwas steif. Jezz warf einen unsicheren Blick auf die Wölbung in seiner engen Jeans. »Ich nehme einen Schlüssel mit und sperre die Haustür ab, wenn ich zurückkomme. Gute Nacht, Jezz.«

»Gute Nacht.«

Er verließ das Zimmer. Sie hörte ihn nach dem Hund pfeifen. Gleich darauf vernahm sie das Klackern von Thors Krallen auf den Fliesen. Dann fiel die Haustür hinter den beiden ins Schloss.

Tief ausatmend lehnte sie sich mit dem Rücken gegen die Wand. Es hat nichts zu bedeuten, sagte sie sich. Seufzend legte sie den Kopf in den Nacken. Es war nur ein Kuss. Warum kam es ihr vor, als wäre es so viel mehr gewesen?

Kapitel 20

In Gedanken war sie immer noch bei dem Kuss, als sie wenig später neben den Zwillingen in Alisons breitem Bett lag und das Licht löschte. Vom Flur fiel ein Lichtschimmer durch den Spalt zwischen Tür und Boden.

Nur ein Kuss.

Mit offenen Augen starrte sie gegen die Decke.

Sie hörte, wie Magnie aus dem Bad kam und nebenan die Tür des Kinderzimmers hinter sich zuzog. Thors Krallen scharrten über das Holz, dann ließ sich der Hund mit einem Plumps auf den Boden fallen.

Mit wild pochendem Herzen lauschte sie in die Dunkelheit. Im Nebenzimmer war es still.

Kirsty und Alec atmeten ruhig und gleichmäßig im Schlaf. Jezz stützte sich auf einen Ellbogen und vergewisserte sich, dass beide gut zugedeckt waren. Dann rollte sie sich auf die Seite und versuchte, ebenfalls die Augen zuzumachen.

Ihre Lider wurden schwer. Am Rande ihres Bewusstseins bemerkte sie, dass sie wegdriftete.

»Jezz?« Ein zaghaftes Klopfen an der Zimmertür.

Benommen setzte sie sich auf und blinzelte in das spärliche Licht. Es dauerte einen Moment, bis sie begriff, dass sie sich nicht in ihrer Wohnung, sondern in Alisons Bett befand.

»Jezz?« Geräuschlos öffnete sich die Tür einen Spaltbreit. »Bist du wach?«

»Hmmm«, brummte sie, zu benommen, um einen Satz zu äußern. Ihr Geist schwebte noch zwischen Traum und Wirklichkeit.

»Komm. Bitte …« In Magnies Stimme lag eine solche Dringlichkeit, dass sie ohne Widerspruch mit halb geschlossenen Augen die Füße aus dem Bett schwang. Auf nackten Sohlen tapste sie auf ihn zu, die Arme fest um ihren Oberkörper in der Boyfriend-Pyjamajacke geschlungen.

»Schnell. Ich will dir etwas zeigen«, raunte er.

Gähnend strubbelte sie sich über das Haar. »Muss das sein? Mitten in der Nacht?«

»Ich weiß. Bitte komm.« Er stand vor ihr, in ausgeleiertem T-Shirt und Boxershorts, und streckte im Dämmerlicht einen Arm nach ihr aus.

Zögernd griff sie danach. Warm und fest schlossen sich seine Finger um ihre Hand. Sie spürte ein Flattern in der Brust. Was hatte das zu bedeuten?

Ein merkwürdiger Schein erhellte das Kinderzimmer, obwohl kein Licht brannte. Das Fenster stand offen, die Gardine wehte leise im Wind.

Jezz blieb reflexartig stehen. »Polarlichter«, hauchte sie und starrte wie gebannt auf den unwirklichen Schimmer.

»Aye, Mirrie Dancers.« Magnies Stimme vibrierte in einem Ton, der ihr unter die Haut ging. In aller Selbstverständlichkeit legte er einen Arm um sie und führte sie zu dem Fenster, das zu einer anderen Seite hinausging als das im Elternschlafzimmer. Mit einer Hand schob er die Gardine beiseite und deutete in die Nacht.

Jezz legte den Kopf in den Nacken und spürte Gänsehaut am ganzen Körper. Sie blickte in den Himmel, an dem die

Polarlichter tanzten, spielten, sich ineinander zu einer Symphonie aus Licht verschlangen, auseinanderfielen und sich erneut vereinten. Eine Melodie aus Grüntönen, so schön, dass Jezz in die Knie hätte sinken können. Immer neue Formen, Muster und Bilder regneten auf sie herab, Sterne funkelten hinter einem grünen Wasserfall aus Licht. Wie von ungefähr geisterten nordische Sagen durch ihren Kopf. Jezz sah Schwäne in einem Meer aus Eis und Licht mit den Flügeln schlagen, fliegende Fischschwärme über ihrem Kopf dahingleiten und Wikingerboote über eine leuchtend grüne Brücke nach Walhalla ziehen, während die Luft voll funkelnder und glitzernder Eiskristalle war. Und über all dem ein geheimnisvolles Knistern, Knacken und Rauschen.

Jezz wollte jubeln, schreien und hüpfen, weil das Glücksgefühl in ihr so groß wurde, dass es nicht mehr in ihren Körper passte.

Aber dann stand sie nur da, staunend, stumm, zu Tränen gerührt.

Nichts konnte ansatzweise beschreiben, was sie empfand.

Ein Frösteln lief durch ihren Körper. Magnie trat hinter sie. Sanft schloss er sie in seine Arme. Sie spürte die Wärme seines Körpers und lehnte den Rücken an seine breite Brust. Magnie senkte den Kopf und hauchte ihr einen Kuss auf den Scheitel. Er roch männlich und ein wenig verschlafen. Sie hörte sein Herz dicht an ihrem Ohr schlagen, gleichmäßig, kräftig und vielleicht ein wenig schneller als gewöhnlich.

Atme Jezz, ganz tief …

Die Dimensionen von Zeit und Raum verschwammen. Der Weltraum bog sich auf und floss über, während sich eine tiefe Sehnsucht in ihr ausbreitete und sie sich eng in Magnies Arme schmiegte.

Leise schlich die Zeit an ihnen vorbei.

Dann verblasste das Flimmern, der Zauber endete.

»Oh …« Sie presste die Lippen aufeinander und wünschte sich die letzten Minuten zurück.

Magnies Brustkorb hob und senkte sich im gleichmäßigen Rhythmus seiner Atemzüge. »Aye. Oft ist es schnell vorbei. Deswegen wollte ich, dass du dich beeilst.«

»Kommen sie wieder?«

»Vielleicht. Vielleicht auch nicht.«

»Schade.«

Ein Zögern lag in seiner Stimme. »Wir können hierbleiben und warten, wenn du willst.«

»Oh, bitte ja, das würde ich schrecklich gern tun.« Sie drehte sich zu ihm um, sah ihm in die Augen. In seinem Blick lag ein schwer zu deutender Ausdruck. Abrupt löste er sich aus dem Augenkontakt.

»Brr, hier drin ist es eisig.« Er machte eine Bewegung zur Seite, um das Fenster zu schließen.

»Nein, bitte nicht.« Sie fiel ihm in den Arm. »Weil … weil …« Verdammt! Sie konnte das Gefühl nicht in Worte fassen. Zum Glück konnte er im Dunkeln nicht sehen, wie ihre Wangen glühten.

»… es wäre, als würde man die Magie aussperren?«, schlug er vor, als hätte er ihre Gedanken gelesen.

Sie nickte zur Antwort.

»Warte, ich habe eine Idee …«

Er rückte ein paar Spielzeugkisten beiseite, schob den Zweisitzer vors Fenster. Dann bat er sie, sich zu setzen, und legte eine Decke um ihre Schultern. »So frieren wir zumindest nicht.«

»Super. Prima Idee.«

Das Sofa gab nach, als er sich neben ihr niederließ. Mit einem gekonnten Schwung breitete er eine zweite Decke über ihre Knie. Jezz rückte automatisch etwas weiter in die Ecke, um ihm mit seiner Übergröße Platz zu machen, aber Magnie zog sie an sich und bettete ihren Kopf an seine Brust.

»Gemütlich so?« Sein Atem strich warm über ihre Wange.

»Hm«, machte sie wohlig.

»Schön.« Er legte den Kopf in den Nacken und blickte in den Himmel, während seine Finger sanft durch ihr Haar glitten, es zerzausten, damit spielten.

Jezz unterdrückte ein Seufzen. In diesem einen, wunderbaren Moment fühlte sie sich so voll, zufrieden und so reich beschenkt, dass es gar nichts anderes mehr brauchte. Mit einem wohligen Ausatmen schloss sie die Augen und ließ die Gedanken los.

Und dann spürte sie es. Ein Schlingern, ganz tief in ihr drin. Ein Gefühl, als ob sie von einer Klippe stürzen würde. *To fall in love, sagt man auf Englisch*, dachte sie und: *Was passiert mit mir?*

Sie hörte auf zu denken und ließ es einfach zu. Sank hinein in eine berauschende und verstörend intensive Liebe zu diesem Leben, diesen Inseln und zu Magnie, dem widersprüchlichen, außergewöhnlichen und charismatischen Mann, der wie eine Naturgewalt über sie hereingebrochen war und ihre Welt auf den Kopf gestellt hatte.

»Jezz?« Seine Stimme klang rau.

Irritiert schlug sie die Augen auf, nur um zu erkennen, dass sein Blick offenbar die ganze Zeit auf ihr geruht hatte.

»Ich würde dich gern küssen. Darf ich?«, murmelte er und umfasste sanft ihr Kinn, sodass sie sich in die Augen sahen.

»Ja«, hauchte sie und spürte, wie sehr sie es wollte. Wie sehr sie *ihn* wollte.

Er beugte sich über sie. Jezz spürte Schmetterlinge in ihrem Bauch und Hitze im ganzen Körper, als seine Lippen sich erneut über ihren Mund senkten und ihn weich und voll küssten. Sie spürte seine Hand an ihrer Hüfte. Seine Zunge teilte ihre Lippen, sie schlang die Arme um seinen Hals.

Seine Hand glitt höher. Sie sog scharf die Luft ein, als seine Finger ihre Brüste umkreisten.

Er hielt sofort inne. »Soll ich aufhören?«, murmelte er dunkel.

»Nein«. Sie schluckte. Der Drang, seine Wärme auf ihrer nackten Haut zu spüren, wurde unbezwingbar. Er bog den Kopf zurück und sah ihr tief in die Augen. Die Zärtlichkeit und das Verlangen in seinem Blick machten sie atemlos. Sie wusste, dass es passieren würde, und vergrub die Hände in seinem weichen, welligen Haar.

Wieder glitten seine Finger zu ihren Brüsten und streichelten sanft ihre Brustwarzen. Sie lehnte den Kopf zur Seite und öffnete Knopf für Knopf ihre Pyjamajacke.

»O Gott, du bist wunderschön«, murmelte er und zog sein Shirt aus. Dann beugte er sich über sie. Seine Lippen tasteten sich langsam von ihrem Hals zu ihren Brüsten vor.

Das Tapsen von Füßen auf den Holzdielen ließ sie auseinanderfahren.

Jezz drehte sich um. Kirsty stand in der Tür, ihre kleine Gestalt warf im Schein des Nachtlichts auf dem Flur einen unförmigen Schatten auf den Boden des Kinderzimmers.

Ein Schluchzer schwebte durch den Raum. »Jezz? Wo bist du? Ich habe Angst.«

»Ich bin hier, Schatz.« Jezz schloss schnell die Knöpfe ihrer Jacke und eilte auf die Kleine zu. Mit einer fließenden Bewegung setzte sie Kirsty auf ihre Hüfte und wiegte sich sanft mit ihr hin und her. »Was ist los? Hast du schlecht geträumt?«

»Jaa«, wimmerte Kirsty und rieb sich mit den Fäustchen die Augen. »Von Bären und Wölfen und Trollen, die mich fressen wollten.«

»Armer Schatz«, tröstete Jezz sie. »Komm, ich bring dich wieder ins Bett.«

»Bleibst du bei mir?«

»Natürlich.«

»Versprochen?«

»Ganz fest.«

»Und wenn unter dem Bett ein Monster ist?«

»Soll Onkel Magnie unter dein Bett schauen und alle Böse-wichte verjagen? Zur Sicherheit?«

»Jaaaa.«

Wenig später waren die Gespenster verscheucht. Magnie war in sein Zimmer zurückgekehrt und Jezz lag wieder neben den Zwillingen in dem breiten Bett des Elternschlafzimmers.

Sie schloss die Augen und sah sich neben Magnie am Fenster stehen. Zwei Gestalten, eng umschlungen, wie Scherenschnitte vor dem Zauber der Polarnacht. Ein von Licht und Magie über-fließender Himmel, das Knistern von Abermillionen Watt um sie herum und ihr Herz, das lauter schlug als je zuvor.

Shetland.

Eine Nacht, die süchtig machte.

Und Magnie, der ihre Gefühle beherrschte und ihr den Kopf verdrehte.

Wie hatte das alles nur so kommen können?

Kapitel 21

Es war Sonntagnachmittag. Alison und Ted waren von ihrem Trip zurück, und Magnie war noch zum Abendessen bei seiner Schwester geblieben, während Jezz einen Spaziergang durch den Hafen unternommen hatte, weil sie frische Luft brauchte. Danach war sie in ihre Wohnung über dem True Love zurückgekehrt. Nachdem sie noch die halbe Nacht wach gelegen und über sich und Magnie nachgedacht hatte, fühlte sie sich müde, ausgehöhlt und durcheinander. Trotzdem war da dieses Lächeln auf ihren Lippen, das einfach nicht verschwinden wollte.

Ihr Smartphone brummte. Jezz wischte über das Display und begann einen WhatsApp-Chat mit Mara, die wissen wollte, wie das Wochenende gelaufen war. Sie berichtete in aller Kürze von dem Malheur mit dem Kleid und von den Mirrie Dancers und davon, dass Magnie auch da gewesen war. Das mit dem Kuss und den Rest ließ sie aus.

MARA, 16.03 Uhr
Polarlichter? Wow! Ich kann nicht
glauben, dass ich das verpasst habe!
Wäre ich mal aufgestanden!

JEZZ, 16.04 Uhr
Ja, echt Pech.

MARA, 16.04 Uhr
Wahrscheinlich hätte man sie hier oben
bei uns ohnehin nicht gesehen.

JEZZ, 16.05 Uhr
K.P.

MARA, 16.05 Uhr
???

JEZZ, 16.05 Uhr
Kein Plan.

MARA, 16.06 Uhr
Ach so. Und Alison war echt nicht sauer,
weil du ihr Kleid anhattest?

JEZZ, 16.07 Uhr
Nö.

MARA, 16.08 Uhr
Noch mal wegen Magnie. Läuft da was?

JEZZ, 16.09 Uhr
Wenn ich das wüsste.

MARA, 16.10 Uhr
Lass uns morgen in Ruhe quatschen.
Ich will ALLES hören. Du bist doch bei
der Anprobe dabei, oder?

JEZZ, 16.11 Uhr
In jedem Fall!!!

MARA, 16.13 Uhr
Du MUSST! Ich brauche dich, sonst
schwatzt mir meine Schwiegermutter
das hässlichste Kleid überhaupt auf.

JEZZ, 16.14 Uhr
Quatsch, weshalb sollte sie?

MARA, 16.16 Uhr
Ich habe die Bilder von Gavins erster
Hochzeit gesehen. Sunniva sah aus,
als würde sie in einer gigantischen
weißen Torte stecken. Eindeutig der
Geschmack meiner Schwiegermutter!
HILFE!!!

JEZZ, 16.17 Uhr
Ich schmeiß mich weg. 😂😂😂

MARA, 16.19 Uhr
Na, herzlichen Dank. Nach dem Termin
gehen wir etwas trinken und überlegen
uns, wie du dir Magnie schnappst.

JEZZ, 16.20 Uhr
Hä??? Möchte ich das???

MARA, 16.21 Uhr
Schnapp ihn dir, bevor es eine
andere tut.

JEZZ, 16.22 Uhr
Warum???

MARA, 16.23 Uhr
Magnie ist heiß.

JEZZ, 16.24 Uhr
Aggghhhhhh! Das weiß ich selbst!

MARA, 16.24 Uhr
Na, dann los!

KAPITEL 22

»Grauenvoll«, meinte Mara mit einem düsteren Blick auf ihr Spiegelbild. Sie stand hinter dem geschlossenen Vorhang im Ankleidebereich des True Love. Eine Wolke aus reinweißer Spitze bauschte sich von ihrer Taille abwärts um sie. Nervös zupfte sie an der Spitzencorsage. »Ich komme mir vor wie verkleidet. Vielleicht würde es sich weniger schrecklich anfühlen, wenn ich dieses Ding darunter ausziehe?«

»Den Petticoat?« Jezz trat einen Schritt zur Seite und betrachtete Mara kritisch.

»Das Teil hat vier Reifen. Vier! Ich bin doch kein verdammtes Auto«, ereiferte sich Mara. »Und dieser alberne Tüll.«

»Das sind Charmeuse-Rüschen.« Jezz zuckte die Achseln.

»Wir lassen den bescheuerten Unterrock weg«, beschloss Mara energisch.

»Das ist ein Prinzessinnenkleid. Der Petticoat muss bleiben, damit es voluminös fällt.«

»Na bravo. Wenn ich das anziehe, brauchen wir keine Kirchenglocken. Dann kann ich selbst läuten. Ding-Dong.« Mara schwenkte den Rock hin und her.

Jezz lachte.

»Wie soll ich mich damit überhaupt setzen?«

»Hm. Vielleicht kannst du die Hochzeitsfeier zu einem Stehempfang umorganisieren«, schlug Jezz vor und kassierte einen strafenden Blick von Mara. »Warte, lass mich mal messen.«

Kurzerhand schnappte sich Jezz ein Maßband und kroch vor Mara auf dem Boden herum. Schließlich ließ sie das Band zuschnappen und blickte auf. »Du solltest enge Türen vermeiden. Am Saum hat das Kleid einen Durchmesser von hundertzwanzig Zentimetern.«

»Wie bitte?« Mara schüttelte vehement den Kopf. »Nein. Ohne mich. Das Kleid ist raus. Lass den Vorhang zu, ich ziehe es wieder aus.« Sie verrenkte den Arm, um den obersten Knopf im Rücken zu lösen.

»Warte.« Jezz fiel ihr in den Arm. »Erstens kann man so ein Kleid nicht ohne Hilfe ausziehen. Zweitens wollte deine Schwiegermutter in spe unbedingt, dass du es anprobierst.«

»Ja, aber nur weil es das teuerste Kleid im ganzen Laden ist.« Mara zog ein Gesicht wie sieben Tage Regenwetter.

»Jetzt hast du es schon mal an. Also tu ihr den Gefallen und zeig dich damit. Dann ist das Thema erledigt. Danach ziehst du das Kleid an, das du ausgesucht hast.«

»Schön. Von mir aus.« Maras Unterarme schwebten in einem unnatürlichen Winkel über dem üppigen Rock. Ihr Blick sprach Bände. Widerwillig trat sie in die Mitte des Anproberaums und wartete darauf, dass Jezz die blickdichten rosa Vorhänge aufzog.

»Hier kommt die Braut!« Jezz fühlte sich wie bei einer Theateraufführung, als sie an den Schnüren zog und die Bühne freigab.

Einen Moment herrschte Schweigen. Jezz und Alison tauschten lange Blicke.

»Entzückend.« Marjoleen, Maras zukünftige Schwiegermutter, setzte sich gerade auf. Ein zufriedenes Lächeln glitt über ihr Gesicht. »So kann Gavin sich mit dir sehen lassen. Ich wusste, dass das Kleid perfekt zu einer traditionellen schottischen Hochzeit mit Tartan und Kilt passen würde. Du wirst hinreißend aussehen. Natürlich fehlt noch der Schleier.«

Jezz packte das blanke Entsetzen. Etwas musste passieren. Sie konnte nicht länger gute Miene zum bösen Spiel machen.

Zum Glück ergriff Alison in diesem Moment das Wort. Sie schüttelte höflich, aber entschieden den Kopf. »Darf ich ehrlich sein?«

Jezz bemerkte, wie Marjoleen spitze Lippen machte.

»Ich habe ja eingangs erklärt, dass es darum geht, die Vorzüge der Braut möglichst zu betonen, statt zu verhüllen. Mara hat eine tolle Figur und ein wunderhübsches Dekolleté, die in einem anderen Modell besser zur Geltung kämen«, hob Alison an. »Es tut mir leid, Mara, aber ich bin der Meinung, das Kleid erschlägt dich.«

»Ich weiß nicht. Finden Sie wirklich?« Marjoleen saß sehr aufrecht. Ihre Finger trommelten über die Designer-Handtasche in ihrem Schoß.

Jezz verkniff sich ein Grinsen. Alison hatte Marjoleen gegenüber genau den richtigen Ton getroffen.

»Fragen wir doch unsere Modedesignerin«, schlug Alison vor und lächelte liebenswürdig. »Was sagst du, Jezz?«

»Das sehe ich auch so. Mara hat nicht die richtige Größe für das Kleid.«

»Nun.« Marjoleen Mund wirkte verkniffen. »Das ist bedauerlich. Dann probieren wir das nächste.«

»Taadaa!«, rief Jezz wenig später und zog den Vorhang erneut auf.

Diesmal trug Mara ein cremefarbenes, eng anliegendes Kleid aus Stretchkrepp, mit elegantem V-Ausschnitt vorne und hinten. In der Taille glitzerte ein schmaler Strassgürtel, sonst nichts. Weder Spitze noch Pailletten noch Schleifchen.

Marjoleen hob eine Augenbraue. »Hm.«

»Sie sieht umwerfend darin aus«, beeilte sich Jezz zu sagen, entschlossen, Marjoleens Kommentaren zuvorzukommen.

»Darin kann sie unmöglich gehen.« Marjoleen rümpfte andeutungsweise die Nase.

»Weshalb nicht?«, fragte Alison und lächelte gewohnt professionell höflich.

»Es macht nichts her«, sagte Marjoleen.

Jezz sah, wie Mara die Augen verdrehte.

»Das Kleid ist zu schlicht«, sagte Marjoleen. »So kann sie sich unmöglich an Gavins Seite zeigen. Immerhin heiratet sie in eine der traditionsreichsten und vermögendsten Familien Shetlands ein.«

Alison räusperte sich vernehmlich. »Ich verstehe. Aber bevor wir weiterdiskutieren, vergessen wir nicht, dass es der Tag der Braut ist. Also sollten wir zuerst Maras Meinung hören und diese respektieren. Mara, was sagst du? In erster Linie muss das Kleid dir gefallen.«

»Ich weiß nicht.« Mara musterte sich im Spiegel. Ihr Lächeln war verblasst. »Eigentlich finde ich es schon schön. Aber ich möchte Gavin keinesfalls enttäuschen.«

»Gut, dass du es einsiehst«, sagte Marjoleen. »Dieses Kleid solltest du nicht nehmen.«

Jezz wünschte sich ein Rolle Panzertape. Liebend gern hätte sie Marjoleen den Mund zugeklebt.

Mara und ihre Schwiegermutter tauschten Blicke. Die Stimmung zwischen ihnen war schon angespannt gewesen, als sie das True Love zusammen betreten hatten. Nun drohte sie endgültig zu kippen.

»Meine Damen, ich schlage Folgendes vor.« Alison lehnte sich zu Marjoleen hinüber und reichte ihr ein frisches Glas Champagner. »Nachdem wir die Kleider anprobiert haben, die Sie beide ausgesucht haben, würde ich Ihnen nun gern zeigen, was ich mir vorstelle. Selbstverständlich basiert mein Vorschlag auf dem, was Sie mir über Stil und Ablauf der Hochzeitsfeier berichtet haben. Ich denke, damit können wir sowohl der Braut gerecht werden als auch den Erwartungen, die auf dieser Hochzeit liegen.«

»Wie Sie meinen.« Marjoleen ließ sich zu einem schmalen Lächeln herab.

»Perfekte Idee«, sagte Mara.

Jezz bemerkte ein Beben in Maras Stimme und zwinkerte ihr hinter Marjoleens Rücken aufmunternd zu.

»Und hier nun das Kleid im viktorianischen Empire-Stil«, präsentierte Jezz wenig später das von Alison ausgewählte Modell. »Bei dem Stoff handelt es sich um hochwertigen Chiffon in gebrochenem Weiß. Es besticht durch Eleganz und Traditionsbewusstsein. Dank des hochdrapierten Oberteils und der hohen Taille fällt es sehr fließend.«

»Hm.« Marjoleen schob sich die perfekt sitzende Föhnfrisur zurecht.

Mara musterte sich seitlich im Spiegel, dann von vorne.

»Hm«, machte Marjoleen erneut.

Jezz verzog entnervt das Gesicht. Das Kleid sah an Mara atemberaubend aus. Und Marjoleen fiel nichts anders ein, als »Hm« zu murmeln?

»Hm. Eventuell könnte man sich das vorstellen.« Marjoleen nippte mit spitzen Lippen am Champagner. Mit elegant abgespreiztem Finger stellte sie das Glas beiseite. »Natürlich mit einem Schleier. Oder besser noch mit einer Schleppe. Drei bis vier Meter sollten genügen.«

Alison wandte sich an Mara. »Was sagst du dazu?«

»Schleier ja. Schleppe nein«, verkündete Mara entschieden.

Alison blickte zu Marjoleen hinüber. »Mrs Laurenson, sollen wir uns einmal ansehen, wie ein Schleier dazu passen würde?«

»Hm. Was mir an dem Kleid nicht gefällt, sind die fehlenden Ärmel.«

»Ja, und?«, entfuhr es Mara wütend. »Ich pfeif drauf! Sunnivas Kleid hatte auch keine Ärmel, sondern Spaghettiträger.«

Jezz schaute überrascht auf. Sie hatte sich schon die ganze Zeit gefragt, wie Mara es schaffte, so bemerkenswert geduldig zu bleiben.

»Hm.« Marjoleen hob eine Augenbraue. »Die liebe Sunniva konnte sich das auch leisten. Sie hat damals ein Jahr vor der Hochzeit damit begonnen, intensiv an ihrem Äußeren zu arbeiten. Ihre Figur war perfekt. Die Rundungen saßen genau da, wo sie sitzen sollten.«

»Meine Damen.« Alison hob die Hand. »So kommen wir nicht weiter. Dabei wollen wir im Grunde alle das Gleiche, und zwar, dass diese Hochzeit zu einem wunderbaren Erlebnis für alle wird. Darin sind wir uns sicher einig, oder?« Mit einem einnehmenden Lächeln blickte Alison in die Runde.

»Allerdings«, sagte Marjoleen und Mara nickte.

Alison fuhr fort. »Mrs Laurenson, ich gebe Ihnen recht. Der Name Ihrer Familie hat enorme Bedeutung auf Shetland. Diese Hochzeit wird ein Ereignis von großer Tragweite. Ich bin mir sicher, dass die *Shetland Times* darüber berichten wird, wenn nicht sogar die überregionalen Klatschblätter. Wir müssen daher in einem völlig anderen Rahmen denken als üblich.«

Jezz lehnte sich mit dem Rücken gegen die Balustrade und kniff gespannt die Augen zusammen. Alison plante etwas.

»Ich würde sogar so weit gehen zu sagen, wir müssen wesentlich größer denken als bei jeder Braut, die das True Love bisher ausstatten durfte. Mrs Laurenson, so leid es mir tut, ich fürchte, das True Love kann Ihnen derzeit kein Kleid bieten, das diesem großen Anlass gerecht wird.« Alison hielt den Blick konzentriert auf Marjoleen gerichtet.

Man hätte die berühmte Stecknadel fallen hören können.

Jezz sah zu Mara hinüber. Sie wirkte wie vor den Kopf gestoßen.

Marjoleen hob sehr langsam eine Augenbraue. »Alison, geben Sie mir gerade auf eine sehr höfliche Art zu verstehen, dass Sie uns als Kunden abweisen?«

»Nein«, sagte Alison und schien dabei völlig in sich zu ruhen. »Das tue ich nicht. Doch zu einer so hochkarätigen Hochzeit passt kein Kleid von der Stange. Aber wir haben Glück.« Alison lehnte sich entspannt zurück und schlug ein Bein über. »Jezz ist eine erstklassige Modedesignerin. Momentan verbringt sie eine künstlerische Auszeit auf Shetland, um Inspiration zu tanken. Es gibt bekanntlich kaum einen anderen Ort, an dem sich das besser tun ließe als hier.«

Jezz verschluckte sich und musste husten.

»Wenn wir Jezz sehr nett bitten, würde sie sich vielleicht bereit erklären, ein paar Entwürfe für dieses besondere Event zu machen und im Anschluss einen davon umzusetzen.«

Marjoleens Hände klammerten sich am Verschluss der Handtasche fest. Ansonsten hatte sie ihre Körpersprache bemerkenswert unter Kontrolle. Einzig das Leuchten in ihren Augen verriet, dass sie angebissen hatte. »Bravo, Alison, Sie haben das Problem erkannt. Ich halte Ihren Vorschlag für eine ausgezeichnete Idee.«

»Was meinst du, Mara?«, fragte Alison.

Mara griff nach einem der Diademe, die vor der Balustrade ausgestellt waren, und schlenderte gelangweilt auf Jezz zu. Ganz beiläufig blieb sie neben ihr stehen und betrachtete sich mitsamt Diadem im Spiegel. »Von mir aus«, seufzte sie und zupfte sich die Frisur zurecht. »Ich bin dabei.«

»Sag, du machst nur *einen* Entwurf«, raunte sie Jezz ins Ohr, dann spazierte sie wieder zu ihrem ursprünglichen Platz zurück und legte das Diadem weg.

Jezz musste sich das Grinsen verkneifen.

»Jezz«, sagte Alison ausgesucht liebenswürdig. »Was sagst du? Ich weiß, wie wichtig dir deine Auszeit ist, aber könntest du dir in diesem besonderen Fall vorstellen, eine Ausnahme zu machen?«

Jezz verschränkte mit einem Stöhnen die Arme vor der Brust. Ausdruckslos starrte sie ins Leere. »Na schön. Ein Entwurf. Mehr nicht.«

Es wirkte, als wollte Marjoleen protestieren, aber dann ließ sie sich zurück in den Sessel sinken und nickte. »Gut. Sie sind die Designerin. Wir vertrauen auf Ihr Können.«

»Wunderbar«, sagte Alison. »Mrs Laurenson, vielleicht möchten Sie ja noch einige unserer Brautmagazine durchblättern, während Mara sich umzieht? Dann können wir im Anschluss gleich einen neuen Termin vereinbaren.«

»Marjoleen, entschuldige, aber du brauchst nicht auf mich zu warten«, sagte Mara. »Ich habe noch etwas in der Stadt zu erledigen. Fahr doch schon mal ohne mich nach Hause. Ich sage Gavin Bescheid, dass er mich später abholt.«

»Schade, dass es heute mit uns nicht klappt«, meinte Jezz kurz darauf, als sie hinter Mara im Ankleidebereich stand und ihr half, aus dem Brautkleid zu steigen. »Ich hatte mich auf Tee und Kuchen mit dir gefreut.«

»Und was glaubst du, was wir jetzt machen?« Mara warf ihr über den Spiegel hinweg ein breites Grinsen zu. »Teetrinken natürlich! Ich konnte nur Marjoleen nicht mehr ertragen.«

»Verstehe ich.«

»Lass uns so schnell wie möglich verschwinden.« Das Brautkleid glitt mit einem Rascheln von Maras Schultern. »Übrigens cool, dass du gleich gecheckt hast, was ich von dir wollte.«

»Wir beide zusammen sind ziemlich clever.«

»Diesmal geben wir ihr keine Chance, herumzumeckern.« Mara grinste zufrieden und zog sich ihr T-Shirt an.

»Juhu!« Jezz schleuderte ausgelassen die Fäuste in die Luft. Ihr war nach Singen, Tanzen und Lachen. »Juhu! Sorry, aber das musste jetzt sein. Mensch, Mara, ich kann es noch gar nicht glauben! Ich darf dein Hochzeitskleid nähen. Ist das nicht der Oberhammer? Ich krieg mich gar nicht mehr ein vor Freude. Moment mal.« Sie hielt mitten im Jubeln inne und warf Mara einen fragenden Blick zu. »Ist das überhaupt in Ordnung für dich?«

»Was ist denn das für eine dusslige Frage?« Mara öffnete weit die Arme. »Komm her, lass dich drücken.«

»Ich verspreche dir, du bekommst das schönste Brautkleid aller Zeiten, selbst wenn ich dafür nächtelang an den Entwürfen sitze. Wir überlegen gemeinsam, in welche Richtung es gehen soll, und dann bombardiere ich dich mit Entwürfen, bis dein Traumkleid dabei ist.«

»Wir werden so viel Spaß haben.«

»Das werden wir.« Jezz seufzte. »Kann das Leben überhaupt noch schöner werden, als es schon ist?«

Kapitel 23

»Was meinst du, Thor, würde ihr das gefallen?« Magnie stand mit schräg geneigtem Kopf vor dem Schaufenster des Camera Shops in Lerwicks Commercial Road und betrachtete die Poster. Natürlich war auch eine Aufnahme von ihm und seinem Squad dabei, momentan lächelte er sich selbst an fast jeder Ecke entgegen. Aber das war es nicht, was seine Aufmerksamkeit fesselte, sondern das Poster daneben. Das Bild hatte es ihm besonders angetan. Ein Foto der Aurora borealis, entstanden am Bains Beach, neben den Lodberries, den ins Wasser gebauten alten Lagerhäusern. Er kannte den Blick gut. Die annähernd gleiche Szene bot sich ihm jeden Morgen, wenn er beim Kaffeekochen aus dem Küchenfenster starrte, nur eben ohne die Mirrie Dancers. Wie hatte der Fotograf das nur gemacht, fragte Magnie sich verwundert und verrenkte den Hals noch ein bisschen weiter. Das Fischerboot auf dem Strand im Vordergrund schien mit einer Taschenlampe angestrahlt worden zu sein, das weiß gestrichene Heck leuchtete hell aus der Aufnahme hervor. Der Hintergrund hingegen war dunkel. Grünes Nordlicht fiel wie ein im Wind wehender Vorhang vom Himmel und spiegelte sich im Meer. Das Wasser schien das Licht aufzufangen und zu verstärken, sodass es aussah, als würde die Nordsee von der

Tiefe aus grünlich leuchten, mit der Kraft von Abertausenden von Ampere. Magnie strich sich gedankenverloren den Bart. Er hatte selten etwas so Schönes gesehen.

»Ob wir es kaufen und Jezz schenken sollen?« Magnie warf Thor einen fragenden Blick zu.

Thor stupste mit der feuchten Nase gegen Magnies Hand. Dazu gähnte er, wie immer, wenn er verlegen war.

»Du findest es übertrieben?«

Thor blickte aus seelenvollen Augen zu ihm auf.

»Na ja. Wahrscheinlich hast du recht. Ich dachte nur. So als Erinnerung, weißt du. Sie liebt Polarlichter.« Er zuckte die Schultern. »Okay, du hast recht, wer tut das nicht?«

Thor wurde unruhig. Offenbar hatte er keine Lust mehr, über Magnies romantische Anwandlung zu diskutieren.

»Sicher würde sie es in den falschen Hals bekommen. Sie würde denken, ich schenke es ihr, weil sie so viel durchgemacht hat. Dabei braucht Jezz kein Mitgefühl. Sie braucht etwas ganz anderes, nämlich … Thor! Verflixt, hör auf zu ziehen. Ist ja gut, wir gehen weiter.«

Irgendetwas stimmte mit Thor nicht. Er zerrte nach Leibeskräften an der Leine. Magnie sah sich um, ob ein anderer Hund in der Nähe war, dessen Geruch Thor in die Nase bekommen hatte. Thor war verrückt nach Hundegesellschaft, allerdings konnte Magnie keinen anderen Vierbeiner entdecken.

Ein paar Meter die Straße entlang begriff Magnie, was los war. Er blieb stehen und hob die Hand.

»Jezz! Mara!«

Ein Grinsen zuckte um seine Mundwinkel. Wenn man vom Teufel sprach, ging es ihm durch den Kopf. Da hatte er eben noch an Jezz gedacht, und nun kam sie ihm entgegen.

Wobei. So groß war der Zufall eigentlich nicht.

Was ihn zuvor auf die Idee gebracht hatte, durch die Commercial Road zu laufen, wo kurz vor Feierabend eine gewisse

Wahrscheinlichkeit bestand, auf Jezz zu treffen, konnte er nicht sagen. Ebenso wenig konnte er sich erklären, warum sie ihm seit dem Abend in Alisons Haus nicht mehr aus dem Kopf ging.

Und hier war sie und lächelte ihn mit ihren großen, dunklen Rehaugen an. »Hi, Magnie, du schon wieder? Sag mal, stalkst du mich eigentlich?«

Verlegen kratzte er sich den Nacken. »Momentan laufen wir uns anscheinend ständig über den Weg.«

»Mara kennst du noch von eurer letzten Begegnung, nicht wahr?« Jezz beugte sich über Thor und kraulte ihm die Ohren.

»Klar«, erwiderte Magnie und tauschte ein paar Begrüßungsworte mit Mara, während Thor weiter an der Leine zerrte, um Jezz zu begrüßen. Er musste dringend an Thors Erziehung arbeiten. Sobald der Trubel um Up Helly Aa vorbei war.

»Himmel noch mal! Sitz«, rief er mit einer Schärfe, die ihn selbst überraschte. Thor hob verwundert die Ohren, reagierte dann sofort.

»Na bitte, geht doch.« Er suchte Jezz' Blick. »Bleibt es dabei? Du bist bei dem Ausflug übermorgen dabei?«

Auf Jezz' Stirn erschien wieder diese Falte, deretwegen er sie aufgezogen hatte und die er insgeheim ziemlich sexy fand. Sie verlieh ihrem Gesichtsausdruck einen ganz eigenen, charakteristischen Zug. Jezz eben. Das Beste dabei war, dass ihr nicht einmal bewusst war, wie sehr ihre Stirn ständig in Bewegung war. Ganz besonders ihre Augenbrauen schienen ein Eigenleben zu führen. Sie gliederten Jezz' Sätze wie Punkte und Kommas in einem Buch. Manchmal erinnerten sie auch an Frage- oder Ausrufezeichen.

»Ich frage Alison, ob sie mich etwas früher gehen lässt.« Nachdenkliche Fragezeichen auf Jezz Stirn. »Aber ich denke, dass sie nichts dagegen hat. Vor allem, nachdem wir ein ganzes Wochenende die Zwillinge gehütet haben.« Aus den Fragezeichen wurden Ausrufezeichen.

Magnie ertappte sich dabei, Jezz mit einem seltsamen Dauergrinsen anzusehen, und riss sich zusammen. »Treffen wir uns um siebzehn Uhr am King Olav? Oder soll ich dich am True Love abholen?«

»Danke. Ich finde den Weg. Muss ich vorher eine Geheimhaltungsklausel unterzeichnen?« Die Augenbrauen wanderten spöttisch auf und ab.

»Bei dir mache ich eine Ausnahme.«

»Du hast wirklich einen Haufen Glück, dass ich nicht bestechlich bin.«

»Jeder ist bestechlich, glaub mir.«

»So? Ich tatsächlich eigentlich nicht.«

»Das glaubst du nur.«

»Angeber. Musst du immer das letzte Wort haben?« Sie verschränkte die Arme vor der Brust.

»Komm schon, du liebst es, mit mir zu streiten. Außerdem brauchst du jemand, der dich herausfordert.«

»Ach ja?«

Er musste grinsen. »Du machst schon wieder diese Falte.«

»Tu ich nicht!«

»Doch, tust du«, sagte Mara sichtlich belustigt, die das Gespräch schweigend verfolgt hatte. »Komisch. Wenn du mit mir redest, machst du das nicht.«

»Danke, Mara. Sehr hilfreich.« Jezz' Augenbrauen hüpften auf und ab. »Wenn wir noch in die Chocolaterie am Market Square gehen wollen, sollten wir uns beeilen.«

»Lasst euch nicht aufhalten. Dann bis übermorgen, Jezz. War schön, dich zu sehen, Mara.« Mit einem Lächeln verabschiedete er sich von den beiden. »Komm, Thor, wir gehen zum Hafen. Möwen ärgern.«

Magnie stapfte los, Thor ging lammfromm neben ihm her. Verwundert schüttelte er den Kopf. Hielt Jezz ihn tatsächlich für einen Angeber? Dabei hatte er gedacht, dass sie ihn inzwischen besser kannte. Das Wochenende mit den Zwillingen hatte eine Verbindung zwischen ihnen geschaffen. Als sie gemeinsam die Polarlichter beobachtet hatten, hatte es sich zumindest so angefühlt.

Okay, dachte er mit einem Anflug von schlechtem Gewissen und schob seine Hände etwas tiefer in die Manteltaschen. Er hätte nicht so weit gehen dürfen, sie zu küssen. Und ja, im Nachhinein konnte er von Glück reden, dass seine kleine Nichte dazwischengeplatzt war und ihn vor einer Riesendummheit bewahrt hatte. Viel länger hätte er sich nicht mehr beherrschen können. Jezz hatte dieses gewisse Etwas, von dem Ted gesprochen. Allerdings gehörte sie zu den Frauen, mit denen man nicht einfach so eine Affäre hatte. Jezz konnte einem wirklich unter die Haut gehen. Wenn er ehrlich war, musste er sich eingestehen, dass sie eine Saite in ihm zum Schwingen brachte, von der er überhaupt nicht gewusst hatte, dass er sie besaß. Nachdenklich schüttelte er den Kopf. Ziemlich verrückt, das Ganze.

Er hielt Thor eng neben sich, als er die Esplanade überquerte. Zur Rushhour herrschte reger Verkehr. Die roten Rücklichter der Autos wanden sich am Horizont stadtauswärts den Hügel hinauf. Am Pier blieb er stehen und ließ Thor von der Leine. Schwanzwedelnd lief der Hund vor ihm her, die Nase knapp über dem Boden, der voll verlockender Gerüche zu sein schien.

Mit einem tiefen Ausatmen schlug Magnie den Jackenkragen gegen den böigen Wind hoch und wischte die Vision von Jezz und sich in einer Beziehung beiseite. Dafür war momentan kein Platz in seinem Leben.

Seine Verpflichtungen im Komitee reichten noch weit über Up Helly Aa hinaus. Er würde keinen Moment davon später missen wollen. Es war ein riesiges Abenteuer, Guizer Jarl zu sein. Das größte überhaupt. Eines, das er so nie wieder erleben würde.

Es wäre idiotisch gewesen, sich jetzt zu verlieben.

KAPITEL 24

»*Wow!* Das ist ja *fancy*!« Jezz stand zusammen mit Mara in der Chocolaterie am Market Square und bekam runde Augen beim Anblick der vielen Pralinen in der Vitrine. Leise Musik spielte im Hintergrund. In der Luft lag dieser ganz besondere Duft nach Schokolade, der bereits beim bloßen Einatmen glücklich macht. Sie deutete auf ein Tablett sorgsam arrangierter, glänzender Halbkugeln. »Die Pralinen sehen aus wie bunte, halbierte Murmeln. Schau mal, die da drüben haben grüne Streifen.«

»Die Sorte heißt Mirrie Dancer. Also stellen die grünen Streifen Polarlichter dar«, erklärte Mara begeistert. »Schau mal, es gibt auch welche in Gold mit blauen oder roten Sprenkeln und ganz kunterbunte.«

»Wie das duftet!« Jezz schnupperte genießerisch. »Die Geschmacksrichtungen sind abgefahren. Smoked Shetland Sea Salt Caramel, Passionsfrucht mit Shetland-Honig … Boah, wie soll man sich denn da entscheiden?«

»Schau mal hier.« Mara packte sie am Ellbogen und zog sie zu einem antiken Holzregal. Kichernd deutete sie auf würfelförmige Plastikschächtelchen. »Wikingerhelme! Aus Schokolade. Das wäre doch was für Magnie, oder?«

Jezz lachte hell auf. »Wenn er das sieht, kauft er die gesamte Jahresproduktion und wirft sie beim Umzug von der Galeere aus in die Menge, du weißt schon, so wie beim Rosenmontagsumzug.«

»Ich sehe es bildlich vor mir.« Mara zog die Nase kraus.

»Komm, ich spendiere uns den Tee. Oder warte mal, wie wäre es damit?« Sie deutete auf ein Schild neben einem Teller voller Schokoladenkugeln. »Das da ist Trinkschokolade. Die Kugeln gibt man in heiße Milch.«

»Geil! Das müssen wir probieren.« Mara runzelte die Stirn. Sie wirkte eindeutig überfordert. »Was nehme ich denn? Das sieht alles super aus. Ha! Ich hab's. Dunkle Schokolade mit Mini-Marshmallows. Und du?«

»Ich nehme weiße Schokolade mit Matcha«, sagte Jezz und bestellte.

Kurz darauf saß sie mit Mara in dem gemütlich in Weiß- und Brauntönen gehaltenen Nebenzimmer an einem der Tische und beobachtete, wie sich die Schokobomben in der heißen Milch auflösten und dabei einen himmlischen Duft verbreiteten.

»Jetzt erzähl.« Mara lehnte sich mit einem vielsagenden Lächeln zurück. »Das muss ja eine wahnsinnig romantische Nacht gewesen sein. Magnie, die Polarlichter und du. Zumindest klang es so in deiner WhatsApp. Was für ein verrückter Zufall! Magnie hatte also keine Ahnung, dass du bereits zugesagt hattest, auf die Zwillinge aufzupassen?«

»Nein. Alison und er haben offenbar völlig aneinander vorbeigeredet.« Jezz tupfte sich mit einer Papierserviette etwas Milch von der Lippe und berichtete. Als sie zu Ende erzählt hatte, warf Mara ihr einen entgeisterten Blick zu. »Erst unternehmt ihr was-weiß-ich-wie-viele Anläufe, bis es mal zu einem Kuss zwischen euch kommt. Dann geht ihr endlich aufs Ganze und ausgerechnet da platzt Alisons Kleine dazwischen?«

»Das Problem ist, dass ich gar nicht vorhatte, Magnie wiederzusehen«, erwiderte Jezz. »Geschweige denn, ihn zu küssen.«

»Wirklich? Ich weiß noch letztes Jahr, da hast du dich mit Vollgas in die Dates gestürzt.«

»O Gott, erinnere mich bloß nicht daran.« Jezz sträubten sich vor Gruseln die Nackenhaare, als sie an die Phase dachte, in der Lisa und sie die Theorie hatten, dass man sieben miserable Verabredungen hinter sich bringen musste, bevor man beim Richtigen landete. »Die Dates waren unterirdisch. Ein Reinfall nach dem anderen.«

»Ja, aber das meinte ich nicht.«

»Sondern?«

»Ich meinte deine damalige Einstellung. Die war viel lockerer.« Mara kräuselte die Nase, wie immer, wenn sie nachdachte. »Ich weiß noch, wie wir auf dieser Party waren und du einfach auf die Männer, die du cool fandest, zugegangen bist und sie gefragt hast, ob sie dich küssen wollten.«

»Ja, und? Was war daran verkehrt?« Betont unschuldig zuckte Jezz die Achseln.

»Nichts, außer dass man sich normalerweise erst vorstellt, dann ins Gespräch kommt und sich im späteren Verlauf des Abends eventuell küsst. Nicht umgekehrt.«

»Na, wenigstens spart es Zeit«, verteidigte sich Jezz. »Damit waren neunzig Prozent der Single-Männer schon mal aus dem Rennen.«

»Schön, aber warum bist du dann bei Magnie so zurückhaltend?«

Jezz schnappte nach Luft. Gute Frage. Warum eigentlich? Sie starrte in ihre Tasse. Die Schokokugel hatte sich aufgelöst, es duftete nach Zimt.

»Weil er der Falsche ist.« Langsam blickte sie auf.

»Sorry, aber den Eindruck hat es auf mich gerade nicht gemacht. Wie ihr beide euch vorhin angelächelt habt …« Mara sah sie durchdringend an. »Das war schon ziemlich eindeutig. Warum macht ihr es so kompliziert?«

»Weil es kompliziert ist«, behauptete sie finster und spürte ein Schlingern im Magen.

»Definiere kompliziert.«

Jezz zuckte die Schultern.

»Komm schon, Jezz. Liebe ist immer kompliziert.« Mara richtete sich auf. Sie hatte diesen Wir-finden-schon-eine-Lösung-Blick aufgesetzt. Jezz schwante nichts Gutes. Wie sie ihre Freundin kannte, würde sie keine Ruhe geben, bis sie das Gefühl hatte, zumindest ansatzweise zur Ideenfindung beigetragen zu haben. Damit verdoppelte sich quasi das Problem, wenn man wie Jezz nicht nach einer Lösung suchte.

Eine unbehagliche Pause entstand, in der Jezz an ihrer Tasse nippte und nach einer Erklärung suchte, die es nicht gab. Magnie und sie, das war einfach von Anfang an so verdreht.

»Es ist wegen Alisons Partnervermittlung«, meinte sie schließlich.

»Ha! Verstehe. Alison hat ein Dating-Profil für dich angelegt und jetzt hast du noch andere Eisen im Feuer«, schlussfolgerte Mara blitzschnell und musterte Jezz neugierig.

Jezz schüttelte den Kopf. »Nein. Ich meinte die Theorie dahinter. Du weißt schon. Wenn Mr Right Mr Wrong ist, dann …«

»… dann muss Mr Wrong folglich Mr Right sein«, fiel Mara ihr ins Wort. Zwei, drei Sekunden lang herrschte Stille. Dann schlug Mara sich mit der flachen Hand vor die Stirn. »Ahh! Jetzt hab ich's! Also ist Magnie der Richtige, weil er der Falsche ist, und ihr beide seid im Grunde füreinander geschaffen. O mein Gott! Ist das kompliziert!«

Jezz lachte hysterisch auf. Aus Maras Mund zu hören, Magnie und sie seien perfekt füreinander, klang einfach nur schräg. Ihr wurde schlagartig heiß, was wohl an dem vielen Zimt im

Matcha lag. Oder daran, dass die Vorstellung von Magnie und ihr als Paar vollkommen absurd war. »Kompliziert ist kein Ausdruck. Magnie treibt mich in den Wahnsinn. Wenn er nicht so ein fürchterlicher Angeber wäre … Und dann hat er wieder unerwartet süße Momente. Es ist zum Aus-der-Haut-Fahren mit ihm. Das war es schon vom ersten Moment an.« Entnervt fächelte sie mit der Getränkekarte vor ihrem Gesicht herum.

»Klingt nach Gefühlschaos.« Mara seufzte.

Jezz warf die Karte zurück auf den Tisch. Sie starrte Mara schweigend an. »Erinnerst du dich an ›Liebe braucht keine Ferien‹?«

»Du meinst den Film?«

Jezz nickte. Sie legte die Hände auf den Tisch. Ihre Daumen kreisten umeinander. »Da gibt es diese Szene, in der Kate Winslet auf den netten Opi trifft, der Filmproduzent in Hollywood war und der ihr erklärt, was ein *Meet Cute* ist.«

»Tut mir leid, so genau habe ich das nicht im Kopf.«

»Das *Meet Cute* ist der romantische Moment im Film, in dem sich Heldin und Held zum ersten Mal begegnen.« Jezz hörte auf, mit den Daumen zu kreisen. Ihr Blick schweifte im Café umher, auf der Suche nach einer Idee, wie sie es erklären konnte. »Zum Beispiel, weil die Heldin spätabends in den Supermarkt geht, um sich ihre ganz besondere Lieblingsschokolade zu kaufen. Sie hat fürchterlichen Liebeskummer und will sich trösten. Und da steht ER vor dem Regal und hat gerade die letzte Tafel Zartbitter in der Hand. Beide sehen sich in die Augen und dann … Boom!« Jezz warf die Hände zur Untermalung in die Luft.

»Aha!« Mara kratzte sich am Kopf. »Und bei euch hat es nicht ›Boom‹ gemacht.«

»Doch, aber anders.« Jezz schnappte sich wieder die Karte und bog sie zwischen den Händen. »Es war Abneigung auf den ersten Blick, zumindest von meiner Seite. Dieses großkotzige

Getue, mit dem er den Flieger betrat. In einer Lautstärke, dass es wirklich jeder mitbekommen musste. Du hättest es erleben müssen. Als wir uns am Flughafen verabschiedeten, war ich so was von erleichtert, weil ich dachte, den Typen sehe ich nie wieder. Und dann? Was passiert?« Jezz blies frustriert durch die Backen. »Es ist wie verhext. Nicht nur, dass wir uns ständig über den Weg laufen, nein, er ist auch noch der Bruder meiner Chefin. Ausgerechnet. Das ist doch irre!«

Jezz lehnte sich zurück und starrte auf die verbogene Karte. Geistesabwesend strich sie sie mit dem Daumen glatt.

»Es hat dich voll erwischt«, sagte Mara.

Jezz zuckte die Schultern.

»Ha, schau dich an, das ist der Beweis!« Mara trommelte triumphierend mit den Fingern auf dem Tisch herum. »Warum würdest du sonst so ein Gesicht ziehen?«

»Was für ein Gesicht mache ich denn?«

»Verkniffen. Angestrengt. Als wüsstest du nicht vor oder zurück.« Mara stieß hörbar die Luft aus. »Ihr beide tanzt Disco-fox, ein Schritt vor, zwei zurück.«

»Ich weiß ja noch nicht einmal, ob ich einen Schritt vor-wärts machen möchte.« Jezz seufzte.

»Du weißt nicht, ob du dich auf Magnie einlassen willst, weil er verkatert neben dir im Flieger saß und er dich auf dem falschen Fuß erwischt hat?«

»Nein.« Jezz nagte an ihrer Unterlippe. »Aber von Männern wie ihm sollte man besser die Finger lassen.«

»Was heißt das, ›Männer wie er‹?«, fragte Mara sanft. »Was meinst du denn damit?«

»Egal.« Jezz wusste, dass es unhöflich klang, aber sie hatte Basti zu sehr aus ihren Erinnerungen verdrängt, um über ihn sprechen zu wollen.

»Jezz?«

»Hm.«

213

»Warum redest du nie darüber?«

»Über was?«

»Über den Mann, der dir anscheinend irgendwann einmal sehr wehgetan hat.«

»Warum sollte ich?«

»Vielleicht, weil es dann leichter wird?«

Jezz rutschte auf ihrem Stuhl herum. Schließlich stieß sie die Luft aus. »Ich wurde abserviert. Mit einem Fußtritt. Auf die mieseste Art, die man sich denken kann.« Sie hob das Kinn und sah Mara in die Augen. »Reicht das?«

Maras Schultern sackten herab. Sie warf Jezz einen mitfühlenden Blick zu. »Scheiße.«

»Du sagst es.«

Mara schob ihre Tasse auf der Untertasse hin und her. »Dieser Anprobetermin heute …« Sie unterbrach sich und schüttelte den Kopf. »Ich hatte solchen Schiss davor. Ich dachte, ich kann das nicht. In Erinnerung sah ich mich wieder in dem Brautmodenladen in München stehen. In Schwarz gekleidet, über dem Arm mein Brautkleid. Und dann die ungläubigen Blicke der Verkäuferinnen, als ich ihnen erzählte, dass mein Verlobter tödlich verunglückt war.« Mara verstummte und biss sich auf die Lippe. »Weißt du, dass ich schlaflose Nächte hatte, aus Angst vor dem Termin heute?«

»Hattest du?« Jezz lehnte sich verwundert zurück.

»Und wie! Du kennst doch das Sprichwort vom Baden in demselben Fluss. Ich dachte, all die schrecklichen Erinnerungen würden wieder hochkommen. Aber dank Marjoleen kam alles anders. Mit ihr war die Anprobe keine einzige Sekunde so wie damals, weil Marjoleen einfach schrecklich ist. Und damit hat sie mich von meinen düsteren Gedanken abgelenkt. Man kann nicht stinkesauer sein und gleichzeitig in Selbstmitleid baden.«

Jezz musste lachen.

»Mit Magnie ist es ähnlich.« Mara reichte über den Tisch und berührte Jezz' Arm.

»Wie meinst du das?«

»Na ja, du kannst eben nicht zwei Mal in denselben Fluss steigen. Es ist immer ein anderer. Magnie erinnert dich in manchen Punkten an deinen Ex-Freund, aber er ist jemand anderes. Also kannst du mit Magnie nicht denselben Reinfall erleben.«

»Aber dafür einen anderen.« Jezz runzelte die Stirn.

»Schon, aber das weiß man erst, wenn man es versucht. Komm mal aus deiner Deckung raus. Du regst dich schrecklich über Magnie auf, dabei willst du nicht wahrhaben, dass du Hals über Kopf in ihn verliebt bist.« Maras Blick wurde eindringlich. »Das bist nicht du, Jezz. Wo ist die coole, geradlinige und selbstbewusste Frau geblieben, die ich kenne? Diejenige, die sich etwas traut und Dinge anpackt?«

»Keine Ahnung«, erwiderte Jezz finster.

»Er hat dir ganz schön den Kopf verdreht, oder?«

»Nicht nur den Kopf, ich fühle mich wie …« Jezz überlegte und schüttelte den Kopf. »Du kennst doch diese Holzkreisel? Die Dinger mit der Schnur dran. Ein fester Ruck und dann dreht sich der Kreisel. Und dreht sich und dreht sich, weiter und weiter und weiter. Genauso geht es mir mit Magnie. Er zieht den Faden und ich dreh mich und dreh mich und dreh mich. Und am Ende weiß ich nicht mehr, wo hinten und vorne ist.«

»Dann packst du Magnie am besten an den beiden Hörnern seines Wikingerhelms und redest Klartext mit ihm. So lange, bis du wieder weißt, wo hinten und vorne ist. Erzähl ihm von deinen Gefühlen und finde heraus, was du wirklich willst.«

»Mit Magnie über meine Gefühle reden? Wo ich noch nicht einmal weiß, wie er zu dem Thema Beziehung steht?« Jezz verzog skeptisch das Gesicht. »Klingt verrückt.«

»Vielleicht ist es nicht verrückt, sondern einfach nur unheimlich erwachsen und schlau«, erwiderte Mara. »Und versuch bitte nicht, mir einzureden, dass du zu verletzt von deinem Ex-Freund bist, um offen für Magnie zu sein. Du bist eine starke Frau, also bilde dir bloß nicht ein, dass ich dir das abkaufe. Sammle dich, atme durch und dann sag Magnie, was du für ihn empfindest. Das würdest du sonst doch auch tun.«

Jezz legte den Kopf in den Nacken. Sie brauchte eine Weile, um alles sacken zu lassen, aber was Mara sagte, ergab Sinn. Es mochte bequemer sein, sich um das Gespräch zu drücken, aber andererseits hatte sie gespürt, dass da mehr war zwischen Magnie und ihr. Mehr als ein Kuss, mehr als rein körperliches Verlangen.

Bequem war keine Lösung, um glücklich zu sein. Außerdem bedeutete es in ihrem Fall feige. Mit einem hörbaren Ausatmen lehnte sie sich vor.

»Hast recht.« Sie pustete sich übertrieben den Pony aus der Stirn. »Wann bist du denn so weise geworden?«

»Muss an der Schokolade liegen.« Mara deutete auf die leere Tasse und lächelte verschmitzt. »Ob wir wohl kurz vor Ladenschluss noch Nachschlag bekommen, wenn wir sehr nett darum bitten?«

KAPITEL 25

Der Tag des Ausflugs war gekommen. Als Jezz völlig abgehetzt vor dem King Olav eintraf, herrschte ausgelassene Stimmung. Die Bewohner drängten sich im windgeschützten Eingang des Seniorenheims. Der Bus war noch nicht da, alle redeten durcheinander. Gary stand mit roter Mütze und ausgebeulter Cordhose neben einer älteren Dame im Rollstuhl und erzählte irgendetwas, woraufhin alle lachten. Magnie hatte seine Tante Betty untergefasst. Schwester Angelica rannte mit einem Klemmbrett in der Hand umher und versuchte abzuhaken, ob alle da waren, was ziemlich anstrengend schien. Jezz war froh, nicht mit ihr tauschen zu müssen.

»Hi, Jezz, ich hatte schon Angst, du kommst nicht«, begrüßte Magnie sie.

»Sorry, ich konnte nicht früher aus dem Laden weg. Puh, der Hügel ist ganz schön steil.« Sie stemmte die Hände in die Taille und holte Luft.

»Hier. Für dich.« Magnie zog eine braune Papiertüte aus seiner Jackentasche und überreichte sie Jezz.

»Für mich? Wie komme ich denn zu dieser Ehre?« Ihre Augenbrauen zuckten überrascht in die Höhe.

Ein wenig verlegen schob Magnie sich die Wollmütze in den Nacken. »Ich habe es vorhin in der Auslage des Peerie Shops entdeckt und musste an dich denken.«

»Ein gestrickter Wikingerhelm? Mit Hörnern?« Jezz betrachtete verwundert die feste graue Wollmütze mit den Hörnern aus weißem Strick. Grinsend blickte sie zu Magnie auf. »Was genau möchtest du mir damit sagen?«

Magnie grinste ebenfalls. »Ich dachte, es würde dir helfen, das richtige Feeling zu entwickeln. Setz mal auf, es steht dir bestimmt.«

»Schöne Menschen können alles tragen«, behauptete Jezz frech und stülpte sich das Ding über die Haare. Mit einem souveränen Lächeln legte sie eine Hand unter das Kinn, als wollte sie sich für das Titelbild der *Vogue* in Positur schmeißen. »Umwerfend, oder?«

»Absolut. Darf ich ein Foto von dir machen?«

»Vergiss es.«

»Dann vielleicht ein Selfie von uns beiden?«

»Von mir aus. Aber verkauf es bitte nicht an die Presse.«

»Schade. Die würden ein Heidengeld dafür bieten.« Magnie legte den Arm um sie und zückte das Handy.

»Warte«, sagte er und strich ihr eine Haarsträhne zurück, die unter dem Strickhelm hervorschaute. Dann lehnte er seinen Kopf gegen ihren. Jezz durchfuhr ein Schauer. Wie war das möglich? Wie konnte eine einzige flüchtige Berührung so sinnlich sein?

Dann war der Moment vorbei und Magnie packte das Handy in seine Jackentasche. »Hey. Da kommt der Bus!«

Jezz zuckte belanglos die Schultern. »Dann gebe ich dir dein Geschenk eben später.«

»Wie? Du hast auch etwas für mich? Woher weißt du, dass ich Geschenke liebe?« Er wackelte so albern mit den Augenbrauen, dass er sie mit Sicherheit schon wieder auf den Arm nahm.

Jezz bemühte sich tapfer, keine Miene zu verziehen. »Keine Ahnung. Gedankenübertragung vielleicht? Ich habe ziemlich guten Empfang, musst du wissen.« Sie deutete auf die Hörner an ihrem gestrickten Helm.

»Cool. Ich wollte schon immer mal jemand kennenlernen, der über geheime Superkräfte verfügt. Verrätst du mir, was mein Geschenk ist?«

»Warte ab«, meinte Jezz mit Verschwörermiene. »Du wirst es lieben.«

Es hupte und der Bus fuhr vor. Jezz entdeckte Ted hinter dem Steuer und winkte ihm zu. Ted ließ die Tür aufgehen und reichte den älteren Herrschaften zum Einsteigen die Hand.

»Hi, Jezz«, begrüßte er sie.

»Hi, Ted. Dass du einen Rettungswagen steuern kannst, wusste ich. Aber einen Bus? *Wow!*« Sie verzog anerkennend das Gesicht.

»Ich habe eine Zeit lang nebenbei als Busfahrer gejobbt. Als Pizzafahrer und Hausmeister auch.« Ted zuckte die Schultern, als wäre nichts weiter dabei. Auf Shetland hatten die meisten Leute mehrere Jobs, wie Jezz inzwischen wusste. Er deutete den Gang hinunter. »Der Platz neben Gary ist frei. Er freut sich bestimmt, wenn du dich zu ihm setzt.«

»Schön, dass du dabei bist, Mädel.« Gary zwinkerte und nahm seine Mütze vom Sitz, um Platz für Jezz zu machen. »Du musst uns für ganz schön verrückt halten, oder? Ein Wikingerschiff bauen und dann abfackeln und das ganze Brimborium darum herum, nur um zu feiern, dass der Winter zu Ende geht. Vermutlich würde es reichen, ein paar Raketen abzuschießen, und das war's dann. Aber nicht auf Shetland. Wir sind aus einem anderen Holz geschnitzt.« Er nickte stolz mit dem Kopf.

»Das stimmt, Gary. Das habe ich inzwischen mitbekommen.« Jezz kletterte auf den Sitz. Schwester Angelica warf einen letzten prüfenden Blick über die Reihen. Dann hob sie den Daumen und Ted startete den Motor.

»Die tausend Leutchen, die beim Festzug mit Fackeln mitmarschieren, sind nur die Spitze des Eisbergs«, fuhr Gary fort.

»Aha.«

»Ja. Hinter den Kulissen arbeitet ganz Lerwick mit. Manager, Bankiers, Bäcker, Straßenkehrer, Ärzte, quer durch alle Berufs- und Altersschichten. Alle kommen zusammen, dabei leben alte Freundschaften auf und neue entstehen. Jeder ist mit vollem Eifer bei den Vorbereitungen dabei. Am Tag des Festes herrscht eine Wahnsinnsstimmung in der Stadt. Stell dir nur die riesige Party vor. Wer würde da nicht gern dabei sein?«

Jezz wiegte unschlüssig den Kopf. »Na ja. Um ehrlich zu sein, finde ich es immer noch reichlich schräg. Warum lässt man ein Schiff in Flammen aufgehen, wenn so viel Arbeit darin steckt, es zu bauen?«

»Das ist nicht der springende Punkt«, erwiderte Gary. »Es geht um das Gefühl.«

Jezz überlegte, aber sie begriff beim besten Willen nicht, was Gary ihr damit sagen wollte. »Der Anblick der Flammen also? Die vielen Fackeln?«

Gary schüttelte milde den Kopf.

»Die Hitze des Feuers?«, rätselte sie weiter. »Die Party danach?«

»Du liegst völlig daneben.« Gary schloss die Hände um den Knauf des Gehstocks, den er zwischen den Knien hielt. »Denk mal nach. Als du ein Kind warst, gab es da ein Erlebnis, das dir heute noch Gänsehaut verursacht, wenn du daran denkst?«

»Da gab's sicher einige.«

Gary maß sie mit zusammengekniffenen Augen. »Komm mir nicht mit Weihnachten, Geburtstag und dem ganzen Plunder. Ich meine ein Erlebnis, das dich die Welt um dich herum vergessen ließ und dich so glücklich machte, dass dir schwindlig davon wurde. Denk nach!«

Schweigend starrte Jezz aus dem Fenster. Draußen huschten die Lichter der Straßenlaternen vorbei.

»Da war wirklich etwas«, meinte Jezz schließlich und suchte Garys Blick. »Ich weiß nicht, wie alt ich war, aber jemand hatte die Idee, dass das ganze Dorf gemeinsam Drachen steigen lassen sollte. Also hat mein Vater zusammen mit mir in der Garage einen Drachen gebastelt. Aus Holzstäben, Papier und einem Schwanz mit bunten Schleifen.«

Gary nickte versonnen. »Ja, so macht man das. Ich erinnere mich gut.«

Jezz seufzte. »Es war eines der wenigen Dinge, die wir zusammen gemacht haben. Wie auch immer, wir haben endlos getüftelt, bis alles im Gleichgewicht war. Dann, als wir losgezogen sind, um ihn steigen zu lassen, hat Mama einen Picknickkorb gepackt und gemeint, sie kommt mit. Obwohl sie und mein Vater zu der Zeit kaum noch miteinander geredet haben. Aber an jenem Tag im Herbst war alles anders. Als der Drachen flog, war es für mich wie Magie.« Jezz lächelte versonnen. »Alle Kinder aus dem Dorf waren da. Alle lachten und waren glücklich und ließen ihre Drachen in den Himmel steigen. Die Erwachsenen legten Decken aus und teilten das mitgebrachte Essen. Wir haben gelacht und gesungen und waren glücklich.«

»Siehst du, und genau darum geht es.« Gary nickte zufrieden. »Up Helly Aa kann man nicht erklären, aber man spürt es in den Knochen. Es steht für das, was wir sind und was diese Inseln zu einem Ort macht, an dem es sich zu leben lohnt.«

»*Wow!*« Jezz bekam tatsächlich eine Gänsehaut, weil Gary so begeistert erzählte.

»Wir spinnen«, erklärte Gary todernst im nächsten Moment. Er machte mit dem Zeigefinger kleine Kreise neben

221

seiner Schläfe, um zu unterstreichen, dass er damit ziemlich durchgeknallt meinte. »Aber es ist ein Heidenspaß.«

»Das sagt Magnie auch.«

»Für Magnie ganz besonders.« Gary schmunzelte. »Heiraten kann man schließlich öfter im Leben. Aber Guizer Jarl wird man nur einmal.«

»Gary! Das ist ein ziemlich übler Machospruch«, sagte Jezz, gespielt entrüstet.

»Nein, warum?«, gab Gary zurück, die Unschuld in Person. »Wir ehren nur die Traditionen.«

»So? Für mich klingt es nach einem Grund für ein handfestes Saufgelage.«

»Das eine schließt das andere nicht aus.« Der Bus fuhr langsamer und blieb stehen. Gary deutete aus dem Fenster. »Da sind wir. Ich brenne schon darauf, loszulegen.«

»Loslegen?« Jezz runzelte verständnislos die Stirn. »Womit?«

»Mit der Arbeit natürlich. Die brauchen sicher Hilfe da drin. Oder dachtest du, wir wollten nur zuschauen?« Gary wedelte ungeduldig mit der Hand, damit Jezz sich vom Sitz erhob und ihm den Weg freimachte. »Spucken wir in die Hände und machen wir uns nützlich.«

Kapitel 26

In der Halle roch es nach frisch gehobeltem Holz. Staub wirbelte im Neonlicht. Es wurde gehämmert und gesägt. Jezz ging bewundernd auf die Galeere zu, die auf einem fahrbaren Gestell ruhte. Die Aufbauten waren bereits fertig, mit Mast und einem Drachenkopf über dem Bug. Eine Gruppe von Männern werkelte mit Schwingschleifern am Holz der Außenwand herum. Jezz wandte sich zu Magnie um. »Die Yggdrasil ist riesig. So groß hätte ich sie mir nicht vorgestellt.«

Magnie lehnte sich näher an ihr Ohr. Ein Schauer durchlief sie. In Gedanken sah sie sich wieder mit ihm auf der Couch im Kinderzimmer liegen. Rasch verdrängte sie das Bild.

»Es ist eine Replika eines Wikinger-Langschiffs«, erklärte Magnie. »Natürlich ohne Unterboden, weil sie auf einem Wagen durch die Straßen zum Festplatz gezogen wird.«

»Krass. Der Drachenkopf ist der Hammer.«

»Warte ab, wie es aussieht, wenn alles gestrichen ist.«

»Bis Dienstag nächster Woche? Das sind nur noch sechs Tage.« Sie runzelte zweifelnd die Stirn. »Kriegt ihr das hin?«

»Klar. Jeder weiß, was er zu tun hat. Schau mal, da hinten steht Gary und hilft den Fackelmachern.« Magnie hob den Arm und deutete auf eine Gruppe von Männern. »Sechsundachtzig Jahre alt, dabei steckt er uns alle noch in den Sack.«

»Er freut sich so, dass er helfen darf«, sagte Jezz. »Das hat er mir vorhin im Bus erzählt.«

»Ich weiß. Tante Betty und die anderen Damen gehen auch wieder in ihren alten Rollen auf. Sie haben tatsächlich Tee und Sandwiches mitgebracht, um alle zu versorgen. Genau wie früher. Ach, es ist so schön, die Senioren glücklich zu sehen.« Magnie seufzte zufrieden und fuhr sich mit der Hand übers Gesicht.

Jezz musterte ihn nachdenklich. Verkniff sich Magnie gerade vor Rührung eine Träne oder hatte er Holzstaub ins Auge bekommen?

»Was ist? Warum schaust du mich so an?«, gab er sich verwundert.

»Ich wusste es.« Jezz lächelte vielsagend. »Im Grunde deines Herzens bist du ein Softie.«

»Wie kommst du denn darauf?«, meinte er gespielt empört.

»Du bist gerade dabei, rührselig zu werden.«

»Rührselig? Ich? Niemals!«

»Und wie!«

»Überhaupt nicht wahr.«

»Ach ja?« Jezz stemmte herausfordernd die Hände in die Hüften. »Täusche ich mich oder war das eben eine Träne?«

»Willst du dich weiterstreiten oder möchtest du dich lieber nützlich machen?«

»Mit Schürze und Teekanne?« Grinsend wackelte Jezz mit den Augenbrauen. »Meines Wissens waren Wikingerfrauen stark und selbstbewusst. Warum dürfen Frauen dann nicht bei eurem Fest mitmachen? Erklär mir das mal bitte!«

»Dürfen sie doch.« Magnie zuckte die Schultern.

»Haha«, sagte Jezz, ohne zu lachen. »Aber nur in der Küche, um Tonnen von Essen vorzubereiten.«

»Nächstes Jahr nicht mehr. Das Komitee hat beschlossen, die Regeln zu ändern.«

»Wird Zeit.« Jezz zwinkerte frech. »Dann gehe ich jetzt und komme nächstes Jahr wieder.«

»Für dich gilt die neue Regel natürlich schon jetzt.«

»Ach ja? Weil du das sagst?«

»Ich bin der Jarl, schon vergessen?« Mit einem souveränen Grinsen legte er einem der vorbeigehenden Männer die Hand auf die Schulter. »Hey, Fred, wer hat das Sagen hier?«

Fred blieb stehen und zuckte die Schultern. »Der Jarl. Wer sonst? Wir anderen sind nur das Gefolge.«

Magnie wandte sich wieder zu Jezz. Funken sprühten in seinem Blick. »Noch Fragen?«

»Angeber. Hast du gelegentlich auch mal Selbstzweifel?«

»Doch, ja«, sagte Magnie ernst. »Ich glaube, das letzte Mal in der dritten Klasse. Das süße blonde Mädchen, das neu in meine Schule kam, hat meinen Heiratsantrag abgewiesen. Das hat mich schwer getroffen.« Er verzog gequält das Gesicht.

»Wie konnte sie nur?«, scherzte Jezz zurück. Insgeheim genoss sie den Schlagabtausch mit Magnie. Es war eine Ebene, auf der sie sich beide sicher fühlten. Mit einem flauen Gefühl im Magen dachte sie an ihren Vorsatz, das Gespräch später vorsichtig auf das Thema zu lenken, das unterschwellig im Raum stand. Mit jedem Versuch, es zu verdrängen, bekam es mehr Gewicht. Dass sie ihn nicht hier vor allen Leuten darauf ansprechen konnte, war klar. Aber vielleicht ergab sich ja noch eine Gelegenheit.

»Schrecklicher Fehler«, meinte Magnie selbstsicher. »Wahrscheinlich bereut sie es inzwischen.«

Jezz brauchte einen Moment, um sich aus ihren Gedanken zu lösen und den Anschluss wiederzufinden. Sie räusperte sich. »Okay, du Sprücheklopfer, und wo soll ich mich, wie du so schön sagtest, nützlich machen? Soll ich unter der Galeere Staub wischen?«

»Das stelle ich mir auch sehr entzückend vor, aber vielleicht kommst du besser erst einmal mit mir ins Nebenzimmer. Dort werden die Kostüme genäht.«

»Klingt schon besser.«

»Siehst du. Warte, du hast da was. Darf ich?« Er hob die Hand und strich sanft mit dem Zeigefinger über ihre Wange.

Jezz blinzelte. Magnie balancierte eine Wimper auf der Kuppe seines Zeigefingers.

»Wünsch dir etwas«, sagte er.

»Okay.« Sie nickte entschlossen. »Fertig. Du auch?«

»Ja. Auf drei.« Dann zählte er.

Beide bliesen gleichzeitig.

»Und? Was ist es? Was hast du dir gewünscht?« Er zwinkerte fröhlich.

Eine geeignete Möglichkeit, mit dir zu reden. Über das, was ich glaube zwischen uns zu spüren.

»Verrate ich nicht.« Sie spürte ihre Kopfhaut unter der Wollmütze prickeln. »Kann ich den Strickhelm jetzt absetzen?«

»Auf keinen Fall. Du siehst bezaubernd aus.«

»Danke, ich weiß.«

»Sagtest du nicht, du hättest auch ein Geschenk für mich?«

»Habe ich«, sagte sie und drückte die Handtasche mit den Pralinen darin fester an sich. War es albern, einem Mann Schokolade in der Form von Polarlichtern zu schenken, weil sie vor wenigen Nächten eng umschlungen am Fenster gestanden hatten, über ihnen die Nordlichter und zwischen ihnen diese magische Anziehung, die Jezz vor Aufregung schwindlig machte?

»Und? Möchtest du es mir vielleicht jetzt geben?«

Jezz atmete durch und beschloss, dies die Gelegenheit sein zu lassen, die sie sich herbeigesehnt hatte.

»Wie wäre es, wenn wir morgen Abend etwas trinken gehen, und ich gebe es dir dann?«

»Geht nicht. Da habe ich schon was mit meinen Kumpels vor.«

»Ach, wie blöd«, entfuhr es ihr. »Kannst du es nicht verschieben?«

»Unmöglich.« Er verschränkte die Arme vor der Brust und sein Blick verschloss sich.

»Und wie wäre es mit später, nach dem Ausflug?«, schlug sie mutig vor und hätte am liebsten wieder einen Rückzieher gemacht.

»Sehr gern.« Er gab sich einen Ruck und seine Züge wurden wieder weicher, als er die Hand hob und ihr hauchzart über die Wange strich. »Komm. Ich zeige dir, was du für mich tun könntest, Wikingerfrau. Falls du magst.«

In dem Raum, in den er sie führte, ging es ruhiger zu. Jezz bewunderte im Vorbeigehen die kunstvollen Schilde und Äxte, die an den Wänden aufgereiht auf ihren Einsatz warteten, und ließ dann den Blick weiter zu den Tischen wandern. Es sah aus, als hätte jemand die Eisenwarenabteilung in einem Baumarkt geplündert. Alles stand voller Plastikboxen mit Federringen in verschiedenen Größen. Einige Männer saßen über ihre Arbeit gebeugt und fügten mit Zangen Eisenglieder aneinander.

»Wofür ist das?«, erkundigte sich Jezz interessiert.

»Nackenschutz für die Helme. Dein Einsatz wäre hier drüben.« Er legte den Arm um sie und führte sie zu einem der Tische.

»Was soll das werden?«

Magnie deutete auf ein merkwürdiges Irgendetwas aus schwarzen Federn. »Ein Schulterumhang, passend zu meinem geflügelten Helm. Leider ist Jeff, der ihn zusammennähen sollte, krank geworden. Meinst du, du könntest vielleicht einspringen?«

»Das würde ich wirklich gern!« Impulsiv griff Jezz nach der halb fertigen Arbeit und hielt sie bewundernd in die Luft. »*Wow!* Das Teil ist unglaublich!«

Magnie blinzelte sie an. »Ernsthaft? Das heißt, du bist dabei? Du weißt, wie man so etwas näht?«

»Na klar.«

»Großartig!« Überschwänglich zog er sie in seine Arme und schwenkte sie einmal im Kreis herum. Dann gab er ihr einen Kuss auf die Wange.

Jezz war etwas taumelig, als sie wieder auf eigenen Füßen stand.

»Hey, Leute, alle mal herhören!«, rief Magnie. »Das hier ist Jezz. Sie ist Modedesignerin und hilft heute aus, worüber ich mich riesig freue.«

Von allen Seiten flogen ihr freundliche Worte entgegen. Die Männer rutschten enger zusammen, um ihr Platz zu machen.

»Kommst du zurecht?« Magnie beugte sich von hinten über sie.

Wieder spürte Jezz Sehnsucht in sich aufsteigen, als sie seine Wärme so dicht in ihrem Rücken spürte. Entschlossen griff sie zu Nadel und Faden. »Sicher.«

»Gut. Ich gehe und mache mich bei den Fackelmachern nützlich. Falls du mich brauchst, weißt du, wo du mich findest, okay?«

Jezz nickte und verfolgte aus den Augenwinkeln, wie Magnie den Raum verließ. Die Leere in ihrem Rücken fühlte sich seltsam an.

In der nächsten halben Stunde vertiefte sie sich in die Arbeit. Die Männer unterhielten sie mit lustigen Geschichten, sodass sie gar nicht dazu kam, über Magnie nachzudenken oder an das geplante Gespräch.

Schließlich legte sie Nadel und Faden beiseite und musterte den Umhang kritisch. Sie war sich nicht sicher mit der Weite! Wie dumm. Warum hatte sie nicht daran gedacht, Magnie nach seinem Brustumfang zu fragen? Mit einem Maßband bewaffnet machte sie sich auf die Suche nach ihm.

Sie bog um die Ecke. Die Tür zur Halle war angelehnt. Als sie hindurchgehen wollte, hörte sie Stimmen hinter der Tür. Gary und Magnie unterhielten sich.

Abrupt blieb sie stehen. Sie hatte nicht vor zu lauschen, aber dann hörte sie, wie ihr Name fiel. Ihr Herz pochte bis in den Hals. Sie drückte sich mit dem Rücken an die Wand.

»Jezz ist ein nettes Mädchen. Sie mag dich«, sagte Gary.

Jezz schoss das Blut in den Kopf.

»Ich mag sie auch«, erwiderte Magnie.

»Dann verstehe ich nicht, worauf du wartest. Ihr beide passt prima zusammen.«

»Findest du?«

»Endlich mal eine, die dir Zunder gibt und nicht schmachtend an deinen Lippen hängt. Im übertragenen Sinne *und* wortwörtlich.«

»Nicht meine Schuld, dass ich so beliebt bin.« Magnie lachte.

Gary murmelte etwas.

»Du kennst meine Meinung zu dem Thema«, erwiderte Magnie entschieden. »Ich bin glücklich als Single. Ich kann mit meinen Kumpels nächtelang durchfeiern, wann und wie oft ich möchte. Ich kann den ganzen Tag lang unrasiert und in Boxershorts in meiner Wohnung herumlaufen. Ich kann sogar pupsen, wie ich will. Niemand regt sich auf, wenn ich mich von Pommes und Nachos ernähre. Ich kann abends auf dem Sofa rauf und runter durch die Kanäle zappen, anstatt mir Liebesfilme reinziehen zu müssen. Es wäre doch bescheuert, das alles aufzugeben.«

Jezz schaffte es gerade noch, sich die Hand vor den Mund zu schlagen, bevor ihr ein ungläubiger Aufschrei entwischte. Passierte das hier gerade wirklich?

»Klingt, als hättest du dir das schön so zurechtgelegt, um in deiner Komfortzone bleiben zu können«, sagte Gary.

»Von wegen. Sieh dir Ted an. Der kriegt es nicht einmal hin, einen Abend in der Kneipe mit seinen Kumpels zu verbringen, ohne ein schlechtes Gewissen wegen Alison zu haben.«

Gary kicherte wieder. »Nichts für ungut, aber deine Schwester hat ihn ganz schön am Wickel. Seine wilden Zeiten sind vorbei. So ist das nun mal, wenn man Frau und Kinder hat.«

Einen Moment lang schwiegen beide.

»Darf ich dich etwas fragen?« Magnie klang, als ginge ihm einiges durch den Kopf.

»Sicher.«

»Wenn du über dein Leben nachdenkst, was bereust du im Nachhinein am meisten?«

»Verdammt gute Frage.«

»Sind es die Dinge, die du getan hast, oder die Dinge, die du nicht getan hast?«

»Darüber habe ich nie nachgedacht. Das war eine andere Welt damals. Mein Lebensweg war vorgezeichnet. Mein Vater und mein Großvater waren Fischer, also wurde ich es auch. So viele Freiheiten, wie ihr jungen Leute heute habt, gab es damals nicht. Aber wenn ich noch einmal in deinem Alter wäre, würde ich mich entscheiden, viel öfter glücklich zu sein, und jeden einzelnen Tag viel mehr genießen. Mit dreißig fühlt es sich an, als hätte man endlos viel Leben vor sich. Wir glauben, wir bewegen uns durch die Jahre und schauen auf den Horizont, der vor uns liegt. Aber das ist ein falsches Bild. In Wirklichkeit fließt die Zeit durch uns hindurch und verändert uns, so wie Wärme durch Schnee fließt und ihn in Wasser verwandelt. Du wirst nie erleben, dass Wärme Wasser wieder zu Schnee macht. Genauso ist es mit der Zeit. Sie verändert uns, weil wir ihr ausgesetzt sind. Nichts lässt sich umkehren.« Gary schniefte durch die Nase. »Und was Frauen betrifft: Nicht alle sind so wie Caitlin.«

230

»Ich habe es satt, mich ständig ausbremsen zu lassen«, erwiderte Magnie.

Jezz durchfuhr es kalt. Hatte sie eben unbewusst Magnies wunden Punkt berührt, indem sie ihn gebeten hatte, ihr zuliebe das Treffen mit seinen Kumpels zu verschieben? Verflixt …

»Du darfst nicht alle über einen Kamm scheren. Vielleicht ist ja die eine, ganz Besondere dabei«, wandte Gary ein.

»Wenn ich eine Beziehung eingehe, dann steht sie auf Platz eins in meinem Leben. Und der ist gerade besetzt«, sagte Magnie. »Ich bin dieses Jahr der Guizer Jarl, mein Leben ist also momentan ziemlich perfekt. Warum sollte ich es ändern?«

Metallteile klapperten. Es klang, als würde der Deckel einer Kiste geschlossen. Dann entfernten sich die Stimmen. Im Hintergrund waren Hämmern und Sägen zu hören.

Jezz war übel. Wie hatte sie nur so unglaublich dumm sein können, zu glauben, dass Magnie an einer Beziehung mit ihr interessiert sein könnte? Sie hatten sich geküsst, aber mehr nicht. Magnie war emotional nicht zu haben, und eigentlich hätte sie das wissen können. Die Warnsignale waren da gewesen. Sie hatte sie nur nicht beachtet, weil der Wunsch die Realität verdrängt hatte. So einfach war das. Ende der Geschichte.

Zitternd atmete sie aus. Ein Teil von ihr konnte noch immer nicht fassen, was gerade passiert war, während ein anderer Teil von ihr Leere fühlte. Leere und einen dumpfen Schmerz. Sie presste die Kiefer aufeinander, um nicht weinen zu müssen.

Was für ein beschissenes Timing! Wütend schleuderte sie das verdammte Maßband zu Boden, das daran schuld war, dass sie das Zimmer verlassen hatte, um nach Magnie zu suchen. Warum? Warum hatte alles so kommen müssen? Warum hatte sie dieses Gespräch mit anhören müssen, gerade als sie den Mut gefasst hatte, sich Magnie gegenüber zu öffnen? Mit einem Zufall hatte alles begonnen, und nun endete es, weil sie im falschen Moment am falschen Ort gewesen war.

Zwei Männer mit einer Leiter drängten sich in dem schmalen Flur an ihr vorbei. Sie murmelte eine Entschuldigung und bückte sich, um das Maßband aufzuheben.

Und wenn es sich anders verhält, Jezz? Was, wenn alles so hat kommen müssen und du genau im richtigen Moment hier neben der Tür gestanden hast?

Sie erhob sich aus ihrer gebückten Stellung. Benommen nahm sie den Strickhelm vom Kopf. Ihre Kopfhaut fühlte sich verschwitzt an, die Wolle kratzig unter ihren Fingern. Zum Glück hatte sie ihm die Pralinen noch nicht überreicht. Bescheuerte Idee, Schokolade für Magnie zu kaufen. Zumindest hatte sie sich die Blöße erspart, Magnie mit einem Gefühlsausbruch zu überraschen.

Vermutlich war es besser so. Auf Dauer hätte es mit ihnen ohnehin nicht funktioniert. Dazu waren sie zu unterschiedlich. Manchmal wurden die Dinge nicht schöner, aber dafür um einiges klarer. So wie damals im Krankenhaus. Die Diagnose war ein schwerer Schock gewesen, schlimmer als alles, was sie sich hatte vorstellen können. Doch dann, nach einiger Zeit, als feststand, dass sie ohne Spenderherz nicht würde überleben können, hatte sie aufgehört, gegen Tatsachen anzukämpfen, die sie nicht ändern konnte.

Entscheide dich, glücklich zu sein. Nimm alles mit und lass nichts aus. Garys Worte hallten durch ihren Kopf. Sie lachte bitter. *Fuck!* Der Spruch hätte glatt von ihr stammen können. Lebe wild und frei, war ihr Motto seit der OP. Und dann war Magnie gekommen, hatte etwas in ihr berührt, und sie hatte sich im Kreis herumgewirbelt. Dabei hatte sich ihre Welt so schnell vor ihren Augen gedreht, dass sie nicht mehr auf sich aufgepasst hatte. Sie war mit dem Herzen viel zu sehr bei Magnie gewesen, mehr als bei sich und bei dem, was ihr guttat.

Die kalte Dusche von eben ließ sie zur Vernunft kommen. Magnie war der Falsche. Der erste Eindruck täuschte eben doch nicht.

Lebe wild und frei, Jezz. Ohne dass irgendein Idiot dir das Herz bricht.

Es bedeutete nicht, dass sie deswegen Single bleiben musste. Es bewies nur, dass Alisons Theorie falsch war. Und zwar gründlich.

Sie legte eine Hand auf ihre Brust und atmete zitternd ein. Die Luft in dem Gebäude war unerträglich. Sie würde eine Ausrede erfinden müssen, die halbwegs plausibel klang, wenn Magnie nach ihr fragte.

Im Anschluss würde sie nach Hause gehen. Sie brauchte Zeit für sich.

Kapitel 27

Schade drum, dachte Jezz viel später an diesem Abend. Die Pralinen waren kleine Kunstwerke und zu lecker, um sie aus Frust in sich hineinzustopfen. Ein Papierförmchen raschelte unter ihren Fingern. Schulterzuckend schob sie sich die letzte Mirrie-Dancer-Schokokugel in den Mund. Mango mit einem Hauch Pfeffer. Der Geschmack zerfloss in ihrer Mundhöhle. Sie lehnte sich zurück und stopfte sich ein Kissen in den Nacken. Es war spät geworden. Der Sandra-Bullock-Film war fast zu Ende. Jezz seufzte bewundernd. Sogar in romantischen Komödien war die Bullock *tough as hell,* wenn es um Männer ging. Jezz nahm sich vor, ein wenig mehr Sandra Bullock zu sein, und verbot sich, an Magnie zu denken. Vielleicht sollte sie einfach ins Bett gehen, sobald der Abspann lief, und versuchen zu schlafen. Sicher sah die Welt morgen schon wieder ein ganz klein bisschen heller aus.

Zwei Minuten später klingelte es an der Tür.

Jezz bekam einen Riesenschreck und fuhr hoch. Ihr erster Gedanke war, dass etwas Schlimmes passiert sein könnte, aber dann hätte doch bestimmt zuerst ihr Handy geklingelt, oder?

Magnie, war ihr zweiter Gedanke. Wer sonst? Scheiße. Natürlich war er es. Es war eine ausgesprochen blöde Idee gewesen, sich zuvor wegen Unwohlseins zu entschuldigen. Wieso hatte sie sich nichts Besseres einfallen lassen? Sie hätte sich denken können, dass Magnie aufkreuzen würde, um nach ihr zu sehen.

Wie dumm war sie gewesen, ihm von ihrer Krankheit zu erzählen? Klar, dass er als Rettungssanitäter gleich ein Drama vermutete. Hätte sie nicht das Gefühl gehabt, zwischen ihnen sei etwas Besonderes, hätte sie sich ihm nicht geöffnet. Und hätte er sie nicht mit diesen unglaublich blauen Augen so angesehen, hätte sie sich nicht in ihn verliebt. Wie oft im Leben konnte man sich eigentlich in den Falschen verlieben, bevor man sich eingestehen musste, in puncto Menschenkenntnis ein Komplettversager zu sein?

Es läutete erneut. Jezz presste sich ein Kissen vors Gesicht und beschloss, es zu ignorieren.

Beim vierten Läuten wurde ihr klar, dass Magnie nicht aufgeben würde. Wenn sie ihn weiter draußen stehen ließ, würde er vermutlich als Nächstes mit Blaulicht und einem ganzen Team Rettungsassistenten anrücken. Eilig beseitigte sie das größte Chaos, dann betätigte sie den Türöffner. Auf der Treppe erklangen Schritte. Sie hatte gerade noch Zeit, sich durch die Haare zu fahren, dann stand Magnie vor ihr. Leicht verwirrt und sehr unsicher.

»Störe ich?« Sein Blick blieb an Jezz' zerknittertem Schlafshirt hängen, das knapp ihre Knie bedeckte.

Bravo, Jezz, sexy Styling, das haut ihn sicher um. Daneben haben die attraktiven Frauen, die sich ihm sonst ständig an den Hals schmeißen, keine Chance.

Ach was, scheiß drauf …

»Komm rein.« Sie zuckte die Schultern und beschloss, dass es ihr herzlich egal war, was Magnie denken mochte. Als Rettungssanitäter war er andere Dinge gewohnt als den Anblick einer Frau, die mit verstrubbeltem Haar und ausgeleiertem neongrünem Meister-Yoda-Schlafshirt vor ihm stand. Was machte es schon, dass sie geweint hatte?

»Sorry.« Magnie versuchte krampfhaft, nicht in ihr verheultes Gesicht zu blicken, was dazu führte, dass er ihre nackten Füße mit den komischen, schiefen Zehen anstarrte. »Ich wusste nicht, dass du schon im Bett warst.«

»War ich nicht.«

»Oh. Okay.« Er blickte kurz auf und dann wieder weg. Dabei kratzte er sich die Schläfe. »Die Jungs haben erzählt, dass es dir nicht gut geht. Ich wollte nur sicher sein, dass alles in Ordnung ist.«

»War klar.« Seufzend trat sie beiseite und ließ ihn durch. »Hätte ich mir denken können, dass du vorbeischaust.«

»Klingt nicht, als würdest du dich freuen, mich zu sehen.«

Sie griff nach der Fernbedienung und schaltete den Fernseher aus. Dann sammelte sie die Schokoladenpapierchen vom Sofa und warf sie in die leere Obstschale auf dem Tisch. »Tut mir leid wegen der Unordnung. Wenn ich Stress habe, stopfe ich mich mit Süßigkeiten voll. Setz dich doch.« Sie deutete auf die Couch.

Unschlüssig lehnte Magnie im Türrahmen. »Stress, hm?« Er musterte sie nachdenklich. »Du siehst blass aus. Ich weiß, dass du die Frage hasst, aber ist mit dir alles in Ordnung? Sei ehrlich.«

»Magnie, das Letzte, was ich brauche, ist jemand, der auf Zehenspitzen um mich herumschleicht.« Jezz zwang sich, ruhig zu bleiben. »Verstehst du das nicht?«

»Ich schleiche nicht auf Zehenspitzen um dich herum. Ich mache mir Sorgen, weil es dir offensichtlich nicht gut geht.«

»Herrgott, Magnie! Ich bin keiner deiner Notfallpatienten«, schimpfte sie verärgert.

Sie merkte, wie Magnie sich zur Ruhe zwang, bevor er weitersprach. »Du lebst mit einem Spenderherzen.«

»Ja, und das schon eine ganze Zeit«, erwiderte sie. Abwehrend überkreuzte sie die Hände vor der Brust. »Wie soll ich ein normales Leben führen, wenn du mich ständig daran erinnerst?«

»Okay.« Er nickte langsam. »Du hast recht. Ich akzeptiere, dass ich eine Linie überschritten habe.«

»Schön.«

»Wenn es dir gut geht, warum warst du dann auf einmal weg? Ich dachte, wir wollten zusammen etwas trinken gehen?«

Sie senkte das Kinn und betrachtete ihre Hände. Dumme Angewohnheit, an den Nägeln zu kauen. Warum ließ sie es nicht einfach sein?

»Jezz?« Magnies Blick ruhte auf ihr. »Redest du mit mir? Bitte? Wieso warst du auf einmal verschwunden? Findest du nicht, ich habe eine Erklärung verdient?«

Jezz spürte, wie sich ihr Magen zusammenzog. Er hatte recht. Sie blickte auf.

»Tut mir leid. Aber ich hatte das Gefühl, es ist besser, wenn wir uns nicht sehen.«

Er antwortete nicht sofort. Ein betretener Ausdruck glitt über sein Gesicht und verschwand. Es schien, als hätte er mit allem Möglichen gerechnet, nur nicht damit. »Warum? Habe ich irgendetwas Dummes gesagt oder getan?«

»Ich habe zufällig mitgehört, wie du dich mit Gary über mich unterhalten hast.«

Jezz hörte das Blut in ihren Ohren rauschen. Sie beobachtete, wie er sich mit der Hand in den Nacken fuhr. Einen Moment herrschte Schweigen.

Er verlagerte das Gewicht auf den anderen Fuß. »Das Gespräch drehte sich unter anderem auch um dich. Aber ich habe nichts gesagt, was ich dir gegenüber nicht auch offen ansprechen würde.«

»Hm.«

»Was genau hat dich geärgert?«

Pause.

»Nichts. Es ist dein Leben. Du musst wissen, was du willst.«

Der Satz schwebte eine Weile unkommentiert in der Luft.

Magnie stieß sich vom Türrahmen ab und kam langsam auf sie zu. Er blieb vor ihr stehen, Jezz bemerkte den Geruch seiner Bartcreme, zitronig und leicht herb. Ein Geruch, den sie für immer mit Magnie verbinden würde, wenn die Erinnerung an den Knick in seinen Augenbrauen, die erschien, sooft er dieses ironische Lächeln aufsetzte, oder an die Weichheit seiner Lippen längst verblasst waren. Es würde etwas dauern, aber mit der Zeit würde sie sich immer verschwommener an ihn erinnern. Und dann würde sie eines Morgens aufwachen und feststellen, dass er vollkommen aus ihren Gedanken verschwunden war.

Unfähig, ihm in die Augen zu sehen, starrte sie auf die Salzränder an seinen Lederstiefeln.

»Jezz? Würde es dir etwas ausmachen, mich anzusehen?«

Alles in ihr sträubte sich, aber es wäre feige gewesen, so zu tun, als wäre von ihrer Seite aus alles gesagt. Zögernd hob sie das Kinn. Ihre Blicke begegneten sich.

»Ist es, weil ich momentan nichts Festes will?« Forschend sah er ihr ins Gesicht.

Ihre Kehle wurde eng. Sie schluckte trocken.

»Das ist … peinlich«, meinte sie dann. Ihre Augen brannten, als hätte sie Sand hineinbekommen. Sie unterdrückte den Impuls, an ihren Lidern herumzuwischen. Mit einem tiefen Ausatmen ließ sie die Luft aus den Lungen weichen. »Aber ja, das trifft es.«

Er atmete scharf ein. »Es tut mir leid, Jezz. Wirklich. Ich wollte dir nicht wehtun.«

Ihre nackten Zehen krallten sich in den grün gemusterten Teppich, der aussah, als hätte jemand das flauschige Monster aus einem Pixar-Film erlegt.

»Schon okay. Und es muss dir auch nicht leidtun«, hörte sie sich sagen, obwohl es sich definitiv nicht okay anfühlte. »Du hast nie behauptet, dass dir etwas an mir liegt. Also bist du mir gegenüber auch zu nichts verpflichtet.«

»Jezz …«

»Davon abgesehen, wer sagt, dass ich überhaupt etwas von dir will?«

»Jetzt warte doch mal …«

»Warum? Im Grunde ist alles gesagt.« Sie zuckte die Schultern, die sich plötzlich so schwer anfühlten, als säße das Teppichmonster auf ihrem Rücken. »Du willst keine Beziehung, ich schon. Ich möchte mich verlieben, und zwar richtig, und nicht nur halb. So, dass mir schwindlig davon wird und ich vor Sehnsucht Bauchflattern bekomme. Vor allem aber will ich meine Zeit nicht länger damit verschwenden, die falschen Männer zu daten. Das habe ich echt satt. Also lass uns besser hier einen Strich unter unsere Bekanntschaft machen, bevor wir aus unterschiedlichen Erwartungen heraus wütend aufeinander sind.«

Magnie nickte. Langsam. Sehr langsam. Es wirkte, als würde er sich in einer Parallelwelt befinden, in der jeder Vorgang ungefähr fünf Mal so lange dauerte wie in der realen.

»Verstanden und akzeptiert.« Er räusperte sich und schaufelte wieder sein Gewicht um. Dann räusperte er sich noch ein paar Mal, was wirklich seltsam war, weil er nicht der Typ war, der zu nervösen Ticks neigte. Als er seine Stimmbänder im Griff zu haben schien, warf er Jezz ein verkrampftes Lächeln zu. »Es klingt schrecklich kitschig, aber du wirst mir fehlen. Es gibt niemanden, mit dem ich mich so gern in die Haare kriege wie mit dir.«

»Darin sind wir Weltmeister.« Jezz nickte traurig. »Und du hast recht. Der Spruch war wirklich grauenhaft kitschig.«

»Sicher, dass wir nicht Freunde bleiben können?«

239

Werd jetzt bloß nicht weich, Jezz.

Sie blickte zu Boden und angelte mit den Zehen nach einem Schokoladenpapier, das auf dem Teppich gelandet war. »Ich will mich nicht wieder in den Falschen verlieben.«

Wieder dieser Räuspertick. »Und das würdest du?«

Sie nickte. Ihre nackten Zehen krallten sich um das Papier. »Diese Nacht mit uns war … verrückt. Und deine Küsse können einem echt den Kopf verdrehen.« Sie spürte die Hitze in ihre Wangen schießen. »Scheiße, Magnie! Es ist so was von unfair von dir, dass du mitten in mein Leben platzt und zulässt, dass ich mich in dich verknalle, wenn du gar nicht zu haben bist.« Sie verstummte. Ihre Augen wurden feucht.

»Hey …« Magnies Stimme klang unsicher. »Kannst du bitte aufhören, auf diesen beschissenen Teppich zu stieren?«

»Nein.«

»Ich wusste nicht, dass so etwas passieren würde. Ich wollte dir nicht wehtun.«

»Dann hättest du mich vielleicht nicht so ansehen sollen.«

»Wie denn? Wie habe ich dich denn angesehen?«

Sie wischte sich eine Träne aus dem Auge und hob das Kinn. »So, als würde ich dir etwas bedeuten.«

Pause.

Magnies Brustkorb hob sich schwer. »Entschuldige. Das war mir nicht bewusst.«

Jezz zuckte minimal die Schultern.

Langsam und unsicher streckte Magnie die Hand nach ihr aus und ließ sie auf halbem Weg wieder sinken. »Ich mag dich, Jezz. Wirklich. Es tut mir leid, wenn ich falsche Signale gesendet habe.«

»Schon klar. Aber weißt du was?« Sie schoss ihm einen unterkühlten Blick zu. Es war einfacher, Magnie aus ihrem Leben zu verbannen *und* ihn dabei gleichzeitig zu hassen, als Magnie aus ihrem Leben zu verbannen *und* dabei gleichzeitig in ihn verliebt zu sein. Zumindest konnte sie sich einreden, dass sie ihn hasste. So lange, bis ihr Herz begriffen hatte, dass er der Falsche war. Ihr Blick wurde noch eine Spur frostiger. »Du wirst den Spaß deines Lebens haben. Denk an die vielen Frauen, die schmachtend an deinen Lippen hängen werden. Nicht deine Schuld, dass du so beliebt bist, ich weiß. Nimm einfach alles mit und lass nichts aus.«

Shit. Wie unterirdisch.

Erschrocken über sich presste sie die Lippen zusammen. Ihr war siedend heiß. Warum hatte sie das gesagt? Es hatte sich noch nicht einmal *gut* angefühlt, ihm all die Worte an den Kopf zu werfen. Nur … verzweifelt.

»Du hast eine Scheißwut auf mich, was?«, sagte er leise.

»Geh jetzt. Bitte.«

»Es tut mir leid, Jezz, einfach alles.« Ein kurzes Zögern. Ein gemurmelter Abschied.

Und dann war er weg.

Jezz fühlte sich, als wäre sie freiwillig vom Dreimeterbrett gesprungen, in ein Becken ohne Wasser.

Unten im Treppenhaus fiel die Tür ins Schloss.

Jezz starrte so lange auf den beschissenen grünen Teppich, bis ihre Augen brannten.

Was für ein Scheiß! Sie fühlte sich wie ausgehöhlt. Allmählich hatte sie den Punkt erreicht, an dem sie nicht mehr alles mit sich allein ausmachen konnte.

Warum redest du nie darüber? Es wird leichter, wenn du darüber redest. Maras Worte geisterten durch ihre Gedanken.

So ganz überzeugt war Jezz davon zwar nicht, aber einen Versuch war es wert.

Sie bückte sich nach dem Papier auf dem Teppich, warf es zu dem restlichen Papiermüll in die Obstschale und angelte nach ihrem Handy.

Mara meldete sich beim ersten Läuten.

»Hast du an diesem Wochenende schon etwas vor?«, fragte Jezz, nachdem sie ein paar Worte gewechselt hatten.

»Das B&B ist ausgebucht wegen Up Helly Aa. Ich bin ziemlich eingebunden und kann keine großen Sprünge machen.« Pause. Mara schien im Kopf Termine hin und her zu schieben. »Aber wenn du Lust hast, hierherzukommen, hole ich dich ab und wir machen uns einen gemütlichen Abend. Du müsstest allerdings bei mir im Zimmer schlafen, wenn es dir nichts ausmacht. Das Bett reicht für uns beide und Gavin übernachtet dieses Wochenende nicht bei mir, weil er die Kinder hat. Du bist also höchst willkommen. Außerdem brauche ich dringend Abwechslung. Im Augenblick habe ich nur schwierige Gäste. Heute Morgen hat sich jemand bei mir beschwert, dass er das Fenster nachts zum Schlafen schließen musste, weil das Meer Geräusche macht.«

»Hm.« Jezz starrte auf ihre massakrierten Fingernägel.

»Was ist los?«

»Nichts weiter …«

Mara seufzte. »Komm schon. Du klingst schrecklich. Außerdem hast du bei meiner Geschichte nicht einmal gelacht. Sonst lachst du immer.«

Jezz blinzelte ihre Tränen zurück. »Magnie war hier. Er ist der Falsche.«

Zögern am anderen Ende der Leitung.

»Du meinst, der Falsche im ursprünglichen Sinn und nicht nach Alisons Theorie?«, erkundigte sich Mara.

»Yepp.«

»Scheiße.«

»Yepp.«

»Was hat er gesagt?«

Jezz musste schlucken. »Nicht sehr viel. Dass er nichts Festes will. Und dass es ihm leidtut, wenn er falsche Erwartungen geweckt hat.«

»Ach, verdammt!« Mara fluchte leise vor sich hin. »Soll ich mich ins Auto setzen und kommen?«

»Schon okay.« Jezz zuckte die Schultern. »Im Moment bin ich noch so voll mit Adrenalin, dass ich gar nichts spüre außer Wut und Enttäuschung.«

»Gut so. Halte durch. Samstagmittag hole ich dich. Und dann reden wir, und du lässt endlich mal alle Gefühle raus.«

»Oder ich bringe ein Haar von Magnie mit und wir basteln Voodoo-Puppen.«

Klasse, Jezz, jämmerlicher Versuch, es locker zu nehmen. Sie verzog das Gesicht.

»Oder so«, erklärte Mara entschlossen. »Jezz?«

»Hm?«

»Der Richtige kommt noch. Das weißt du, oder?«

»Versprochen?« Jezz hörte, wie ihre Stimme kiekste.

»Aber ja. Großes Ehrenwort.«

Kapitel 28

»Was hältst du von einem Spaziergang?« Es war Samstagnachmittag, Mara lehnte im Türrahmen, eine ungewöhnlich steile Falte auf der Stirn.

Jezz, die auf dem Bett in Maras Zimmer saß und sich bis eben die Zeit damit vertrieben hatte, durch Insta-Stories zu scrollen, legte das Handy beiseite. »Wie? Bist du schon fertig mit deiner Buchhaltung? Das ging aber schnell.«

»Von wegen fertig. Ich habe noch nicht einmal anfangen.« Mara schnitt eine Grimasse. »Aber ich brauche ganz dringend frische Luft, bevor ich einen Mord begehe.«

»Was ist passiert?« Jezz konnte Maras Reaktion nicht ganz einordnen, hoffte aber, dass es nichts Schlimmes war.

Mara ballte die Fäuste vor der Brust, kampfbereit wie ein Boxer. Gleichzeitig sah man ihr an, dass sie versuchte, sich zu beherrschen, was dazu führte, dass ihr Gesicht unnatürlich verzerrt aussah. »Ich bin so sauer, dass ich platzen könnte! Fast alle meiner Gäste sind wunderbar, und es macht mir noch nicht einmal was aus, wenn ich beim Putzen Handtücher einsammle, die mit Tonnen von Make-up beschmiert sind. Aber was mich wirklich wütend macht, sind unfaire Bewertungen. Manche Leute können anscheinend nicht anders, als abzulästern und alles niederzumachen. Aus reiner Boshaftigkeit. Sie denken keine Sekunde darüber nach, welchen Schaden sie mit einer einzigen böswilligen Bewertung anrichten. Warum sagen sie es mir nicht persönlich oder in einer Mail, wenn ihnen etwas nicht gefällt?«

»Und so eine Bewertung hast du bekommen?«

Mara stieß wütend die Luft durch die Nase. »Du kannst zwanzig gute Bewertungen bekommen. Aber sobald du eine schlechte bekommst, stürzt dein Ranking so weit ab, dass dein B&B im Internet unsichtbar wird. Wissen diese Leute eigentlich, dass sie damit Existenzen ruinieren können? Dabei habe ich mir gerade bei diesem Gast besondere Mühe gegeben. Ich *wusste*, dass er schwierig ist.«

»Scheiße. Das tut weh.« Jezz seufzte mitfühlend. »Hast du schon darauf reagiert?«

»Nein. Wenn ich jetzt eine Antwort poste, schreibe ich in meiner Wut Dinge, die ich besser nicht äußere, und alles wird noch schlimmer.«

»Ich versteh, was du meinst.« Jezz stand vom Bett auf und schnappte sich ihre dicke Winterjacke. »Wie wäre es mit einem Spaziergang zur Bucht?«

Kurz darauf verließen sie dick eingemummelt das Haus. Es war ein frostiger, aber sonniger Tag. Der Himmel war klar und weit, das Licht scharf. Bei jedem Schritt knirschten gefrorene Grasbüschel unter ihren Wanderschuhen. Jezz ließ ihren Blick im Vorbeigehen über die Hügel schweifen. Auf den Weiden standen Schafe zu Gruppen von zwei oder drei zusammengedrängt. Ihr Fell wirkte gelblich vor dem pudrigen Neuschnee. Langmütig stierten sie Jezz hinterher, als sie hinter Mara her auf dem ausgetretenen Pfad hinunter zum Meer kletterte.

Maras Ärger war an der frischen Luft bald verflogen. Nachdem sie in die Bucht hinuntergestiegen waren, blieb sie mit geröteten Wangen stehen und atmete erleichtert auf. Jezz stellte sich schweigend neben sie und sah auf den Sund. Über dem Meer glitzerten Sonnenstrahlen. In dem klaren Licht wirkten die Inseln vor der Küste so scharf gezeichnet, als würde man sie durch ein Fernglas betrachten. Am eindrucksvollsten aber war die Stille, die über der Landschaft lag. Jezz sog die Weite und die Ruhe in sich auf.

»Winter auf Shetland«, sagte Mara neben ihr. »Ich liebe es. Wir haben wilde, stürmische Tage, an denen man vom Fenster aus Gischtschleier in der Luft hängen sieht. Das Gekreische der Möwen ist lauter als die Brandung. Und dann gibt es wieder Tage wie diesen. Magische Tage, an denen es so still ist, dass du deinen Atem hörst. Das gibt dir ein so großartiges Gefühl, wie man es mit Worten nicht beschreiben kann. Weißt du, was ich meine?«

Jezz atmete tief die kalte Luft ein. Es fühlte sich an, als würde dabei jedes einzelne der feinen Härchen in ihrer Nase elektrisch prickeln. Ihre Gedanken verloren sich in dem endlosen Anbranden der Wellen. Etwas in ihr wurde leicht und frei. »Es ist unglaublich schön«, erwiderte sie.

Mara nickte. »Ich möchte das Leben hier mit nichts anderem auf der Welt tauschen. Komm, wir gehen ein paar Schritte. Und dann erzähl mir bitte, was los war. Ich glaube, jetzt wäre ein guter Moment dafür.« Sie hakte Jezz unter und ging mit ihr über den Strand.

Jezz erzählte. Als sie fertig war, blieb sie stehen und löste sich von Maras Arm. »Weißt du, ich kann noch nicht einmal richtig wütend auf ihn sein.«

Mara warf ihr einen erstaunten Blick zu. »Wie kommt's?«

»Ich versuche, die Situation aus seiner Sicht zu betrachten. Magnie will sein Leben genießen und bis zum Anschlag Spaß haben. Das ist sein gutes Recht. Dazu passen keine Verpflichtungen.« Jezz bohrte mit ihren Sneakers Löcher in den Sand. »Und um fair zu sein, er hat mir nie etwas vorgemacht.«

Mara knuffte sie sanft in die Seite. »Also keine Voodoo-Puppe? Schade. Ich hatte mir extra im Internet angesehen, wie das geht.«

»Nein. So witzig sind Voodoo-Puppen auch wieder nicht.«

»*Don't mess with my voodoo.* Sehr weise.« Mara nickte.

»Ich mache einfach so schnell wie möglich einen Haken hinter die Sache.«

»Mal langsam mit den jungen Pferden, wie meine Omi immer sagte.« Mara tätschelte ihr sanft den Arm. »Wart mal ab, bis Up Helly Aa und der ganze Rummel vorbei sind. Ich könnte mir vorstellen, dass sich an Magnies Einstellung etwas ändert, sobald er zur Ruhe kommt. Lass den Kopf nicht hängen.«

Jezz runzelte die Stirn. »Vielleicht habe ich mir etwas vorgemacht.«

»Wie meinst du das?«

»Die ganze Suche nach Mr Right war eine blöde Idee.«

»Finde ich nicht.«

»Oder vielleicht bin ich ihm einfach zu nervig.« Jezz starrte auf den Sand vor ihren Füßen, in den das zurückweichende Wasser einen schäumenden Saum malte.

»Du und nervig? So ein Unsinn!«, widersprach Mara energisch.

»Sogar Gary hat gemerkt, dass Magnie und ich uns ständig kabbeln. Ich lass mir nichts reinreden, nehme nicht gern Hilfe an und neige dazu, dickköpfig und streitsüchtig zu sein.« Jezz seufzte. Je länger sie darüber nachdachte, umso wahrscheinlicher kam es ihr vor. »Ich bin eben kompliziert. Das Gegenteil eines Fan-Girls. Warum sollte Magnie sich ausgerechnet in mich verlieben, wenn er es viel einfacher haben kann.«

»Hör auf damit.« Mara schüttelte entschieden den Kopf. »Gib dir nicht die Schuld. Für mich klingt es bei Magnie nach einem klassischen Fall von Bindungsangst.«

»Schön für ihn.« Jezz verdrehte die Augen. »Die teilt er sich dann mit ungefähr einem Drittel aller Männer. Wenigstens ist er dann nicht allein. Warum sind Männer eigentlich so?«

»Hm«, machte Mara nachdenklich. »Ich denke, die einen haben Angst vor der Verantwortung in einer Partnerschaft. Andere wollen sich einfach nicht festlegen und halten sich lieber alle Hintertürchen offen, weil sie denken, sie könnten noch etwas Besseres an Land ziehen. Das sind aus meiner Sicht die eigentlichen Arschlöcher.«

»Und dann gibt es die Typen, die abhauen, wenn es brenzlig wird«, erklärte Jezz düster. In dieser Hinsicht war sie ein gebranntes Kind. »Na bravo. Anscheinend bin ich schon wieder an einen geraten, dem alles zu viel wird.«

»Ich glaube, damit tust du Magnie unrecht«, wandte Mara ein.

»Findest du?«, brummte Jezz, hoffte aber insgeheim, dass Mara ein Argument zu Magnies Gunsten aufzutischen hatte.

Mara schüttelte ernst den Kopf. »Schau mal, Verantwortungslosigkeit kann es eigentlich nicht sein. Er ist immerhin Rettungssanitäter, dann kümmert er sich rührend um die Leute im Altenheim und findet dazwischen noch Zeit, für seine Schwester als Babysitter einzuspringen, obwohl er Stress bis unter die Hutschnur hat. Das passt doch alles nicht zusammen. Da steckt etwas anderes dahinter, wenn du mich fragst.«

»Und was?« Jezz' Herz klopfte fest gegen ihre Rippen.

»Schau dir den Kerl doch nur mal an«, meinte Mara und zuckte die Schultern. »Allein die Größe. Der passt einfach in keine Box. Der lässt sich nicht einsperren, der muss seine Power ausleben dürfen. Und wenn das stimmt, was man über ihn und seine Ex hört, dann projiziert er möglicherweise seine schlechten Erfahrungen unbewusst auf dich und denkt, dass alle Beziehungen wie ein Käfig sind.«

Jezz errötete. Sie dachte an den Abend im Bootsschuppen, als sie ihn darum gebeten hatte, ihretwegen ein Treffen mit seinen Kumpels zu verschieben, und an das abweisende Gesicht, das er dabei gezogen hatte. Sicher hatte das seinen Verdacht bestärkt, auch Jezz wolle ihn einfangen und dressieren. Dabei war sie nicht der Typ, der klammerte. Im Gegenteil. Freiheit war auch ihr unglaublich wichtig. Aber eben nicht die Freiheit, die man als Single hat. Glück bestand für sie darin, gemeinsam frei zu sein. Sie seufzte schwer. Ach, so ein verdammter Mist!

»Und wenn es Magnie nicht ist, dann ist es eben ein anderer«, sagte Mara in diesem Moment und wirkte dabei absolut überzeugt.

Jezz bückte sich nach einem Kiesel und jonglierte ihn in den Händen. »Mal sehen. Ich glaube, ich habe mich in etwas hineingesteigert, das gar nicht mein Ding ist. Alison mit ihrer Idee von der Partnervermittlung, dann die glücklichen Bräute im True Love und dieses ganze Für-immer-und-ewig drumherum.« Sie erhob sich und warf den Kiesel mit Schwung zurück ins Meer. »Das bin nicht ich. Ich glaube, mit fehlt dieses Gen. Lieber bin ich eine gewisse Zeit mit dem perfekten Partner glücklich, als in einer festgefahrenen, verkorksten Beziehung zu hängen.«

Mara seufzte. »Das versteh ich. Aber trotzdem hätte es mich gefreut, wenn es mit dir und Magnie geklappt hätte. Mir kam es vor, als wäre da mehr zwischen euch.«

Jezz schüttelte finster den Kopf. »Vielleicht war ich gar nicht so sehr in *Magnie* verliebt, sondern eher in die *Vorstellung* davon, mit ihm zusammen zu sein.«

»Hä? Wie kommst du denn auf so etwas?«

»Weil …«, hob Jezz an und unterbrach sich wieder. Sie zuckte die Achseln. »Magnie hat eine Art an sich, die es einem leicht macht, über Dinge zu reden, über die man sonst nicht spricht«, erklärte sie mit einem Schlingern im Magen. Sie warf

Mara einen Blick von der Seite zu. »Du kennst mich. Ich rede nicht gern über mich. Mit Magnie war es anders. Da fiel es mir leicht.«

»Ach, Jezz …« Impulsiv legte Mara den Arm um sie.

Jezz zögerte.

Und schluckte.

Und zögerte.

Ihre Kehle war kratzig.

Komm schon, Jezz, spring über deinen Schatten. Du hast es Magnie erzählt, also kannst du es auch Mara erzählen.

»Weißt du noch, der Abend, an dem wir uns beim Chinesen kennengelernt haben, du, Lisa und ich?« Jezz holte tief Luft.

»Vor ziemlich genau einem Jahr.« Mara nickte.

»Ich stand da mit meinem Koffer in der Hand und wusste nicht, wohin ich sollte«, sinnierte Jezz und ließ die Erinnerung vor ihrem geistigen Auge wieder lebendig werden. »Boah, das war vielleicht eine Nummer! Dieser blöde Vermieter hatte mir fest zugesagt, dass ich die Wohnung bekomme. Und dann stellt sich heraus, dass er sie jemand anderem vermietet hat und ich auf der Straße stand. An einem Mittwochabend im Januar. Mitten im Regen und ohne Plan, was ich machen sollte.«

»Du warst so was von stinkesauer. Ich weiß noch, wie du beim Chinesen am Nebentisch gesessen und dich bei der Bedienung lautstark darüber ausgelassen hast, wie übel Vermieter sind und mit welchen Verbrechermethoden sie vorgehen.« Mara grinste. »Und dann findet Lisa in ihrem Glückskeks einen Zettel, auf dem steht: *Das Schicksal wird heute lautstark an Ihre Türe klopfen.* Natürlich ist sie sofort der Meinung, dass du damit gemeint bist, und steht auf, um dich zu fragen, ob du bei uns einziehen willst.«

»Das war *so* typisch Lisa.«

Mara kicherte. »Stimmt. Wer außer ihr bringt das fertig?«

»Dafür bin ich ihr übrigens heute noch dankbar.« Jezz seufzte tief.

»Es hat einfach von Anfang an gepasst mit uns.«

»Mhm … Ich habe euch an dem Abend erzählt, dass ich zu Hause ausgezogen bin, weil ich mit meiner Mutter unter einem Dach wahnsinnig geworden wäre.« Sie ließ eine Pause entstehen. »Das war nur die halbe Wahrheit.«

»Hey, du musst nicht darüber reden …«

Jezz spürte, wie verlockend es war, auf Maras Vorschlag einzugehen und es dabei zu belassen. Gleichzeitig fühlte es sich falsch an wie noch nie. Vielleicht hatte die Sache mit Magnie doch etwas Gutes gehabt. Sie legte den Kopf in den Nacken und blickte in einen endlos weiten, hellblauen Himmel. Magnie hatte etwas in ihr geöffnet. Nun war da ein Spalt in der Tür, und durch diesen Spalt konnten all die Worte schlüpfen, die sie bislang in sich verschlossen hatte.

»Ich möchte es dir aber erzählen.« Sie hakte Mara unter und schritt mit ihr über den Strand. »Während des Studiums lebte ich mit meinem Freund zusammen. Basti war Gitarrist in einer Rockband. Alles lief prima, und ich dachte, das mit uns hält ewig. Aber dann hat er mich von heute auf morgen sitzen lassen, um auf seiner Harley über die Route 66 zu brettern.«

»*Wow!*« Mara wirkte geschockt.

»Ja. *Wow!*« Jezz seufzte.

»Warum? Hattet ihr Stress in der Beziehung?«, erkundigte sich Mara vorsichtig.

»Nein, jedenfalls nicht so, wie du denkst.« Jezz unterbrach sich. Sie fuhr sich mit der Zunge über ihre Lippen und schmeckte Salz. »Ich wurde krank, und zwar richtig. So krank, dass die Ärzte nicht wussten, ob ich überlebe. Basti meinte, ihm würde das alles zu schwer. Also ist er gegangen.«

»Was für ein Arsch.«

»Ja. Aber dann hatte ich irrsinniges Glück.« Jezz löste sich von Maras Arm und schob sich die Hände zum Wärmen in die Taschen ihrer Winterjacke. »Ich stand auf der Warteliste für eine Herztransplantation.«

Mara stöhnte ungläubig, aber Jezz ließ sich nicht unterbrechen.

»Weltweit gibt es zu wenig Menschen, die einer Organspende zustimmen, daher stehen die Chancen ziemlich schlecht, einen passenden Spender zu finden.«

»Mist!«

»Dann verschlechterte sich mein Zustand, und ich wurde auf HU hochgestuft. Das bedeutet *high urgency,* also oberste Dringlichkeit.« Jezz räusperte sich. »Um es kurz zu machen: Ich lebe seit beinahe zwei Jahren mit einem Spenderherzen. Es geht mir gut, ich kann fast alles machen, auch Sport. Nur bei manchen Dingen muss ich aufpassen.«

Maras Augenbrauen wanderten nach oben. »Deswegen trinkst du keinen Alkohol …«

Jezz nickte. »Bei meiner Mutter bin ich ausgezogen, weil ich nicht ertragen habe, dass sie sich ständig Sorgen um mich machte. Es ist kompliziert zwischen uns. Unter anderem habe ich mich auch ihretwegen für Shetland entschieden. Ich brauchte Abstand, um neu anfangen zu können. So. Das war es. Jetzt kennst du die Geschichte.«

Eine ganze Weile herrschte Stille. Mara tastete nach Jezz' Arm und hakte sich erneut bei ihr unter. Dann standen sie einfach da, Schulter an Schulter, und sahen zu, wie die Wellen an den Strand aufliefen, kurz stehen blieben und sich dann wieder mit dem Meer vereinten.

»Ich verstehe das jetzt«, sagte Mara schließlich. Sie zuckte die Schultern. »Dass das mit dem Für-immer-und-ewig für dich weniger Bedeutung hat als für mich. Dass dir der Moment an sich wichtiger ist.«

»*One day at a time.*« Jezz nickte.

»Ein Tag, dann der nächste, dann der nächste«, stimmte Mara zu.

Jezz sah ihrer Freundin ins Gesicht. Es hatte gutgetan, sich das alles von der Seele zu reden. Sie spürte, wie eine Welle der Erleichterung sie erfasste. Erleichterung und Lebensfreude.

»Juhu«, rief sie und riss spontan die Arme in die Höhe.

»Lebe wild und frei!« Mara schwenkte ebenfalls die Arme durch die Luft und quietschte ausgelassen. »Das sagst du doch immer, oder?«

»Genau! Wild und frei! Juhu!«

Jezz und Mara tauschten Blicke. Und dann liefen sie beide wie auf ein geheimes Kommando hin los über den Strand, warfen die Arme und die Beine in die Luft und kreischten dabei wie verrückt.

KAPITEL 29

Der Tag ging zu Ende. Nach dem Abendessen brütete Mara in ihrem Büro über der Buchhaltung, Jezz hatte sich in das gemeinsame Zimmer zurückgezogen. Mit dicken Wollsocken an den Füßen saß sie auf dem Bett und starrte ihr Handy an. Seit ungefähr zehn Minuten ging das so. Sie war hin- und hergerissen. Ihre Mutter anzurufen, war eine Sache. Sie auf einen Besuch einzuladen, eine andere. Wenn sie nur gewusst hätte, was richtig oder falsch war.

Eigentlich war sie nach Shetland gefahren, damit ihre überbehütende Mutter nicht ständig um sie herumschwirrte und vor jedem Schritt, den Jezz machte, erst einmal genau prüfte, ob nicht ein winziges Steinchen im Weg lag, über das sie stolpern und an dem sie sich verletzen könnte. Als hätte man nur eine Chance zu überleben, wenn die Welt um einen herum mit doppeltem Boden gesichert und zusätzlich mit weichen Schaummatten abgepolstert wäre.

Aber Jezz wusste, was ihre Mutter durch Jezz' Krankheit mitgemacht hatte. Daher verstand sie, warum ihre Mutter so drauf war.

Nur änderte es nichts an der Tatsache, dass ihre Beziehung dadurch wahnsinnig kompliziert geworden war. Wollte sie sich das wirklich antun? Wollte sie ihre Mutter nach Lerwick einladen?

Andererseits vermisste sie ihre Mama inzwischen. So sehr, dass sie schließlich kurz entschlossen zum Hörer griff.

»Ich bin es.«

»Jasmin.« Als ihre Mutter abgehoben und sich gemeldet hatte, hatte sie verschlafen geklungen. Jetzt klang sie alarmiert. »Ist etwas passiert?«

»Nein. Alles gut. Habe ich dich geweckt?«

»Ich muss beim Fernsehen eingeschlafen sein. Als das Handy läutete, habe ich mich erschrocken, weil ich dachte …« Sie sprach es nicht aus.

»Ich weiß, Mama.«

Beide schwiegen.

»Geht es dir gut?«, fragte ihre Mutter. Im Hintergrund spielte dramatische Musik. Irgendeine spanische Telenovela, vermutete Jezz.

»Ja, danke. Bei dir auch alles okay?«

»Natürlich, mach dir keinen Kopf. Aber ich vermisse dich.«

Jezz atmete tief aus und dachte das Gleiche.

»Mama?«

»Hm?«

»Es ist schön, deine Stimme zu hören.«

»Das freut mich. Ist wirklich alles in Ordnung? Du sagst so etwas sonst nie.«

Jezz lächelte schief. »Stell dir vor, ich habe Polarlichter gesehen.«

»Wirklich? Das ist ja großartig! Wo du schon so lange davon schwärmst! Ist das nicht einer der Gründe, weshalb du auf Shetland bist?«

»Ja und nein.« Jezz malte mit dem Finger Kringel auf die Bettdecke.

»Wir haben nie darüber geredet, weshalb du gefahren bist«, sagte ihre Mutter. Jezz stellte sich dabei ihr Gesicht vor, nachdenklich und ein wenig traurig.

»Nein, haben wir nicht.« Jezz' Brust schnürte sich zusammen. Sie räusperte sich. »Mama?«

»Ja, Liebes?«

»Ich weiß, dass du im Februar am liebsten irgendwohin fliegst, wo es warm ist. Aber würdest du vielleicht trotzdem gern nach Shetland kommen? Zum Polarlichtergucken, wenn wir Glück haben.«

Sie hörte, wie ihre Mutter kurz und scharf einatmete. »Ist das eine Einladung?«

Jezz musste unwillkürlich lächeln. »Klar. Was dachtest du?«

»Damit hätte ich nicht gerechnet.«

»Und …? Kommst du?«

»Aber natürlich. Du glaubst nicht, wie sehr ich mich freue.«

»Prima.« Jezz warf einen Blick auf den Fotokalender, der in Maras Zimmer hing. »Nächste Woche haben wir hier das Feuerfest, und alle Zimmer auf Shetland sind ausgebucht. Danach wird es wieder ruhig. Soll ich mich nach einem B&B in meiner Nähe für dich umschauen?«

»Gerne.«

»Und wenn du da bist, reden wir. Und zwar über alles. Das hätten wir schon lang tun sollen. Bis dann, Mama.«

»Warte«, warf ihre Mutter in diesem Moment dazwischen. »Ich will dich nicht aufhalten, aber woher kommt das alles so plötzlich?«

Jezz warf sich auf dem Bett auf den Rücken und starrte zur Decke. »Keine Ahnung. Ich hatte einfach das Gefühl, wir sollten versuchen, den schwierigen Teil hinter uns zu lassen. Früher sind wir so gut miteinander klargekommen.«

Schweigen. Früher, das war vor der Erkrankung gewesen.

»Ich weiß nicht, wie wir das hinbekommen sollen.« Es hörte sich an, als würde ihre Mutter mit den Fingern gegen den Wohnzimmertisch tippen. Kleine, nervöse Geräusche. »Wir werden immer wieder an bestimmte Punkte kommen. Winzige

Kleinigkeiten, an denen die Erinnerungen wieder hochkommen. Ein Rettungswagen, der vorbeifährt. Eine flackernde Neonröhre, die an das Licht in der Klinik erinnert. Das Geräusch von Gummisohlen auf Linoleum. Ein harmloser Blumenstrauß auf dem Tisch, Stapel durchgeblätterter Zeitschriften, wie sie in den Wartezimmern im Krankenhaus ausliegen …«

Jezz setzte sich entschlossen auf und überkreuzte die Beine. »Dann müssen wir uns neue Erinnerungen schaffen. Solche, an denen wir uns festhalten können und die uns nicht wehtun.«

Die nervösen Geräusche hörten auf. Ihre Mutter seufzte. »Das klingt nach einem Plan.«

»Na bitte.« Jezz huschte ein Lächeln über das Gesicht.

»Trotzdem wundere ich mich, woher das alles auf einmal kommt.«

»Na ja.« Jezz zupfte an ihren Socken herum. »Ich vermisse dich eben.«

»Ach, Schätzchen, ich dich auch …« Ihre Mutter schniefte ein bisschen durch die Nase. »Aber diesen Satz bekomme ich so selten von dir zu hören, dass ich mir automatisch Gedanken mache. Du hast doch hoffentlich nicht Liebeskummer?«

»Ach was, mach dir deswegen keinen Kopf«, sagte Jezz vage, aber zumindest log sie damit nicht.

»Du …, wenn ich feststelle, dass du aus Liebeskummer plötzlich Sehnsucht nach mir hast, dann steche ich der betreffenden Person beide Augen aus«, sagte ihre Mutter ganz entschlossen.

Jezz lachte. »Hier auf Shetland macht man das mit rostigen Löffeln.«

»Auch gut. Ich bring welche mit. Sicher ist sicher.«

Mit einem Lächeln im Gesicht legte Jezz auf und versuchte, sich an den Gedanken zu gewöhnen, dass Familie gar keine so schlechte Sache war, auch wenn man mit einer Mutter geschlagen war, die gewillt war, einen bis aufs Messer zu verteidigen. Notfalls auch mit rostigen Löffeln.

Kapitel 30

»Ach Mensch, ich habe mich so auf den Nachmittag mit dir gefreut. Dabei hätte ich mir denken können, dass etwas dazwischenkommt. So leid es mir tut, aber ich muss dich gleich nach dem Frühstück zurück nach Lerwick fahren. Später wird es nichts mehr. Ich muss hier sein und die neuen Gäste begrüßen«, erklärte Mara am anderen Morgen und schüttelte verärgert den Kopf. »Warum glauben manche Menschen eigentlich, dass es für eine Pensionsbesitzerin nichts Schöneres gibt, als den ganzen Tag lang im Haus herumzuhängen und darauf zu warten, dass die Gäste sich endlich entschließen aufzutauchen, obwohl die Anreise ursprünglich für elf Uhr vormittags vereinbart war?«

»Da kann man wohl nichts machen«, seufzte Jezz.

»Nein, leider nicht. Scheiße, ist das heiß!«

Mara stellte die Schüssel mit dem Porridge ziemlich unsanft vor Jezz auf den Frühstückstisch ab. Dann schleuderte sie das Geschirrtuch, das sie statt eines Kochhandschuhs benutzte, in die Ecke und pustete gegen ihre Fingerspitzen. »Mist! Heut geht aber auch alles schief.«

»Wieso kaufst du dir nicht einen von diesen hitzebeständigen Kochhandschuhen?«, entgegnete Jezz und gähnte. Es war später Vormittag, die anderen Gäste des Seaview hatten bereits gefrühstückt und das B&B für Ausflüge in die Umgebung verlassen, also konnte sie sich den Luxus gönnen, in einem ihrer ausgewaschenen Schlafshirts im Aufenthaltsraum herumzulümmeln, ungekämmt und ohne Make-up. »Du bist genauso schlimm wie meine Mutter. Die verbrennt sich auch ständig die Finger in der Küche, weil sie noch immer dieses Dings verwendet, das ich in der dritten Klasse gehäkelt habe und aus so viel Löchern besteht, dass man es nicht als Topflappen bezeichnen kann.«

»Danke sehr«, entgegnete Mara hoheitsvoll und setzte sich zu ihr an den Tisch. »Ich besitze sehr wohl professionelle Ofenhandschuhe. Sie sind nur leider nie zu finden, wenn ich sie brauche.«

»Der Trend geht zu einem Zweitpaar.« Jezz grinste.

»Gute Idee. Übermorgen bin ich wegen Up Helly Aa sowieso den ganzen Tag in Lerwick. Wie wäre es, wir gehen vor dem Umzug zusammen in den Peerie Shop? Die haben dort supersüße Topfhandschuhe mit Papageientauchern darauf. Peerie heißt übrigens klein auf Shetland«, fügte Mara hinzu und rührte Honig unter ihren Porridge.

»Weiß ich doch.« Jezz hob die Arme. Gedankenverloren zwirbelte sie zwei Haarsträhnen rechts und links über der Stirn zusammen, sodass sie wie Minihörner in die Luft standen. »Aber ich bin noch nicht sicher, ob ich mir den Umzug überhaupt ansehe.«

»Du wirst doch nicht zu Hause bleiben wollen, oder? Wegen Magnie?« Mara hob eine Augenbraue. »Das ist eine blöde Idee. Ihr lauft euch früher oder später sowieso wieder über den Weg.«

»Ich fühle mich aber noch nicht bereit dazu.«

»Sicher?« Mara warf Jezz einen schelmischen Blick zu und deutete auf die Minihörner-Haarfrisur. »Dein inneres Ich *möchte,* dass du zum Umzug gehst. Komm schon, ich habe mich so darauf gefreut, dass du dabei bist. Du kannst jetzt keinen Rückzieher machen.«

Jezz strubbelte sich durch das Haar, sodass es an wirre Vogelfedern erinnerte und nicht so sehr an Wikingerhelme und den bescheuerten Umzug, bei dem sich alles um den Guizer Jarl, sprich: um Magnie, drehte. Sie wusste natürlich, dass Mara recht hatte. Wenn sie bloß wegen Magnie nicht zum Umzug ging, dann sollte sie auch keine Kneipen mehr besuchen, weil sie ihn dort ja auch treffen konnte, nicht mehr in den Supermarkt gehen, nicht mehr durch die Commercial Road bummeln, nicht mehr im True Love erscheinen … Als ihr klar wurde, wie unsinnig das war, brach sie den Gedanken ab.

Sie tauchte einen Löffel in den Porridge und führte ihn zum Mund. »Du hast recht. Warum soll ich mir wegen Magnie das Fest entgehen lassen?«

»Eben. Warum solltest du?«, sagte Mara.

»Mir doch egal.« Jezz mampfte ihren Haferbrei und zuckte dabei die Schultern. »Soll er herumknutschen, mit wem er will.«

»Richtig. Am Ende holt er sich nur Lippenherpes.«

»Mindestens. Außerdem sieht er gar nicht *so* gut aus.«

»Eher durchschnittlich.« Mara nickte finster.

»Höchstens. Abgesehen von den unglaublich blauen Augen.«

»Das Tattoo auf dem Arm ist irgendwie sexy.«

»Vor allem, weil er so durchtrainierte Unterarme hat. Ziemlich aufregend«, warf Jezz ein.

»Dafür ist sein Rauschebart sicher unangenehm beim Küssen.«

»Nö, ist er nicht.« Jezz seufzte. »Noch dazu küsst Magnie ausgesprochen gut.«

»Egal«, murmelte Mara.

»Scheißegal. Mindestens.«

»Du sagst es.« Mara deutete auf den Porridge. »Passt das so? Ich habe extra keine Sahne rangetan, weil ich nicht wusste, ob du die verträgst.«

»Pasteurisierte Sahne ist okay.« Jezz leckte genüsslich den Löffel ab. Mara kochte himmlisch. Sie hatten sich gestern Abend noch lange unterhalten und unter anderem auch darüber gesprochen, warum Jezz so einen Aufwand um die Lebensmittel betrieb, die sie zu sich nahm. Mara hatte zugegeben, lange Zeit vermutet zu haben, Jezz sei auf ihre Figur bedacht und einem bestimmten Diätwahnsinn verfallen. Gut, dass Mara nun den wirklichen Grund kannte.

»Schmeckt es?« Mara hob eine Augenbraue.

»Megalecker. Ist das da neben meinem Scone Aprikosenmarmelade?«

»Selbst gemacht. Die Aprikosen kommen aus meinem Gewächstunnel.«

»Schade, dass du heute keine Zeit hast. Irgendwie habe ich wenig Lust, den Sonntagnachmittag in meiner Wohnung rumzusitzen. Vielleicht gehe ich doch zu dem schottischen Tanzkurs«, überlegte Jezz laut.

»Mach das auf jeden Fall. Das wird lustig.«

Jezz spürte ein Ziehen im Magen. Magnie hatte ursprünglich angeboten, sie zu begleiten. Sie dachte zurück an den Tanz mit ihm im King Olav, woraufhin die Sehnsucht nach Magnie sich augenblicklich verstärkte. Entschlossen schob sie den Gedanken beiseite.

»Mit dem Entwurf für das Hochzeitskleid sind wir dieses Wochenende auch nicht weitergekommen«, sagte Jezz. Kein brillanter Themenwechsel, aber immerhin.

»Bis zur Hochzeit ist es lange hin.«

»Kommt Lisa zur Hochzeit?« Jezz nahm sich ihr Scone und schnitt es durch.

»Logisch. Sie ist eine meiner Brautjungfern.«

»*Eine?*« Jezz zog das Wort bewusst quietschig in die Länge und rollte vielsagend die Augen. »Das war also kein Witz, du meinst es ernst?«

Mara grinste. »Vergiss die Ausreden. Klar, dass du und Lowrie die anderen seid. Du kommst nicht drumherum, auch wenn du Hochzeiten nicht magst.«

»Ich habe nicht gesagt, dass ich *Hochzeiten* nicht mag, ich sehe mich nur nicht selbst vor dem Altar stehen. Aber zu deiner Beruhigung, ich bin schrecklich gern deine Brautjungfer.«

»Cool.« Mara warf begeistert die Hände in die Luft. Anscheinend hatte sie nicht wirklich mit einer Zusage gerechnet.

»Aber auf keinen Fall lasse ich mich in ein albernes rosa Kleid mit Tüll und Schleifchen stecken, das womöglich noch deine zukünftige Schwiegermutter ausgesucht hat«, brummte Jezz und schmierte eine dicke Schicht Marmelade auf ihr Scone.

»Versprochen. Keinen rosa Tüll.« Mara hob feierlich die Schwurhand.

»Ich dachte eher an Hellblau mit Glitzer für dich«, schob Mara hinterher und zwinkerte ironisch.

»Wag es nicht!« Jezz grinste und griff nach einem Kissen auf der Bank, um es nach Mara zu werfen. Mitten in der Bewegung hielt sie inne, weil ihr ein Gedankenblitz gekommen war. Nachdenklich befühlte sie den Stoff mit den Fingerspitzen. »Ist das Tweed?«

Mara ließ den Ellbogen sinken, den sie sich abwehrbereit vor das Gesicht gehalten hatte. »Irre schön, oder?«

»Ich habe noch nie so feinen Wollstoff gesehen.«

»Die Wolle stammt aus der Laurensonschen Spinnerei. Gavin hat für einen seiner Kunden superfeine Wolle herstellen lassen. Der Mann ist Künstler oben in Yell und ziemlich berühmt. Ursprünglich war er Opernsänger, aber dann hat er festgestellt, dass er ein wirklich ungewöhnliches Verständnis für Stoffe, Farben und Muster hat. Also hat er umgelernt. Mittlerweile ist er so erfolgreich, dass er seine Stoffe sogar an renommierte Modehäuser verkauft. Seine Spezialität sind ungewöhnliche Materialkombinationen.«

Jezz hörte nur mit halbem Ohr hin. Sie war gefesselt von der Idee in ihrem Kopf. »Nimmt dieser Künstler auch Aufträge entgegen, oder ist das unter seiner Würde?«

Mara wiegte unsicher den Kopf. »Ich war dabei, als wir die Ware an ihn auslieferten. Auf mich hat er einen supernetten, unkomplizierten Eindruck gemacht. Wir könnten ihn fragen.«

»Mensch, Mara, das wäre es!« Jezz hatte heiße Wangen vor Aufregung.

»*Was* wäre *was?* Ich kapiere gar nichts.«

»Na, dein Hochzeitskleid. Ich habe die Lösung!« Triumphierend hielt Jezz das Kissen in die Luft. »Gavins Spinnerei produziert superfeine, reinweiße Wolle für uns. Die bringen wir dann zu diesem Künstler, und der webt für uns einen samtweichen Tweed. So wie diesen hier.«

»Als Stoff für das Kleid?«, fragte Mara. Jezz konnte förmlich sehen, wie bei ihrer Freundin der Groschen fiel. Ihre riesigen babyblauen Augen leuchteten. »Du bist genial!«

»Ich weiß.« Jezz winkte ab. Mit großer Geste legte sie das Kissen auf den Tisch, als wäre es der Heilige Gral. »Damit übertriffst du die Erwartungen der Laurensons an eine repräsentative Hochzeit um Längen. Das Kleid ist modern und traditionell zugleich, und höchst exklusiv, da die Wolle für den Stoff aus der familieneigenen Spinnerei stammt. Man könnte sogar eine super Story für die Presse daraus stricken. Wenn das kein Grund für deine Schwiegermutter ist, stolz auf die Braut zu sein.«

Mara nickte begeistert. »Aber hallo! Abgesehen davon werde ich auch nicht aussehen wie ein Kaffeewärmer, da sich Tweed nicht über zig Reifröcke bauschen lässt. Oder doch?«, schob sie nervös hinterher.

Jezz kicherte. »Nein, keine Panik. Das ist ein weiterer positiver Nebeneffekt meines genialen Geistesblitzes. Tweed schreit förmlich nach einem einfachen, geraden Schnitt, genau wie er dir vorschwebt. Hast du mal Stift und Zettel?«

Mara brachte ihr das Gewünschte. Jezz warf flüchtig ein paar Linien auf das Blatt und schob es zu Mara hinüber. »So ungefähr? Was meinst du?«

»Das ist …« Mara bekam feuchte Augen und brach mitten im Satz ab. Aufgeregt wedelte sie mit den Händen vor dem Gesicht herum. »Ich weiß gar nicht, was ich sagen soll. Du bist die Beste!«

»Gehört zu meinem Job als Brautjungfer.«

»Du bist die beste Brautjungfer aller Zeiten.«

Jezz grinste schelmisch. »Mal sehen, ob du das auch noch sagst, wenn ich heimlich zehn männliche Stripper organisiere, die sich als Kellner verkleiden und sich dann, wenn alle beim Essen sitzen, die Klamotten vom Leib reißen und zu heißen Beats nackt bis auf die Tangas auf den Tischen tanzen.«

»Woraufhin Marjoleen einen Schreikrampf bekommt und vor Schreck mit dem Gesicht voran in die Hochzeitstorte fällt.« Mara prustete vor Lachen.

»Was unweigerlich dazu führt, dass die pupslangweiligen Reden flachfallen und deine Hochzeitsfeier zu einem Event wird, von dem ganz Lerwick noch in zwanzig Jahren spricht.« Jezz japste vor Lachen nach Luft.

»Genau. Und dann passiert Folgendes: Alison kommt auf die Idee, ein drittes Standbein aufzubauen. Sie engagiert dich als Hochzeitsplanerin für die Kundinnen des True Love und du verbringst dein restliches Leben damit, Bräute vor dem Nervenzusammenbruch zu bewahren!«

»Das bekäme ich auch hin.« Jezz nahm einen Schluck von ihrem Kaffee. Das Schöne an der Idee war, dass sie damit Magnies permanente Spontanüberfälle auf das True Love umgehen würde. Verdammt! Wenn es doch so einfach gewesen wäre, über ihn hinwegzukommen, wie sie vorher vollmundig behauptet hatte.

264

Kapitel 31

Magnie hatte sich im Vorfeld keine großen Gedanken gemacht, wie er den Sonntagnachmittag vor dem Fest verbringen würde. Wozu auch, wo er doch normalerweise sonntags um diese Zeit mit seinen Kumpels im Douglas Arms abhing. Jetzt aber stellte er fest, dass er schon eine ganze Weile in seiner Wohnküche vor seinem Teller mit Bacon, Toast und Rührei saß, ziemlich belämmert auf das Veranstaltungsblatt starrte und null Bock hatte, in die Kneipe zu gehen.

Der Shetland-Style-Country-Dancing-Kurs im Mareel, Lerwicks beliebtem Kulturzentrum, zu dem er Jezz hatte begleiten wollen, fing in fünf Minuten an.

In fünf Minuten … Wenn er sich beeilte, konnte er es schaffen. Andererseits wäre Jezz mit hundertprozentiger Sicherheit ziemlich wütend, wenn er dort aufkreuzte, nachdem sie ihm deutlich zu verstehen gegeben hatte, dass sie von reiner Freundschaft nicht viel hielt.

Ob sie trotzdem teilnahm? Allein? Ohne ihn? Er warf Thor einen langen Blick zu. »Besser so. Liebe endet doch nur mit Enttäuschung. Was sagst du dazu, Junge?«

Thor saß seitlich von ihm am Küchentisch, den Kopf auf der Tischplatte, und rührte sich nicht. Magnies Überzeugung nach übte sich Thor gerade mit Ausdauer in einer Art Meditation, einer konzentrierten Aufmerksamkeitsübung, bei der er Magnies Teller anstarrte, ohne dabei zu blinzeln. So lange, bis das Universum reagierte und der Speck auf mysteriöse Art von selbst in das gewaltige Hundemaul schwebte. Magnie vermutete, dass die Dogge sich die Technik bei einer Hypnosesendung im Fernsehen abgeschaut hatte.

»Vergiss es. Du bekommst nichts am Tisch. Das letzte Mal war eine Ausnahme.«

Thor schmatzte und zog die Lefzen hoch. Es sah aus, als lächelte er.

»Erzähl mir bitte nicht, dass ich einen Fehler gemacht habe.« Magnie schob das Rührei auf dem Teller hin und her, ohne davon zu essen. »Es ging nur um Freundschaft. Nicht mehr. Woher sollte ich ahnen, dass von ihrer Seite aus mehr dahintersteckte?«

Thor winselte herzzerreißend.

Magnie nahm einen Streifen Bacon zwischen die Finger und hielt ihn Thor hin. Thors nasse Schnauze berührte seine Hand. Geistesabwesend wischte sich Magnie die Finger an einer Serviette sauber.

»Wir hätten sie nur unglücklich gemacht. Jezz hat etwas Besseres verdient als uns.«

Falls Thor anderer Meinung war, behielt er es für sich.

»Etwas *viel* Besseres sogar.« Magnie häufte Rührei auf einen Toast und schob ihn Thor ins Maul.

»Weißt du, was das Dumme ist?« Magnie tauschte lange Blicke mit Thor. »Wie? Du meinst, das Problem ist, dass ich sie wirklich mag? Ja, das auch.«

Thor starrte die Reste auf Magnies Teller so konzentriert an, dass er jedem buddhistischen Mönch in puncto spiritueller Meditation Konkurrenz gemacht hätte.

Magnie strich Butter auf den zweiten Toast und schnitt ihn in schmale Streifen, bevor er ihn an Thor verfütterte.

»Das Problem ist, dass Jezz niemanden braucht, der auf sie aufpasst.«

Thor schleckte sich zustimmend über das Maul.

»Sie braucht jemanden, der Wind unter ihren Flügeln ist. Verstehst du, was ich meine?«

Thor starrte mit blutunterlaufenen Augen zu Magnie hinauf.

Magnie zuckte die Schultern. »Egal. Wäre auch zu viel von dir verlangt. Ich kapiere es nämlich selbst nicht. Warum sitze ich überhaupt hier und mache mir Gedanken um Jezz, anstatt im Douglas Arms zu sein?«

Er lehnte sich zurück und verschränkte die Arme. Was war nur los mit ihm? So kannte er sich nicht. Zwei Tage vor dem Fest, und ihm fiel nichts anderes ein, als den blöden Zettel anzuglotzen und sich den Kopf darüber zu zerbrechen, ob Jezz in diesem Moment im Mareel war und sich von irgendeinem Kerl auf der Tanzfläche herumwirbeln ließ.

Wahrscheinlich war es normal, dass ihn das beschäftigte, sagte er sich. Schließlich hatte er vorgeschlagen, sie dorthin zu begleiten. Und dieses mulmige Ziehen im Bauch war nichts weiter als Schuldgefühle, die er im Grunde gar nicht haben musste, da Jezz ihn mehrfach darauf hingewiesen hatte, wie sehr sie es hasste, wenn er auf Zehenspitzen um sie herumhampelte. Ja, überlegte er, diese Theorie ergab Sinn. Froh, dass er endlich die Erklärung für sein ungewöhnliches Verhalten gefunden hatte, nahm er den Teller und stellte ihn vor Thor auf den Boden. »Hier. Der Rest ist für dich. Aber glaub bloß nicht, dass das zur Gewohnheit wird.«

Schwanzwedelnd beendete Thor seine Meditationssession und stürzte sich auf das letzte Stück Rührei.

Magnie stellte den blank geleckten Teller in die Spüle und warf sich anschließend auf sein Sofa.

Vielleicht war es gar nicht so schlecht, heute zu Hause zu bleiben und einen gemütlichen Abend einzulegen. Kräftemäßig käme übermorgen ohnehin einiges auf ihn zu. Bereits frühmorgens vor Sonnenaufgang würde er mit seinem Squad marodierend durch Lerwicks Gassen schlendern, die Doppelaxt schwingen und unter Spottgesängen zum Market Cross ziehen, um die Stadt für einen Tag unter die Herrschaft des Jarls zu bringen. Dann die Besuche in den Heimen, die Fototermine und als Höhepunkt der Umzug am Abend. Danach Party bis zum anderen Morgen.

Zufrieden stopfte er sich ein Kissen in den Rücken und griff nach der Fernsehfernbedienung, um nach Lust und Laune durch die Kanäle zu zappen. So langsam war er wieder ganz der Alte. Und was Jezz betraf, er musste wirklich aufhören, ständig an sie zu denken.

Noch zwei Tage bis zum Fest.

Er konnte es kaum erwarten.

KAPITEL 32

Die Stadt befand sich im Ausnahmezustand an diesem letzten Dienstag im Januar. Sowohl Shetlander als auch Tausende von Touristen aus aller Welt drängten sich trotz Dunkelheit und Kälte hinter den Absperrungen in zweiter, dritter und vierter Reihe. Die meisten von ihnen harrten schon über eine Stunde entlang der Route aus, die die Prozession vom Rathaus zum King-George-V-Fußballplatz nehmen würde. Vom Hillhead, wo der Umzug beginnen würde, blies ein schneidender Wind den Hügel hinunter. Der Schnee lag knöchelhoch, Atemwolken hingen wie Nebelschleier in der Luft. Die Gesichter der Zuschauer wirkten schemenhaft im gelblichen Schein der Straßenbeleuchtung.

Punkt neunzehn Uhr. Schlagartig erlosch in ganz Lerwick das Licht. Die Stadt lag vollkommen im Dunkeln. Ein Raunen ging durch die Menge, dann wurde es still. In der Rabenschwärze verhallte die ausgelassene Stimmung. Fiebrige Spannung lag in der Luft.

»Ich frier mir gleich den Hintern ab.« Jezz schlug die Hände in den dick gefütterten Skihandschuhen aneinander. »Magnie und sein Squad sind schon vor einer Ewigkeit an uns

269

vorbei zum Versammlungspunkt gestapft. Was dauert denn da so lange?«

Mara prustete. »Also ich möchte nicht in der Haut der Marshalls stecken und den Zug in Reih und Glied bringen müssen. Stell dir das mal vor, tausend Männer, und alle müssen ordentlich Aufstellung nehmen.«

»Ich *stelle* mir gerade tausend Männer vor.« Jezz schlang die Arme um ihren Oberkörper in der dicken Winterjacke und trampelte mit den Füßen auf dem Schnee herum. Ihre Zehen in den Boots fühlten sich erfroren an.

Mara grinste. »Du brauchst sie dir nicht vorzustellen. Jeder einzelne von ihnen läuft nämlich gleich an uns vorbei.«

»Juhu!« Jezz schleuderte ausgelassen die Arme in die Luft. »Bist du dir sicher, dass Up Helly Aa nicht in Wirklichkeit ein Fest für Frauen ist? Ich meine, denk doch mal: *Tausend Männer!* Der Hammer. Da frage ich mich doch glatt, ob da nicht auch einer für mich dabei ist.«

»Und da frage ich mich doch glatt, ob ich nicht einen Riesenfehler gemacht habe.« Mara kräuselte die Nase.

»Warum?«

»Ich hätte meinen Junggesellinnenabschied auf heute legen sollen. Mist! Jetzt ist es zu spät.«

»Stimmt. Hättest du. Wäre eine Megaparty gewesen.« Jezz trampelte weiter auf dem Schnee herum, ohne zu bemerken, dass unter ihren Sohlen inzwischen eine spiegelglatte Eisfläche entstanden war. Von einer Sekunde auf die andere glitten ihr die Füße weg. Erschrocken klammerte sie sich an Mara fest. »Ups! Entschuldigung.«

Mara half Jezz sicher auf die Füße. Dann zog sie sich die Kapuze in die Stirn, die bei dem Zusammenstoß nach hinten gerutscht war, und warf Jezz einen strengen Blick zu. »Gib mir mal deine Thermoskanne.«

»Wieso?« Skeptisch hob Jezz eine Augenbraue.

»Sind da irgendwelche Drogen drin, oder was ist mit dir los? Erst hüpfst du leicht hyperaktiv um mich rum, und jetzt legst du noch fast eine Bauchlandung hin.«

»Haha! Ich bin ausgerutscht.«

»Oder dein System reagiert über bei der Aussicht auf die geballte Ladung an Testosteron, die sich gerade im Dunkeln formiert. Ungemein archaisch.« Mara streckte ihr albern die Zunge heraus und legte den Kopf an Jezz' Schulter. »Selfie-Time!«

Jezz knuffte sie in die Seite. »Wehe, du postest ein Foto von mir mit dem bescheuerten Strickhelm auf dem Kopf auf Insta!«

»Zu spät. Schon passiert.« Grinsend steckte Mara das Handy weg.

Jezz wollte antworten, aber in diesem Moment ertönte ein Knall. Ein Lichtblitz erhellte die Finsternis. Sie reckte den Kopf und sah ein rotes Leuchten über dem Hillhead, das sich ausbreitete und stärker wurde. Vor einem rabenschwarzen Himmel stiegen gewaltige orangefarbene Rauchschwaden in die Luft. Im Widerschein des Feuers wirkten die Dächer der Häuser mit ihren Kaminen wie messerscharfe Scherenschnitte.

Aufgeregt zupfte Jezz Mara am Ärmel. »Es geht los!«

Sie deutete auf die lange Reihe von Lichtern, die unter dunklem, rhythmischem Gesang den Hillhead herunterfloss. Hunderte um Hunderte von Fackeln, geordnet zu Zweierreihen, wie Perlen an einer Kette. Ein endloser Zug flackernder Feuerpunkte, ein Spalier aus Flammen für den Jarl und sein Gefolge. Von allen Seiten dröhnten Jubelrufe, ohrenbetäubend laut. Der Geruch von brennendem Petroleum hing in der Luft. Die Blaskapelle spielte, der Zug kam unaufhaltsam näher. Jezz schlug das Herz vor Aufregung bis zum Hals. Sie reckte sich auf die Zehenspitzen.

Der Umzug wurde vom Jarl Squad angeführt. Jezz schrie aufgeregt, als sie den Drachenkopf der Galeere auftauchen sah.

Schattenhaft ragte Magnies hochgewachsene Gestalt über den Köpfen der Menge in den Himmel. Breitbeinig stand er auf dem Bug der Yggdrasil und schleuderte der Finsternis seine Doppelaxt entgegen. Ein Krieger auf dem Weg nach Walhalla. Sein Profil mit der scharf geschnittenen Nase und dem geflügelten Helm wirkte wie ein dunkler Schemen vor einem Meer aus Flammen. Jezz zitterte vor Erregung. Magnie verkörperte die Rolle des Jarl mit einer solchen Kraft und Intensität, dass sie vom Kopf bis zu den Füßen Gänsehaut bekam. Nein, er verkörperte die Rolle nicht nur, er lebte sie mit jeder Faser seines Herzens. Intuitiv begriff sie, was er ihr mit Worten nie hätte erklären können. Up Helly Aa war mehr als ein Fest. Es war ein Gefühl, das einen tief im Inneren berührte. Eine Erfahrung, die so elementar war, wie sie es noch nie erlebt hatte. Vergangenheit, Gegenwart, Zukunft, alles schien in diesen einen, aus der Zeit losgelösten Moment zusammenzufließen.

Die Guizers schmetterten aus dunklen Kehlen das Up-Helly-Aa-Lied. Der Rhythmus der Blaskapelle und das Schlagen der Trommeln wummerten bis tief in Jezz' Eingeweide. Das Lied erzählte von tapferen Wikingern, die den weiten Ozean beherrschten, vom Ruhm vergangener Jahrhunderte und vom Kampf um Freiheit. Jezz spürte vor Bewegung Tränen in ihren Augen aufwallen. Benommen starrte sie der Yggdrasil auf ihrem Weg zum Festplatz hinterher.

»Wahnsinn«, hörte sie Mara neben sich mit fester Stimme schreien. »Magnie hat eine unglaubliche Ausstrahlung. Ich kann verstehen, dass du in ihn verknallt bist.«

»Verknallt *warst*«, gab Jezz finster zurück und löste sich aus ihrer Trance. »Vergangenheit.«

»*Jetzt* wird es richtig interessant.« Mit einem breiten Grinsen deutete Mara auf die Flut von Guizern, die der Yggdrasil folgten. »Tausend verkleidete Männer. Such dir schon mal aus, worauf du stehst.«

»Könnte schwierig werden, sich zu entscheiden«, rief Jezz zurück. Lachend verfolgten sie den schier endlos langen Aufmarsch fackeltragender Guizers, die als Pinguine, Elvis Presleys, Giraffen, Ballerinas, Schweinchen, Comic-Häschen, Skelette, Gogo-Girls und Weiß-der-Himmel-was angezogen waren.

Der Zug der Fackelträger riss auch noch nicht ab, als Magnies Galeere bereits den Fußballplatz erreichte und dort zum Halten kam. Die Fackelträger reihten sich konzentrisch um das Schiff, ein Ring aus Flammen, der wuchs und wuchs. Während immer mehr Guizers mit ihren Fackeln das Langschiff umrundeten, kletterte die Besatzung von Bord. Als der letzte Guizer angekommen war, war die Yggdrasil leer.

Abgesehen von Magnie, wie Jezz mit einem leichten Schaudern bemerkte. Dem wurde nämlich gerade ein Mikrofon nach oben gereicht. Jezz zog einen Handschuh aus und knabberte nervös an ihren Nägeln. Vermutlich plante er eine Ansprache, in der er erklärte, bis zum Ende aller Tage an Bord seines schönen Schiffs zu bleiben. Zuzutrauen war es ihm.

Sie drehte den Kopf zu Mara und brüllte ihr ins Ohr: »Hat er vor, da auch mal wieder runterzukommen?«

Mara lachte. »Keine Sorge. Die Zeremonie wird nicht *ganz* originalgetreu nachgestellt.«

Jezz nahm ihr Handy, richtete es auf Magnie und zoomte ihn mit der Kamerafunktion so weit wie möglich heran. »Wie hält er das aus? Überleg mal, tausend Fackeln um dich rum. Das muss doch irre heiß sein.«

»Also ich hätte einen Heidenrespekt davor. Aber ich bin auch ein Schisser, was Feuer betrifft. Huch!« Mara zuckte erschrocken zusammen, als ein Signalschuss über ihnen krachte.

»*Every Guizer has a duty*«, jeder Guizer hat eine Pflicht zu erfüllen, sangen die Männer des Jarl Squads. Unter wildem Jubelgebrüll der Fackelträger schwang Magnie die Doppelaxt. Er wirkte unfassbar stolz.

»Drei Hurras für die Bootsbauer«, donnerte Magnie ins Mikro, nachdem das Lied zu Ende gesungen war. »Hipp, hipp …«

»… horray!«

»Hipp, hipp …«

»… horray!«

»Hipp, hipp …«

»… horray!«

Das Ganze wiederholte sich mit drei Hurras für die Fackelmacher und für das Fest. Dann gab Magnie das Mikrofon ab, und es folgten drei Hurras für den Guizer Jarl.

»Irre! Was muss das wohl für ein Gefühl sein?«, schrie Mara Jezz zu.

»Keine Ahnung.« Jezz schüttelte den Kopf. »Frag mal Ed Sheeran, wie der sich fühlt, wenn er im ausverkauften Wembleystadion steht.«

»Ha! Eher wie Rammstein, wegen der ganzen Pyrotechnik und so«, rief Mara zurück. »So oder so, von dem Adrenalin-Flash bist du noch Tage danach high.«

»Na endlich! Er steigt jetzt runter.« Jezz hüpfte vor Aufregung von einem Bein auf das andere.

»So viele Monate Arbeit. Nein! Tut das nicht! Das schöne Schiff!«, schrie Mara und krallte sich an Jezz' Ärmel, als wollte sie Kraft ihrer Gedanken verhindern, dass die Yggdrasil nur noch wenige Augenblicke zu leben hatte.

»O Gott!«, stöhnte Jezz.

»Schau mal, die Frau mit der Trompete dort neben dem Schiff ist Lorna«, rief Mara. »Sie gibt das Feuer frei, sobald alle Guizers im sicheren Abstand stehen, damit nicht aus Versehen der Jarl mit abgefackelt wird.«

»Wie? Magnies Leben liegt in ihrer Hand?« Jezz riss sich auch noch den anderen Handschuh von den Fingern und malträtierte ihre Nägel. Sie war völlig fertig mit den Nerven.

»Ich schätze, Lorna kann das. Sollte sie zumindest.«

Jezz meinte den Geruch des brennenden Petroleums bis herauf zu sich zu riechen. Ihr war so flau im Magen, dass sie nicht länger hinsehen konnte. Mit zittrigen Knien schlug sie sich eine Hand vors Gesicht und spähte vorsichtig durch die gespreizten Finger.

Lornas Trompetensignal hallte durch die Nacht. Es wurde still.

Magnies Fackel flog in die Höhe, beschrieb einen Bogen und landete auf der Yggdrasil.

Dann ging es Schlag auf Schlag. Eine synchrone, perfekt aufeinander abgestimmte Maschinerie setzte sich in Gang. Wie Ketten eines Getriebes ließen die Guizers im inneren Ring die Fackeln fliegen, traten zurück, die nächste Reihe rückte vor und immer so weiter. Eine gewaltige Feuersäule stieg in den Himmel, die Yggdrasil spie Funken und Flammen wie eine gigantische Wunderkerze, um binnen Minuten lichterloh zu brennen.

Wie ein trauriges Skelett ragte der Mast nur kurze Zeit später in den Himmel, bevor er neben dem Drachenkopf zur Erde krachte, einen sprühenden Feuerschweif hinter sich herziehend.

»*The Norseman's home in days gone by, was on the rolling sea …*«

Feuerwerkskörper explodierten. Aus vollen Kehlen erklang das Schlusslied.

Dann war es vorbei.

Der Jarl und die Guizers verschwanden in die Nacht, die Zuschauer zerstreuten sich. Doch Ruhm und Glanz des Festes schwebten auch auf dem Nachhauseweg noch lange über den Köpfen.

»*Wow!*« Jezz schüttelte sich und löste die Anspannung aus ihrem Körper. Sie war tief bewegt. »Das war …«, sie suchte nach einem passenden Wort, »… gewaltig.«

»Un-be-schreib-lich«, gab Mara zurück und betonte dabei jede Silbe einzeln. Sie atmete durch, dann nickte sie Jezz zu.

»Also los. Gehen wir zu dir und ziehen uns um. Und dann lass uns Spaß haben!«

Jezz schleuderte ausgelassen die Arme durch die Luft. »Das glaubst du aber! Vielleicht lerne ich heute Abend jemand kennen.«

»Juhu!« Mara legte den Kopf in den Nacken und lachte aus voller Kehle. »Tausend Guizers in Partystimmung. Wie viel besser kann das Leben denn noch werden?«

KAPITEL 33

Kurz nach Mitternacht war vor der Bells-Brae-Grundschule in Lerwick die Hölle los. Busse hupten, andere luden mit laufendem Motor Guizers aus. Neben einem Blumenrondell stand eine Handvoll wartender Busfahrer und rauchte. Es sah aus, als hätten Chaos und Anarchie die Nacht erobert, dabei lief alles nach Plan. Zumindest annähernd. Um jedes einzelne der fünfzig Squads nach einem ausgeklügelten Zeitplan zu jeder der elf Dancehalls zu transportieren, wo die Auftritte stattfanden, brauchte es eine ganze Menge Busse nebst Fahrern mit Humor und Nervenstärke.

Gerade stolperte ein grölendes, als Bierflaschen verkleidetes Squad die Trittstufe eines Kleinbusses hinunter. Ein weiterer Trupp Guizers in Gorillakostümen drängte sich johlend aus der weit geöffneten Schultür, während eine als Cheerleader-Girls verkleidete Gruppe Männer in roten, kurzen Kleidchen und Perücken mit roten, geflochtenen Zöpfen auf der Suche nach dem richtigen Bus laut lachend über den Parkplatz torkelte.

Drinnen, in der zur Festhalle umgestalteten Aula, hatte sich die Lautstärke der Musik im Verlauf des Abends mit steigender Partylaune nach oben entwickelt. Der Besuch des Jarl Squad stand unmittelbar bevor, die Stimmung unter den Feiernden war kurz vor dem Siedepunkt.

»*It's raining men!* Halleluja«, brüllte Jezz und warf die Arme im Takt der Musik in die Luft. Gut, dass sie sich für das ärmellose Cocktailkleid und Sneakers entschieden hatte. Eigentlich hatte sie nicht vorgehabt, bei der Nummer mitzutanzen, aber ein paar der Guizers in ihrem neongrünen und pinken Blues-Brothers-Outfit mit Krawatte und Hut hatten sich mitten im Auftritt Zuschauerinnen geschnappt und auf die Tanzfläche gezogen. Jezz war im ersten Augenblick dagestanden wie Pik Sieben und hatte sich schrecklich geniert. Inzwischen war es ihr egal, was die Zuschauer von ihren wilden Verrenkungen hielten.

»*Born! Born to be alive!*«, kreischte Jezz und ließ sich von einem in Pink gekleideten Blues Brother herumwirbeln. Dazu wackelte sie wild mit den Hüften. Als die Musik endete, blieb sie japsend stehen und stemmte die Hände in die Taille.

Ihr Tanzpartner setzte die dunkle Sonnenbrille ab und grinste sie aus einem sehr sympathischen Durchschnittsgesicht an. »Danke für den Tanz. Cool, dass du mitgemacht hast.«

»Die Ehre ist ganz meinerseits.« Jezz kicherte. »Nein, im Ernst, war ein Riesenspaß.«

»Du kommst nicht von hier, stimmt's?«, rief er über das Stimmengewirr hinweg.

»Nein.« Jezz erhob ebenfalls die Stimme. »Ich bin für ein Jahr zum Arbeiten hier.«

»Cool, vielleicht laufen wir uns nach dem Fest mal wieder über den Weg.«

»Ja. Vielleicht.«

»Wenn du mal Lust auf einen Kaffee hast, ich arbeite im Mareel. Frag einfach nach John. Ich freu mich, wenn du vorbeischaust.«

»Warum nicht?« Jezz zuckte die Schultern. »Vielleicht mache ich das wirklich. Eine Frage: Was ist eigentlich mit eurem Kumpel, der da eben mitgetanzt hat? Ist sein Kostüm eine Anspielung auf innenpolitische Themen, die ich nicht checke?« Sie deutete auf eine Giraffe, die mit den grünen und pinken Blues Brothers im Kreis zusammenstand, die Arme wie beim Sirtaki auf den Schultern des Nachbarn.

John reckte den Hals und schielte in die Richtung, in die Jezz deutete. Dann schob er sich den pinken Hut in den Nacken und kratzte sich die Stirn. Schließlich zuckte er grinsend die Achseln. »Keine Ahnung, wer der Typ ist. Nie zuvor gesehen. Wir haben ihn in der letzten Dancehall aufgelesen und mitgenommen, weil er den Anschluss an sein Squad verloren hat.«

»Ach, deshalb. Ich habe mich schon gewundert, warum er die Choreografie so gar nicht checkt.«

»Ich wundere mich, dass du überhaupt von Choreografie sprichst.« Johns Grinsen wurde breiter. »Ein paar aus dem Squad sind so angeheitert, dass sie ihre Schritte komplett vergessen haben. Und wir haben noch sieben Auftritte vor uns.«

»Vielleicht adoptiert ihr ja noch ein paar verwaiste Nashörner oder Balletttänzer«, schlug Jezz mit einem kecken Lächeln vor.

»Wäre möglich.« John verzog belustigt das Gesicht. »Ich muss jetzt leider weiter. Sonst verliere *ich* den Anschluss. Unser Bus fährt gleich.«

»*Cheers,* John.«

»*Cheers,* Jezz. Man sieht sich.«

»Wer war das denn?«, erkundigte sich Mara und wackelte dramatisch mit den Augenbrauen.

»Das war John.« Noch etwas atemlos ließ Jezz sich wieder auf ihren Stuhl neben Mara fallen. »Er ist sehr nett und arbeitet im Mareel. Er hat mich eingeladen, gelegentlich auf einen Kaffee vorbeizuschauen.«

»Aha. Und? Gehst du hin?«

»Logo.« Jezz lehnte sich zurück und fächelte sich Luft zu. »Warum nicht? Ich bin bereit für neue Männer in meinem Leben. Außerdem sind pinkfarbene Smokings zu schwarzen Hemden ultrahip.«

»Juhu!« Mara hob die Hand und klatschte sich mit Jezz ab. »Neuanfang also! Das ist das Beste, was du machen kannst.«

»Finde ich auch.« Jezz' Kehle war wie ausgedörrt in der aufgeheizten Luft. »Ich komme um vor Durst. Lass uns nach nebenan gehen und etwas trinken.«

»Warte, der Auftritt des Jarl Squad kommt als Nächstes. Behaupten zumindest die Leute hinter mir.« Mara drehte den Kopf und lächelte einem Pärchen zu. Mit zerknirschter Miene wandte sie sich wieder zu Jezz. »Oder möchtest du Magnie lieber aus dem Weg gehen?«

Jezz spürte, wie ihr Herz ein klein wenig aus dem Takt geriet. Nicht so, dass es sich bedenklich anfühlte, nur … verwirrt. Und ein wenig bitter. Sie biss sich auf die Lippe und überlegte. Nein, sie würde sich nicht aus dem Saal schleichen wie Aschenputtel vom Ball. Selbst dann nicht, wenn Magnie von einem Trupp von Schönheiten mit seidigem Haar und ultralangen, klimpernden Wimpern belagert werden würde. Sie würde einfach ganz gechillt sitzen bleiben, dezent lächeln und insgesamt atemberaubend sexy und geheimnisvoll wirken.

Musik erklang, Magnie und seine Guizers marschierten in den Saal. Jezz überlief zum zweiten Mal an diesem Abend eine Gänsehaut. Es war ziemlich spektakulär, wie Magnie und seine fünfzig Mann in Reih und Glied die Tanzfläche füllten. Gemeinsam schwangen sie die Äxte und sangen das Up-Helly-Aa-Lied, danach folgte zu einer einfachen, aber coolen Choreografie »Keep the Fire Burning« von REO Speedwagon. Der ganze Saal bebte. Magnie war in Höchstform. Seine Augen blitzten, seine Stimme war kräftig und harmonisch, seine Ausstrahlung unglaublich.

Mit angehaltenem Atem verfolgte Jezz das nachfolgende Interview auf der Bühne. »Es ist eine große Ehre für mich und bedeutet mir viel … Seit mein Vater der Jarl war und ich als kleiner Junge auf der Galley beim Umzug mitfahren durfte, hat mich der Zauber von Up Helly Aa gepackt … Ich danke allen, die uns unterstützt und das Fest heute möglich gemacht haben … Wir sind Teil eines faszinierenden Schauspiels, das uns hier auf Shetland als Gemeinschaft ausmacht … Ich wünsche uns allen eine tolle Party …«

Dann folgten die bereits gewohnten dreifachen Hipp-hipp-Hurras. Die Leute hielten ihre Smartphones hoch. Magnie lächelte für Fotos in die Menge. Als er Jezz unter den Zuschauern entdeckte, weiteten sich seine Augen für eine Sekunde und sein Blick blieb an ihr hängen. Sein Gesichtsausdruck war schwer zu deuten.

Jezz spürte ein Vibrieren in ihrem Körper. Irritiert löste sie sich aus dem Augenkontakt.

»Alles okay mit dir?« Mara stupste sie von der Seite an.

»Alles super«, antwortete sie mechanisch und hoffte, dass Mara nicht bemerkt hatte, wie sie und Magnie sich eben angestarrt hatten. »Wir sollten etwas essen gehen. Ich bekomme Hunger.«

»Warte mal kurz.« Mara legte ihr sanft die Hand an den Rücken. »Wer ist die hübsche Blonde da neben Magnie? Die beiden wirken ja sehr vertraut.«

Abrupt drehte Jezz den Kopf. Auf den ersten Blick spürte sie, dass zwischen den beiden etwas sein musste. Es war die Art, wie die attraktive Blondine zu Magnie aufschaute. Die Art, wie er zurücklächelte. Die Art, wie er beim Sprechen ihre Hände hielt, so, als bestünde eine besondere Verbindung zwischen ihnen.

»Keine Ahnung.« Jezz spürte, wie sich die Eifersucht wie ein Splitter in ihr Herz bohrte, und wandte sich benommen zum Gehen.

Fuck, Jezz, war doch klar, dass es so kommt. Wieso musstest du dich ausgerechnet in Magnie verlieben?

Kurz darauf saß Jezz neben Mara an einem der Tische, die im Speisesaal der Schule aufgebaut waren, und starrte stirnrunzelnd in ihren Teller.

»Warum isst du nicht?«, fragte Mara. Sie kniff die Augen zusammen und leckte genüsslich die Rückseite ihres Suppenlöffels ab. »Falls du Angst hast, dass etwas in der Reestit Mutton Soup ist, das du nicht verträgst, kann ich Alison gern nach den Zutaten fragen. Soll ich?« Sie reckte den Kopf und sah sich nach Alison um, die irgendwo zwischen Küche und Essenausgabe herumwirbelte und stapelweise Geschirr auf Transportwägen lud.

»Nein, alles gut. Die Suppe ist nur ein wenig heiß«, improvisierte Jezz und hoffte, dass es überzeugend klang. In Wirklichkeit konnte sie nicht aufhören, über Magnie nachzudenken und darüber, wer die Frau eben gewesen war.

Magnie hatte sie heute Abend in mehrfacher Hinsicht überrascht. Sie hatte damit gerechnet, dass er die übliche, prätentiöse Magnie-Show abziehen würde, vor allem, als Hunderte von Smartphones auf ihn gerichtet wurden.

Aber das war nicht passiert.

Stattdessen hatte er so …, sie legte die Stirn in Falten und suchte nach dem richtigen Wort, das ausdrückte, wie er auf sie gewirkt hatte. *Erfüllt,* das traf es, und zwar im wörtlichen Sinne. Erfüllt von Stolz auf die Inseln und die Menschen, die hier lebten. Seine Hingabe an die Rolle war echt. Seine Dankbarkeit und die Freude, die er vermittelte, waren jedem im Saal unter die Haut gegangen.

Magnie steckte voller Widersprüche.

Sie fragte sich, welchen Teil von ihm sie wirklich kannte und welchen sie bisher verpasst hatte. Vielleicht hatte Mara recht? Vielleicht sollte sie ihn doch noch nicht ganz aufgeben. Andererseits war da jetzt plötzlich die schöne Unbekannte.

Mara stieß sie unauffällig mit dem Fuß unter dem Tisch an. »Schau mal, wer da kommt.«

Magnie stand in der Tür. Aber nicht allein. Er war in Begleitung der attraktiven Frau von eben. Gerade stellte sie sich auf die Zehenspitzen und flüsterte ihm etwas ins Ohr. Vielleicht küsste sie ihn auch. Jezz wollte lieber nicht so genau hinsehen.

Vergiss es, sagte Jezz sich und spürte wieder diesen fiesen, eifersüchtigen Stich, das hat doch alles keinen Sinn.

Mit einem gereizten Stöhnen stellte sie einen Ellbogen auf der Tischplatte auf und hielt sich die laminierte Getränkekarte vor den Kopf, um sich vor seinen Blicken zu schützen. Vielleicht hatte sie Glück, und er bemerkte sie nicht.

»Was um alles in der Welt tust du da?« Mara legte den Kopf schräg und sah Jezz an, als hätte sie plötzlich nicht mehr alle Tassen im Schrank.

»Ich versuche, mich vor Magnie zu verstecken«, zischte Jezz zurück.

»Aha. Und warum?«

»Weil es mich nervt, ihm beim Knutschen mit Frauen zuzuschauen, die aussehen, als würden sie für Victoria's Secret über die internationalen Laufstege schweben.«

»Ähm.« Mara räusperte sich. Sie senkte die Stimme zu einem Flüsterton. »Zu deiner Info. Magnie knutscht mit *niemandem. Die Dame ist gegangen.«*

»Okay.« Jezz kniff die Augen zu Schlitzen zusammen. »Und Magnie? Ist er auch weg?«

Mara schüttelte kaum merklich den Kopf. Ein seltsamer Ausdruck lag in ihrem Blick.

Es dauerte eine Sekunde, dann fiel bei Jezz der Groschen. Sie spürte, wie ihr das Blut aus den Wangen wich. »O Gott! Er steht neben mir. Richtig?«

Ohne zu antworten, griff Mara nach dem Salzstreuer und legte dabei eine beachtliche schauspielerische Leistung hin, indem sie so tat, als hätte sie sich eben nur in Jezz' Richtung gebeugt, um sich das Teil zu schnappen. In aller Selbstverständlichkeit straffte sie den Rücken und kippte schwungvoll eine ordentliche Ladung Salz in ihre Suppe. »Hi, Magnie.« Lächelnd hob sie die Hand zum Gruß.

Jezz ließ die Karte sinken. »Hallo, Magnie.«

»Hi.« Er grinste über das ganze Gesicht. »Hast du dich gerade hinter der Karte versteckt, oder was sollte das werden?«

»Ich ... Ähm. Genau.« Sie beschloss, die Flucht nach vorne anzutreten. »Ich war bei dem Tanzkurs, den du vorgeschlagen hast. Seitdem habe ich einen glühenden Verehrer. Der heute Abend auch hier ist.«

»Tanzt er so schlecht, dass du dich seinetwegen halb unter den Tisch flüchtest?«

»Grauenhaft«, log Jezz tapfer weiter. »Aber wenn ich mich jetzt umsehe, glaube ich, er ist inzwischen verschwunden.«

»Verstehe.« Magnie stand da, in einer Hand seinen Schild, in der anderen die Doppelaxt. »Wie hat dir das Verbrennen der Galeere gefallen?«

Jezz stöhnte verzückt. Unmittelbar hatte sie das Bild wieder vor Augen stehen. »Es war unbeschreiblich. Gigantisch. Einfach großartig.«

»Sie hatte Angst, dass du es nicht lebend vom Boot schaffst, bevor die Fackeln fliegen«, mischte sich Mara in das Gespräch. Sie sah Magnie langmütig an, brach ein Stück von ihrem Bannock ab und tauchte es in die Suppe.

Jezz warf Mara einen säuerlichen Blick zu. *Verräterin!*

»Keine Sorge. Unkraut vergeht nicht.« Magnie winkte ab und lächelte ein wenig unsicher. »Aber süß, dass du dir meinetwegen Gedanken gemacht hast.«

»Es ging dabei weniger um dich«, behauptete Jezz aus dem Stand. Sie lehnte sich zurück und verschränkte die Arme vor der Brust. »Du kennst doch sicher diese glühenden Räder, die man an Silvester entzündet und die sich beim Abbrennen um sich selbst drehen? Okay. Dann weißt du auch, dass man sie mit einem Nagel an einem alten Besenstiel festmacht?«

»Aye«, sagte Magnie und schüttelte dabei den Kopf. Er schien nicht zu kapieren, worauf Jezz hinauswollte.

»Mein Vater hat diese Dinger geliebt. Leider hat er es fast immer geschafft, sie schief anzunageln, sodass sie sich nicht drehten, sondern stecken blieben. Hell brennend. Das hat ihn leider nicht daran gehindert, das Ding doch noch in Gang bringen zu wollen. Ich bin jedes Silvester vor Angst gestorben.« Jezz schnalzte mit der Zunge. »Ihm ist nie etwas passiert, aber seitdem bekomme ich Zustände, wenn ich befürchten muss, dass sich jemand die Finger verbrennt, weil er den Helden spielt.«

Oder den Frauenhelden, ergänzte Jezz stumm und dachte an Magnies umwerfend schönes Fan-Girl.

Magnie nickte. »Ist klar.«

»Cooler Auftritt eben«, sagte Jezz. »Du hast Talent als Sänger.«

»Danke. Man tut, was man kann.«

Jezz verkniff sich ein Grinsen. Irgendwie beruhigend, dass der alte, selbstgefällige Magnie doch nicht von Aliens geraubt und durch eine langweilige, glatt geschmirgelte Nullachtfünf-zehn-Version ersetzt worden war.

»Trinkst du gar nichts?«, fragte Jezz verwundert.

»Keine Zeit, aber im Bus haben wir Wasserkästen.«

»Kein Bier oder so?«, fragte Mara und sprach damit aus, was Jezz dachte.

»Hallo? Wo denkt ihr hin! Wir sind das Jarl Squad«, gab Magnie lachend zurück. »Wir können es uns nicht leisten, bei den Auftritten betrunken zu sein. Oder die Hälfte der Truppe aus Versehen in einer der Dancehalls zu verlieren.«

Jezz kicherte. »Oh ja, mittlerweile weiß ich sehr gut, was du meinst.«

Sie wollte gerade von der verirrten Giraffe erzählen, als ein älteres Ehepaar das Gespräch unterbrach.

»Entschuldigung, aber dürften wir kurz stören?«, fragte die Dame. »Wir würden zu gern ein Foto mit dem Jarl machen, wenn das geht.«

»Aber natürlich. Ihr entschuldigt mich, ja?«, sagte Magnie zu Jezz und Mara. Dann wandte er sich dem Ehepaar zu. Lächelte in die Kamera. Beantwortete liebenswürdig und charmant alle Fragen. Ließ sich von einer Touristengruppe ansprechen, beantwortete wieder geduldig Fragen, lächelte und immer so weiter und weiter.

»*Wow!* Er macht das großartig«, schwärmte Mara. »Er ist so natürlich, so sympathisch und so …« Sie fuchtelte sichtlich überfordert mit einem Stück Bannock in der Luft herum. »Hilf mir mal. Mir fällt kein treffender Ausdruck ein.«

»So zum Anfassen? Obwohl er eine so faszinierende, ehrfurchtgebietende Rolle verkörpert?«, schlug Jezz vor.

»Genau.« Mara schlug impulsiv mit der freien Hand auf den Tisch. »Zum *Anfassen*! Das ist das Wort, nach dem ich gesucht habe! Dabei ist er heute hier der Star. Vorhin habe ich mich mit Leuten aus Australien und Südamerika unterhalten, die den weiten Weg gemacht haben, um das Fest zu sehen. Oh Mist …« Sie reckte den Hals und klimperte mit den Wimpern.

»Was ist?«, fragte Jezz und befürchtete, dass sie es gar nicht wissen wollte. Sicher knutschte Magnie schon wieder mit einer der Schönheiten des heutigen Abends. Ihr Magen zog sich bei der Vorstellung zu einem festen Knoten zusammen.

»Er geht.« Mara zog ein Knautschgesicht. »Und wir haben kein Selfie mit ihm gemacht. Wie schade! Ich hätte es gern als Werbung für das B&B auf der Insta-Seite des Seaview gepostet. Ob wir ihm schnell hinterherrennen sollen?«

»Geh du ruhig. Ich warte hier.«

»Okay, bin gleich wieder da«, sagte Mara und spurtete los.

Jezz nickte. Gedankenverloren pulte sie das weiche Innere ihres Bannocks heraus und knetete es zwischen ihren Fingern zu einer festen Kugel.

Kam nicht infrage, dass sie Magnie hinterherlief.

Überhaupt. Der Plan war schließlich, sich zu *ent*lieben.

Frustriert starrte sie auf das Brot in ihren Fingern. Es erinnerte entfernt an ein gräuliches Kartoffel-Mehl-Klößchen. Mit Todesverachtung schob sie es sich in den Mund.

Sie hatte es kommen sehen.

Der bescheuerte Plan war schiefgegangen. Aber so was von.

Sie wünschte sich ein Loch, in das sie ihre Gefühle für Magnie werfen und es anschließend zubuddeln konnte. Wie zum Teufel ging das, über jemand hinwegzukommen, wenn man doch bis über beide Ohren in ihn verknallt war?

KAPITEL 34

Am Morgen danach lag der Bains Beach verlassen im Zwielicht der Dämmerung. Die Lagerhäuser aus Bruchstein, die den winzigen Strand zu beiden Seiten abschlossen, wirkten wie mittelalterliche Bollwerke gegen Wind und Wetter. Jezz spürte die Kälte des Morgens in ihren Lungen. Ein Geschmack von Salz, Algen und verrottendem Fisch füllte ihre Mundhöhle, als sie mit der Zunge über ihre Lippen strich. Zögernd legte sie eine Hand an das feuchte Mauerwerk vor den Steinstufen, die hinunter ans Meer führten, und atmete tief durch.

Nachdem sie die ganze Nacht hindurch ausgelassen gefeiert hatte, brauchte sie Zeit mit sich allein, um runterzukommen. Ihre Ohren waren taub vom Wummern der Beats in der Bells Brae Dancehall. Ihr Kopf schmerzte von der abgestandenen Luft. Mara hatte angeboten, sie mit dem Auto an ihrer Wohnung abzusetzen, aber Jezz wollte lieber zu Fuß gehen und einen neuen Tag über dem Meer anbrechen sehen. Eigentlich hatte sie vorgehabt, an den Victoria Pier zu gehen, aber dann hatte sie sich für den etwas abseits gelegenen Bains Beach entschieden. In der Innenstadt war nach dem Schließen der Dancehalls die Hölle los. Die Straßen waren voll mit Zebras, Muskelmännern, Clowns, rosa Häschen und falschen

Polizisten, die bierselig Arm in Arm nach Hause wankten, um ihren Rausch auszuschlafen.

Auf dem Weg hinunter in die Bucht suchten ihre Finger in den Ritzen der Mauern nach Halt. Die Steinstufen waren schief und glitschig. Vorsichtig tastete sie sich mit den Fußspitzen voran. Auf der letzten Stufe angekommen, blieb sie stehen. Hier unten klang das Rauschen der Wellen viel lauter. Die Steinwände der Häuser rechts und links wirkten wie Verstärker. Zuerst bemerkte sie es nicht, aber dann hörte sie ein auf- und abschwellendes Jaulen. Ein Schatten löste sich aus dem verwaschenen Grau des Morgens und sprang auf sie zu. Gleich darauf drückte sich ein riesiger Doggenkopf warm gegen ihre Hüfte.

»Thor. Was machst du denn hier?« Jezz spürte ihre Kopfhaut prickeln. Wenn Thor hier war, konnte Magnie nicht weit sein.

Sie fühlte seine Anwesenheit, noch bevor sie ihn sehen konnte. Er lehnte am oberen Ende der Bucht mit dem Rücken gegen die Steinwand, in Jeans und Wollpullover, die Arme vor der Brust verschränkt, und blickte der Sonne entgegen, deren erster, orangefarbener Schimmer über dem Horizont leuchtete.

Über den Strand hinweg winkte er ihr zu. »Hey, Jezz! Guten Morgen!«

»Das Gleiche wünsche ich dir.« Sie stellte sich neben ihn, Rücken zur Wand, ein Bein abgewinkelt und gegen die Mauer gestützt. »Was machst du hier?«

»Thor musste mal raus. Ich wohne gleich da hinten, auf der anderen Straßenseite.« Er wies mit dem Kopf in die Richtung. »Wir haben den Strand vor der Haustür, was ziemlich praktisch ist. Thor liebt es, mit Treibholz zu spielen.«

Sie deutete auf seine ganz normale Alltagskleidung. »Das große Ereignis ist also vorbei, wie es aussieht?«

Er nickte. Sein Atem hing wie Nebel in der klaren Luft. »Aye, so gut wie. Es gibt noch einige Fototermine in voller Montur. Aber ja, im Grunde war es das. Morgen kommt der Bart ab. Wird sicher erst mal seltsam.« Er bückte sich nach einem Stück Holz, holte aus und warf es in hohem Bogen über den Strand. Thor stürzte sich voller Begeisterung in die Wellen. Magnie kratzte sich schmunzelnd den Nacken und lehnte sich wieder neben Jezz an die Wand. »Verrückter Hund.«

Sie warf ihm einen vorsichtigen Blick von der Seite zu. »Und? Wie fühlst du dich so am Morgen danach?«

»Tja«, meinte er nach einer kleinen Pause. »Das kann ich noch gar nicht sagen. Ich muss das erst mal sacken lassen.«

»Du warst ja ganz schön umschwärmt«, sagte Jezz zögernd. Natürlich war es dusselig, das Gespräch vorsichtig auf die schöne Frau an Magnies Seite zu lenken. Aber es ließ ihr einfach keine Ruhe.

»Stört dich das?«, erwiderte er unerwartet direkt.

Jezz errötete bis unter die Haarspitzen. Sie hoffte, dass Magnie es nicht bemerkte. »Nein, ich habe mich nur gefragt, wer deine attraktive Begleitung war«, gab sie ebenso unverblümt zurück.

»Das war Caitlin, meine Ex-Freundin. Sie ist jetzt wieder zurück auf die Insel gezogen.«

»Aha«, murmelte Jezz dumpf.

Einen Moment herrschte Schweigen. Leise rauschend brachen sich die Wellen am Strand.

Schließlich räusperte sich Jezz. »Es hat … sehr intim gewirkt, wie ihr beide euch unterhalten habt.«

»Das war es auch«, gestand Magnie offen, und Jezz erstarrte. »Cat und ich haben über unsere gemeinsame Zeit geredet. Ich habe damals einen bösen Fehler gemacht, aber Cat hat mir inzwischen verziehen. Außerdem war sie auch nicht ganz unschuldig daran, dass wir uns getrennt haben.«

Jezz schluckte. »Das heißt, ihr seid jetzt wieder zusammen?«

»Wie kommst du denn darauf?« Er warf ihr einen Blick zwischen Ungläubigkeit und Entsetzen zu. »Cat und ich, das hat einfach nicht gepasst. Wir sind beide dankbar für die schönen Zeiten, die wir miteinander hatten. Aber auf Dauer hätte es niemals funktioniert.«

Das musste Jezz erst einmal auf sich wirken lassen. Schweigend starrte sie zum Horizont, ein schmaler grauer Strich zwischen Himmel und Meer. Sie fühlte sich unendlich erleichtert, dass sie die Szene gestern fehlgedeutet hatte und zwischen Magnie und Caitlin nichts lief.

»Möchtest du wissen, welcher Moment mir von dem Fest besonders in Erinnerung bleiben wird?«, fragte Magnie in die Stille hinein.

Jezz drehte den Kopf ein wenig und versuchte, seinen Gesichtsausdruck zu lesen, was in dem merkwürdigen Zwielicht fast unmöglich war. »Gern.«

Magnies Augen flackerten im Schein der Morgendämmerung. »Ganz klar die Minuten direkt vor dem Umzug, als wir die Fackeln anzündeten. Boah, dieser Moment, als mitten aus der Dunkelheit die ersten Flammen emporschlugen. Das war, als würde ich etwas freilassen, das über Generationen hinweg tief mit meinen Wurzeln verbunden ist. Eine Art Urkraft.« Er lachte auf und schüttelte dabei den Kopf. »Klingt *crazy*, oder? Besser kann ich es leider nicht beschreiben.«

»Zwanghaftes Feuerlegen«, witzelte Jezz und kehrte damit bewusst zu dem üblichen lockeren Ton zwischen ihnen zurück. »Klingt nach einem schweren Fall von Pyromanie. Dagegen solltest du etwas unternehmen.«

»Aye. Ich spiele mit dem Gedanken, eine Selbsthilfegruppe zu gründen. Anonyme Abfackler oder so.«

Sie kicherte. »Nach den Sprüchen, die du im Vorfeld rausgehauen hast, hätte ich eher auf Anonyme Alkoholiker getippt.

Aber da du noch immer stocknüchtern bist, vermute ich, dass es dir gar nicht so sehr um die Party ging.«

»Das hast du vermutet? Dass es mir ums Saufen ging?«

»Na ja, als ich dich im Flieger zum ersten Mal gesehen habe, kamst du von einer Fete und hattest gut einen sitzen.«

»Aha. Ich bin also von der ersten Sekunde an in einer deiner Schubladen gelandet?«, neckte er sie und strich sich das wehende Haar aus der Stirn.

»Erwischt«, gestand sie und atmete hörbar aus. »Aber inzwischen habe ich festgestellt, dass du in keine der Schubladen passt.« Die Wärme seines Körpers und sein vertrauter Geruch lösten eine verstörende Sehnsucht in ihr aus. Am liebsten hätte sie sich einfach an ihn gekuschelt, ihren Kopf an seine breite Brust gelehnt und die Geborgenheit seiner Arme gespürt. Wenn er doch nur ein klein wenig näher zu ihr herübergerutscht wäre …

Als hätte er gespürt, was in ihr vorging, drehte er sich seitlich, sodass er mit einer Schulter gegen den Stein lehnte und ihr ins Gesicht sehen konnte. Er hatte die Arme vor der Brust verschränkt. Seine Augen funkelten. »Moment, nimmst du gerade Anlauf, um mir ein Kompliment zu machen?«

»Ich fürchte, schon, aber bilde dir bloß nichts drauf ein.« Sie rechnete damit, dass einer seiner üblichen Sprüche folgen würde, und wackelte zur Warnung mit den Augenbrauen.

»Ooh«, wisperte er in einem Anflug milder Ironie. Inzwischen war es hell genug, dass sie sehen konnte, wie Lachfältchen um seine Augen tanzten. »Dann lass mal hören. Ich bin gespannt.«

»Ruiniere nicht den Moment«, erwiderte sie und versuchte, sich nicht davon irritieren zu lassen, dass sein Atem ihr Gesicht streifte. Entschlossen schob sie die Fantasie von Magnie und sich, eng umschlungen und heiße Küsse austauschend, beiseite. »Ich möchte etwas loswerden und wie du weißt, bin ich etwas dickköpfig. Mir meine Fehler einzugestehen, gehört nicht unbedingt zu meinen leichtesten Übungen. Also lass es mich hinter mich bringen, okay?«

»Kein Problem. Leg los.«

»Ich hatte ein falsches Bild von dir.«

Magnie stutzte. »Warte, entschuldigst du dich gerade bei mir?«

»Nein, aber …«

»Doch, tust du.« Er nickte siegessicher. »Es klingt nach Versöhnung. Nach Ende unserer ständigen Kabbeleien. Nach Friede, Freude, Eierkuchen.«

»Unsinn!« Sie funkelte ihn an. »Auf so eine bescheuerte Idee kannst auch nur du kommen. Du verdrehst mir das Wort im Mund.«

»Da gibt es nichts zu verdrehen. Und die Entschuldigung lässt sich auch nicht mehr zurücknehmen.«

»Ich habe mich nicht entschuldigt.«

»Hast du.«

»Ich fasse es nicht!« Sie stemmte aufgebracht die Arme in die Seite. »Streiten wir uns schon wieder?«

»Sieht ganz danach aus«, erwiderte er gelassen.

»Wie könnte es anders sein.« Mit einem frustrierten Ausatmen ließ sie die Schultern fallen. Wie schaffte er es, bei ihr ständig irgendwelche Knöpfe zu drücken und selbst unerschütterlich ruhig zu bleiben?

»Genau, das ist ganz meine Meinung. Wie könnte es anders sein zwischen uns.« Ihre Blicke trafen sich. In seinen Augen lag ein Ausdruck, der anders war als sonst und den Jezz noch nie bei ihm bemerkt hatte.

»Mit deiner schiefen Entschuldigung hast du mir einen ordentlichen Schreck eingejagt. Ich dachte schon, ich müsste mir in Zukunft jemand anderen suchen, mit dem ich mich in die Wolle kriege«, sagte er und Jezz merkte, dass die Ironie aus seiner Stimme verschwunden war. Er klang ernst. In ihrem Magen flatterte es nervös.

»In Zukunft?«, erwiderte sie leise. »Hatten wir nicht ausgemacht, dass wir uns nicht mehr sehen?«

Mit einer fließenden Bewegung wandte er sich ihr zu und stützte die Hände rechts und links von ihrem Kopf an der Mauer ab. Sein Gesicht war ganz nah, sein Blick ging tief unter die Haut. »Ja, hatten wir …«

»Klappt ja hervorragend«, murmelte sie.

»Nicht meine Schuld«, raunte er mit kratziger Stimme. »Ich führe nur den Hund spazieren.«

Einen atemlosen Moment lang wartete sie darauf, dass er sie küssen würde, aber dann stieß er sich entschlossen von der Wand ab, einfach so. Sie hörte, wie er schwer ausatmete. Erneut lehnte er wie zuvor mit dem Rücken gegen die Mauer. So dicht neben ihr, dass sie nur den Arm hätte strecken müssen, um ihn zu berühren.

»Und du? Warum bist du hier? Der Bains Beach ist um diese Zeit wie ausgestorben.« Er ruckelte sich an der Mauer zurecht und überkreuzte die Beine.

Sie überkreuzte ebenfalls die Beine, als würden sie einen merkwürdigen Synchrontanz aufführen. Ihr Blick glitt zum Horizont, an dem der obere Rand der Sonne die Wolken in Rot- und Orangetönen leuchten ließ. »Vermutlich aus dem gleichen Grund wie du. Ich wollte für mich sein und die Sonne über dem Meer aufgehen sehen. Wahrscheinlich eine Art After-Party-Blues.«

»Aye. Mir geht es ähnlich.« Magnies Finger tasteten nach ihrer Hand und umschlossen sie. Er seufzte tief. »Verrückt. Solange ich denken kann, ist es mein Traum gewesen, der Jarl zu sein. Jetzt liegt es hinter mir.«

»Traurig?«

Er lachte leise auf. »Ein bisschen wehmütig vielleicht. Wie hast du es eben genannt? After-Party-Blues?«

Sie nickte stumm.

»Aye, das trifft es«, seine Stimme klang nachdenklich. »Ich bin unglaublich dankbar, dass dieser Wahnsinnstraum in Erfüllung ging. Und jetzt möchte ich das Gefühl noch ein kleines bisschen festhalten, bis die Sonne aufgegangen ist und es Zeit wird, mit einem neuen Kapitel weiterzumachen. Darum bin ich hier. Um das Alte abzuschließen.«

Jezz spürte ein Kribbeln im ganzen Körper, als sein Daumen über ihren Handrücken strich.

»Und worum geht es in dem neuen Kapitel?«, hörte sie sich mit merkwürdig dünner Stimme fragen.

Er ließ eine Pause entstehen. Jezz' Blick folgte einer Möwe, die mit vom Wind gesträubtem Gefieder im Sand nach Muschelresten pickte, bis Thor sie laut kläffend vertrieb.

Magnies Finger schlossen sich etwas fester um ihre und drückten sie sanft. »Ich weiß noch nicht, was die Überschrift ist. Aber vielleicht hilfst du mir ja dabei, es herauszufinden?«

Ihr stockte der Atem. »Ich versteh nicht, was du damit sagen willst?« Vorsichtig ließ sie seine Finger los.

»Als du meintest, es wäre besser, wenn wir uns nicht mehr sehen …« Er unterbrach sich und atmete tief aus. »Das fühlte sich nicht richtig an.«

Beide schwiegen. Jezz lauschte dem gleichmäßigen Anbranden der Wellen, die einzig verlässliche Konstante inmitten ihres Gefühlschaos.

»Ich weiß nicht, was ich dazu sagen soll«, meinte sie schließlich. Sie stieß sich von der Wand ab und machte ein paar Schritte von ihm weg. Das Ganze war hoffnungslos verfahren. Und völlig irre. Oder nicht? Sie blieb stehen und drehte sich zu ihm um. Hilflos hob sie die Hände. »Du verwirrst mich. Erst stößt du mich weg, und dann machst du eine komplette Kehrtwende und sagst Dinge zu mir, die mich glauben lassen, ich würde dir etwas bedeuten.«

Der Wind frischte auf und wehte Gischtschleier in ihr Gesicht. Sie musste blinzeln und wischte sich über die Augen.

»Hey, weinst du etwa?« Er kam über den Sand auf sie zu.

»Nein, ich hatte Salzwasser im Auge.«

»Hey, du …« Er blieb vor ihr stehen, legte eine Hand unter ihr Kinn und hob es an. Seine gletscherblauen Augen ruhten mit einer Intensität auf ihr, die neu für sie war. »Aber es ist so. Du bist mir wichtig.«

»Wie meinst du das?«

»Ich glaube, es ist an mir, mich zu entschuldigen. Ich komme mir nämlich inzwischen vor wie ein Idiot …«

Jezz schluckte trocken.

»Als ich gesagt habe, ich will nichts Festes, meinte ich das auch so. Aber jetzt …« Er verstummte mitten im Satz. Einen atemlosen Moment lang versank sie in seinen Augen. Dann löste er die Hand von ihrem Kinn und trat einen Schritt zurück.

Jezz erstarrte. War es das? War es schon wieder vorbei? Würden sie immer diesen merkwürdigen Tanz miteinander aufführen, zwischen Sehnsucht und Verlangen, zwischen Annähern und Verharren, ohne dabei je wirklich einen Schritt von der Stelle zu kommen? War es das, was sie wollte, eine Beziehung zu einem Mann, der immer wieder auf Abstand ging und sich ihr dann wieder näherte?

»Mittlerweile bin ich mir nicht mehr sicher«, brachte er seinen Satz zu Ende.

Ernüchtert sah sie zu ihm auf. »Scheiße, Magnie. Und jetzt? Was zur Hölle erwartest du von mir? Soll ich ›Juhu‹ schreien vor Freude? Lieber bleibe ich Single, als mit jemandem zusammen zu sein, der nur mit halbem Herzen in eine Beziehung geht.«

»Stopp mal, du verwechselst da gerade etwas.« Er legte die Hände um ihre Taille und zog sie sanft an sich. »Weißt du, was das Problem ist? Wir beide sind mit unterschiedlichem Tempo unterwegs. Du bist schon kurz vor dem Zieleinlauf, was unsere gemeinsame Zukunft betrifft, während ich mich gerade an den Start begebe und ein paar leichte Aufwärmübungen mache. Warum nehmen wir uns nicht einfach Zeit und finden heraus, was das ist zwischen uns? Im schlimmsten Fall stellen wir fest, dass wir uns ineinander getäuscht haben.«

Sie brauchte einen Moment, um es sacken zu lassen. Dann bog sie den Oberkörper zurück und sah ihm in die Augen. Ihr Herz schlug zum Zerspringen. »Okay, angenommen, ich höre auf, vorauszupreschen. Angenommen, ich bleibe stehen und warte, bis du in deinem Tempo hinterherkommst. Wie sähen diese Aufwärmübungen dann aus?«

»Gute Frage.« Er legte die Stirn in Falten. »Hmmmm. Wie wäre es zum Beispiel mit einem gemeinsamen Frühstück? Hättest du Lust, mich ins Grand Hotel zu begleiten? Dort gibt es ein großes Büfett für alle Überlebenden.«

»Ein Wir-haben-zwölf-Stunden-durchgefeiert-Frühstück?« Sie hob skeptisch eine Augenbraue.

Er grinste. »Aye. Full Scottish und jede Menge Kaffee. Genau das Richtige nach der langen Nacht. Bitte, komm mit. Es wäre wirklich schön.«

Etwas benommen sah sie ihm ins Gesicht. Was war das nur mit ihnen? Wieso waren sie sich plötzlich wieder so nah? Ihr Kopf bekam es einfach nicht auf die Reihe. In einem Moment flogen die Fetzen zwischen ihnen, ihm nächsten sah er sie mit diesem Blick an, der diese irrsinnige Sehnsucht in ihr auslöste.

»Jezz …« Er hob die Hand und berührte sanft ihre Wange. Jezz hatte das Gefühl zu schmelzen wie Eis in der Sonne.

Sag ja, Jezz, lebe wild und frei.

»Tut mir leid, Magnie«, sagte sie. »Aber ich kann das nicht. Ich gehe besser nach Hause.«

Magnie ließ langsam die Hand sinken. Er trat einen Schritt zurück und sah sie mit einem seltsamen Blick an. »Schade. Aber wie du meinst.«

Eine ganze Weile standen sie sich schweigend gegenüber. Dann gab er sich einen Ruck. Mit einem Ausdruck von Entschlossenheit im Gesicht verschränkte er die Arme über dem Kopf und zog sich den Wollpullover samt T-Shirt aus. Mit nacktem Oberkörper stand er vor ihr. Die Härchen auf seiner Brust schimmerten golden im Licht der aufgehenden Sonne. Jezz konnte sehen, wie sich sein Brustkorb bei jedem Atemzug hob und senkte.

Angespannt schielte sie zu ihm hinüber. »Was hast du vor?«

»Ich gehe schwimmen. Was sonst?« Er kramte eine Wollmütze aus seiner Hose hervor, setzte sie sich auf den Kopf und schob die Haare darunter. Dann streifte er Schuhe, Jeans und Socken ab und legte sie ordentlich mit dem Pullover auf einen Haufen zusammen.

»Bei der Kälte? Bist du verrückt?« Fassungslos schüttelte sie den Kopf.

»Mag sein.« Er ließ die Arme kreisen und sprang auf der Stelle, um den Kreislauf in Schwung zu bringen. »Kommst du mit?«

»Auf gar keinen Fall. Und du solltest es auch lieber lassen. Das ist sicher gefährlich.« Sie merkte selbst, dass ihre Stimme leicht hysterisch klang. Kam es nicht immer wieder zu tödlichen Unfällen beim Eisbaden? Ihr Magen verschlang sich zu einem festen Knoten.

Magnie hörte auf zu hüpfen. Er blieb stehen und sah sehr ernst zu ihr hin. »Das Leben *ist* gefährlich. Und es ist da, um gelebt zu werden. Ich könnte morgen von einem Auto überfahren werden und den Rest meines Lebens im Rollstuhl verbringen. Es gibt keine Garantie. Wenn du mich fragst, ist es verkehrt, mit angezogener Handbremse zu leben und auf Dinge zu verzichten, die einen Heidenspaß machen, nur weil sie ein klitzekleines, sehr vertretbares Risiko bedeuten.«

»Das heißt, du gehst da wirklich rein?« Sie klang noch immer leicht panisch.

»Klar. Ich wärme mich ja gerade auf.«

»Ähm … gut, wenn du meinst.« Sie atmete tief durch. »Soll ich auf dich warten? Nur für den Fall?«

»Lieb von dir, aber nicht nötig. Ich habe Thor dabei. Er passt auf mich auf.«

Jezz warf einen skeptischen Blick über den Strand, wo Thor gerade wie irre auf der Stelle kreiselte und Fangen mit seinem Schwanz spielte.

»Also schön. Wie du meinst.« Er musste wissen, was er tat.

»*Cheers,* Jezz.« Er kam über den Strand zu ihr zurückgerannt, beugte sich vor und küsste sie auf die Wange. »Bis gleich.« Er sprintete los.

Verständnislos sah sie ihm hinterher.

»Halt, warte!« Sie legte die Hände als Trichter vor den Mund und schrie gegen die Brandung an.

»Was ist?« Er drehte sich zu ihr um und lief auf der Stelle.

»Was heißt das, bis gleich? Du hast doch gerade gesagt, du brauchst mich nicht.« Sie gestikulierte hilflos in der Luft. »Soll ich jetzt doch auf dich warten oder was? Verflixt! Kannst du dich bitte mal klar ausdrücken? Ich kapier nicht, was du meinst!«

»Nein, geh du ruhig!«, schrie er zurück. Er reckte beide Daumen als Okay in die Luft.

Sie schoss ihm einen enervierten Blick zu. Dieses bescheuerte Auf-der-Stelle-Laufen machte sie so was von kribbelig.

»Warum sagst du dann, dass wir uns gleich sehen?« Ihre Wangen prickelten in der salzigen Luft.

»Weil es so ist«, brüllte er. »Früher oder später laufen wir uns ohnehin über den Weg. Darin sind wir nämlich auch Weltmeister. Genau wie im Streiten.«

»Aber …«, hob sie an und brach wieder ab, weil er ihr inzwischen den Rücken zugewandt hatte.

Er spritzte sich kaltes Wasser über den Körper und blickte noch einmal über die Schulter. »Bis dann! Überleg schon mal, ob du lieber Tee oder Kaffee zum Frühstück möchtest.« Dann rannte er auf die Wellen zu und stürzte sich kopfüber hinein. Thor folgte ihm kläffend.

»Vergiss es!«, brüllte sie ihm zu, aber ihre Worte gingen im Kreischen der Möwen und im Tosen der Wellen unter.

»Bleib hier! Verdammter Idiot! Ich sagte, ich gehe nach Hause. Hörst du?« Sie warf den Kopf in den Nacken und schrie ihren Frust in den mattblauen Himmel, an dem die Wolkenränder inzwischen glutrot leuchteten.

Mit wild klopfendem Herzen stand sie noch einige zitternde Atemzüge lang da. Magnies Kopf schwamm neben Thor zwischen den Wellentälern. Dann machte sie sich auf den Weg nach Hause.

Kapitel 35

Mit einem leisen Geräusch fiel die Wohnungstür hinter Jezz ins Schloss. In ihrem Kopf ging alles durcheinander. Nach der langen Nacht war sie zu kaputt, um über Magnies Bild von dem Zieleinlauf und die unterschiedlichen Geschwindigkeiten nachzudenken. Geschweige denn darüber, ob sie auf den Vorschlag mit dem Frühstück vielleicht doch hätte eingehen sollen. Ihre Augen tränten vor Müdigkeit, gleichzeitig fühlte es sich an, als hätte sie Sand unter den Lidern. Sie vergaß, dass Mascara an ihren Wimpern klebte, und rieb sich mit den Zeigefingern an den Augen herum. Mechanisch zog sie die Winterjacke aus, streifte die Sneakers ab und wackelte mit den geschwollenen Zehen. Dann tappte sie ins Bad. Im Spiegel leuchtete ihr eine Zombieversion ihrer selbst entgegen. Ach du Schande, hatte sie überhaupt schon mal so fertig ausgesehen? Sie griff nach dem teuren Duschbad, das sie von ihrer Mutter zu Weihnachten bekommen hatte, und kletterte in die Duschkabine.

Kurz darauf war es im Bad neblig wie in einer alten Waschküche. Jezz hatte sich gerade eine Spülung in die Haare gerieben, als das Handy klingelte. Verflixt! Immer im besten Moment. Der Conditioner musste noch zwei Minuten einwirken, bevor sie ihn unter der Dusche ausspülen konnte. Sie beschloss, das Läuten zu ignorieren und später zurückzurufen.

Und wenn es Magnie war?

Ihr Herz klopfte wie verrückt. Wenn etwas passiert war beim Schwimmen und er versuchte, sie zu erreichen? Wenn er mit einem Krampf in der Brust am Strand lag und sich nicht mehr rühren konnte? Oder wenn Thor sich eine Pfote an einer Scherbe aufgeschlitzt hatte, der Sand voller Blut war und Magnie es allein nicht schaffte, einen Verband anzulegen?

Das Läuten hörte nicht auf.

Ihr Herz klopfte wie verrückt. Sie sprang aus der Dusche, schnappte sich ein Handtuch und wickelte es um ihren tropfnassen Körper. Mit feuchten Fingern wischte sie über das Display ihres Smartphones.

»Hallo, Jasmin. Störe ich?«

»Nein, Mama. Du hast mich nur aus der Dusche geholt.« Jezz blies erleichtert die Luft durch ihre Lippen.

»Oh, entschuldige. Das tut mir leid. Ich dachte, du wärst schon auf der Arbeit.«

»Mama, hier ist heute Feiertag. Das habe ich dir doch erzählt.«

»Hast du? Ich erinnere mich nicht daran.«

»Weil du mir auch nie richtig zuhörst.«

»Das stimmt nicht. Du hast vielleicht mit Lisa aus deiner WG darüber gesprochen, aber nicht mit mir. Na ja, ist ja jetzt auch egal. Ich wollte dir nur sagen, dass meine Flugzeiten geändert wurden. Soll ich dir die Mail vorlesen?«

»Sag mir einfach, wann du landest. Oder nein, warte, schreib mir lieber eine WhatsApp, das ist sicherer.«

Zögern am anderen Ende der Leitung. Es klang, als würde ihre Mutter nebenbei etwas auf der Tastatur ihres Computers schreiben. Dann: »Hast du gerade so viel um die Ohren, dass du dir nicht merken kannst, wann ich lande? Dass es übermorgen ist, hast du aber nicht vergessen, oder?«

»Nein. Habe ich nicht. Und kannst du bitte aufhören, am PC herumzutippen, wenn wir telefonieren?«

»Stimmt etwas nicht? Du klingst genervt.«

»Ich bin nicht genervt.« Jezz unterdrückte ein Stöhnen. »Ich war feiern. Die Party ging die ganze Nacht durch. Jetzt bin ich todmüde, und mir läuft die Haarspülung in den Nacken.«

»Soll ich später noch mal anrufen?«

»Nein. Ist jetzt auch schon egal.«

»Sicher?«

»Sicher.« Jezz wischte mit der Hand über den beschlagenen Spiegel.

»Hattest du Spaß?«

»Hm …« Sie setzte sich auf den zugeklappten Toilettensitz und starrte auf den grün-lila gestreiften Badezimmerteppich. »Wie man's nimmt. Ich habe jemand kennengelernt. Es ist kompliziert.«

»Das ist es immer«, seufzte ihre Mutter. »Ich weiß noch, dass ich eine ganze Zeit lang gehofft habe, du würdest Frauen mögen und nicht Männer. Ich stell mir vor, dass es zwischen Frau und Frau einfacher ist.«

Jezz fiel fast das Handy aus der Hand. »Das hast du gehofft? Warum hast du mir das nie erzählt?«

»Ich weiß nicht. Es gibt einiges, was wir uns nicht erzählen, oder?«

Jezz legte das Smartphone auf ihren Beinen ab und schaltete die Freisprechfunktion ein. Ihr fiel ein, dass sie vergessen hatte, Wattepads zu kaufen. Also riss sie ein Blatt Toilettenpapier von der Rolle, schüttete Make-up-Entferner darauf und wischte sich damit die verlaufene Mascara ab.

»Wer ist es und wie heißt er? Wo habt ihr euch kennengelernt? Oder möchtest du nicht darüber reden?«

Jezz hatte gedanklich kurz abgeschaltet, aber als die Worte »wer«, »wie« und »wo« fielen, horchte sie auf. Sie legte das durchfeuchtete Papier beiseite.

»Doch, es ist schon okay. Also, sein Name ist Magnie«, begann sie. Und dann ertappte sie sich dabei, dass sie plötzlich zu reden anfing und nicht mehr aufhören konnte. Sie erzählte, wie unmöglich sie Magnie bei ihrer ersten Begegnung gefunden hatte. Wie sie sich ständig über den Weg gelaufen waren und sie sich beim Babysitten unter dem Flimmern der Polarlichter in ihn verliebt hatte. Wie sie dann erfahren musste, dass er nicht auf der Suche nach einer Beziehung war, von seiner tragenden Rolle an Up Helly Aa und zum Schluss davon, wie Magnie und sie eben die Sonne über dem Meer hatten aufgehen sehen und wie er sie darum gebeten hatte, dass sie gemeinsam herausfinden sollten, wie es sich mit ihnen entwickele.

»Du bist also nicht mit ihm frühstücken gegangen?«, fragte ihre Mutter, nachdem Jezz zu Ende erzählt hatte.

»Nein«, gab Jezz zurück und ärgerte sich ein bisschen über ihre Mutter, weil sie aus ihren Worten herauszulesen meinte, dass es ein Fehler gewesen war, die Einladung auszuschlagen. Nachdenklich strich sie mit dem Finger über die Seite der Handyhülle. Oder war sie gerade überempfindlich und legte jedes Wort auf die Goldwaage?

»Hm«, machte ihre Mutter.

Jezz seufzte. »Also gut, sprich es ruhig aus, ich hätte hingehen sollen, oder?«

»Das kann ich nicht beurteilen. Aber ich finde es sehr ehrlich, dass er geradeheraus sagt, er möchte momentan keine Beziehung anfangen. Warum sollte er also jetzt lügen, wenn er dir erklärt, dass du ihm wichtig bist und er Zeit mit dir verbringen möchte, um zu sehen, wie es mit euch läuft. Das ergäbe keinen Sinn.«

»Aber hätte es nicht von seiner Seite aus auch von Anfang funken müssen, falls es Liebe ist? Ich meine, ist das mit uns sonst nicht etwas einseitig?« Jezz quetschte nervös die Zahnpastatube zwischen den Fingern.

»Erstens: nein. Zum Zweiten: Wer sagt, dass er nicht auch schon länger etwas für dich empfindet? Vielleicht konnte er es sich nur nicht eingestehen.«

Jezz schnappte nach Luft. Sie wollte antworten, aber ihre Mutter ließ sie nicht zu Wort kommen.

»Bevor du weiterredest, ja, ich könnte mir vorstellen, dass auch von seiner Seite schon länger Gefühle im Spiel sind. Vielleicht war er auch völlig unvorbereitet, dass ihm jemand wie du begegnet. Er hat seine Gefühle erst einmal verdrängt. Auch eine Art Bewältigungsmechanismus.« Jezz konnte förmlich sehen, wie ihre Mutter die Schultern zuckte. »Du weißt doch: Liebe begegnet einem meist dort, wo man sie am wenigsten erwartet.«

Jezz fuhr sich nervös durch die Stirnfransen. »Eigentlich passen wir gar nicht zusammen.«

»Wie ist er denn so?«

»Eigentlich …« Jezz seufzte. »Eigentlich ist er völlig unmöglich, aber zugleich auch wieder unheimlich liebenswert.« Sie schloss die Augen und sah ihn in Gedanken wieder auf der Yggdrasil stehen, seine hochgewachsene Gestalt aufrecht inmitten der tausend Fackeln, während sie sich fast in die Hose gemacht hatte aus Angst, dass etwas fürchterlich schiefgehen und Magnie mit schweren Brandverletzungen im Krankenhaus landen würde. Sie verdrängte das Bild und räusperte sich. »Er ist furchtlos und unerschrocken, aber gleichzeitig auch völlig durchgeknallt.«

»Auf eine gute Art durchgeknallt oder auf eine schlechte?«

»Auf eine gute. Glaube ich zumindest, aber dann wieder …« Jezz seufzte erneut. Sie schlug ein Bein über und wippte mit dem Fuß. »Er hat vorgeschlagen, dass ich mit ihm bei der Eiseskälte im Meer schwimmen gehe. Im *Meer*, Mama, mitten im Winter! Obwohl er meine Vorgeschichte kennt.«

»Er hat darauf keine Rücksicht genommen?«

»Nein. Dabei ist er Rettungssanitäter. Durchgeknallt, sage ich doch.« Sie ließ den Zeigefinger um ihre Schläfe kreisen, auch wenn ihre Mutter es natürlich nicht sehen konnte.

Ihre Mutter lachte auf. »Aber Mausespätzchen …«

Jezz starrte verwirrt auf das Handy. Wann hatte ihre Mutter sie das letzte Mal »Mausespätzchen« genannt? Sehr merkwürdig. Genauso merkwürdig wie die Tatsache, dass sie und ihre Mutter nun schon die ganze Zeit dieses Gespräch führten, bei dem Jezz völlig vergaß, dass ihre Haare mittlerweile mitsamt dem Conditioner darin getrocknet waren. Es war unheimlich lange her, dass sie beide so offen miteinander hatten reden können. Aber es tat gut. Von ganz tief innen heraus. Unheimlich gut sogar.

»Damit verhält sich Magnie doch genau so, wie du es möchtest«, fuhr ihre Mutter fort.

»Hä?«, machte Jezz nicht gerade geistreich.

»Du bist nach Shetland gegangen, weil ich es mit meiner Fürsorge übertreibe. Das macht Magnie nicht. Er packt dich nicht in Watte. Er behandelt dich so, wie er auch jeden anderen behandeln würde.«

Eine Pause entstand. Armringe klirrten leise am anderen Ende der Leitung. Ihre Mutter seufzte.

»Es ist wegen mir, dass du weggegangen bist, nicht wahr?«, fragte ihre Mutter, ihre Stimme klang belegt. »Du hattest es satt, dir ständig anhören zu müssen, dass ich mir Sorgen mache. Oder dass ich bei dir anrufe und frage, ob du auch genügend auf dich achtest.«

»Aber deswegen musst du dir nicht die Schuld geben«, sagte Jezz und hatte plötzlich wieder ein schlechtes Gewissen, wie immer bei dem Thema. »Ich wäre auch nach Shetland gegangen, wenn es zwischen uns nicht so kompliziert wäre.«

»Meinst du?«

»Ja, ganz sicher. Ich glaube, ich musste auch für mich selbst den Reset-Knopf drücken. Und nun muss ich lernen, zu mir und zu meinem Körper zu stehen, anstatt eine Mauer um mich zu bauen und mein neues Herz zum Tabuthema zu erklären.« Jezz schüttelte den Kopf. »Und was dich betrifft, ich glaube, du machst deinen Job als Mama einfach nur verdammt gut.«

»Ach Mäuschen …« Ihre Mutter schnäuzte sich geräuschvoll.

»Weinst du jetzt?«, fragte Jezz erschrocken.

»Ein bisschen.« Nochmaliges Schniefen. »Aber ich freu mich wirklich sehr, dass wir uns übermorgen sehen.«

»Ich mich auch. Und dann nehmen wir uns viel Zeit füreinander.«

»Das tun wir. Ich schick dir später die WhatsApp mit der Ankunftszeit.«

»Super, Mama. Dann bis übermorgen.«

»Bis übermorgen. Ach, und Jezz?«

»Ja?«

»Ich finde, du solltest zu dem Frühstück gehen. Gib Magnie eine Chance. Er scheint es wert zu sein.«

»Dein Ernst?« Jezz zwirbelte eine Haarsträhne über der Stirn zusammen.

»Was hindert dich daran?«

»Vielleicht die Angst, enttäuscht zu werden?«

»Du bist eine Kämpferin, Jasmin, du hast schon ganz andere Dinge durchgestanden. Selbst wenn es mit dem jungen Mann nichts wird, kommst du wieder auf die Füße. Das weiß ich sicher. Aber schade wäre, wenn du etwas Wunderschönes verpassen würdest, und das könnte passieren, wenn du jetzt kneifst.«

Schweigen.

Jezz seufzte. »Wieso bist du eigentlich so weise, Mama?«

»Ist weise eine Umschreibung für steinalt?«

»Auf gar keinen Fall!«

»Dann bin ich beruhigt.«

Jezz beendete das Gespräch. Sie legte das Handy beiseite, stemmte beide Hände auf den Rand des Waschbeckens und warf ihrem Spiegelbild einen langen Blick zu. Sie hatte Ringe unter den Augen und ihre Lider waren blutunterlaufen. Auch mit viel Make-up würde sie heute Morgen nicht gerade umwerfend aussehen. Aber das war ihr gerade so ziemlich schnuppe.

Das eigentliche Problem war, dass sie keine Ahnung hatte, was sie sagen sollte, wenn sie jetzt gleich auf Magnie traf.

Kapitel 36

»Tut mir leid, aber wenn Sie keine Reservierung haben, kann ich Ihnen leider keinen Platz für das Frühstück anbieten.« Die Angestellte in dem schwarzen Hosenanzug in der Lobby des Grand Hotels blickte bedauernd.

Jezz seufzte. Enttäuscht ließ sie ihren Blick durch die geöffnete Flügeltür in das mit rotem Plüsch ausgelegte Speisezimmer schweifen, das den angestaubten Charme einer längst vergangenen Epoche verströmte. Leise Klaviermusik und das Dahinplätschern von gedämpften Unterhaltungen drangen an ihr Ohr. Es roch nach Möbelpolitur, Lavendel und dem Glanz alter Zeiten. Obwohl das Büfett gut besucht war, schien es an einigen Tischen noch freie Plätze zu geben. Zumindest waren einige der Gedecke unbenutzt. Mit einem bittenden Blick wandte sich Jezz an die Mitarbeiterin in der Lobby. »Können Sie nicht eine Ausnahme für mich machen?«

»So leid es mir tut, aber nein.«

Jezz legte die Arme auf den Tresen und stellte sich auf die Zehenspitzen. Unauffällig schielte sie auf das aufgeschlagene Reservierungsbuch auf dem Schreibtisch dahinter. Hinter den meisten Namen waren Häkchen, aber nicht bei allen. »Hm … Vielleicht könnten Sie in Ihrem Reservierungsbuch nachsehen, ob jemand abgesagt hat.« Ihr Gesichtsausdruck wurde flehend. »Bitte. Es ist wirklich wichtig.«

»Das darf ich nicht.« Die Mitarbeiterin zuckte bedauernd die Schultern. »Es verstößt gegen die Vorschriften.«

»Aber vielleicht …«, hob Jezz an.

»Die Dame gehört zu mir«, hörte sie jemand hinter sich sagen.

Jezz spürte ihr Herz bis in den Hals klopfen. Langsam drehte sie sich um. »Magnie …«

»Das ist natürlich etwas anderes, Mr Grant.« Die Angestellte warf Magnie ein charmantes Lächeln zu.

Na bravo, noch ein Magnie-Fan-Girl, und bestimmt nicht das einzige hier. Das kann ja heiter werden, dachte Jezz. Ein wenig widerstrebend ließ sie sich von ihm durch die Tür in den Speisesaal führen. Einige Köpfe flogen herum, als er mit ihr zusammen den Raum betrat und in der Nähe des Kamins stehen blieb. Jezz wurde verlegen, als sie bemerkte, dass ihretwegen einige Gespräche verebbten. Magnie hingegen nahm es locker. Er hob die Hand und lächelte in die Runde. »Liebe Leute, das hier ist Jezz. Sie ist …« Er zögerte.

»Eine Mitarbeiterin von Alison?«, schlug Jezz halblaut vor.

»Jezz ist meine Freundin«, sagte Magnie.

Freundliches Nicken an den Tischen und vereinzelte Bravorufe. Jezz wurde rot bis unter die Haarspitzen. Sie brauchte einen Moment, um sich zu sortieren, dann drehte sie sich zu Magnie um.

»Wieso hast du das gesagt?«, fragte sie und warf ihm einen zweifelnden Blick zu. Es konnte sich nur um einen blöden Spruch handeln.

Er hob die Hand und strich ihr sanft über die Wange. Eine Berührung, die sie erschauern ließ. »Warum bist du gekommen, obwohl du mir hinterhergerufen hast, ich soll es vergessen, dass du zum Frühstück kommst und auf jeden Fall nach Hause gehst?«

»Bild dir bloß nichts ein«, murmelte sie. »Ich bin rein zufällig hier.«

»Ach ja? Na, da bin ich aber gespannt.« Er lehnte seine Stirn gegen ihre.

Sie grinste und schlang die Arme um seinen Hals. »Zufällig hatte ich einen Riesenhunger, und zufällig war nichts Essbares im Kühlschrank.«

»Das kann jeder behaupten.« Er zuckte todernst die Schultern. »Und warum bist du ausgerechnet hierhergekommen, um dein Frühstücksei zu löffeln? Ich kann dir auf einen Schlag fünf weitere Lokale aufzählen, die geöffnet haben.«

»Vielleicht, weil ich mich in der Stadt noch nicht so gut auskenne?« Sie spürte die elektrisierende Berührung seiner Hände um ihre Taille. Sein Atem strich warm über ihre Wange.

»Hm. Oder vielleicht, weil ich hier bin? Könnte das der Grund sein?« Seine Stimme klang rau.

»Möglicherweise …«

Magnies Lippen senkten sich auf ihre. Plötzlich gab es da nur noch diese Nähe zwischen ihnen und das unglaubliche Gefühl, in diesem Kuss zu versinken und die Welt um sich herum zu vergessen.

»Entschuldigung, aber dürfte ich kurz vorbei?«, fragte eine ältere Stimme und Jezz und Magnie fuhren auseinander. »Ich möchte nur eben ans Büfett.«

Magnie griff nach ihrer Hand und zog Jezz zur Seite, um Platz für die hochbetagte, grauhaarige Lady mit dem Gehstock zu machen.

»Du bist also hier, um sicherzugehen, dass ich nicht ertrunken bin?«, knüpfte er an das Gespräch von eben an.

»Das auch.« Sie wackelte bedeutungsschwer mit den Augenbrauen. »Vor allem ist mir bei deiner lächerlichen Ich-geh-baden-weil-ich-es-kann-auch-wenn-ich-mir-dabei-eine-Lungenentzündung-hole-Nummer bewusst geworden, dass es unverantwortlich wäre, dich bei der Suche nach einer Überschrift für das neue Kapitel deines Lebens allein zu lassen.«

»Ach? Wäre es das?« Der Schalk leuchtete aus seinen gletscherblauen Augen.

»Und wie. Am Ende kommt dabei raus, dass du auf einem Holzschlitten den Hang eines brodelnden Vulkans hinunterrutschen möchtest. Oder dass du nach Australien fliegst, um Bungee-Jumping über einem Sumpf voller Krokodile zu machen. Oder dass du Feuer-Springer in Nevada wirst.«

Er grinste begeistert. »Hey, das sind voll gute Ideen. Wieso bin ich da nicht von selbst draufgekommen? Das mache ich glatt. Und zwar alles!«

»Wage es!« Sie zog mahnend die Stirn in Falten. »Mir wird jetzt noch anders, wenn ich daran denke, wie du gestern Abend zwischen all den Flammen standest und mit deiner Bande Anonymer Abfackler Wikingerbegräbnis gespielt hast. Mich wundert, dass deine Augenbrauen dabei nicht angekokelt sind. Wahrscheinlich hast du jetzt dafür zweihundert neue Kontakte auf deinem Handy. Alle von Frauen, die unbedingt ein Date mit dir wollen.«

»Zu deiner Beruhigung, es sind nur sieben«, sagte er und lächelte milde.

»Freut mich für dich«, sagte sie und spürte zu ihrem Ärger einen Stich Eifersucht.

Sieben? Allen Ernstes? Sieben!

Sie drehte den Kopf zur Seite und zupfte einen imaginären Fussel von ihrem Ärmel.

»Jezz, schau mich an, bitte«, sagte Magnie leise. Er beugte sich vorwärts, sein Blick war weich. »Ich habe keine einzige Telefonnummer gespeichert. Und ich habe nicht vor, jemanden zu daten.«

»Und das soll ich dir glauben …«, murmelte sie und spürte ihr Herz wie wild gegen ihren Brustkorb hämmern.

»Soll ich dir verraten, warum?« Magnie sah sie dermaßen seltsam an, dass ihre Kehle eng wurde.

Ihr Herz versuchte vorauszugaloppieren, aber ihr Verstand zerrte wie wild an den Zügeln. In ihrem Kopf drehte sich alles. Es konnte unmöglich sein, dass Magnie die Nummern nur ihretwegen gelöscht hatte. Weil er keine anderen Frauen daten wollte, sondern nur sie.

Das konnte doch nicht sein!

Es konnte unmöglich sein. Oder?

»Möchtest du es wissen?« Magnies Stimme riss sie aus ihrer Trance.

Ja! Ja, bitte, unbedingt!, rief eine Stimme in ihr.

Sag diesen Satz bloß nicht laut. Bloß nicht, Jezz!, rief eine andere.

Magnies Blick ruhte mit schwindelerregender Intensität auf ihr.

»Rhetorische Frage, oder habe ich die Wahl?«, kiekste sie dünn.

»Keine Wahl. Diesmal nicht. Betrachte die Frage als reine Floskel.«

Sie schluckte. »Na dann …«

Magnies Hände schlossen sich um ihr Gesicht. »Es ist, weil ich mit dir zusammen sein möchte, und nur mit dir. Während der Party, als die eine oder andere Frau versucht hat, mit mir zu flirten, konnte ich an nichts anderes denken als an dich. Wirklich, Jezz, glaub mir …« Sein Daumen strich sanft über ihre Wange. »Mit keiner anderen Frau ist es so wie mit dir. Ich möchte dich, und niemanden sonst.«

Jezz spürte, wie ihre Augen feucht wurden. »Das … meinst du wirklich ernst, oder?«

»Es *ist* mir ernst, Jezz. Mit dir ist es mir wirklich ernst.«

Ein letzter Rest Ungläubigkeit flammte in ihr auf. »Aber … was ist mit deiner Freiheit? Ich dachte, die wäre dir wichtiger als alles andere?«

»Ist sie auch, Jezz. Aber ich möchte mit dir zusammen frei sein«, erwiderte er. Sein Blick ruhte mit einer Intensität auf ihr, die sie schwindlig machte.

Jezz konnte nicht sprechen. Sie hatte einen dicken Kloß im Hals. Zu allem Übel kamen ihr nun tatsächlich die Tränen. Und das in aller Öffentlichkeit. Sie schluckte hektisch.

»Na bitte«, kommentierte Magnie trocken. Er trat einen Schritt zurück und sah ihr prüfend in die Augen. »Ich hatte recht. Ich wusste, dass du heute Morgen geheult hast.«

Sie stutzte. Bei dem plötzlichen Wechsel seiner Tonlage kam sie nicht hinterher.

»Und jetzt heulst du schon wieder! Das wird hoffentlich nicht zur Gewohnheit, oder? Ansonsten müssen wir dringend etwas unternehmen, um deinen Salzhaushalt in Ordnung zu bringen.«

Jezz hörte auf zu schniefen und lächelte dankbar. Magnie zog sie nur auf, um zu verhindern, dass sie vor allen Leuten in Tränen ausbrach. Alleine das wäre schon ein Grund gewesen, sich Hals über Kopf in ihn zu verlieben. Wenn sie es nicht schon längst getan hätte …

»Blödsinn«, konterte sie. »Aber dafür fängst du jetzt nicht an zu klammern. Oder ständig nur noch in der Wir-Form zu reden. Ich hasse es, wenn Pärchen so drauf sind«.

Er wippte mit dem Zeigefinger. »Und du fängst nicht an, hinter mir zu stehen und Lass-das-lieber-sein-das-könnte-gefährlich-werden zu brüllen, nur weil mir danach ist, im Winter im Meer zu schwimmen, Kajak zu fahren oder Free-climbing an der Steilküste zu machen.«

Sie keuchte panisch auf. »Du machst Freeclimbing? In den Klippen? Weißt du, wie unberechenbar die Brandung ist? Und du erwartest, dass ich zusehe?«, sprudelte es aus ihr heraus. Sie biss sich auf die Lippe.

Bravo, Jezz, ganz toll. Jetzt klingst du schon wie deine Mutter.

Er reagierte mit totaler Gelassenheit. »Zuschauen? Kommt nicht infrage. Du kletterst mit, was denn sonst? Du wirst es lieben, das weiß ich. Und gefährlich ist es nur, wenn man leichtsinnig ist oder keine Ahnung hat. Oder beides.«

Sie schüttelte den Kopf. »Und wie soll das gehen? Bei meiner Höhenangst?«

»Das kriegen wir schon hin.« Er legte ihr beide Hände auf die Schultern.

Jezz spürte ein elektrisierendes Prickeln im ganzen Körper.

Seine gletscherblauen Augen ruhten auf ihr, als wollte er ihren Anblick in sich aufsaugen. »Zufälligerweise sprichst du gerade mit einem der besten Freeclimbing-Trainer von ganz Shetland.«

»Mein Glückstag heute«, sagte sie mit seltsam belegter Stimme.

Seine Hände wanderten zu ihren Hüften. Er zog sie näher an sich. Jezz spürte seine kräftigen Arme um sich und atmete den Duft seiner Haut. Ein sehnsüchtiges Ziehen schoss durch ihren Unterleib.

»Ein Freeclimbing-Trainer, der zufälligerweise auch noch in dich verliebt ist«, sagte er.

Sein Gesicht war wieder ganz nah. Jezz hielt den Atem an. Und dann küsste er sie, auf diese unglaubliche Art, wie nur er sie küsste. Jezz schmolz dahin.

Als sie sich voneinander lösten, merkte Jezz, dass der halbe Saal zu ihnen herstarrte.

»Nur weiter so«, meinte ein älterer Herr ein paar Tische entfernt.

»Jung verliebt, wie herrlich!«, schwärmte seine Frau und winkte ihnen zu.

»Lass uns verschwinden«, knurrte Magnie und grinste. Er deutete über Jezz' Schulter. »Das Frühstücksbüfett wird ohnehin gerade abgebaut.«

Jezz ignorierte das Grummeln in ihrem Magen, das bei der Erwähnung von Frühstück einsetzte. Gerade gab es Wichtigeres als Nahrungsaufnahme.

Sie schlang die Arme um ihn. »Und wie geht es jetzt weiter?«

Er zog sie enger an sich. »Na ja, ich muss noch schnell meine Rechnung bezahlen. Aber danach könnten wir uns *zufällig* draußen in der Garderobe treffen und *zufälligerweise* gleichzeitig unsere Mäntel holen.«

Jezz kicherte und schmiegte sich enger an ihn. »Du hast auch nicht *ganz zufälligerweise* ein paar Eier und Kaffee bei dir zu Hause, nehme ich an.«

»O doch. Ich könnte durchaus Frühstück für uns machen. Auch so rein zufällig.«

»Klingt traumhaft«, seufzte Jezz.

»Und danach …, wenn wir gegessen haben …« Er küsste sie ausgiebig auf den Mund.

»Danach …«, sagte Jezz und spürte ihr Herz wie wild schlagen, während tausend Schmetterlinge durch ihren Magen flatterten. »Ich würde sagen, danach ziehen wir unser übliches Ding durch.«

»Und wie sieht das aus? Hilf mir bitte. Ich steh gerade auf dem Schlauch.«

»Muss ich dir das wirklich noch erklären?« Jezz stellte sich auf die Zehenspitzen und zog seinen Kopf zu sich herunter, um ihn zu küssen. »Wir machen es wie immer. Wie es nach dem Frühstück weitergeht, überlassen wir einfach … dem Zufall.«

Kapitel 37

An die Deutsche Stiftung Organtransplantation
Mit Bitte um Weiterleitung

Liebe Spenderfamilie,

in Indien legt man sich die rechte Hand auf das Herz,
wenn man einen ganz besonderen Dank aussprechen
möchte. Ich mag dieses Bild sehr. Gesten sind so
viel intensiver als Worte, vor allem wenn es einem
schwerfällt, mit Sprache auszudrücken, was man fühlt.
So geht es mir nämlich, müssen Sie wissen.
Ich wünsche mir so sehr, es gäbe eine Möglichkeit,
diese Geste aus Indien auf die Reise zu Ihnen zu
schicken, wenn auch nur in meiner Vorstellung.
So oft schon habe ich zu Stift und Papier gegriffen,
um Ihnen zu schreiben. Aber dann wurde ich
unsicher, aus Angst, Sie durch eine unglückliche
Formulierung zu verletzen oder Ihren Schmerz über
den Verlust ungewollt wieder aufleben zu lassen. Ich
bin mir noch nicht einmal sicher, ob sie überhaupt
möchten, dass ich mich an Sie wende. Aber falls

nicht, werden Sie den Umschlag bestimmt ungeöffnet wegwerfen.

Doch wenn nicht, darf ich Ihnen dann vielleicht ein wenig über mich erzählen?

Es gab eine Zeit in meinem Leben, da dachte ich, ich hätte endlos viel Zeit vor mir. Damals war ich sechsundzwanzig. Wenn man achtzig Jahre als realistische Lebensspanne annimmt, lagen somit vierundfünfzig Jahre oder umgerechnet rund 1 702 944 000 Sekunden vor mir, fast zwei Millionen. Unfassbar viel!

Dann wurde ich krank. Mein Herz spielte nicht mehr mit, einfach so. Ich lag im Krankenhaus und wusste nicht, ob ich den nächsten Tag noch erleben würde. Die Zeit raste mir davon. Von den Millionen Sekunden blieb ein erschreckend kleiner Rest. In buchstäblich letzter Sekunde, als ich auf der Intensivstation lag und nicht mehr daran glaubte, dass es Hoffnung für mich geben könnte, passierte zeitgleich das Schönste und das Schrecklichste. Ich durfte leben und ein wunderbarer Mensch, der so großartig war, dass er über seinen eigenen Tod nachdachte und noch weit darüber hinaus, musste sterben.

Als ich erfuhr, dass ein Spenderherz für mich gefunden worden war, machte mich das traurig und glücklich zugleich. Traurig, weil ich wusste, dass es irgendwo eine Familie gab, die das Kostbarste auf der Welt verloren hatte. Nichts und niemand kann den Menschen ersetzen, den man aus ganzem Herzen liebt.

Ich möchte Ihnen sagen, dass ich oft innehalte und an diesen besonderen Menschen denke, den ich nie kennenlernen durfte und der mir das wertvollste Geschenk überhaupt gemacht hat.

Ich bin hier.

Ich darf erleben, wie der Winter sich langsam verabschiedet, das Licht zurückkehrt und die Tage hier auf den schottischen Inseln allmählich länger werden. Ich darf aufwachen und die Sonne über dem Meer aufgehen sehen. Ich darf den Wind im Gesicht spüren und das Salz auf meinen Lippen. Ich darf mich geborgen fühlen, weil ich einen Menschen gefunden habe, der mich von ganzem Herzen liebt, der mich zum Lachen bringt und mich ermutigt, Dinge zu tun, die mich glücklich machen. Ich darf erleben, wie meine beste Freundin heiratet. Ich darf eines Tages für meine Mutter da sein, wenn sie älter wird und meine Hilfe braucht. Vielleicht werde ich sogar Kinder haben und erleben dürfen, wie sie groß werden.

Ich kann mir nicht ausmalen, wie sehr der Verlust, den Sie erlitten haben, Sie schmerzen muss. Vielleicht finden Sie Trost in dem Gedanken, dass ich zutiefst dankbar bin für das zweite Leben, das mir geschenkt wurde.

In jeder einzelnen Sekunde.

Das Leben ist eine Reise. Dass meine Reise noch nicht zu Ende ist, verdanke ich Ihnen und dem Menschen, den Sie so sehr geliebt haben.

Ich wünsche Ihnen alles erdenklich Liebe und Gute

Ihre glückliche Empfängerin

KAPITEL 38

Das Wasser in der Bucht glänzte wie flüssiges Gold im Licht der untergehenden Sonne. Die Austernfischer und viele andere Seevögel waren zurückgekehrt und mit ihnen der Frühling. Die Tage waren länger geworden, wo man hinsah, grünte und blühte es. Sumpfdotterblumen und Primeln leuchteten auf den Wiesen rund um die Bucht, die ersten Lämmer sprangen ausgelassen auf den Weiden umher und der Zauber des Neubeginns lag in der Luft. Das Wetter zeigte sich von seiner freundlichen Seite, sogar die Wolken zogen gemächlich über den Sands of Sound, Lerwicks beliebten Stadtstrand hinweg. Es war einer jener Abende, die man einfach im Freien verbringen musste. Mit Freunden, mit guten Gesprächen und dem Gefühl, dass das Leben nicht schöner sein konnte, als es gerade war.

Ein neues Leben, dachte Jezz, während sie barfuß und mit hochgekrempelten Jeans durch das seichte Wasser watete. Das Meer hatte sich zurückgezogen, die kleine Felseninsel vor der Bucht war zu Fuß erreichbar. Krabben tummelten sich zwischen dem Seegras in den Tümpeln. Jezz ging in die Knie, hob einen besonders hübsch geformten, rosa glänzenden Kiesel auf und ließ ihn in ihre Hosentasche gleiten, zur Erinnerung an den heutigen Tag.

»Hey, Shetland-Girl.« Magnie kam von hinten auf sie zu und legte den Arm um sie. »Ich soll dir von Alison ausrichten, dass sie den Grill gleich anschmeißt. Und von Mara soll ich dir sagen, dass der Klingelton deines Handys echt nervig ist und du dein mobiles Endgerät das nächste Mal nicht in der Strandtasche lassen sollst, wenn du eine meditative Auszeit von uns einlegst. Oder wolltest du schon mal vorfühlen, wie warm das Wasser ist?«

Jezz lachte. »Falls du glaubst, dass ich mit dir schwimmen gehe, bist du schief gewickelt.«

»Du weißt aber schon, dass ich von meiner neuen Mitbewohnerin erwarte, dass sie sich zur Feier des Tages mit mir in die Wellen stürzt?«

»Ach ja? Dann pass mal auf und beantworte mir folgende Frage: Kennst du den Unterschied zwischen einer House-Warming-Party und einem Survival-Camp?«

Er nickte. Mit dem knappen Bart und dem *Man Bun* sah er weniger wild und verwegen aus als zuvor, aber nicht im Mindesten weniger sexy. »Klar. Aber zum einen findet die House-Warming-Party am Strand statt, also *schreit* es förmlich nach Baden im Meer. Zum anderen ist dir hoffentlich bewusst, dass mit mir zusammenzuziehen einem Survival-Camp verdammt nahe kommt.«

»Vielleicht überlege ich es mir noch, ob ich mit dir eine WG gründe. Noch habe ich meine Wohnung über dem True Love nicht geräumt«, scherzte Jezz und schaute zu dem Haus oberhalb des Strandes mit dem weißen Holzzaun und dem großen Gartengrundstück hinüber. Sie konnte noch gar nicht glauben, dass sie in wenigen Tagen mit Magnie dort einziehen würde, in einer der schönsten Gegenden von Lerwick, direkt am Meer. Noch weniger konnte sie glauben, dass ihre Mutter sie bei dem Umzug finanziell unterstützte. Nachdem ihre Mama sie Anfang Februar auf Shetland besucht hatte und sie sich ausgesprochen hatten, lief es viel besser zwischen ihnen. Magnies Stimme holte Jezz aus ihren Gedanken.

»Zu spät. Du kannst nicht mehr kneifen. Der Mietvertrag ist unterschrieben. Und deine Mutter hat deinen Teil der Mietkaution bereits überwiesen.« Er trat vor sie, schlang die Arme um ihre Hüften und legte seine Stirn an ihre. »Also komm bloß nicht auf die Idee, wegzulaufen. Du und ich, das sollte so sein. Das hat schon im Flieger so angefangen.«

»Nach der Landung war ich heilfroh, dich loszusein. Der Plan war, dich nie wiederzusehen«, murmelte Jezz zärtlich. Sie legte die Hand an sein Gesicht und strich spielerisch über den leichten Bartflaum, der nun statt der roten Drahtwolle an Magnies Kinn spross.

»Wie gut, dass das Leben viel komplizierter ist und die wenigsten Dinge nach Plan laufen.« Magnies Mund senkte sich über ihre Lippen. Jezz schmiegte sich an ihn und versank in einem endlos langen Kuss.

Kinderlachen und Thors Bellen wehten zu ihnen herüber. Magnie löste sich aus der Umarmung und hob den Kopf. Jezz folgte seinem Blick. Alisons Zwillinge und Gavins Mädchen sprangen ausgelassen um das Lagerfeuer, dazwischen Thor, schwanzwedelnd, mit hochgerecktem Kopf und laut kläffend.

»Lass uns nachsehen, ob Ted Hilfe bei den Steaks braucht«, meinte Magnie und nahm sie bei der Hand. Gemeinsam schlenderten sie zu den anderen zurück.

»Na, ihr Turteltauben«, begrüßte Mara sie. Demonstrativ rutschte sie ein Stück auf der großen Picknickdecke beiseite, auf der sie zusammen mit Gavin saß, um Platz für Jezz zu machen. Magnie schlenderte unterdessen zu Ted hinüber, der am Grill stand und die Kohlen anzündete.

Mara blickte zu Jezz auf. »Hey, kannst du bitte mal an dein Handy gehen? Es hat schon zum dritten Mal geläutet. Warum schaltest du es nicht auf lautlos, wenn du es liegen lässt? Das Ding ist so was von nervig.«

»Sagt die Richtige«, gab Jezz gut gelaunt zurück. Sie kramte in ihrer Tasche nach dem Handy. »Wer von uns scrollt denn ständig auf Insta herum und schreibt WhatsApp-Nachrichten, während wir uns unterhalten?«

»Ich bin nicht aus Spaß am Handy, ich beantworte Buchungsanfragen. Na ja, und ab und zu poste ich Schnappschüsse, um Werbung für das B&B zu machen, wenn mir gerade eine Idee kommt«, räumte Mara ein. »Aber zu deiner Beruhigung, ich habe mein Smartphone zu Hause vergessen, also kannst du mir heute keine Vorwürfe machen.«

»Hm«, machte Jezz. Sie war in die Nachricht auf dem Display vertieft und hatte gar nicht richtig zugehört. Verwundert schüttelte sie den Kopf.

»Was ist los?«, fragte Mara und schoss ihr einen alarmierten Blick zu. »Ist etwas passiert?«

»Ich hoffe, nicht.« Jezz ließ die Luft aus den Lungen entweichen. »Das war Lisa. Sie hat versucht, mich zu erreichen. Warte mal, ich höre mal eben die Sprachnachricht ab.« Sie presste das Handy an ihr Ohr, um das Rauschen der Brandung auszublenden.

»Auweia!« Sie ließ das Smartphone sinken und warf Mara einen bedeutungsschweren Blick zu. »Das klingt gar nicht gut. Wie es aussieht, hat Lisa versucht, uns vom Flughafen in Sumburgh aus zu erreichen.«

»Hä?« Mara schüttelte den Kopf. »Wie kommt das denn? Lisa ist hier, auf Shetland? Wieso hat sie uns nicht erzählt, dass sie kommt?«

»Keine Ahnung. Sie meinte, es sei etwas wirklich Beschissenes passiert, und sie hätte es keine Sekunde länger in München ausgehalten. Also ist sie in den nächsten Flieger gestiegen und sitzt jetzt im Taxi auf dem Weg zu uns. Zum Glück hat sie meine neue Adresse und weiß sogar, wo wir feiern. Ich habe ihr bei unserem letzten Chat davon erzählt.«

»Hat sie denn gar nicht gesagt, was los ist?«, fragte Mara.

»Nein. Sie meinte nur, es wäre eine längere Geschichte. Tja.« Seufzend packte Jezz das Handy wieder in die Strandtasche. »Dann bleibt uns wohl nichts übrig, als zu hoffen, dass wir ihr bei was auch immer es ist helfen können. Warten wir es ab.«

Magnie kam zu ihnen herübergeschlendert. »Redest du gerade vom Essen? Das dauert tatsächlich noch ein bisschen.«

»Nein, ich sprach von Lisa, unserer anderen Freundin aus der Münchner WG. Sie besucht uns überraschend, weil es zu Hause irgendwelche Probleme gab. In einer halben Stunde wird sie hier sein.« Jezz öffnete den Knopf ihrer Jeans und streifte sie sich über die Hüften.

»Was wird das denn?« Magnie kratzte sich den Bartflaum. Seine gletscherblauen Augen funkelten amüsiert. »Du wirst doch nicht deine Meinung geändert haben und tatsächlich ins Wasser wollen?«

»Genau das habe ich vor«, erwiderte Jezz keck und streifte sich Pullover und T-Shirt über den Kopf, sodass sie nur noch in Unterwäsche dastand. »Kommt jemand mit?«, rief sie in die Runde und machte Hampelmänner, um warm zu werden.

»Ich bin dabei«, sagte Mara und zog sich ebenfalls aus. »Was ist mit euch, Jungs? Kommt ihr auch, oder seid ihr zu feige?«

»Das nicht.« Gavin verzog grinsend das Gesicht. »Magnie und ich verstehen nur gerade nicht, was in euch gefahren ist. Stimmt's, Magnie?«

»Stimmt, Kumpel. Bis eben hätte ich meine rechte Hand verwettet, dass ihr Mädels eher einen Monat auf Make-up und Wimperntusche verzichten würdet, als freiwillig in der Nordsee zu baden.«

»Na, dann sei mal froh, dass du nicht gewettet hast und deine Hand behältst«, gab Jezz locker-flockig zurück. »Ich habe nämlich keine Lust, mit Käpt'n Hook zusammenzuziehen und den ganzen Abwasch allein zu machen, weil du mit dem Haken alle Teller fallen lässt.«

Magnie sah zu Gavin hinüber. »Die machen wirklich ernst, oder?«

»Wie es aussieht, ja.« Er sprang auf die Füße und zog seine Jacke aus. »Wir sollten uns mit dem Ausziehen lieber beeilen, bevor wir die Letzten sind.«

»Richtig. Wir warten nicht auf euch«, erklärte Mara frech.

»Genau. Abhärtung ist das beste Mittel, um die körpereigenen Kräfte zu mobilisieren, das wusste schon der gute alte Kneipp. Und dass wir unsere Kräfte brauchen werden, ist klar. Lisa scheint ziemlich in Schwierigkeiten zu stecken«, keuchte Jezz und zog hüpfend die Knie zur Brust.

»Wer ist Kneipp?« Magnie stand in seinen Calvin-Kleins neben Mara und schaute verwirrt.

»Egal.« Jezz hörte mit dem Hüpfen auf und gab Magnie einen Kuss.

Er warf ihr einen prüfenden Blick zu. »Bist du dir sicher? Willst du das wirklich machen?«

»Nein. Will ich nicht. Aber ich mache es, weil du die ganze Zeit erzählst, wie irre lebendig es sich anfühlt, wenn der Schockmoment vorbei ist und dein Blut durch die Kälte plötzlich in die andere Richtung zu fließen scheint.«

»Okay, Shetland-Girl. Dann los, beeilen wir uns, Mara und Gavin schlagen wir locker.« Er griff nach ihrer Hand und verschränkte die Finger miteinander. »Auf drei?«

»Klar. Und Kneifen gilt nicht, egal was kommt.« Jezz zwinkerte ihm schelmisch zu. Dann brüllte sie spontan »Drei!«, zog Magnie mit sich und rannte los.

»Juhu! Lebe wild und frei!«, rief sie und zögerte nur einen allerwinzigen Moment, bevor sie sich in die Wellen stürzte. Dieses Leben war ein einziges unglaubliches Wunder. Jeder

Tag und jede Stunde, die sie mit dem Mann, den sie liebte, auf diesen magischen Inseln verbringen durfte, ein Geschenk. Laut kreischend tauchte sie wieder aus den Wellen auf und schlang die Arme um Magnies Hals, um sich von ihm zurück an den Strand tragen zu lassen. Wirklich, wie viel schöner konnte das Leben eigentlich noch werden, als es gerade war?

DANKE ...

Auch diesmal ein sehr herzliches Danke an dich, liebe Leserin, lieber Leser, dafür, dass du mich in Band 2 dieser Serie nach Shetland begleitet hast. Ich hoffe, ich konnte dir mit der Geschichte von Jezz und Magnie ein paar schöne Stunden abseits des Alltags bescheren.

Wenn dir die Geschichte gefallen hat, freue ich mich über eine Bewertung oder eine kurze Rezension auf einer Buchplattform deiner Wahl. Dein Feedback bedeutet mir viel und trägt dazu bei, das Buch sichtbar zu machen.

Wenn du keine meiner Neuerscheinungen oder Aktionen verpassen möchtest, an meinen Buchverlosungen teilnehmen oder ganz einfach mit mir in Kontakt bleiben möchtest, um mehr zu den Hintergründen meiner Romane und zu mir zu erfahren, folge mir auf Social Media. Du findest mich auf:

https://www.facebook.com/CorneliaEngelAutorin
https://www.instagram.com/cornelia.engel.autorin/
und im Netz https://cornelia-engel.com/

Meine liebe Freundin Daniela Heinemann hat mich für den Roman an ihrem umfassenden Wissen über Brautmoden teilhaben lassen. Dafür ein riesiges Dankeschön! Ich hätte nie gedacht, dass es so kompliziert sein könnte, in ein Brautkleid zu steigen. Sollten sich zu dem Thema Fehler eingeschlichen haben, gehen diese auf mein Konto.

Wie immer gilt mein besonderer Dank meinen Bloggerinnen. Durch eure Unterstützung finden meine Romane ihren Weg zu den Leserinnen und Lesern. Eure Rückmeldungen, Rezensionen und lieben Worte geben mir Kraft und Inspiration. Fühlt euch fest gedrückt!

Auf ein baldiges Wiedersehen auf Shetland in einem meiner kommenden Romane,

herzlichst
eure
Cornelia

Shetland-Rezepte aus dem Roman

ONKEL MAGNIES SCHOKOPIZZA

2 reife Bananen (dürfen ruhig schon überreif sein)
160 g Haferflocken
1 TL Ahornsirup
200 g Schoko-Proteincreme oder eine Nuss-Nougat-Creme
      nach Belieben
80 g Marshmallows
2 EL gehackte Mandeln

Den Backofen auf 180 Grad Ober- und Unterhitze vorheizen.

Bananen mit der Gabel zu Mus zerdrücken, bis keine Stücke mehr sichtbar sind. Mit den Haferflocken und dem Ahornsirup zu einem Teig verkneten. Auf einem mit Backpapier ausgelegten Blech zwei bis drei kleine Pizzen formen und 15–20 Minuten backen.

In der Zwischenzeit Marshmallows klein hacken.

Pizza aus dem Ofen nehmen. Mit Schokocreme bestreichen, Marshmallows und gehackte Mandeln darüberstreuen und nochmals kurz in den Ofen geben, bis die Schokocreme weich wird und die Marshmallows ganz zart bräunen (ca. 2 Minuten).

Belag nach Lust und Laune mit frischem Obst variieren.

ONKEL MAGNIES PANCAKES

175 g Mehl
1 TL Backpulver
1 TL Natron
40 g brauner Zucker
1 Ei
200 ml Milch
Pflanzenöl zum Braten

Mehl, Backpulver, Natron und Zucker in einer Schüssel verrühren. Anschließend das Ei und die Hälfte der Milch zugeben und mit dem Mixer zu einem dicken Teig verrühren. Dann die restliche Milch hinzugeben und 1–2 Minuten auf höchster Stufe weiterrühren.

Öl in einer beschichteten Pfanne erhitzen. Mit dem Schöpflöffel Teig in die Pfanne geben, sodass ein etwa untertellergroßer Pfannkuchen entsteht. Circa zwei Minuten lang anbraten, dann wenden und auf der anderen Seite für 30–60 Sekunden anbraten.

Mit Butter, Honig oder Ahornsirup servieren.

MAGNIES BANNOCKS

500 g Mehl
1,5 TL Backpulver
1 TL Weinsteinpulver
1 TL Salz
ca. 375 ml Buttermilch

Ofen auf 220 Grad Umluft vorwärmen. Mehl, Backpulver, Weinsteinpulver und Salz vermischen. So viel Buttermilch hinzugeben, dass ein weicher Teig entsteht, der sich gut verarbeiten lässt. Diesen auf einer bemehlten Fläche halbieren und zwei Kugeln formen. Jede Kugel zu einer etwa 1,5 cm hohen Kreisscheibe gleichmäßig flach drücken. Mit dem Messer in Viertel teilen, dabei beim Schneiden die Klinge vorsichtig hin und her bewegen, sodass gleichmäßige Stücke entstehen. Auf einem mit Backpapier belegten Blech circa 10–15 Minuten backen.

MAGNIES KAROTTEN-KORIANDER-SUPPE

500 g Karotten
1 Zwiebel
30 g Butter
2 TL Koriander, gemahlen
2 TL frischer Ingwer, gerieben
750 ml Brühe
1 TL Zucker
Salz und frisch gemahlener Pfeffer

Zwiebel fein hacken. Karotten schälen und in Stücke schneiden. Butter in einem Topf bei leichter Hitze schmelzen. Zwiebel und Karotten hinzugeben und zugedeckt etwa 10 Minuten anschwitzen, bis die Karotten etwas weich werden. Dann mit der Brühe aufgießen und für circa 30 Minuten vor sich hin kochen lassen. Kurz abkühlen und mit dem Pürierstab verarbeiten, bis eine gleichmäßige Masse entsteht. Mit Salz und Pfeffer abschmecken und mit frischen Bannocks servieren.

FOLGE DER AUTORIN AUF AMAZON

Wenn dir dieses Buch gefallen hat, folge Cornelia Engel auf Amazon. Dann erhältst du eine Benachrichtigung, wenn die Autorin ihr nächstes Buch veröffentlicht. Um der Autorin zu folgen, gehe bitte folgendermaßen vor:

Desktop:

1) Suche auf Amazon.de oder in der Amazon App nach dem Namen der Autorin.
2) Klicke auf den Namen der Autorin, um auf die Autorenseite zu gelangen.
3) Klicke auf den »Folgen«-Button.

Smartphone und Tablet:

1) Suche auf Amazon.de oder in der Amazon App nach dem Namen der Autorin.
2) Klicke auf einen Titel der Autorin.
3) Klicke auf den Namen der Autorin, um auf die Autorenseite zu gelangen.
4) Klicke auf den »Folgen«-Button.

Kindle eReader und Kindle App:

Wenn du dieses Buch auf einem Kindle eReader oder in der Kindle App liest, wird dir automatisch angeboten, der Autorin zu folgen, nachdem du die letzte Seite des Buches gelesen hast.

Zeitfracht Medien GmbH
Ferdinand-Jühlke-Straße 7
99095 Erfurt, Deutschland
produktsicherheit@kolibri360.de

Druck:
CPI Druckdienstleistungen GmbH
im Auftrag der
Zeitfracht Medien GmbH
Ein Unternehmen der Zeitfracht - Gruppe
Ferdinand-Jühlke-Str. 7
99095 Erfurt